CB135073

Essa edição foi feita
com carinho pela TAG
para seus associados.

JANE HARPER

A SECA

TRADUÇÃO
Claudia Costa Guimarães

TAG
MORRO BRANCO
EDITORA

Copyright © 2016 por Jane Harper
Publicado em comum acordo com a autora e Curtis Brown Group Ltd.

Título original: The Dry

Direção editorial: Victor Gomes
Coordenação editorial: Giovana Bomentre
Tradução: Claudia Costa Guimarães
Preparação: Iris Figueiredo
Revisão: Natália Mori Marques
Diagramação: Desenho Editorial
Capa e projeto gráfico: TAG - Experiências Literárias
Bruno Miguell Mesquita
Gabriela Heberle
Paula Hentges

Esta é uma obra de ficção. Nomes, personagens, lugares, organizações e situações são produtos da imaginação do autor ou usados como ficção. Qualquer semelhança com fatos reais é mera coincidência.

Todos os direitos reservados. Proibida a reprodução, no todo ou em partes, através de quaisquer meios. Os direitos morais do autor foram contemplados.

Dados Internacionais de Catalogação na Publicação (CIP)

H293s Harper, Jane
A seca / Jane Harper; Tradução Claudia Costa Guimarães. – São Paulo:
Editora Morro Branco, 2019
p. 368; 14x21 cm.
ISBN: 978-85-92795-67-2
1. Literatura Australiana – Romance. 2. Thriller. I. Guimarães,
Claudia Costa. II. Título.
CCD 828.99343

MORROBRANCO
EDITORA

Todos os direitos desta edição reservados à:
EDITORA MORRO BRANCO
Alameda Santos 1357, 8º andar
01419-908 – São Paulo, SP – Brasil
Telefone (11) 3373-8168
www.editoramorrobranco.com.br

Impresso no Brasil
2019

Para meus pais, Mike e Helen,
que sempre leram para mim.

Prólogo

Não era como se aquela fazenda não tivesse visto morte antes, e as varejeiras não faziam qualquer discriminação. Para elas, havia pouca diferença entre uma carcaça animal e um cadáver humano.

A seca havia deixado as moscas mal-acostumadas com tantas opções naquele verão. Elas saíam em busca de olhos que já não piscavam e de feridas grudentas enquanto os fazendeiros de Kiewarra apontavam seus rifles para o gado esquelético. A falta de chuva significava falta de alimento. E a falta de alimento gerava decisões difíceis enquanto a minúscula cidade cintilava dia após dia sob um ardente céu azul.

— Vai passar — diziam os fazendeiros, enquanto os meses se desenrolavam e completavam o segundo ano. Repetiam as palavras em voz alta uns para os outros como um mantra; murmuravam-nas para si mesmos como uma prece.

Entretanto, os meteorologistas de Melbourne discordavam. Bem-vestidos e solidários em estúdios climatizados, faziam uma referência rápida quase todas as tardes no jornal das seis: eram, oficialmente, as piores condições climáticas em um século. O padrão climático tinha um nome, embora sua pronúncia variasse. *El Niño.*

Pelo menos as moscas estavam contentes. Os achados daquele dia, porém, eram incomuns. Menores e de carne mais tenra. Não que importasse. Eram iguais onde contava. Nos olhos vidrados. Nas feridas úmidas.

O corpo da clareira era o mais fresco. As moscas demoraram um pouco mais para descobrir os dois de dentro da casa, apesar de a porta da frente estar aberta como um convite. Aquelas que se aventuravam além da oferta inicial do corredor eram recompensadas com outro corpo, dessa vez no quarto. Esse era menor, mas menos assediado pela concorrência.

Sendo as primeiras a chegar ao local, as moscas enxameavam alegremente naquele calor enquanto o sangue acumulava-se, preto, sobre o piso e o tapete. Lá fora, a roupa limpa ainda pendia do varal giratório, dura e seca como um osso ao sol. Um patinete jazia abandonado no caminho de pedras. Um único coração humano batia no raio de um quilômetro da fazenda.

Assim, nada reagiu quando, nas profundezas da casa, o bebê começou a chorar.

Um

Até quem não dava as caras naquela igreja entre um Natal e outro já sabia que haveria mais enlutados do que assentos disponíveis. Um engarrafamento em preto e cinza já se formava na entrada quando Aaron Falk entrou com o carro, levantando uma nuvem de poeira e de folhas partidas.

Os vizinhos, tentando disfarçar sua determinação de chegar primeiro, empurravam uns aos outros enquanto a multidão se espremia pelas portas. Do outro lado da rua, a imprensa rondava.

Falk estacionou o sedã ao lado de uma caminhonete que também já havia visto dias melhores e desligou o motor. O ar-condicionado roncou até se calar e o interior do carro começou a esquentar imediatamente. Ele se permitiu um instante para varrer a multidão com os olhos, muito embora não tivesse tempo para isso. Viera se arrastando desde Melbourne, percorrendo em mais de seis horas um caminho de cinco. Satisfeito que ninguém lhe pareceu conhecido, ele saltou do carro.

O calor de final de tarde o envolveu como um cobertor. Abriu a porta de trás com pressa para apanhar o paletó e queimou a mão no processo. Após a mais breve hesitação, pegou o chapéu de cima do assento. Tinha aba larga e era de lona marrom rígida, não combinava com o terno fúnebre. Mas com uma pele que passava metade do ano com o tom azulado do leite desnatado e o resto do tempo com um punhado de sardas de aparência cancerosa, Falk estava preparado para arriscar a gafe de moda.

Com a pele pálida de nascença, cabelos loiros quase brancos cortados rentes à cabeça e cílios quase invisíveis, com frequência sentira, em seus 36 anos de vida, que o sol australiano tentava lhe dizer alguma coisa. A mensagem era mais fácil de ignorar sob as longas sombras de Melbourne do que em Kiewarra, onde o refúgio delas era um luxo fugaz.

Falk olhou uma única vez para a estrada que deixava a cidade, então olhou para o relógio. O enterro, o funeral – uma noite e ele estaria longe dali. *Dezoito horas*, calculou. E só. Mantendo isso firme em mente, foi caminhando em direção à multidão segurando o chapéu com uma das mãos enquanto uma súbita rajada de vento quente levantava as saias.

Por dentro, a igreja era ainda menor do que ele recordava. Ombro com ombro em meio a desconhecidos, Falk se deixou carregar para dentro pela congregação. Notou um espaço vago próximo à parede e mergulhou ali, cavando um lugar para si ao lado de um fazendeiro cuja camisa de algodão se esticava por cima da barriga. O homem o cumprimentou com um aceno da cabeça e voltou a olhar para a frente. Falk percebeu o amassado ao redor dos cotovelos do outro, no lugar onde as mangas haviam permanecido dobradas até pouco tempo antes.

Falk tirou o chapéu e se abanou discretamente. Não tinha como evitar olhar à sua volta. Rostos que de início haviam parecido desconhecidos foram entrando em foco com mais clareza e ele foi invadido por uma surpresa ilógica diante de pés de galinha, mechas grisalhas e quilos a mais salpicados em meio à multidão.

Duas fileiras para trás, um homem mais velho capturou sua atenção com um aceno da cabeça e eles trocaram um triste sorriso de reconhecimento. Qual era mesmo o nome dele? Falk tentava lembrar. Não conseguia se concentrar. O homem havia sido professor. Falk quase conseguia vê-lo entusiasmado à frente de uma sala de aula, tentando dar vida à geografia, à carpintaria ou a algo do tipo para um grupo de adolescentes entediados, mas a imagem insistia em escapar.

O homem fez sinal com a cabeça para o assento ao seu lado, indicando que abriria espaço para ele, mas Falk sacudiu a cabeça educadamente e se virou outra vez para a frente. Ele fugia de conversa fiada até mesmo nas melhores circunstâncias e aquilo ali estava, sem dúvida alguma, a milhões de quilômetros das melhores circunstâncias.

Meu Deus, como o caixão do meio era pequeno. Ele estar entre os dois de tamanho normal só piorava tudo. Se é que era possível. Crianças pequenas, com os cabelos penteados rentes ao crânio, apontavam para ele: *Papai, olhe só. Aquela caixa tem cores de time de futebol.* Os que tinham idade suficiente para saber o que havia dentro o fitavam em um silêncio horrorizado, desconfortáveis em seus uniformes escolares enquanto se aproximavam um pouco mais de suas mães.

Acima dos três caixões, uma família de quatro membros os observava de uma fotografia ampliada. Seus sorrisos estáticos estavam grandes demais e pixelados. Falk reconheceu a foto do noticiário. Vinha sendo usada com frequência.

Abaixo, os nomes dos mortos vinham escritos com flores da região. *Luke. Karen. Billy.*

Falk olhou bem para a foto de Luke. A cabeleira negra e cheia exibia uma mecha grisalha aqui e ali, mas ele ainda parecia estar em melhor forma física do que a maioria dos homens acima dos 35 anos. Seu rosto parecia mais envelhecido do que Falk recordava, mas quase cinco anos haviam se passado. O sorriso confiante não havia mudado, assim como o olhar sabichão. *Ele continua o mesmo*, foram as palavras que vieram à sua mente. Três caixões as contradiziam.

— Mas que tragédia — pronunciou-se, do nada, o fazendeiro ao lado de Falk. Os braços estavam cruzados com os punhos enfiados fundo sob as axilas.

— É mesmo — disse Falk.

— Você os conhecia bem?

— Não, não muito. Só Luke, o... — Por um instante vertiginoso, Falk não conseguiu pensar numa palavra que descrevesse o homem no caixão maior. Foi tateando mentalmente, mas só conseguia encontrar as descrições clichês usadas pela imprensa sensacionalista. — O pai — conseguiu completar, por fim. — Fomos amigos quando éramos mais novos.

— É. Eu sei quem é Luke Hadler.

— Eu acho que agora todo mundo sabe.

— Você ainda mora na região, é? — O fazendeiro virou o corpanzil ligeiramente e olhou Falk de frente pela primeira vez.

— Não. Faz muito tempo que não.

— Sei. Mas eu tenho a sensação de que já te vi antes. — O fazendeiro franziu a testa tentando identificá-lo. — Ei, você não é um deles, né? Aqueles repórteres de TV desgraçados, é?

— Não. Policial. Em Melbourne.

— É mesmo? Vocês deviam estar investigando essa porcaria de governo por deixar as coisas ficarem ruins assim. — O homem meneou a cabeça para o local onde o corpo de Luke se encontrava, lado a lado com o da esposa e o do filho de seis anos. — A gente fica aqui tentando alimentar este país com o pior clima dos últimos cem anos e eles ficam falando em cortar subsídios. De certa forma, eu mal posso culpar o pobre coitado. É um escândalo do cara...

Ele se interrompeu. Olhou à sua volta na igreja.

— É um escândalo do caramba, isso sim.

Falk nada disse enquanto os dois refletiam sobre as incompetências de Canberra. As potenciais origens da culpa pela morte da família Hadler já haviam sido exploradas com exaustão nas páginas dos jornais.

— Você veio investigar o caso, então? — O homem indicou os caixões com a cabeça.

— Não. Só estou aqui como amigo — respondeu Falk. — Não sei se há muito a se investigar.

Ele só sabia o que tinha ouvido nos noticiários, como todo mundo. Mas, pelo que diziam, estava tudo muito claro. A espingarda pertencia a Luke. A mesma que mais tarde fora encontrada no que sobrara de sua boca.

— Não. Eu imagino que não — concordou o fazendeiro. — Eu só pensei que, por ele ser seu amigo e tudo o mais...

— De todo modo, eu não sou esse tipo de policial. Sou federal. Trabalho na unidade de inteligência financeira.

— Não tenho ideia do que quer dizer, amigo.

— É só que eu corro atrás do dinheiro. De qualquer coisa que termine com alguns zeros e que não esteja onde deveria estar. Lavagem ou desvio de dinheiro, esse tipo de coisa.

O homem disse alguma coisa em resposta, mas Falk não o ouviu. Seus olhos haviam passado dos três caixões para as pessoas sentadas no primeiro banco. Era o espaço reservado para familiares. Para que pudessem se sentar à frente de todos os amigos e vizinhos que, por sua vez, podiam fitar suas nucas e agradecer a Deus por não ser com eles.

Vinte anos haviam se passado, mas Falk reconheceu o pai de Luke na mesma hora. O rosto de Gerry Hadler estava cinza. Os olhos pareciam afundar na cabeça. Estava sentado na primeira fila como era o seu dever, mas tinha a cabeça virada para o outro lado. Ignorava a esposa soluçando junto a ele e as três urnas de madeira que continham o filho, a nora e o neto. Em vez disso, olhava fixamente para Falk.

De algum lugar nos fundos da igreja, notas musicais soaram de alto-falantes. A cerimônia fúnebre ia começar. Gerry inclinou a cabeça num minúsculo cumprimento e Falk, inconscientemente, levou a mão ao bolso. Apalpou a carta que fora parar em sua mesa há dois dias. Eram de Gerry Hadler as sete palavras escritas em letras grosseiras:

Luke mentiu. Você mentiu. Esteja no funeral.

Foi Falk quem primeiro desviou o olhar.

* * *

Era difícil olhar as fotografias. Iam surgindo numa montagem contínua sobre a tela montada na frente de todos. Luke comemorando como jogador-mirim de futebol; uma jovem Karen saltando uma cerca montada num pônei. Havia algo de grotesco, agora, naqueles sorrisos congelados e Falk percebeu que não era o único a desviar os olhos.

A foto mudou outra vez e Falk ficou surpreso ao se reconhecer. Uma imagem indistinta de seu rosto de onze anos o encarou. Ele e Luke estavam lado a lado, sem camisa e de boca aberta, exibindo um pequeno peixe em uma linha. Pareciam felizes. Falk tentou se lembrar da foto sendo tirada. Não conseguiu.

A apresentação continuou. Fotos de Luke, depois Karen, ambos sorrindo como se nunca fossem parar, então lá estava Falk outra vez. Dessa vez, sentiu falta de ar. A julgar pelo murmúrio que percorreu a multidão como uma onda, soube que não foi o único a ser afetado pela imagem.

Uma versão mais jovem de si mesmo acompanhava Luke, ambos com braços e pernas muito compridos e a pele salpicada de acne. Sorriam como antes, mas agora faziam parte de um quarteto. O braço de Luke enlaçava a cintura de uma adolescente esguia de cabelos muito loiros, enquanto a mão de Falk pairava com mais cautela sobre o ombro de uma segunda menina de longos cabelos negros e olhos escuros.

Falk não pôde acreditar que aquela foto estivesse sendo mostrada. Lançou um olhar rápido para Gerry Hadler que olhava diretamente para a frente, a mandíbula travada. Falk percebeu o fazendeiro que estava ao seu lado transferir o peso do corpo de uma perna para a outra e deliberadamente se afastar meio passo dele. A ficha havia caído, pensou Falk.

Obrigou-se a olhar para a imagem. Para o quarteto. Para a menina que se encontrava ao seu lado na foto. Encarou aqueles olhos até sumirem da tela. Falk se lembrava daquela foto sendo tirada. Numa tarde, quase no final de um longo verão. Havia sido um dia bom. E foi uma das últimas fotos dos quatro juntos. Dois meses depois, a menina de olhos escuros estava morta.

Luke mentiu. Você mentiu.

Falk fitou o chão por um minuto inteiro. Quando olhou outra vez, o tempo havia passado, e Luke e Karen sorriam com poses rígidas e formais no dia de seu casamento. Falk fora convidado. Tentou recordar qual desculpa havia dado para não comparecer. Trabalho, quase com certeza.

As primeiras fotos de Billy começaram a surgir. O rostinho vermelho quando bebê, em seguida já engatinhando, com uma bela cabeleira. Já se parecia um pouco com o pai. De shorts, ao lado de uma árvore de Natal. A família fantasiada como um trio de monstros, a pintura facial rachando ao redor dos sorrisos. Saltando mais alguns anos, uma Karen mais velha aninhava no peito mais um recém-nascido.

Charlotte. A bem-aventurada. Seu nome não estava escrito em flores. Como se ouvindo uma deixa, Charlotte, agora com treze meses, pôs-se a chorar de seu posto na primeira fila no colo da avó. Barb Hadler apertou a menina de encontro ao peito com uma mão só, sacudindo-a em um ritmo nervoso. Com a outra, levou um lenço ao próprio rosto.

Falk, que não era nenhum especialista em bebês, não sabia direito se Charlotte reconhecera a mãe na tela. Ou talvez só tivesse ficado irritada por ser incluída naquela homenagem fúnebre quando continuava muitíssimo viva. Ela acabaria por se acostumar, ele sabia. Já não tinha muita escolha. Uma criança destinada a crescer sob o rótulo de "única sobrevivente" não tinha muitos lugares onde se esconder.

Os últimos acordes de música foram sumindo e as fotos finais foram projetadas sob um silêncio constrangedor. Houve um alívio coletivo quando alguém acendeu as luzes e, enquanto um capelão obeso lutava para subir os dois degraus até o púlpito, Falk mais uma vez olhou para aqueles pavorosos caixões. Pensou na menina de olhos escuros e numa mentira forjada e combinada há vinte anos, quando o medo e os hormônios adolescentes corriam pelas suas veias.

Luke mentiu. Você mentiu.

Qual era a distância entre aquela decisão e este momento? A pergunta lhe doeu como um vergão.

Em meio à multidão, uma mulher mais velha desviou o olhar do altar e deixou-o pousar sobre Falk. Ele não a conhecia, mas ela inclinou a cabeça de forma automática num educado gesto de reconhecimento. Falk desviou o olhar. Quando olhou outra vez, ela ainda o fitava. Ela franziu as sobrancelhas subitamente e se virou para a senhora ao seu lado. Falk não precisava saber ler lábios para entender o que ela cochichou.

O garoto dos Falk voltou.

Os olhos da segunda mulher saltaram em direção ao rosto dele e logo se afastaram. Com um discreto aceno da cabeça, confirmou as suspeitas da amiga. Inclinou o corpo e sussurrou alguma coisa para a mulher do seu outro lado. Uma inquietude pesou sobre o peito de Falk. Olhou o relógio. *Dezessete horas.* Então iria embora. Mais uma vez. Graças a Deus.

Dois

— Aaron Falk, seu maldito, não se atreva ir embora.

Falk estava de pé ao lado do carro, lutando contra o impulso de entrar nele e sair dirigindo. A maioria dos que compareceram ao serviço fúnebre já havia seguido o percurso curto, porém penoso, até o funeral. Falk se virou ao ouvir a voz e, apesar de tudo, abriu um sorriso.

— Gretchen — disse, enquanto a mulher o envolvia num abraço, encostando a testa em seu ombro. Ele pousou o queixo sobre sua cabeça loura e eles ficaram assim por um longo momento, balançando para a frente e para trás.

— Ah, meu Deus, estou tão feliz de te ver aqui. — A voz dela foi abafada pela camisa dele.

— Como você está? — perguntou quando ela se afastou.

Gretchen Schoner deu de ombros enquanto tirava um par de óculos de sol baratos para revelar os olhos vermelhos.

— Não muito bem. Mal, na verdade. E você?

— Igual.

— Você está igualzinho. — Ela conseguiu lhe dar um sorriso débil. — Continua explorando esse seu visual albino, pelo visto.

— Você também não mudou muito.

Ela deu uma resfolegada, mas seu sorriso se abriu um pouco mais.

— Em vinte anos? Ah, deixe de graça!

Falk não estava só sendo lisonjeiro. Gretchen ainda era totalmente reconhecível na foto do quarteto adolescente que fora projetada durante a cerimônia.

A cintura que Luke enlaçara com o braço estava um pouco mais larga hoje em dia e os cabelos loiros talvez tivessem alguma ajuda da farmácia, mas os olhos azuis e as maçãs do rosto saltados eram puramente Gretchen. As calças sociais e a blusa eram um pouco mais justas do que as que se costumava vestir em um funeral e ela se deslocava com algum desconforto dentro do conjunto. Falk se perguntou se a roupa seria emprestada ou peças que ela raramente usava.

Gretchen o observava com igual escrutínio e quando seus olhos se encontraram, ela riu. Imediatamente, pareceu mais leve, mais jovem.

— Vamos. — Estendeu a mão e deu um apertão no seu antebraço. Falk notou que a palma da mão dela estava fria. — A recepção é no centro comunitário. Vamos enfrentar isso juntos.

Ao começarem a descer a rua, ela chamou um garotinho que cutucava alguma coisa com uma vara. Ele levantou a cabeça e largou com relutância o que estava fazendo. Gretchen estendeu a mão, mas o menino sacudiu a cabeça e saiu trotando à frente deles, brandindo a vareta como se fosse uma espada.

— Meu filho, Lachie — disse Gretchen, olhando Falk de soslaio.

— Sim. Claro. — Falk levou um instante para se lembrar que a menina que conhecera era, hoje, mãe. — Eu soube que você teve um filho.

— Soube por quem? Luke?

— Deve ter sido — respondeu Falk. — Mas já faz um tempo. É óbvio. Quantos anos ele tem?

— Só cinco, mas já manda em mim na metade do tempo.

Observaram Lachie ir atacando inimigos invisíveis com a sua espada. Ele tinha olhos afastados e cabelos encaracolados cor de terra, mas Falk não conseguia ver muito de Gretchen nos traços fortes do menino. Esforçou-se para recordar se Luke tinha mencionado alguma coisa sobre ela estar envolvida com alguém ou sobre quem era o pai. Achava que não. Gostaria de pensar que se lembraria de algo assim. Falk olhou para a mão esquerda de Gretchen. Não tinha aliança, embora isso não significasse muita coisa hoje em dia.

— Que tal a vida em família? — perguntou ele, jogando verde.

— Normal. Lachie às vezes dá trabalho — respondeu Gretchen em voz baixa. — Somos só nós dois, mas ele é um bom menino. E a gente se vira. Por enquanto, pelo menos.

— Seus pais ainda têm a fazenda?

Ela sacudiu a cabeça.

— De jeito nenhum. Eles se aposentaram e venderam tudo já faz uns oito anos. Se mudaram para Sydney e compraram um apartamento minúsculo a três ruas da minha irmã e dos filhos dela. — Ela deu de ombros. — Eles dizem que gostam de lá. Da vida urbana. Meu pai faz pilates, aparentemente.

Falk não pode deixar de sorrir ao imaginar o Sr. Schoner, um homem simples, se concentrando na sua força interior e em exercícios de respiração.

— Você não ficou tentada a ir com eles? — perguntou.

Ela deu uma risada desanimada e indicou as árvores ressequidas que ladeavam a rua.

— E deixar tudo isso para trás? Não. Eu estou aqui há tempo demais, está no sangue. Você sabe como é. — Ela interrompeu a frase pela metade e o olhou de soslaio. — Ou talvez não saiba. Desculpe.

Falk descartou o comentário com um aceno da mão.

— O que você faz hoje em dia?

— Sou fazendeira, é claro. Ou tento ser, de qualquer forma. Comprei a fazenda dos Kellerman há uns dois anos. Crio ovelhas.

— Sério? — Aquilo o impressionou. Aquela era uma propriedade cobiçada. Ou pelo menos tinha sido quando ele era mais novo.

— E você? — indagou ela. — Eu soube que entrou para a polícia.

— É. Entrei. Federal. Continuo lá. — Eles continuaram a caminhar em silêncio. O canto frenético dos pássaros nas árvores era igual ao que se lembrava. Mais adiante, grupos de enlutados se destacavam contra a estrada poeirenta como borrões.

— Como vão as coisas por aqui? — perguntou.

— Péssimas. — A palavra saiu com o efeito de um ponto final. Gretchen bateu a ponta de um dos dedos nos lábios com a energia nervosa de uma ex-fumante. — Só Deus sabe que já eram ruins o bastante antes. Todo mundo vive apavorado com dinheiro e com a seca. Aí, acontece isso com Luke e com a família dele e a coisa fica tão, mas tão ruim, Aaron. Dá para sentir. Estamos todos andando por aí como zumbis. Sem saber direito o que fazer, o que dizer. Um de olho no outro. Tentando descobrir quem é o próximo a surtar.

— Credo.

— Pois é. Você nem imagina.

— Luke e você continuaram amigos? — perguntou Falk, curioso.

Gretchen hesitou. Apertou os lábios de tal maneira que eles se transformaram numa linha invisível.

— Não. Há anos que não éramos próximos. Não do jeito que fomos quando éramos nós quatro.

Luke pensou na foto. Luke, Gretchen, ele. E Ellie Deacon, com seus longos cabelos negros. Eles haviam sido tão grudados. Grudados daquele jeito adolescente, quando acreditamos que nossos amigos são nossas almas gêmeas e que esses laços vão durar para sempre.

Luke mentiu. Você mentiu.

— Você obviamente manteve contato com ele, não? — comentou Gretchen.

— De vez em quando. — Pelo menos isso era verdade. — Às vezes a gente se encontrava para tomar uma cerveja quando ele ia a Melbourne, esse tipo de coisa. — Falk fez uma pausa. — Mas eu já não o via há alguns anos. A gente vai ficando ocupado, sabe? Ele tinha a família dele, eu tenho trabalhado muito.

— Tudo bem, você não precisa inventar desculpas. Todos nós nos sentimos culpados.

O centro comunitário transbordava gente. Falk parou na escada e Gretchen puxou seu braço.

— Vamos, vai ficar tudo bem. É bem capaz que a maioria das pessoas nem se lembre de você.

— Mas vai ter um bocado que lembra. Especialmente depois daquela foto da cerimônia.

Gretchen mudou a expressão.

— É, eu sei. Eu também fiquei chocada. Mas, olha, as pessoas têm bastante coisa para se preocupar hoje além de você. Fique na sua. A gente sai pelos fundos.

Sem esperar resposta, ela agarrou a manga de Falk com uma das mãos e o filho com a outra e os conduziu para dentro, abrindo caminho pela multidão. O ambiente estava sufocante. O ar-condicionado do centro estava dando o seu melhor, mas travava uma batalha perdida contra o número de presentes refugiados à sombra do interior do prédio. O grupo conversava solenemente, equilibrando nas mãos copos plásticos e pratos de bolo de chocolate com creme de chantilly.

Gretchen caminhou até as portas francesas por onde a claustrofobia coletiva expulsara os que chegaram por último para um playground de grama ressecada. Encontraram um pouco de sombra perto da cerca e Lachie saiu correndo para tentar a sorte no escorregador de metal escaldante.

— Você não precisa ficar comigo se isso for estragar sua reputação — disse Falk, puxando o chapéu um pouco mais para a frente para proteger o rosto.

— Ah, cale a boca. Além do mais, eu já faço isso muito bem por conta própria.

Falk varreu o playground com os olhos e avistou um casal idoso que pensou que talvez tivesse sido amigo de seu pai. Conversavam com um jovem policial que, de botas e uniforme completo, suava sob o sol da tarde. Sua testa brilhava enquanto ele assentia educadamente com a cabeça.

— Ei — disse Falk. — Esse daí é o substituto de Barberis?

Gretchen seguiu seu olhar.

— É. Você soube a respeito do Barberis?

— É claro. Triste perda. Se lembra de como ele costumava matar a gente de medo com aquelas histórias horrorosas sobre crianças que brincam com equipamentos agrícolas?

— Lembro. Há vinte anos que aquele infarto estava esperando para pegá-lo.

— Ainda assim. É uma pena — disse Falk, com sinceridade. — Quem é o cara novo?

— Sargento Raco. E se ele está com cara de quem caiu de paraquedas nisso tudo é porque caiu, mesmo.

— Ruim assim? Ele parece estar administrando bem a multidão.

— Na verdade, eu não sei. Não fazia nem cinco minutos que ele estava aqui quando isso tudo aconteceu.

— Que merda de situação para lidar nos seus primeiros cinco minutos de trabalho.

A resposta de Gretchen foi interrompida por uma pequena comoção próxima às portas francesas. A multidão se afastou respeitosamente quando Barb e Gerry Hadler saíram, piscando por causa do sol. De mãos dadas, foram cumprimentando os diferentes grupos. Algumas palavras, um abraço, um valente aceno com a cabeça e seguiam adiante.

— Quanto tempo faz desde a última vez que você falou com eles? — sussurrou Gretchen.

— Até a semana passada, vinte anos — respondeu Falk. Ele esperou. Gerry ainda estava do outro lado do playground quando os localizou. Afastou-se de uma mulher rechonchuda que estava no meio de um cumprimento, deixando os braços dela enlaçando o ar.

Esteja no enterro.

Lá estava Falk, conforme fora instruído. Agora observava o pai de Luke se aproximando.

Gretchen chegou primeiro, interceptando Gerry com um abraço. Os olhos do homem cruzaram com os de Falk por cima do ombro dela, suas pupilas imensas e brilhantes. Falk se perguntou se ele estaria tomando algum remédio para suportar o dia. Quando Gerry foi solto, estendeu a mão e apertou a de Falk num cumprimento quente e forte.

— Então, você conseguiu vir — disse ele, neutro, enquanto Gretchen pairava ao lado deles.

— Consegui — respondeu Falk. — Eu recebi a sua carta.

Gerry o olhou nos olhos.

— Certo. Bem, achei importante você estar aqui. Por Luke. E eu não tinha certeza de que você viria, meu amigo. — A frase final pairou pesada no ar.

— É claro que sim, Gerry. — Falk assentiu com a cabeça. — É importante estar aqui.

As dúvidas de Gerry não haviam sido infundadas. Uma semana antes, Falk estivera à sua mesa em Melbourne, fitando cegamente uma foto de Luke no jornal quando o telefone tocou. Com uma voz vacilante que Falk não ouvia há duas décadas, Gerry lhe dera os detalhes da cerimônia fúnebre. "Nos vemos lá", ele havia dito, sem ponto de interrogação no final da frase. Falk evitara o olhar pixelado de Luke enquanto resmungava alguma coisa sobre compromissos profissionais. Na verdade, ainda estivera em dúvida. Dois dias depois, a carta chegara. Gerry provavelmente a colocara no correio assim que desligara o telefone.

Você mentiu. Esteja no enterro.

Falk não dormira bem aquela noite.

Os dois agora observavam Gretchen com algum desconforto. Ela franzia a testa, olhando para algum ponto à meia-distância, onde o filho escalava, vacilante, o trepa-trepa.

— Vai passar a noite na cidade — disse Gerry. Sem interrogação também dessa vez. — Em cima do pub.

Um grito eclodiu do playground e Gretchen soltou um ruído de frustração.

— Merda. Sabia que ia acontecer. Com licença. — Ela saiu correndo. Gerry agarrou o cotovelo de Falk e o virou para longe dos outros presentes. Sua mão tremia.

— Nós precisamos conversar. Antes de ela voltar.

Falk puxou o braço com um movimento minúsculo e controlado, ciente da multidão atrás de si. Não sabia ao certo quem estava lá, quem os observava.

— Pelo amor de Deus, Gerry, o que você quer? — Forçou-se a adotar uma postura que esperava que aparentasse relaxada. — Se isso for alguma espécie de chantagem, eu já vou avisando que não vai adiantar.

— O quê? Credo, Aaron. Não. Não é nada disso. — Gerry parecia genuinamente chocado. — Se eu quisesse causar algum problema, teria feito isso há anos, não acha? Eu fiquei feliz em deixar aquilo tudo pra lá. Meu Deus, como eu gostaria de deixar isso tudo para lá. Mas agora não posso mais, não é mesmo? Depois disso? Com Karen e Billy mortos? Ele não tinha nem sete anos. — A voz de Gerry embargou. — Olhe, me desculpe pela carta, mas eu precisava que você viesse. Eu preciso saber.

— Saber o quê?

Contra a luz brilhante do sol, os olhos de Gerry pareciam quase pretos.

— Se Luke já tinha matado antes.

Falk ficou calado. Não perguntou o que Gerry queria dizer com aquilo.

— Você sabe... — Gerry engoliu as próprias palavras quando uma mulher muito solícita se aproximou para lhe informar que o capelão precisava falar com ele. Imediatamente, se possível.

— Jesus, que bagunça dos infernos — vociferou Gerry. A mulher limpou a garganta e fez cara de martirizada paciência. Ele se virou outra vez para Falk. — É melhor eu ir. Entro em contato com você. — Apertou a mão de Falk e a segurou um pouco mais do que o necessário.

Falk assentiu com a cabeça. Ele compreendia. Gerry lhe pareceu encolhido e apequenado enquanto seguia a mulher. Tendo consolado o filho, Gretchen retornou para Falk. Ficaram lado a lado observando Gerry se afastar.

— Ele parece péssimo — comentou ela, baixinho. — Eu soube que ele gritou com Craig Hornby ontem no supermercado. Que o acusou de fazer graça com a situação, ou algo assim. Me pareceu pouco provável, considerando que ele e Craig são amigos há cinquenta anos.

Falk não conseguiu imaginar ninguém, muito menos o estoico Craig Hornby, ser capaz de fazer piada com aqueles três tenebrosos caixões.

— Sério que Luke não deu nenhum sinal? — Ele não conseguiu se conter.

— Como o quê? — Uma mosca pousou no lábio de Gretchen e ela a afastou com impaciência. — Se ele saiu pela rua principal empunhando uma arma e ameaçando matar a família?

— Credo, Gretch, foi só uma pergunta. Eu quis dizer depressão ou algo assim.

— Desculpe. É esse calor. Piora tudo. — Ela fez uma pausa. — Olhe, não tem quase ninguém em Kiewarra que não esteja por um triz. Mas, sinceramente, Luke não parecia estar passando mais aperto do que qualquer um de nós. Pelo menos não de um jeito que tenha chamado atenção de alguém.

O olhar distante de Gretchen ficou sombrio.

— Mas é difícil saber — continuou ela, após uma pausa. — Todo mundo está com tanta raiva. Mas não é exatamente raiva do Luke. Quem mais o xinga não parece que o odeia pelo que fez. É esquisito. É quase como se estivessem com inveja.

— Inveja de quê?

— De ele ter feito o que eles não têm coragem de fazer, eu acho. Porque agora ele se livrou disso tudo, não é? Enquanto o resto de nós está preso aqui até apodrecer, ele não tem mais de se preocupar com colheitas ou pagamentos atrasados ou com quando vai voltar a chover.

— É uma solução desesperada — disse Falk. — Levar a família junto. Como a família de Karen está lidando com tudo isso?

— Não tinha família, pelo que eu soube. Você chegou a conhecê-la?

Falk fez que não com a cabeça.

— Filha única — disse Gretchen. — Os pais faleceram quando ela era adolescente. Se mudou para cá para morar com uma tia, que morreu há alguns anos. Para todos os efeitos, acho que Karen era uma Hadler.

— Vocês eram amigas?

— Na verdade, não. Eu...

O tilintar de um garfo em uma taça de vinho soou, próximo às portas francesas. A multidão foi se calando lentamente e se virando para o local onde Gerry e Barb Hadler se encontravam se mãos dadas. Pareciam muito sozinhos, rodeados de toda aquela gente.

Falk se deu conta de que agora só restavam os dois. Também tiveram uma filha por um breve período, no passado. Nascera morta quando Luke tinha três anos. Se tentaram ter outros filhos depois disso, não haviam tido sucesso. Em vez disso, concentraram toda a energia em seu robusto filho sobrevivente.

Barb pigarreou, os olhos indo e vindo por cima da multidão.

— Nós queremos agradecer a todos por terem vindo. Luke era um homem bom.

As palavras saíram rápidas e alto demais, e ela apertou um lábio contra o outro como se para evitar que outras escapulissem. A pausa se estendeu até a situação ficar desconfortável, depois um pouco mais ainda. Mudo, Gerry manteve a vista fixa num trecho de terra à sua frente. Barb se forçou a abrir os lábios e engoliu uma lufada de ar.

— E Karen e Billy eram lindos. O que aconteceu foi... — ela engoliu em seco —... tão terrível. Mas eu espero que com o tempo vocês consigam se lembrar de Luke adequadamente. Como era antes. Ele era amigo de muitos de vocês. Um bom vizinho, um trabalhador dedicado. E ele amava a família dele.

— É, até massacrar ela inteirinha.

As palavras chegaram flutuando, quase inaudíveis, do fundo do ambiente, mas Falk não foi o único a virar a cabeça em sua direção. Olhares furiosos localizaram quem as pronunciara, um homem corpulento a quem seus quarenta e tantos anos não caíam bem. Ao cruzar os braços, bíceps que eram mais gordos do que musculosos forçaram demais as mangas da camiseta. Tinha um rosto muito vermelho, com uma barba desmazelada e o olhar desafiador de quem gosta de arranjar encrenca. Encarou cada uma das pessoas que se virara para repreendê-lo até que, uma a uma, elas foram desviando o olhar. Barb e Gerry pareciam não ter escutado. Pequenos alívios, pensou Falk.

— Quem é o falador? — sussurrou ele, e Gretchen o olhou surpresa.

— Não está reconhecendo? É Grant Dow.

— Você está brincando. — Falk sentiu os cabelos da nuca se eriçarem e também desviou o olhar. Recordou-se de um rapaz de 25 anos e músculos saltados como arame farpado. Aquele sujeito parecia ter tido duas décadas difíceis desde então. — Ele está tão diferente.

— Continua sendo um babaca de primeira. Não se preocupe. Não acho que ele te viu. Se tivesse, a gente já saberia.

Falk assentiu, mas manteve o rosto virado para o outro lado. Barb começou a chorar, o que a multidão interpretou como sinal de que o discurso havia terminado, fazendo com que as pessoas gravitassem instintivamente para perto ou para longe dela, dependendo dos sentimentos de cada um. Falk e Gretchen ficaram onde estavam. Lachie chegou correndo e enterrou o rosto nas calças da mãe. Com alguma dificuldade, ela o pegou no colo e ele descansou a cabeça em seu ombro, bocejando.

— Acho que está na hora de levar este daqui para casa — disse ela. — Quando você volta para Melbourne?

Falk olhou para o relógio. *Quinze horas.*

— Amanhã — respondeu em voz alta.

Gretchen fez que sim, analisando-o. Então, inclinou o corpo para a frente, passou o braço livre ao redor dele e o puxou para perto. Falk sentia o calor do sol nas suas costas e o calor do corpo dela na frente.

— É bom te ver de novo, Aaron. — Seus olhos azuis varreram o rosto dele como se tentassem memorizá-lo e ela sorriu com certo pesar. — Quem sabe te vejo outra vez daqui a vinte anos.

Ele a obervou se afastar até perdê-la de vista.

Três

Falk se sentou na beirada da cama, observando apático uma aranha-caçadora de tamanho médio empoleirada na parede. Com o sol se pondo, a temperatura de início de noite havia caído muito pouco. Ele vestira shorts após o banho e as pernas úmidas pinicavam desconfortavelmente em contato com o lençol de algodão barato. Pendurada num *timer* em forma de ovo, ao lado do chuveiro, uma placa lhe ordenara que limitasse o banho a três minutos. Ele começou a se sentir culpado depois de dois.

O chão vibrava com os sons abafados do pub, uma ou outra voz indistinta lhe soava familiar. Uma pequena parte dele ficou curiosa para saber quem estaria lá embaixo, embora não sentisse a menor vontade de se unir a quem quer que fosse. O barulho foi pontuado pelo estrondo amortecido de um copo caindo. Fez-se um breve silêncio seguido de um coro de gargalhadas zombeteiras. A aranha mexeu uma única perna.

Falk deu um salto quando o telefone da mesa de cabeceira tocou com um toque estridente e artificial. Ele se sobressaltou, mas não ficou surpreso. Teve a sensação de estar esperando aquilo há horas.

— Alô?

— Aaron Falk? Ligação para você. — A voz do barman era grave, com um traço de sotaque escocês. Falk recordou-se da figura imponente que, duas horas antes, pegara os dados de seu cartão de crédito em troca de uma chave, sem tecer nenhum comentário.

Falk nunca o vira antes e tinha certeza de que teria se lembrado de um rosto como o dele. Quarenta e muitos anos, ombros largos e uma barba ruiva e cheia: Falk imaginava que o barman fosse um mochileiro que resolvera ficar um pouco e acabara ficando de vez. Não dera sinais de reconhecer seu nome, apenas demonstrara incredulidade que alguém fosse usar o pub para algum objetivo não diretamente ligado à bebida.

— Quem é? — perguntou Falk, embora pudesse adivinhar.

— Pergunte você mesmo — devolveu o barman. — Se quiser um serviço de recados, vai ter de ficar num lugar mais bacana, meu amigo. Estou passando a ligação. — A linha ficou muda por um longo instante, então Falk ouviu uma respiração.

— Aaron? É você? Sou eu, Gerry. — O pai de Luke parecia exausto.

— Gerry. Precisamos conversar.

— Sim. Venha aqui em casa. Barb quer falar com você de qualquer forma. — Gerry lhe deu o endereço. Fez-se uma longa pausa, então ele deixou escapar um suspiro. — E, ouça, Aaron. Ela não sabe da carta. Nem de nada disso. Vamos deixar assim por enquanto, está bem?

Falk seguiu as instruções de Gerry pelas soturnas estradas rurais e, vinte minutos mais tarde, embicou o carro numa pista de acesso curta e asfaltada. A lâmpada da varanda projetava uma luz alaranjada sobre uma bem cuidada casa de ripas de madeira. Parou o carro e a porta de tela se abriu com um guincho, revelando a silhueta atarracada de Barb Hadler. O marido surgiu por trás dela logo em seguida, seu corpo, bem maior, lançando uma sombra alongada sobre o asfalto. Enquanto subia as escadas do alpendre, Falk percebeu que ainda usavam as roupas do enterro – agora amarrotadas.

— Aaron! Meu Deus, faz tanto tempo. Obrigada por ter vindo — sussurrou Barb, estendendo a mão livre em sua direção. Ela segurava a pequena Charlotte próxima ao peito e a ninava num ritmo intenso. — Desculpe pela bebê, mas ela está agitada. Não quer apagar.

Pelo que Falk podia ver, Charlotte dormia a sono solto.

— Barb. — Falk inclinou o corpo por cima da criança para abraçar a mulher. — É tão bom te ver. — Ela o manteve próximo por um bom tempo, o braço rechonchudo ao redor de suas costas, e ele sentiu uma parte dentro de si relaxar. Conseguia sentir as doces notas florais de seu laquê, a mesma marca que ela usava quando ainda era a sra. Hadler para ele. Eles se separaram e, pela primeira vez, conseguiu olhar direito para Charlotte. Seu rosto estava vermelho e ela parecia desconfortável encostada à blusa da avó. A testa trazia uma minúscula ruga que, Falk notou com algum sobressalto, o fez lembrar desconfortavelmente do pai dela.

Ele se posicionou sob a luz do corredor e Barb o olhou de cima a baixo, os brancos de seus olhos ficando mais vermelhos enquanto a observava. Ela estendeu o braço e acariciou sua bochecha com as pontas cálidas dos dedos.

— Olhe só para você. Não mudou quase nada — disse. Falk sentiu-se ilogicamente culpado. Sabia que ela estava imaginando uma versão adolescente do filho em pé ao seu lado. Barb fungou e secou o rosto com um lenço de papel, salpicando diminutos floquinhos brancos em sua blusa. Ignorando-os, e com um sorriso triste, fez sinal para que ele a seguisse. Conduziu-o por um corredor repleto de fotos emolduradas da família – que os dois ignoraram deliberadamente. Gerry os seguiu.

— Você tem uma casa muito bonita, Barb — elogiou Falk, educadamente. Ela sempre havia sido uma dona de casa esmerada, mas, olhando à sua volta, ele via sinais de desordem aqui e ali. Canecas usadas se amontoavam sobre uma mesa de canto; os recicláveis transbordavam da lixeira; e pilhas de cartas permaneciam sem serem abertas. Aquilo tudo contava uma história de luto e distração.

— Obrigada. Nós queríamos uma coisa pequena e administrável depois... — ela hesitou por um compasso, engoliu em seco —... depois que vendemos a fazenda para Luke.

Saíram num deque com vista para um jardim bem cuidado. As tábuas rangiam sob seus pés enquanto a noite absorvia um pouco da ferocidade do calor do dia. Por toda a sua volta havia roseiras bem podadas, porém definitivamente mortas.

— Tentei mantê-las vivas com água reaproveitada — disse Barb, seguindo os olhos de Falk. — Mas o calor as matou no final. — Ela indicou uma cadeira de vime para Falk. — Nós te vimos no noticiário, Gerry não lhe contou? Já faz uns dois meses. Aquelas empresas quebrando os investidores. Roubando todas as economias das pessoas.

— O caso Pemberley — disse Falk. — Foi chocante.

— Comentaram que você foi muito bem, Aaron. Na TV e nos jornais. Que conseguiu o dinheiro das pessoas de volta.

— Uma parte. Outra parte já tinha sumido há tempos.

— Bem, disseram que você fez um bom trabalho. — Barb deu um tapinha em sua perna. — Seu pai teria ficado orgulhoso.

Falk fez uma pausa.

— Obrigado.

— Ficamos tristes quando soubemos que ele faleceu. O câncer é uma doença cretina.

— É, sim. — Câncer do intestino, há seis anos. Não havia sido uma morte fácil.

Encostado no batente da porta, Gerry abriu a boca pela primeira vez desde que Falk chegara.

— Eu tentei manter contato com ele depois que vocês foram embora, sabe. — O tom casual não conseguiu disfarçar a nota defensiva. — Eu escrevi para o seu pai, tentei ligar algumas vezes. Nunca me responderam. Tive que desistir.

— Tudo bem — disse Falk. — Ele, na verdade, não encorajava contato com Kiewarra.

O que era um eufemismo. Mas todos fingiram não notar.

— Bebida? — Gerry sumiu casa adentro sem esperar resposta e voltou um instante depois com três copos de uísque. Falk pegou o seu com perplexidade. Nunca havia visto Gerry beber nada mais forte do que uma cerveja light. O gelo já derretia quando o copo chegou às suas mãos.

— Saúde. — Gerry jogou a cabeça para trás e deu um longo trago na bebida. Falk ficou esperando que ele fizesse uma careta. Não fez. Falk bebericou o drinque com educação e pousou o copo. Barb olhou para o dela com desagrado.

— Não devia beber esse negócio perto do bebê, Gerry — disse.

— Ah, por favor, amor, a menina não está nem aí. Está morta para o mundo — disse Gerry, então fez-se uma tenebrosa pausa. De algum ponto da profunda escuridão do jardim, os insetos noturnos criavam seu próprio ruído de fundo. Falk pigarreou.

— Como você está lidando com as coisas, Barb?

Ela baixou os olhos e acariciou a bochecha de Charlotte. Sacudiu a cabeça e uma lágrima pingou no rostinho da menina.

— É óbvio — começou Barb, então parou. Ela piscou e manteve os olhos bem fechados. — Quer dizer, é *óbvio* que não foi o Luke. Ele nunca faria uma coisa assim. Você sabe disso. Não com ele mesmo. E muito menos com sua linda família.

Falk olhou de relance para Gerry. Ele permanecia no batente da porta com os olhos fixos na bebida já pela metade.

Barb prosseguiu.

— Eu conversei com Luke alguns dias antes de acontecer e ele estava muito bem. Sério, ele estava normal.

Falk não conseguiu pensar em nada para dizer, então fez que sim. Barb interpretou isso como sinal para continuar.

— Está vendo? Você entende porque o conhecia de verdade. Mas o resto das pessoas daqui? Elas não são assim. Aceitam qualquer coisa que disserem a elas e ponto.

Falk achou melhor não chamar atenção para o fato de que não via Luke há cinco anos. Os dois olharam para Gerry, que continuava a estudar seu drinque. Nenhuma ajuda viria dali.

— Por isso nós tínhamos esperança... — Barb ergueu os olhos, vacilante. — *Eu* tinha esperança que você nos ajudasse.

Falk a fitou.

— Ajudasse vocês em que sentido, Barb?

— Bem, a descobrir o que realmente aconteceu. A limpar o nome de Luke. E também por Karen e Billy. E Charlotte.

E, com isso, começou a embalar Charlotte nos braços, acariciando as suas costas e fazendo uns sons para acalmar. A menina ainda não tinha se mexido.

— Barb. — Falk chegou o corpo para a frente na cadeira e colocou a palma da mão sobre a mão livre dela. Estava úmida e febril. — Eu sinto tanto pelo que te aconteceu. A todos vocês. Naquela época, Luke era como um irmão para mim, vocês sabem disso. Mas eu não sou a pessoa certa para isso. Se vocês têm inquietudes com relação ao caso, precisam procurar a polícia.

— Nós te procuramos. — Ela retirou a mão de dentro da dele. — Você é a polícia.

— A polícia preparada para lidar com esse tipo de coisa. Eu não faço mais esse tipo de trabalho. Vocês sabem disso. Meus casos são financeiros. Contas, dinheiro.

— Exatamente. — Barb assentiu com a cabeça.

Gerry fez um barulhinho com a garganta.

— Barb acha que dificuldades financeiras podem ter feito parte disso tudo. — Ele tentou usar um tom neutro, mas não conseguiu.

— Ora, é claro que acho — vociferou ela. — Por que é tão difícil acreditar, Gerry? Eu nunca vi alguém tão bom em gastar dinheiro. Se Luke tivesse um dólar, era capaz de gastar dois para se livrar do primeiro.

Seria isso verdade? perguntou-se Falk. Ele não se lembrava de Luke ser mão aberta.

Barb se virou para encará-lo.

— Olhe, durante dez anos eu achei que vender a fazenda para ele tinha sido uma boa ideia. Mas, nessas últimas duas semanas, não fiz nada além de me perguntar se não colocamos um peso grande demais nos ombros dele. Com a seca, quem sabe? Todo mundo está tão desesperado. É possível que ele tenha pegado dinheiro emprestado com alguém. Ter contraído dívidas que não tinha como pagar. Talvez alguém para quem ele estivesse devendo tenha aparecido aqui à sua procura.

Um silêncio se estendeu. Falk pegou seu copo de uísque e tomou um bom gole. Estava quente.

— Barb — disse ele, por fim. — Pode não parecer, mas os policiais encarregados devem ter considerado todas essas possibilidades.

— Consideraram que nem a droga da cara deles — Barb disparou. — Eles não quiseram saber de nada. Vieram de Clyde, deram uma olhada e disseram: "É, mais um fazendeiro surtou". E ponto. Caso resolvido. Eu percebi direitinho o que se passava pela cabeça deles. Nada além de campos e ovelhas. Para começo de conversa, a pessoa já tem de ser meio doida para morar aqui. Dava para ver na cara deles.

— Mandaram equipe de Clyde? — indagou Falk, ligeiramente surpreso. Clyde era a cidade grande mais próxima com um departamento de polícia equipado e funcional. — Não foi o sujeito daqui? Qual é mesmo o nome dele?

— Sargento Raco. Não. Ele tinha chegado aqui fazia uma semana, mais ou menos. Mandaram alguém para cá.

— Vocês já falaram para o tal de Raco que têm algumas dúvidas?

O olhar desafiador de Barb respondeu à sua pergunta.

— Estamos conversando com você — foi a resposta dela.

Gerry pousou o copo no deque com um baque surdo e os dois se sobressaltaram.

— Muito bem, acho que já dissemos o que queríamos — concluiu ele. — Foi um longo dia. Vamos dar a Aaron a oportunidade de refletir um pouco. De ver o que faz sentido para ele. Vamos lá, meu rapaz, eu te levo até o carro.

Barb abriu a boca como se quisesse protestar, mas a fechou depois que Gerry lhe lançou uma olhada. Acomodou Charlotte numa poltrona vazia e enlaçou Falk num abraço choroso.

— Só pense no assunto. Por favor. — Ele sentiu seu bafo quente na orelha e o cheiro de álcool em seu hálito. Barb voltou a se sentar e pegou Charlotte no colo. Embalou-a energicamente até a criança finalmente abrir os olhos com um gemido de irritação. Barb sorriu pela primeira vez enquanto alisava os cabelos da menina e dava palmadinhas em suas costas. Falk a ouviu entoar uma cantiga desafinada enquanto seguia Gerry corredor abaixo.

Gerry o acompanhou até o carro.

— Barb está se agarrando a qualquer esperança — comentou Gerry. — Enfiou na cabeça que isso tudo foi obra de algum agiota inventado. Mas é besteira. Luke não era irresponsável com dinheiro. Estava, sim, passando por dificuldades, como todo mundo. E se arriscava aqui e ali, mas era sensato o suficiente. Nunca se envolveu nesse tipo de coisa. De qualquer forma, era Karen quem fazia a contabilidade da fazenda. Ela teria dito alguma coisa. Teria nos contado se as coisas estivessem tão ruins assim.

— O que você acha, então?

— Eu acho... acho que ele estava sob muita pressão. E por mais que isso me doa, e eu vou te dizer que morro de dor, acredito que o que aconteceu foi exatamente o que parece. O que eu quero saber é se a culpa também é minha.

Falk se encostou no carro. A cabeça latejava.

— Há quanto tempo você sabe? — perguntou.

— Que Luke estava mentindo quando serviu de álibi para você? O tempo todo. Quer dizer, quanto tempo faz isso... vinte e poucos anos? Eu vi Luke andando de bicicleta sozinho no dia que aconteceu. Nem remotamente perto de onde vocês dois disseram que estavam. Eu sei que vocês não estavam juntos. — Ele fez uma pausa. — Eu nunca contei a ninguém.

— Eu não matei Ellie Deacon.

Ocultas na escuridão, as cigarras cantaram.

Gerry assentiu com a cabeça, os olhos baixos, fitando os pés.

— Aaron, se eu tivesse achado, por um único segundo, que tinha, eu não teria ficado calado. Por que você acha que eu não disse nada? Isso teria arruinado a sua vida. A suspeita teria te perseguido durante anos. Será que teriam deixado você entrar para a polícia? Luke sofreria uma punição severa por mentir. E tudo isso, para quê? A menina ia continuar morta. Para ser realista, ela se matou, e eu sei de várias outras pessoas que achavam o mesmo. Vocês dois não tiveram nada a ver com aquilo. — Gerry chutou o chão com o bico da bota. — Pelo menos era o que eu achava.

— E agora?

— Agora? Jesus, eu não sei o que pensar. Sempre achei que Luke estivesse mentindo para te proteger. Mas hoje eu tenho uma nora e um neto assassinados e o meu próprio filho morto com as impressões digitais dele espalhadas pela espingarda inteira.

Gerry passou uma das mãos pelo rosto.

— Eu amava Luke. Defenderia ele até o fim. Mas também amava Karen e Billy. E Charlotte. Eu teria ido para o túmulo jurando que meu filho era incapaz de uma coisa dessas. Mas uma voz fica sussurrando para mim: *Isso é verdade? Você tem certeza?* Então eu estou te perguntando. Aqui. Agora. Luke inventou aquele álibi para te proteger, Aaron? Ou ele mentiu para se proteger?

— Nunca existiu o menor indício de que Luke fosse responsável pelo que aconteceu com Ellie — respondeu Falk, cautelosamente.

— Não — concordou Gerry. — Ainda mais porque vocês dois serviram de álibi um para o outro, hein? Nós dois sabíamos que ele estava mentindo e não dissemos nada. Então a minha pergunta é se isso faz com que eu tenha o sangue de minha nora e de meu neto nas mãos.

Gerry inclinou o rosto e a expressão que o invadiu ficou perdida nas sombras.

— E isso é algo para você se perguntar antes de voltar correndo para Melbourne. Você e eu escondemos a verdade. Se eu for culpado, você também é.

As estradas rurais pareceram ainda mais longas no percurso de retorno ao pub. Falk acendeu os faróis altos e eles entalharam uma luz branca no breu absoluto. Teve a sensação de ser a única pessoa por quilômetros e mais quilômetros. Nada adiante, nada atrás.

Sentiu o baque nauseante por baixo das rodas quase antes de registrar o pequeno borrão que atravessava a rua correndo. Um coelho. Bem à sua frente; então, instantaneamente, sumiu. Seu coração ribombava dentro do peito. Pisou automaticamente no freio, mas foram mil quilos e 80 km/h tarde demais. Sem dúvida. Falk sentiu o impacto como um golpe no peito e isso pareceu soltar alguma coisa em sua memória. Uma lembrança na qual não pensava há anos veio à tona.

O coelho não passava de um bebê, tremendo nas mãos de Luke. Suas unhas estavam grossas de sujeira. Sempre estavam. Para uma criança de oito anos de Kiewarra, a diversão de fim de semana era limitada. Os dois estavam correndo pelo matagal, seguindo rápido para lugar nenhum, quando Luke parara de repente. Abaixara-se por entre os longos caules e, um instante depois, ficara de pé, segurando a criaturinha minúscula no alto. Aaron correu até ele para ver. Eles o acariciaram e um advertira o outro para não o apertar com muita força.

— Ele gostou de mim. É meu — disse Luke. Brigaram sobre possíveis nomes o caminho todo até a casa de Luke.

Encontraram uma caixa de papelão para colocá-lo dentro. O coelho estremeceu ligeiramente sob o escrutínio dos dois, mas passou a maior parte do tempo quieto. Mascarando medo com resignação.

Aaron entrou correndo na casa em busca de uma toalha para forrar o papelão. Levou mais tempo do que pretendia e, quando ressurgiu sob o sol forte, Luke estava imóvel. Tinha uma das mãos dentro da caixa. Ergueu a cabeça de súbito quando Aaron foi se aproximando e puxou a mão com rapidez. Aaron caminhou até ele sem saber direito o que estava vendo, mas com a sensação de que devia retardar o momento de olhar dentro da caixa.

— Ele morreu — disse Luke. Sua boca formava uma linha rígida. Ele não olhou Aaron nos olhos.

— Como?

— Não sei. Só morreu.

Aaron perguntou mais algumas vezes, mas nunca obteve uma resposta diferente. O coelho estava deitado de lado, perfeito, mas imóvel, seus olhos negros e vazios.

"Só pense no assunto", Barb havia pedido quando Falk deixara sua casa. Em vez disso, enquanto percorria aquelas longas estradas rurais com o animal morto ainda fresco debaixo de suas rodas, Falk não conseguiu parar de pensar em Ellie Deacon e na gangue adolescente que eles quatro haviam formado. E se os olhos de Ellie teriam tido a mesma expressão vazia quando a água por fim encheu seus pulmões.

Quatro

A fita amarela da polícia ainda pendia em tiras em volta da porta da casa de Luke Hadler. A luz da manhã refletiu enquanto Falk estacionava ao lado do carro de polícia num trecho de gramado seco, bem na frente. O sol ainda estava a alguma distância de seu ponto mais alto, mas a pele de Falk já formigava de calor quando ele saltou do carro. Colocou o chapéu na cabeça e estudou a casa. Não precisara de instruções para chegar. Passara quase tanto tempo naquela casa na infância quanto na sua.

Luke não havia feito grandes mudanças desde que assumiu a casa dos pais, pensou Falk, enquanto tocava a campainha. O toque soou lá dentro e ele foi tomado pela sensação de ter viajado no tempo. Foi tão tomado pela inquietante certeza de que um rapaz arrogante de dezesseis anos escancararia a porta para ele entrar que quase deu um passo atrás.

Nada se mexeu. Janelas protegidas por cortinas fechadas contemplavam o exterior como um par de olhos cegos.

Falk passara a maior parte da noite acordado pensando no que Gerry havia dito. Pela manhã, telefonara e dissera a Gerry que ficaria na cidade por um ou dois dias. Só até o fim de semana. Era quinta-feira. Só esperavam que voltasse ao trabalho na segunda. Mas, nesse meio tempo, iria até a fazenda de Luke. Daria uma olhada nas finanças para Barb. Era o mínimo que podia fazer. O tom usado por Gerry deixou claro que ele concordava. Era, quase que literalmente, o mínimo que Falk podia fazer.

Falk aguardou um instante, então se dirigiu à lateral da construção. O céu imenso e azul pairava acima de campos amarelos. À distância, uma cerca de arame separava um emaranhado de terras selvagens obscurecidas. A propriedade era muito isolada, observou Falk devidamente pela primeira vez. Quando pequeno, sempre lhe passara a sensação de estar cheia de vida. O seu próprio lar de infância até podia ficar a um curto percurso de bicicleta dali, mas estava completamente invisível em algum ponto além do horizonte. Olhando agora à sua volta, enxergava apenas uma outra construção: um extenso prédio cinza debruçado na encosta de um morro distante.

A casa de Ellie.

Falk se perguntou se o pai e o primo dela ainda morariam por lá e instintivamente virou o rosto. Foi vagando pelo quintal até encontrar o sargento Greg Raco no maior dos três celeiros.

O policial estava em quatro apoios num canto, remexendo uma pilha de caixas velhas. Uma aranha vermelha permaneceu imóvel e brilhante em sua teia, ignorando o movimento a dois metros de onde estava. Falk bateu à porta de metal e Raco se virou rapidamente, o rosto marcado de poeira e suor.

— Credo, que susto você me deu. Não ouvi ninguém se aproximar.

— Desculpe. Aaron Falk, sou amigo dos Hadler. Sua recepcionista disse que você estaria aqui. — Ele apontou para a aranha. — Você já viu aquilo ali, aliás?

— Vi, sim. Obrigado. Tem umas duas por aí.

Raco se levantou e tirou as luvas de proteção. Tentou limpar a sujeira das calças do uniforme azul-marinho, mas desistiu quando percebeu que só havia piorado a situação. A camisa bem passada trazia manchas de suor debaixo dos braços. Era mais baixo do que Falk, mas tinha o tipo físico de um lutador de boxe e cabelos cacheados cortados rentes ao couro cabeludo. Sua pele tinha o tom azeitonado dos povos mediterrâneos, mas o sotaque era puramente australiano do interior. Os olhos eram inclinados de tal maneira que ele parecia sorrir até mesmo quando não sorria. Falk se deu conta disso porque ele não estava sorrindo agora.

— Gerry Hadler me ligou e disse alguma coisa sobre você passar por aqui — disse Raco. — Desculpe eu fazer isso, amigo, mas você tem algum tipo de identificação? Já me apareceram uns doidos rondando por aqui. Fazendo turismo ou sei lá o quê.

De perto, ele era mais velho do que Falk achara a princípio. Talvez tivesse uns trinta anos. Falk notou que o policial o estudava discretamente. Parecia receptivo, porém cauteloso. O que era justo. Falk lhe passou a carteira de motorista. Raco a olhou como se estivesse esperando outra coisa.

— Pensei que Gerry tivesse dito que você era da polícia.

— Estou aqui em caráter pessoal — disse Falk.

— Então isto não é oficial.

— De maneira alguma. — Falk não teve tempo de interpretar a expressão fugaz que passou pelo rosto de Raco. Esperava, sinceramente, que aquilo não acabasse se transformando numa competição de macho alfa completamente sem sentido. — Eu sou um velho amigo de Luke. Da adolescência.

Raco analisou o documento cuidadosamente antes de devolvê-lo.

— Gerry disse que você precisava ter acesso aos extratos bancários, livros contábeis, esse tipo de coisa, é isso?

— Isso mesmo.

— Tem alguma coisa acontecendo aqui que eu devia saber?

— Barb me pediu para dar uma olhada — respondeu Falk. — Como favor.

— Certo. — Apesar de ser vários centímetros mais baixo, Raco quase conseguiu olhar Falk dentro dos olhos. — Olhe, se Gerry e Barb dizem que você é bom no que faz, não vou ficar enchendo o seu saco só por encher. Mas eles estão bastante vulneráveis no momento, então se você encontrar qualquer coisa que eu precise saber, não deixe de me avisar, está bem?

— Sem problema. Só estou aqui para ajudar os dois.

Falk não pôde deixar de olhar por cima do ombro de Raco. Fazia um calor sufocante no interior cavernoso do celeiro e as claraboias de plástico tingiam tudo de um tom amarelo doentio. Um trator estacionado dominava o piso de concreto e várias peças de maquinário agrícola que Falk não sabia identificar alinhavam-se às paredes. Uma mangueira serpenteava de dentro do equipamento mais próximo e jazia a seus pés. Pensou que talvez servisse para a ordenha, mas não tinha certeza. Em outros tempos, ele saberia. Hoje em dia, para os seus olhos urbanos, aquilo tudo lembrava vagamente instrumentos de tortura. Falk indicou as caixas do canto com a cabeça.

— O que você está procurando dentro delas?

— Parabéns pelo esforço, amigo, mas, você mesmo disse que está aqui por motivos pessoais — disse Raco. — Os extratos bancários devem estar dentro da casa. Vamos. Eu mostro a você onde fica o escritório.

— Pode deixar. — Falk deu um passo atrás. — Eu sei onde fica. Obrigado.

Ao virar para sair, ele viu Raco levantar as sobrancelhas. Se o sujeito estivera esperando uma disputa de território, pensou Falk, não seria com ele. Ainda assim, tinha de admirar a dedicação do homem. Ainda era cedo, mas Raco parecia estar trabalhando há horas.

Falk começou a caminhar em direção à casa. Parou. Pensou um instante. Barb Hadler podia ter as suas dúvidas, mas Raco parecia ser o tipo de policial que levava as coisas a sério. Falk deu meia volta.

— Ouça — começou —, eu não sei bem o que Gerry te contou, mas eu sei que quando estou encarregado de um caso, facilita muito quando faço ideia do que está acontecendo. Dá menos espaço para possíveis cagadas.

Raco escutou em silêncio enquanto Falk lhe contava a teoria de Barb sobre problemas financeiros e cobranças de dívidas.

— Você acha que pode existir alguma verdade nisso?

— Não sei. Que eles estavam mal de dinheiro, eu tenho certeza. Isso dá para perceber só de olhar em volta. Agora, se isso quer dizer que alguém além de Luke puxou o gatilho, já é outra história.

Raco assentiu lentamente com a cabeça.

— Obrigado pela informação.

— Sem problema. Estarei no escritório.

Falk não tinha nem chegado na metade do quintal ressequido quando Raco gritou:

— Ei, espere um segundo. — O sargento secou o rosto com o antebraço e apertou os olhos para protegê-los do sol. — Você era muito próximo de Luke, não é?

— Há muito tempo.

— Digamos que ele quisesse esconder alguma coisa. Algo pequeno. Alguma ideia de onde esconderia?

Falk pensou um instante; e se deu conta de que nem precisava pensar.

— Talvez. Que tipo de coisa?

— Se a gente encontrar, eu mostro.

Da última vez que Falk se deitara naquele trecho de terra específico, a grama estivera fresca e verdejante. Agora sentia o capim amarelo atravessar a camisa e lhe arranhar a barriga.

Havia conduzido Raco até o outro lado da casa e testava as ripas de madeira da fachada com o pé. Quando encontrou a que procurava, deitou-se no chão e enfiou um pedaço de pau por baixo da tábua. Rangeu um pouco ao ser forçada, mas cedeu facilmente, soltando-se em sua mão.

Falk olhou para Raco, em pé por cima dele.

— Aí? — indagou Raco, calçando as luvas de proteção. — O que ele costumava esconder aí dentro?

— Qualquer coisa, mesmo. Brinquedos e guloseimas quando a gente era criança, bebidas um pouco mais tarde. Nada de muito emocionante. Aquelas coisas típicas que crianças não querem que os pais vejam.

Raco se ajoelhou. Enfiou o braço no buraco até o cotovelo e tateou à sua volta numa busca às cegas. Tirou-o outra vez e trouxe junto um punhado de folhas secas e um maço de cigarros velho. Atirou-o no chão ao lado e enfiou o braço no buraco de novo. Dessa vez, puxou os restos de uma revista pornô. As páginas estavam enroladas e amareladas nas beiradas e alguma criatura havia roído os pedaços mais importantes. Irritado, ele a jogou de lado e tentou outra vez, enfiando o braço até onde alcançava. Relutantemente, o puxou para fora com a mão vazia. Nada.

— Aqui. — Falk fez um gesto pedindo as luvas. — Vou tentar.

Ele e Luke nunca tinham usado luvas, pensou Falk, enquanto enfiava a mão no espaço oco. Nada que estivesse à espreita debaixo da casa era páreo para a imortalidade de crianças e adolescentes. Apalpou por ali sem encontrar nada além da terra plana.

— Me dê uma dica do que eu estou procurando — ele grunhiu.

— Uma caixa, provavelmente. Ou algum tipo de embalagem.

Falk tateou por ali enfiando o braço até onde era possível. O esconderijo estava vazio. Puxou a mão para fora.

— Desculpe. Já faz um tempo.

Os joelhos de Raco reclamaram, estalando quando ele se levantou. Abriu o maço surrado de cigarros, tirou um e o olhou com saudade, então o enfiou de volta no maço, lentamente. Nenhum dos dois disse nada por um longo instante.

— São os cartuchos — disse Raco, enfim. — Da espingarda que matou os Hadler. Eles não batem.

— Não batem com o quê?

— Com a marca que Luke Hadler usava. E que usou durante anos, pelo que consegui descobrir. As três balas que mataram ele e a família eram Remington. A única munição que eu consigo encontrar nesta propriedade inteira é Winchester.

— Winchester.

— Isso. Eu percebi quando enviaram o inventário lá de Clyde e desde então estou incomodado — disse Raco. — Então, é isso. Uma caixa de cartuchos Remington me faria um homem bem mais feliz.

Falk tirou as luvas; suas mãos suavam.

— Será que Clyde não podia mandar uns dois policiais para te ajudarem a fazer uma busca na propriedade?

Raco desviou o olhar e brincou com o maço de cigarros que se encontrava em sua mão.

— É, sei lá. Provavelmente.

— Certo. — Falk suprimiu um sorriso. Raco até podia estar usando uniforme e seguindo protocolo, mas Falk já estava na polícia há tempo suficiente para saber quando alguém estava fazendo uma investigação extraoficial.

— Luke pode ter comprado cartuchos avulsos em algum lugar — sugeriu Falk.

— É, de fato essa é uma possibilidade — concordou Raco.

— Ou então eram os últimos da caixa e ele jogou fora a embalagem.

— Também. Embora não tivesse nenhum vestígio no lixo da casa ou na picape dele. E, pode acreditar — Raco soltou uma risada curta —, eu já olhei.

— Onde você ainda não olhou?

Raco fez sinal com a cabeça em direção à tábua faltante.

— Nesta propriedade? Acho que agora, oficialmente, procurei na fazenda inteira.

Falk franziu a testa.

— É um pouco estranho.

— Pois é. Foi o que eu achei, também.

Falk não disse nada, apenas o encarou. Raco suava muito. Seu rosto, braços e roupas estavam cobertos de sujeira e poeira depois de ter passado o dia todo revirando os depósitos naquele calor escaldante.

— O que mais? — indagou Falk.

Fez-se silêncio.

— Como assim?

— Esse esforço todo. Você de quatro a manhã inteira no celeiro de um homem morto — respondeu Falk. — Tem mais alguma coisa aí. Ou, pelo menos, você acha que tem.

Fez-se uma longa pausa, então, até Raco deixar escapar um suspiro.

— É — admitiu. — Tem, sim.

Cinco

Ficaram sentados um tempo na lateral da casa, encostados na parede ao lado da tábua solta, com a grama espetando suas panturrilhas. Aproveitaram ao máximo a fatia fina de sombra enquanto Raco relatava os fatos. Começou a falar com a expressão ligeiramente distante de alguém que já contou aquilo tudo antes.

— Hoje faz duas semanas — começou, se abanando, sem muito entusiasmo, com a revista pornô amassada. — Um entregador com um pacote encontrou Karen e ligou para a emergência. A ligação entrou mais ou menos às 17h40.

— Para você?

— Além de para Clyde e para o médico da região. O operador avisa a todos nós. O médico estava mais perto, então foi o primeiro a chegar. Dr. Patrick Leigh. Conhece?

Falk negou com a cabeça.

— Bem, de qualquer forma, ele foi o primeiro a chegar, depois fui eu, uns minutos depois. Eu embico o carro, a porta está aberta e o médico está agachado por cima de Karen no corredor, procurando sinais de vida, ou coisa parecida. — Raco se deteve por um longo momento, olhando para as árvores com o olhar perdido. — Eu não a conhecia, nem sabia quem ela era àquela altura, mas ele, sim. Tinha as mãos encharcadas do sangue dela. E ele gritava, meio berrando comigo, sabe? "Ela tem filhos, talvez tenha crianças!" Então...

Raco deixou escapar um suspiro e abriu o maço velho de cigarros de Luke. Colocou um entre os lábios e ofereceu o maço a Falk, que se surpreendeu ao aceitar um. Não conseguia se lembrar da última vez que fumara. Podia, facilmente, ter sido naquele mesmíssimo local com seu melhor amigo, agora falecido, ao seu lado. Por qualquer que fosse o motivo, fumar um naquele momento lhe pareceu certo. Curvou-se para que Raco pudesse acendê-lo. Falk deu um trago e imediatamente lembrou-se do motivo pelo qual abandonara o vício com tanta facilidade. Mas, ao puxar a fumaça lá no fundo, e com o cheiro do tabaco se mesclando ao aroma forte dos eucaliptos, a inebriante sensação de ter dezesseis anos outra vez o arrebatou tanto quanto o barato da nicotina.

— Como eu dizia — prosseguiu Raco, agora com a voz mais suave —, o médico está aos berros e eu disparo pela casa sem ter a menor ideia de quem está lá dentro ou o que eu vou encontrar. Se alguém vai entrar por alguma porta com uma espingarda na mão. Eu sinto vontade de gritar pelas crianças, mas me dou conta de que nem o nome delas eu sei. Então, fui gritando: "Polícia. Está tudo bem, vocês podem sair, estão a salvo", ou qualquer coisa assim, mas eu nem sei se isso é verdade. — Ele deu um longo trago, recordando.

— Depois disso escuto um choro, uma espécie de *lamento*, aí sigo o som, sem saber o que me aguarda. Entro no quarto de bebê e vejo aquela garotinha no berço, berrando até não aguentar mais e, sinceramente, eu nunca na vida fiquei tão feliz em ver uma criança se esganar daquele jeito.

Raco soltou uma pluma de fumaça no ar.

— Porque ela estava *bem* — continuou ele —, e eu não conseguia acreditar. Estava assustada, é óbvio, mas não estava ferida, pelo menos que eu pudesse ver. E eu me lembro de ter pensado, naquele momento, que as coisas ainda podiam ficar bem. Ok, era triste o que tinha acontecido com a mãe. Trágico. Mas graças a Deus que pelo menos as crianças estavam bem. Mas, aí, eu olho para o outro lado do corredor e vejo uma porta entreaberta.

Ele apagou o cigarro amassando a guimba na terra com todo o cuidado, sem olhar para Falk. Falk sentiu um frio percorrer seu corpo, sabendo o que estava por vir.

— E eu percebo que é outro quarto de criança. Todo pintado de azul com pôsteres de carros, sabe? Um quarto de menino. E não tem barulho nenhum vindo dali. Então, eu atravesso o corredor e abro a porta com um empurrão, e aí as coisas definitivamente não ficaram mais nem um pouco bem. — Ele fez uma pausa. — Aquele quarto era uma cena infernal. Foi a pior coisa que eu já vi.

Eles permaneceram em silêncio até que Raco pigarreou.

— Vamos — disse ele, ficando de pé e sacudindo os braços, como se para se livrar da lembrança. Falk ficou de pé e o seguiu até a frente da casa.

— As equipes de emergência de Clyde chegaram logo em seguida — continuou Raco enquanto caminhavam. — Policiais, paramédicos. Já eram quase seis e meia quando chegaram. Procuramos no resto da casa e como, graças a Deus, não tinha mais ninguém lá dentro, todo mundo começou a tentar ligar para o Luke desesperadamente. De início as pessoas estão preocupadas, sabe: como a gente vai dar uma notícia dessas para ele? Mas, aí, ele continua sem atender o telefone e o carro dele não está e ele não volta para casa e, de repente, dá para perceber que o clima está começando a mudar.

— O que era para o Luke estar fazendo?

— Dois voluntários da equipe de busca e resgate, amigos dele, sabiam que ele tinha ido ajudar outro amigo a abater coelhos numa fazenda, naquela tarde. Um sujeito chamado Jamie Sullivan. Alguém ligou para lá e Sullivan confirmou, mas disse que Luke tinha saído da fazenda há umas duas horas.

Eles chegaram à porta da frente e Raco sacou um molho de chaves.

— Como Luke ainda não tinha dado sinal de vida e continuava sem atender o telefone, nós chamamos mais gente da equipe de busca. Eles formaram duplas com os policiais e os mandamos saírem à procura dele. Foram duas horas horríveis. Havia gente desarmada andando pelos campos e pelas florestas atrás dele, sem saber direito o que ia encontrar. Luke morto? Vivo? Ninguém tinha a menor ideia de em que estado ele estaria. Todos estávamos em pânico, com medo de encontrá-lo escondido em algum canto, armado e com sede de sangue. Acabou que um dos sujeitos da equipe de busca deu de cara com a picape dele mais por sorte do que qualquer outra coisa. Estava parada numa clareira a uns três quilômetros daqui. E, no final das contas, não havia necessidade de tanto medo. Luke estava morto na caçamba da picape, metade da cara faltando. Foi a própria arma, de porte documentado, registrada e completamente legalizada, ainda na mão dele.

Raco destrancou a porta da casa e a abriu.

— Então ficou parecendo que estava tudo resolvido. O caso estava praticamente encerrado. Mas é aqui... — o sargento deu um passo para o lado para que Falk pudesse enxergar toda a extensão do longo corredor —... que as coisas começam a ficar esquisitas.

O hall de entrada abafado fedia a água sanitária. Uma mesinha de canto, empilhada com a desordem doméstica comum de contas e canetas, encontrava-se empurrada contra a parede do fundo, fora de sua posição normal. O chão de piso frio estava sinistramente limpo. O corredor inteiro havia sido esfregado até o rejunte original aparecer.

— O serviço de limpeza industrial já passou por aqui, então não teremos nenhuma surpresa desagradável — disse Raco. — Não conseguiram salvar o tapete do quarto do menino. Não que alguém fosse querê-lo.

Fotos de família cobriam as paredes. As poses estáticas lhe pareceram familiares de alguma forma e Falk se deu conta de que havia visto a maioria na cerimônia fúnebre. Aquela cena toda parecia uma paródia grotesca do lar acolhedor que ele havia conhecido.

— O corpo de Karen foi encontrado bem aqui, no corredor — disse Raco. — A porta estava aberta, então o entregador a viu na mesma hora.

— Ela estava correndo em direção à porta? — Falk tentou imaginar Luke perseguindo a mulher pela própria casa.

— Não, aí é que está. Ela foi abrir a porta para alguém. Levou o tiro de quem quer que estivesse na soleira. Dá para saber pela posição do corpo. Mas, me diga uma coisa, quando você chega em casa à noite, por acaso a sua mulher vai abrir a porta para você?

— Eu não sou casado — respondeu Falk.

— Bem, eu sou. E pode ser que eu seja um cara muito liberal, mas tenho a chave da minha própria casa.

Falk pensou naquilo.

— Ele quis surpreendê-la, talvez? — perguntou, tentando imaginar a cena na cabeça.

— Para que se dar ao trabalho? Papai chega em casa com uma espingarda carregada... Eu imagino que isso já seja surpreendente o bastante. Ele já está com os dois dentro de casa. Conhece a disposição dos cômodos. Fácil demais.

No hall de entrada, Falk abriu e fechou a porta algumas vezes. Com ela aberta, o vão era um retângulo de luz muito forte se comparado à semiobscuridade do hall em si. Imaginou Karen indo atender à batida, talvez um pouco distraída, talvez irritada com a interrupção. Piscando para proteger os olhos da claridade excessiva durante o segundo decisivo que o atirador levou para erguer a arma.

— Eu só acho esquisito — continuou Raco — que tenham atirado nela justo no vão da porta. Isso só serviu para dar ao coitado do garoto tempo de se mijar nas calças e sair correndo, não necessariamente nessa ordem.

Raco olhou para além de Falk.

— O que me leva à minha próxima questão — continuou ele. — Quando você estiver pronto.

Falk assentiu e o seguiu pelas entranhas do corredor.

* * *

Quando Raco acendeu a luz do quartinho azul, a primeira impressão atordoada que Falk teve foi de que alguém o estava reformando. Uma cama infantil havia sido empurrada contra a parede oposta, na diagonal, e o colchão estava sem lençol. Os brinquedos estavam todos encaixotados e empilhados de qualquer maneira sob pôsteres de jogadores de futebol e personagens da Disney. O carpete havia sido arrancado, expondo o assoalho de madeira crua.

As botas de Falk deixaram rastros sobre a camada de pó. As tábuas de um dos cantos haviam sido lixadas com muita força. Uma mancha permanecia. Raco ficou de pé no vão da porta.

— Ainda é difícil entrar aqui — confessou ele, encolhendo os ombros.

Falk sabia que aquele havia sido um quarto bacana. Há vinte anos, fora de Luke. Falk dormira ali muitas vezes. Conversando aos sussurros depois que as luzes já haviam sido apagadas. Segurando a respiração e abafando o riso quando Barb Hadler berrava para eles do outro lado da porta para calarem a boca e irem dormir. Embrulhado e aquecido em um saco de dormir, não muito longe daquele assoalho e de sua tenebrosa mancha. Aquele quarto havia sido um espaço legal. Agora, como o hall de entrada, fedia a água sanitária.

— A gente pode abrir a janela?

— É melhor não — respondeu Raco. — Temos de manter as cortinas fechadas. Peguei dois moleques tentando tirar fotos logo depois que tudo aconteceu.

Raco puxou o tablet e deu umas pancadinhas na tela. Entregou-o para Falk. Na tela havia uma galeria de fotos.

— Removeram o corpo do menino — disse Raco. — Mas dá para ter uma ideia de como o quarto foi encontrado.

Nas fotos, as cortinas estavam abertas, iluminando a tenebrosa cena abaixo. As portas do guarda-roupa estavam escancaradas e as roupas haviam sido empurradas para o lado de qualquer maneira. Uma caixa de brinquedos de vime estava virada. Sobre a cama, um edredom estampado com discos voadores estava embolado para um dos lados, como se tivesse sido puxado para que alguém conseguisse ver o que havia embaixo. O carpete era quase todo bege, a não ser pelo canto de onde uma poça de um vermelho-escuro intenso vinha se espalhando de detrás de um cesto de roupas virado de cabeça para baixo.

Por um instante, Falk tentou imaginar os últimos momentos de Billy Hadler. Encolhido por trás do cesto de roupa, a urina quente descendo pela perna enquanto ele tentava silenciar a respiração entrecortada.

— Você tem filhos? — perguntou Raco.

Falk negou com a cabeça.

— E você?

— Tenho uma a caminho. Uma garotinha.

— Parabéns.

— Temos um verdadeiro exército de sobrinhos. Não aqui, mas de onde eu venho, no sul da Austrália. Alguns com a idade que Billy tinha, alguns mais novos — disse Raco, tomando o tablet de volta e passando rápido pelas fotos. — E aí é que está: meus irmãos conhecem os esconderijos de cada um dos filhos. Se você mandar qualquer um deles vendado para dentro do quarto das crianças, seriam capazes de encontrá-los em dois segundos.

Ele bateu na tela.

— Não importa de qual perspectiva eu olhe estas fotos, para mim tem cara de uma busca — disse Raco. — Alguém que não conhecia os esconderijos de Billy saiu procurando metodicamente. Será que ele está dentro do armário? Não. Debaixo da cama? Não. É como se tivessem caçado o menino.

Falk olhou fixamente para a mancha escura que um dia fora Billy Hadler.

— Me mostre onde você encontrou Charlotte.

O quarto de bebê, do outro lado do corredor, era pintado de amarelo. Um móbile musical pendia do teto acima de um espaço vazio.

— Gerry e Barb levaram o berço — explicou Raco.

Falk olhou à sua volta. O quarto passava uma sensação muito diferente dos outros cômodos. Os móveis e o carpete continuavam intactos. Sem o cheiro intenso de água sanitária. O lugar passava a sensação de refúgio, intocado pelo horror que se desdobrara do lado de fora daquela porta.

— Por que Luke não matou Charlotte? — perguntou Falk.

— A maioria aposta numa repentina crise de consciência e culpa.

Falk saiu e atravessou o corredor outra vez até o quarto de Billy. Postou-se na mancha de sangue do canto, virou 180 graus e caminhou de volta para o quarto de Charlotte.

— São oito passos — anunciou. — Mas eu sou bem alto. Então a gente poderia dizer que são nove passos para a maioria das pessoas. Nove passos do corpo de Billy para o lugar em que Charlotte estava deitada como um alvo fácil. E Luke estaria com a adrenalina a mil, o sangue fervendo, a visão distorcida, aquela coisa toda. Então, nove passos. A questão é: será que é tempo suficiente para mudar completamente de intenção?

— Para mim, não parece.

Falk pensou no homem que conhecera. O que um dia fora uma imagem nítida agora estava distorcida e fora de foco.

— Você chegou a conhecer Luke? — perguntou.

— Não.

— Ele tinha a capacidade de mudar de humor num piscar de olhos. Nove passos podem ter sido oito a mais do que o necessário para ele.

No entanto, pela primeira vez desde que retornara a Kiewarra, Falk sentiu uma pontada genuína de dúvida.

— Era para ser uma declaração, não é mesmo? Uma coisa assim. É pessoal. "Ele assassinou a família inteira." É o que a pessoa vai querer que os outros digam. A mulher com quem Luke passou sete anos casado está lá sangrando no chão do hall de entrada e ele passou... o quê? Dois minutos? Três? Virando o quarto de cabeça para baixo para matar o próprio filho. Ele planeja se matar quando terminar. Então, se foi Luke... — ele hesitou ligeiramente na palavra *se* —... por que ele deixou a filha viver?

Ficaram ali em pé um instante, os dois olhando fixamente para o móbile ainda pendurado e silencioso acima do espaço vazio deixado pelo berço. Por que matar uma família inteira menos o bebê? Falk ficou brincando com a pergunta na cabeça até conseguir pensar em alguns motivos, mas só um era bom.

— Talvez quem esteve aqui naquele dia não tenha matado o bebê simplesmente porque não precisou — disse ele, finalmente. — Nada de pessoal. Não importa quem você seja, bebês de treze meses não dão boas testemunhas.

Seis

— Eles não costumam morrer de alegria quando eu venho aqui, não — comentou Raco com certo pesar, colocando duas cervejas sobre a mesa do Fleece. A mesa balançou sob o peso, derramando um centímetro do líquido sobre o tampo arranhado. Ele havia passado em casa para trocar o uniforme e voltara com uma pasta pesada sob o braço, marcada com uma etiqueta que dizia: "Hadler". — Eu atrapalho os negócios. Todo mundo faz questão de mostrar que não está com as chaves do carro por perto.

Eles olharam para o barman. Era o mesmo barbudo grandalhão da noite anterior. Ele os observava por cima de um jornal.

— É a sina do policial. Saúde.

Falk ergueu o copo e tomou um longo gole. Nunca havia sido muito fã de beber, mas naquele momento estava contente de tomar alguma coisa. Como era início de noite, o pub estava calmo e estavam sozinhos num canto. Na outra extremidade do ambiente, três homens assistiam, com apatia bovina, a uma corrida de galgos na TV. Falk não os reconheceu e eles o ignoraram de volta. Na sala dos fundos, as máquinas de pôquer piscavam e assoviavam. O ar-condicionado soprava um vento ártico.

Raco tomou um gole.

— E agora, o que acontece?

— Você diz a Clyde que está preocupado — respondeu Falk.

— Se eu procurar a polícia de Clyde agora, todo mundo vai tratar de tirar o seu da reta. — Raco cerrou cenho. — Você imagina o que vai passar pela cabeça deles se acharem que cagaram neste caso? Vão formar uma equipe de ginastas e se virar do avesso para provar que a investigação deles foi impecável. Pelo menos é o que eu faria.

— Não tenho certeza de que você tenha escolha. Uma coisa dessas... não é trabalho para um homem só.

— Nós temos o Barnes.

— Quem?

— O guarda da minha delegacia. Com ele, nós somos três.

— Vocês são só dois, amigo — avisou Falk. — Eu não posso ficar.

— Pensei que tinha dito aos Hadler que ficaria.

Falk massageou o osso do nariz. Às suas costas, as máquinas caça-níqueis foram ficando cada vez mais barulhentas. Sentiu que o ruído estava dentro de sua cabeça.

— Por alguns dias. O que quer dizer um ou dois. Não durante uma investigação. Ainda mais uma não oficial. Eu preciso voltar para o meu trabalho.

— Está bem — concordou Raco, como se fosse óbvio. — Então fique esses dois dias. Não precisa ser nada de oficial. Faça o que você disse que ia fazer com relação à parte do dinheiro. Assim que a gente descobrir alguma coisa consistente, eu falo com os caras de Clyde.

Falk não disse nada. Pensou nas duas caixas de extratos e de documentos bancários que havia tirado da casa dos Hadler e que agora se encontravam em cima da sua cama, lá em cima.

Luke mentiu. Você mentiu.

Pegou os dois copos vazios e os levou de volta ao bar.

— O mesmo de novo? — O barman ergueu o corpanzil do banquinho em que estava e colocou o jornal de lado. Era a única pessoa que Falk havia visto trabalhando naquele lugar desde o dia anterior.

— Escute — começou Falk, observando um copo limpo ser colocado debaixo da torneira de chope. — O quarto onde eu estou... está disponível por mais uns dias?

— Depende. — O barman colocou uma das cervejas em cima do balcão. — Eu ouvi uma ou duas coisinhas por aí a seu respeito, meu amigo.

— É mesmo?

— É. E apesar de eu agradecer pela preferência, não quero problemas, me entende? Já é difícil o bastante administrar este lugar sem isso.

— O problema não virá de mim.

— Mas com você?

— Não tem muito que eu possa fazer quanto a isso. Você sabe que eu sou da polícia, certo?

— É, ouvi falar, de fato. Mas aqui, no meio do nada, à meia-noite, com um monte de caras com álcool na cabeça querendo confusão, esses distintivos valem menos do que deviam, entende?

— Claro. Bem. Você é que sabe. — Ele é que não ia implorar.

O barman colocou o segundo copo em cima da bancada com um meio-sorriso.

— Está tudo bem, amigo. Relaxe. O seu dinheiro vale tanto aqui quanto o de qualquer pessoa e, pra mim, isso basta.

Ele entregou o troco a Falk e pegou o jornal outra vez. Parecia estar fazendo palavras-cruzadas.

— Mas aceite como conselho, amigo, esse povo daqui sabe ser bem esquisito. Se você se meter em encrenca, nem sempre vai encontrar ajuda. — Ele olhou Falk de cima a baixo. — Se bem que, pelo que fiquei sabendo, você não precisa desse aviso.

Falk levou os dois copos de volta para a mesa. Raco fitava um porta-copos com expressão sombria.

— Não me olha com essa cara — disse Falk. — É bom ir me colocando a par do resto.

Raco deslizou a pasta por cima da mesa.

— Juntei essas coisas com o material a que tenho acesso — disse.

Falk olhou à sua volta pelo pub. Ainda estava quase vazio. Ninguém muito próximo. Ele abriu a pasta. A primeira página continha uma foto da picape de Luke tirada de longe. Uma poça de sangue havia se formado perto das rodas. Ele fechou a pasta.

— Por ora, vá me dando os pontos principais. O que sabemos sobre o entregador que encontrou os corpos?

— A ficha dele é tão limpa quanto qualquer um de nós gostaria estar. Trabalha para uma empresa de entregas bem estabelecida. Está lá há dois anos. Estava entregando livros de receita que Karen tinha comprado pela internet; isso foi confirmado. Estava atrasado e era sua última entrega do dia. A primeira vez dele entregando em Kiewarra. Pelo que conta, ele chegou, viu Karen caída no vão da porta, vomitou o almoço no canteiro e pulou de volta pra caminhonete. Fez a ligação de emergência já da estrada principal.

— Ele deixou Charlotte na casa?

— Ele disse que não a ouviu. — Raco deu de ombros. — É possível que não tenha mesmo. Ela já tinha passado um bom tempo sozinha. Pode ter chorado tudo que conseguia.

Falk abriu a pasta na primeira página. Dessa vez, manteve-a aberta. Havia suposto que Luke fora encontrado no assento do motorista da picape, mas as imagens mostravam seu corpo deitado de barriga para cima na caçamba. A tampa da caçamba estava aberta e as pernas de Luke pendiam como se tivesse se sentado na beirada. Ao seu lado, uma espingarda apontava para o caos onde deveria estar a cabeça. O rosto estava completamente ausente.

— Você está bem? — Raco o observava atentamente.

— Estou. — Falk tomou um longo gole da cerveja. O sangue havia se espalhado no fundo da caçamba, empoçando por entre as ranhuras de metal.

— A perícia encontrou alguma coisa útil na caçamba? — perguntou Falk.

Raco verificou suas anotações.

— Além de muito sangue, todo de Luke, nada de especial foi relatado — disse ele. — Mas não sei se procuraram muito bem. Eles tinham a arma. Ele usava o carro para trabalhar e tinha um monte de coisas na parte de trás.

Falk olhou mais uma vez para a foto, concentrando-se na área próxima ao corpo. Do lado interior esquerdo da caçamba, quase não dando para ver, havia quatro linhas horizontais. Pareciam recentes. Marrom-claras contra a tinta branca empoeirada, a mais longa tinha uns trinta centímetros e a mais curta talvez metade disso. Estavam em pares, cada um com mais ou menos um metro de distância do outro. O posicionamento não era exatamente uniforme. As listras da direita eram horizontais; as da esquerda tinham uma ligeira inclinação.

— O que é isso? — Falk apontou e Raco se aproximou para olhar.

— Não sei direito. Como eu disse, a picape carregava todo tipo de coisa...

— Ela ainda está aqui?

Raco sacudiu a cabeça.

— Enviaram para Melbourne. Acho que a essa altura já limparam para ser vendida ou virou sucata.

Falk olhou as fotos, esperando encontrar um ângulo melhor, mas não teve sorte. Leu o restante das anotações. Tudo lhe pareceu bastante comum. Tirando o buraco na parte da frente da cabeça, Luke Hadler era um homem saudável. Alguns quilos acima do peso ideal, o colesterol ligeiramente alto. Nada de drogas ou álcool no organismo.

Falk perguntou:

— E a espingarda?

— Não existe a menor dúvida de que, nos três casos, a arma usada foi a de Luke. Com registro e porte. As únicas impressões digitais na arma eram dele.

— Onde ele costumava guardá-la?

— Num armário trancado, no celeiro dos fundos — respondeu Raco. — A munição, pelo menos os cartuchos Winchester que eu encontrei, ficava trancada separadamente. Ao que parece, ele se importava bastante com a segurança.

Falk assentiu com a cabeça, escutando só metade. Observava o relatório das impressões digitais encontradas na espingarda. Seis ovais perfeitamente nítidas, bordadas com espirais e linhas miúdas. Duas menos distintas, meio deslizadas, mas ainda assim conferiam com o polegar esquerdo e o dedo mínimo direito de Luke Hadler.

— As impressões digitais estão boas — comentou Falk.

Raco percebeu o tom. Ergueu o olhar das anotações.

— É, bastante nítidas. As pessoas não precisaram de muitos argumentos depois de vê-las.

— Muito nítidas — concordou Falk, deslizando o relatório por cima da mesa para Raco. — Talvez nítidas demais, não acha? O cara, supostamente, acaba de matar a família. Ele estaria suando e tremendo como um drogado. Eu já vi digitais piores do que essas colhidas em melhores condições.

— Merda. — Raco franziu a testa olhando para o relatório. — É, pode ser.

Falk virou a página.

— O que a perícia encontrou na casa?

— Encontrou de tudo. Parece que metade da comunidade passou por lá em algum momento. Umas vinte digitais diferentes, sem contar as parciais, fibras por todos os lados. Eu não estou querendo dizer que Karen não mantinha a casa limpa, mas era uma fazenda com crianças.

— Alguma testemunha?

— A última pessoa a ver Luke vivo foi o tal amigo, Jamie Sullivan. Ele tem uma fazenda do lado leste da cidade. Luke o estava ajudando a matar coelhos. Sullivan calcula que Luke chegou por lá umas três da tarde e saiu por volta das quatro e meia.

Além disso, perto da casa dos Hadler só tem mesmo um vizinho que poderia ter visto alguma coisa. E estava na propriedade dele quando aconteceu.

Raco pegou o relatório. Falk sentiu um peso no estômago.

— O vizinho é um sujeito esquisito. — Raco foi em frente. — Um filho da mãe agressivo. Não sei se vem ao caso, mas não gostava muito de Luke. Também não demonstrou muita boa vontade em colaborar com a investigação polícial.

— Mal Deacon — disse Falk, fazendo questão de manter a voz serena.

Raco ergueu os olhos, surpreso.

— Isso mesmo. Você o conhece?

— Conheço.

Raco esperou, mas Falk não disse mais nada. O silêncio se estendeu.

— Bem, como eu ia dizendo — continuou Raco —, ele mora lá com o sobrinho, um cara chamado Grant Dow, que não estava em casa na hora. Deacon diz que não viu nada. Que talvez tenha escutado os tiros, mas que não achou que fosse nada demais. Que era coisa normal de fazenda.

Falk se limitou a erguer as sobrancelhas.

— O negócio é que o que ele viu ou deixou de ver talvez não importe muito — comentou Raco, tirando o tablet e batendo na tela. Uma imagem colorida de baixa resolução surgiu. Estava tudo tão parado que Falk levou um instante para se dar conta de que era um vídeo em vez de uma fotografia.

Raco lhe passou o tablet.

— É da câmera de segurança da fazenda dos Hadler.

— Você está de brincadeira. — Falk fitou a tela boquiaberto.

— Não é nada de muito sofisticado. Um pouco melhor do que uma babá eletrônica com câmera, na verdade — disse Raco. — Luke instalou depois de uma onda de roubos de equipamentos agrícolas que houve por aqui há um ano. Alguns dos fazendeiros têm delas. Grava durante 24 horas, carrega a filmagem para o computador da família, apaga tudo depois de uma semana se ninguém salvar.

A câmera parecia ter sido instalada por cima do maior dos celeiros. Estava apontada para o quintal, de maneira a capturar qualquer um que transitasse por ali. No plano principal, via-se uma das laterais da casa e, no canto superior da tela, uma pequena faixa da pista de acesso. Raco foi adiantando a filmagem até encontrar o trecho que buscava e pausou.

— Ok, esta é a tarde dos assassinatos. Você pode assistir o dia todo mais tarde, se quiser, mas basicamente a família deixa a casa de manhã separadamente. Luke sai na picape dele um pouco depois das cinco da manhã e, até onde eu consegui perceber, segue para os próprios campos. Mais tarde, um pouco depois das oito, Karen, Billy e Charlotte saem para a escola. Ela trabalhava no colégio em regime de meio expediente em alguma função administrativa e Charlotte frequentava a creche lá mesmo.

Raco deu um toque na tela e o vídeo começou. Passou um par de fones de ouvido para Falk e os conectou ao tablet. O som era de baixa qualidade e abafado, piorado pelo vento soprando no microfone.

— Nada acontece durante o dia — diz Raco. — Pode acreditar, eu assisti esse troço inteirinho, em tempo real. Ninguém vem e ninguém vai até às 16h04, quando Karen e as crianças chegam em casa.

Um veículo *hatch* azul passou pelo canto da tela e desapareceu. Apareceu inclinado, visível apenas do capô até os pneus. Falk conseguiu ler a placa dianteira com alguma dificuldade.

— Dá para ver se você pausar e ampliar a imagem — disse Raco. — Não há dúvida de que é o carro de Karen.

Por cima dos estalos eletrônicos, Falk ouviu o baque surdo de uma porta de carro batendo seguida, um instante depois, de uma segunda. Raco bateu outra vez na tela e a imagem saltou.

— Então fica tudo tranquilo durante quase uma hora... De novo, eu verifiquei... até... aqui, às 17h01.

Raco apertou *play* e deixou Falk assistir. Por uns longos segundos, tudo permaneceu imóvel. Então, alguma coisa se mexeu no canto. A picape prateada era mais alta que o *hatch* e visível apenas dos faróis para baixo. O número da placa estava visível. Mais uma vez, o veículo apareceu e desapareceu em menos de um segundo.

— É o carro de Luke — disse Raco.

A imagem sobre a tela continuava estática apesar de o vídeo continuar a avançar. Mais uma vez, ouviu-se o baque surdo de uma porta de carro invisível, depois nada por aflitivos vinte segundos. De repente, uma explosão retumbou dentro dos ouvidos de Falk e ele se encolheu. Karen. Ele sentiu o coração ribombando dentro do peito.

A cena continuou imóvel enquanto o relógio continuava a avançar. Sessenta segundos se passaram, depois noventa. Falk se deu conta de que prendia a respiração, torcendo para haver um final diferente. Naquele momento, sentiu-se ao mesmo tempo frustrado e grato pela qualidade de som ser baixa. Teria sido assombrado pelos gritos de Billy Hadler pelo resto da vida. Quando veio a segunda explosão, foi quase um alívio. Falk piscou uma vez.

Não houve nenhum movimento. Então, três minutos e 47 segundos depois que a picape surgiu, saiu chacoalhando pelo canto da tela. As rodas traseiras, o fundo da caçamba e o número da placa do veículo de Luke Hadler estavam todos perfeitamente visíveis.

— Ninguém mais vem ou vai até a chegada do entregador, 35 minutos depois — disse Raco.

Falk lhe devolveu o tablet. Ainda podia ouvir as explosões abafadas ecoando em seus ouvidos.

— Você acha, sinceramente, que ainda existe alguma dúvida depois de assistir ao vídeo? — perguntou Falk.

— É a picape de Luke, mas não dá para ver quem está dirigindo — respondeu Raco. — Além das outras coisas. A munição.

O fato de Karen ter sido morta na porta da frente de casa. A busca no quarto de Billy.

Falk o fitou.

— Eu não entendo. Por que você está tão convencido de que não foi Luke? Você nem ao menos o conhecia.

Raco deu de ombros.

— Eu encontrei as crianças — disse. — Eu precisava saber que cara tinha Billy Hadler depois de ser assassinado por um monstro e eu nunca mais vou conseguir esquecer o que vi. Quero ter certeza de que a justiça vai ser feita em nome dele. Eu sei que parece loucura e, olhe, o mais provável é que Luke de fato seja o assassino. Eu admito. Mas se houver a menor chance de que outra pessoa tenha feito isso e se safado...

Raco sacudiu a cabeça e deu um longo gole.

— Sabe, eu olho para Luke Hadler e, à primeira vista, ele parecia ter a vida perfeita: uma mulher bacana, dois filhos, uma fazenda decente, o respeito da comunidade. Por que um homem desses acordaria um belo dia e destruiria a família? Não faz sentido. Eu não consigo entender como alguém como ele poderia fazer uma coisa dessas.

Falk esfregou a mão por cima da boca e do queixo. Estavam ásperos. Precisava se barbear.

Luke mentiu. Você mentiu.

— Raco, tem uma coisa a respeito de Luke que você precisa saber.

Sete

— Quando Luke e eu éramos crianças — disse Falk. — Bem, não exatamente crianças. Um pouco mais velhos, na verdade, tínhamos uns dezesseis anos...

Ele interrompeu o que dizia ao notar o aumento no movimento do outro lado do bar. O lugar havia enchido sem que Falk se desse conta, e, quando ergueu a vista agora, mais de um rosto conhecido desviou o olhar. Falk sentiu a onda de perturbação um instante antes de vê-la. Os clientes do lugar baixaram os olhos e abriram, sem queixas, caminho para um grupo que passava pela multidão. À frente, vinha um sujeito corpulento, de cabelo castanho-lodo adornado por óculos escuros. Falk sentiu um frio infiltrar-se em seu estômago. Podia não ter reconhecido Grant Dow no funeral, mas agora não tinha dúvida de quem se tratava.

O primo de Ellie. Tinham os mesmos olhos, mas Falk sabia que não havia absolutamente nada dela no primo. Dow parou na frente da mesa deles, obstruindo a vista com seu corpanzil flácido. A estampa de sua camiseta fazia propaganda de uma cerveja balinesa. Ele tinha traços suínos, miúdos e espremidos no meio de sua cara com uma barba rala esparramada pela papada. Encarava-os com a mesma expressão desafiadora que usara para julgar os presentes no funeral. Dow ergueu o copo em direção a Falk num cumprimento zombeteiro e abriu um sorriso que os olhos não acompanharam.

— Você tem mesmo muito colhão para mostrar sua cara por essas bandas — disse. — Isso eu tenho de admitir. O senhor não acha, tio Mal? Nisso a gente tem de dar o braço a torcer, não é?

Dow se virou. O homem mais velho escondido atrás dele deu um passo vacilante à frente e Falk se viu cara a cara com o pai de Ellie pela primeira vez em vinte anos. Sentiu alguma coisa presa no peito e percebeu estar engolindo em seco.

Apesar de hoje ter a coluna encurvada, Mal Deacon ainda era um homem alto, de braços longos e fortes que terminavam em mãos grandes. A idade havia deixado seus dedos nodosos e inchados, e estavam quase brancos agarrados em busca de apoio ao espaldar da cadeira. Franzidas, as sobrancelhas formavam uma profunda ruga em sua testa e, por entre mechas de cabelos grisalhos, via-se o rosa irritado de seu couro cabeludo.

Falk se preparou para uma explosão de ira, mas, em vez disso, um lampejo de confusão atravessou o rosto de Deacon. Ele sacudiu a cabeça ligeiramente e a pele solta do pescoço roçou contra a gola suja da camisa.

— Por que você voltou? — A voz de Deacon era grave e rouca. Sulcos profundos surgiram nos cantos da boca quando ele falou. Cada um dos presentes naquele pub olhava com determinação para o outro lado, notou Falk. Só o barman seguia a interação com interesse; até largara as palavras-cruzadas.

— Hein? — Deacon deu um tapa no espaldar da cadeira com sua mão nodosa e todos se sobressaltaram. — Por que você voltou? Pensei que o recado tivesse sido claro o bastante. Você trouxe o menino também?

Agora foi a vez de Falk ficar confuso.

— Como?

— O maldito do seu filho. E não se faça de idiota comigo, seu merda. Ele também voltou? Seu filho?

Falk piscou, aturdido. Deacon o havia confundido com seu falecido pai. Fitou o rosto do velho. Deacon fez cara feia, mas havia certa preguiça em sua raiva.

Grant Dow deu um passo à frente e colocou uma das mãos no ombro do tio. Por um momento, pareceu que explicaria o engano, mas então sacudiu a cabeça em sinal de frustração e gentilmente obrigou o tio a sentar-se.

— Parabéns, seu babaca, você conseguiu aborrecer meu tio — Dow disse para Falk. — Tenho que te perguntar, amigo: acha mesmo que este é o melhor lugar para você estar?

Raco sacou do bolso o distintivo da polícia de Victoria dos jeans e o jogou no tampo da mesa, virado para cima.

— Eu podia fazer a mesma pergunta, Grant. Acha que este é o melhor lugar para estar no momento?

Dow expôs a palma das mãos com uma expressão inocente.

— Ok, tudo bem, não precisa ser assim. Eu e meu tio só saímos para tomar um drinque. Ele não está bem, como vocês podem ver. Não somos nós que estamos querendo criar problemas. Já esse daí... — Ele olhou direto para Falk. — Esse é um verdadeiro ímã de merda.

Um murmúrio quase imperceptível foi se espalhando pelo ambiente. Falk já sabia que a história voltaria à tona antes tarde do que nunca. Remexeu-se no assento ao sentir todos os olhos do lugar sobre si.

Eles estavam com calor e entediados. Os mosquitos tinham saído em bando e a trilha junto ao rio Kiewarra estava sendo um percurso mais lento do que o esperado. Os três iam se arrastando em fila indiana, batendo boca quando se davam ao trabalho de aumentar a voz acima do som da água corrente.

O segundo da fila soltou um palavrão ao dar com o peito na mochila do líder do grupo, entornando a água da garrafa na frente dele. Ex-investidor, se mudara para o interior por motivos de saúde e passava cada dia desde então tentando se convencer de que não odiava cada minuto. O líder levantou a mão para interromper os resmungos. Apontou para as águas turvas do rio. Eles se viraram e olharam.

— Que droga é aquilo?

— Muito bem, já chega, muito obrigado — berrou o barman atrás do balcão. Ele havia ficado de pé e descansava as pontas dos dedos na bancada. Por baixo da barba ruiva, ele não sorria. — Isto daqui é um bar público. Qualquer um pode beber aqui: ele, você; e é pegar ou largar.

— E qual é a terceira opção? — Dow mostrou os dentes amarelos para os amigos, que riram como esperado.

— A terceira opção é barrar a sua entrada. Você escolhe.

— É. Você, sempre fazendo esse tipo de ameaça, não é? — Dow encarou o barman. Raco limpou a garganta, mas Dow o ignorou. As palavras do barman voltaram à Falk. *Aqui, esses distintivos valem menos do que deviam.*

— O problema não é ele estar no bar. — O lugar ficou quase em silêncio quando Mal Deacon falou. — O problema é ter voltado a Kiewarra.

Ele ergueu um dedo espesso de artrite e o apontou entre os olhos de Falk.

— Entenda isto e avise o seu garoto: não tem nada aqui para vocês além de um monte de gente que lembra o que o seu filho fez com a minha filha.

O investidor vomitou os sanduíches de presunto no arbusto. Ele e os outros dois estavam ensopados, mas ele mal notou.

O corpo da menina agora estava na trilha e uma poça começava a se formar à sua volta. Ela era magra, mas fora necessária a força dos três para arrastá-la até a margem. Sua pele tinha uma brancura pouco natural e uma mecha de cabelo escorregara para sua boca. Vê-la desaparecer entre os lábios pálidos fez o investidor voltar a ter ânsias. Os lóbulos estavam em carne viva ao redor dos buracos dos brincos. Os peixes haviam aproveitado a oportunidade. As mesmas marcas eram visíveis ao redor das narinas e das unhas pintadas.

Estava completamente vestida e, nas partes do rosto onde a água lavara sua maquiagem, ela parecia jovem. Grudada na pele, a camiseta branca estava quase transparente, exibindo o sutiã de renda. As botas sem salto ainda estavam emaranhadas em restos de algas que haviam segurado seu corpo. As duas botas e todos os bolsos dos jeans estavam cheios de pedras.

— Mentira! Eu não tive nada a ver com o que aconteceu a Ellie. — Falk não conseguiu se conter e arrependeu-se imediatamente. Mordeu a língua. *Não participe.*

— Quem disse? — Grant Dow se postou atrás do tio. O sorriso gélido desaparecera há muito. — Quem disse que você não teve nada a ver com aquilo? Luke Hadler? — Quando ele pronunciou o nome, foi como se o ar de dentro do bar fosse sugado. — O negócio é que agora Luke não está mais aqui para falar nada sobre qualquer coisa.

O mais em forma do trio saiu correndo para buscar ajuda. O investidor se sentou no chão ao lado da própria poça de vômito. Sentia-se mais seguro ali, envolto no fedor ácido, do que perto daquele tenebroso ser branco. O líder do grupo caminhava de um lado para o outro, seus pés chapinhando a cada passo.

Conseguiam adivinhar quem ela era. Sua foto vinha sendo publicada nos jornais há três dias. Eleanor Deacon, de dezesseis anos, desaparecida desde a noite de sexta-feira quando não voltara para casa. O pai havia esperado uma noite para que esfriasse qualquer impulso adolescente que estivesse mantendo-a longe de casa. Quando ela não aparecera no sábado, o pai emitira o alerta.

Um século pareceu se passar até a equipe de emergência chegar ao rio. O corpo da menina foi levado para o hospital. O investidor foi mandado para casa. Não levou nem um mês para ele voltar para a metrópole.

O médico que examinou o corpo de Ellie Deacon determinou a causa de morte como afogamento. Seus pulmões estavam encharcados com a água do rio. Ela parecia ter passado vários dias dentro d'água, observou ele, mais provavelmente desde a sexta-feira. Ele relatou alguns ferimentos no esterno e nos ombros, e arranhões nas mãos e braços. Nenhuma dessas lesões era inconsistente com resíduos sólidos se arrastando sobre o corpo na correnteza. Havia algumas cicatrizes antigas nos antebraços, possivelmente indícios de automutilação. Ela não era, ele observou em última análise, virgem.

À menção do nome de Luke, uma onda varreu o bar, e até mesmo Dow pareceu se dar conta de que havia ido longe demais.

— Luke era meu amigo. Ellie era minha amiga. — A voz de Falk soou estranha aos seus próprios ouvidos. — Eu amava os dois. Então, me deixe em paz.

Deacon se levantou, sua cadeira rangendo de encontro ao assoalho.

— Não ouse me falar sobre amar Ellie. Ela era sangue do meu sangue.

Ele gritava e suas mãos tremiam enquanto ele apontava o dedo na direção de Falk em sinal de acusação. Pelo canto do olho, Falk viu Raco e o barman se entreolharem.

— Está dizendo que você e seu filho não tiveram nada a ver com o que aconteceu — disse Deacon. — E quanto ao bilhete, seu cretino mentiroso?

Ele declarou isso com um floreio, como quem tira um ás da manga num jogo de cartas. Falk sentiu o ar saindo de si. Sentiu-se exausto. A boca de Deacon estava retorcida. Ao seu lado, o sobrinho ria. Dow sentia cheiro de sangue.

— Agora você ficou sem resposta, não é mesmo? — provocou Dow.

Falk teve de se controlar para não sacudir a cabeça. Meu Deus. Aquele maldito bilhete.

A polícia passou duas horas revirando o quarto de Ellie Deacon. Dedos grossos e desajeitados reviraram gavetas de roupas íntimas e caixas de joias. O bilhete quase passou despercebido. Quase. Fora escrito numa única folha arrancada de um caderno comum. Fora dobrado uma única vez e enfiado no bolso de uma calça jeans. Na folha, escrita em caneta na letra de Ellie, estava a data em que ela desaparecera. Abaixo disso havia um único nome: Falk.

— Explique isso, se puder — exigiu Deacon. O bar estava em silêncio.

Falk não disse nada. Não podia. E Deacon sabia disso.

O barman bateu um copo em cima do bar.

— Chega. — Pensativo, lançou um olhar penetrante para Falk. Raco, segurando o distintivo de maneira bem visível, ergueu uma das sobrancelhas e fez que não, quase que imperceptivelmente. O barman, então, cravou os olhos em Dow.

— Você e seu tio, saiam. Não voltem aqui por dois dias, obrigado. Para o resto: comprem uma bebida ou deem o fora.

Os boatos começaram discretos, mas já haviam se espalhado até o final do dia. Aaron – com dezesseis anos e muito medo – se escondeu em seu quarto atormentado por mil pensamentos. Deu um pulo ao ouvir alguém bater na janela. O rosto de Luke surgiu, fantasmagoricamente branco, no lusco-fusco do cair de noite.

— Você está na merda, cara — sussurrou. — Eu ouvi os meus pais comentando. Todo mundo está falando. O que você estava realmente fazendo na sexta-feira depois da aula?

— Eu já falei. Pescando. Só que rio acima. A quilômetros de distância, eu juro. — Falk se agachou ao lado da janela. As pernas pareciam incapazes de aguentá-lo.

— Alguém mais te interrogou? Polícia ou mais alguém?

— Não. Mas vão. Eles acham que eu fui me encontrar com ela, ou coisa assim.

— Mas você não foi.

— Não. Claro que não. Mas e se não acreditarem em mim?

— Você não foi se encontrar com ninguém, mesmo? Ninguém viu você?

— Eu já disse que estava sozinho, não disse?

— Ok, ouça... Aaron, meu amigo, você está me ouvindo? Certo, se alguém perguntar, diga que nós estávamos caçando coelhos juntos. Nos campos lá de trás.

— Bem longe do rio.

— Isso. Nos campos que ficam perto de Cooran Road. Bem longe do rio. A tarde toda, ok? Fazendo besteira. Como sempre. Só acertamos um ou dois coelhos. Dois. Diga dois.

— Está bem. Dois.

— Não se esqueça. Nós estávamos juntos.

— Sim. Quer dizer, não. Não vou esquecer. Credo, Ellie. Eu não...

— Fale.

— O quê?

— Fale agora. O que você estava fazendo. Pratique.

— Luke e eu estávamos caçando coelhos juntos.

— Outra vez.

— Eu estava com Luke Hadler. Caçando coelhos. Lá nos campos da Cooran Road.

— Fique repetindo isso até soar normal. E veja se não erra.

— Não vou.

— Você entendeu tudo, não entendeu?

— Entendi. Luke, cara. Valeu. Obrigado.

Oito

Quando Aaron Falk tinha onze anos, viu Mal Deacon transformar seu próprio rebanho de ovelhas num caos trôpego e ensanguentado, usando apenas tesouras para tosquia e sua própria brutalidade. Aaron sentira uma dor crescer em seu peito enquanto ele, Luke e Ellie viam um animal após o outro ser atirado no chão do galpão dos Deacons com um giro brusco do corpo e ter o pelo tosquiado rente demais à pele.

Aaron tinha sido criado em fazenda, todos eles tinham, mas aquilo era diferente. Um balido triste da ovelha menorzinha o fez abrir a boca para tragar o ar, mas ele foi interrompido por Ellie, que o puxou pela manga. Ela o olhou e negou com a cabeça uma única vez.

Ela era uma menina miúda e muito séria naquela idade, dada a longos períodos de silêncio. Para Aaron, que também tendia a ser quieto, estava ótimo assim. Eles costumavam deixar Luke falar.

Ellie mal levantara a cabeça quando os barulhos vindos do celeiro flutuaram para a varanda decadente onde os três estavam sentados. Aaron ficara curioso, mas fora Luke quem insistira para abandonarem a lição de casa e investigassem. Agora, ouvindo o lamento das ovelhas e vendo o rosto de Ellie congelado numa expressão que ele nunca vira antes, Aaron sabia que não era o único a desejar que não tivessem saído para ver do que se tratava.

Viraram-se para ir embora e Aaron saltou ao ver a mãe de Ellie observando tudo em silêncio da porta do celeiro. Estava encostada no batente da porta usando um suéter marrom com uma mancha de gordura e que não lhe caía bem. Tomou um gole de líquido âmbar de um copo, sem desviar os olhos da tosquia. Suas feições eram compartilhadas com a filha: os mesmos olhos fundos, a pele amarelada, a boca grande. Mas, para Aaron, a mãe de Ellie parecia centenária. Anos se passaram até ele se dar conta de que, naquele dia, ela não havia chegado nem aos quarenta.

Enquanto ele a olhava, a mãe de Ellie fechou os olhos e inclinou a cabeça para trás. Respirou bem fundo, enrugando o rosto. Quando abriu os olhos outra vez, cravou-os no marido, fitando-o com um olhar tão puro e transparente que Aaron teve pavor de que Deacon se virasse e o visse. Arrependimento.

Naquele ano, o clima dificultou o trabalho de todo mundo e um mês antes, Grant, sobrinho de Deacon, mudara-se para a casa deles para dar uma mãozinha. A mãe de Ellie foi embora dois dias depois. Talvez tenha sido a última gota. Um homem do qual se ressentir já era o bastante para qualquer um.

Atirando duas malas e uma tilintante sacola de garrafas dentro de um carro velho, ela fez uma tentativa fajuta de dar fim às lágrimas da filha com promessas vazias de que voltaria em breve. Falk não sabia dizer ao certo quantos anos se passaram até Ellie parar de acreditar nisso. Perguntava-se se parte dela não teria acreditado até o dia em que morreu.

Falk estava agora com Raco na varanda coberta do Fleece enquanto o sargento acendia um cigarro. Ele ofereceu o maço e Falk recusou com a cabeça. Já passara tempo suficiente relembrando os velhos tempos para uma única noite.

— Você faz bem — disse Raco. — Eu estou tentando parar. Por causa do bebê.

— Boa. Bom para você.

Raco foi fumando lentamente, soprando a fumaça em direção ao céu da noite quente. Dentro do pub, o barulho havia aumentado um pouco. Deacon e Dow haviam demorado para ir embora e um toque de agressividade ainda pairava no ar.

— Você devia ter me contado antes. — Raco deu um trago. Suprimiu a tosse.

— Eu sei. Eu sinto muito.

— Você teve alguma coisa a ver com isso? Com a morte da garota?

— Não. Mas eu não estava com Luke quando aconteceu. Não como a gente contou.

Raco fez uma pausa.

— Então vocês mentiram sobre o álibi de vocês. Onde Luke estava?

— Eu não sei.

— Você nunca perguntou?

— É claro que sim, mas ele... — Falk se deteve, recordando. — Ele sempre insistiu que a gente permanecesse fiel à nossa história. Sempre. Até quando estávamos só nós dois. Ele dizia que era mais seguro sermos consistentes. Eu não insistia. Me sentia grato a ele, sabe? Achava que era pelo meu bem.

— Quem mais sabia que era mentira?

— Algumas pessoas suspeitavam. Mal Deacon, óbvio. Alguns outros. Mas ninguém sabia ao certo. Pelo menos foi o que eu sempre achei. Mas, agora, não tenho mais certeza. No final das contas, Gerry Hadler sempre soube. Talvez ele não seja o único.

— Você acha que Luke matou Ellie?

— Eu não sei. — Ele olhou fixo para a rua vazia. — Mas eu quero saber.

— Você acha que isso tudo tem ligação?

— Sinceramente, espero que não.

Raco deixou escapar um suspiro. Ele apagou o cigarro com todo o cuidado, então molhou a bituca com um esguicho de cerveja.

— Muito bem, meu amigo — começou ele —, pode deixar que

eu guardo o seu segredo. Por enquanto. A não ser que ele precise ser revelado. Aí você conta tudo nos mínimos detalhes e eu nunca soube de nada, combinado?

— Sim. Obrigado.

— Me encontre na delegacia amanhã de manhã, às nove. Nós vamos bater um papo com Jamie Sullivan, o tal amigo do Luke. A última pessoa que admite tê-lo visto vivo. — Ele olhou bem para Falk. — Caso você ainda esteja na cidade.

E, com um aceno, ele se embrenhou noite adentro.

De volta ao seu quarto, Falk se deitou na cama e pegou o celular. Segurou-o na palma da mão, mas não discou número algum. A aranha havia sumido de cima do abajur. Tentou não pensar onde ela estaria agora.

Caso você ainda esteja na cidade, Raco dissera. Falk estava perfeitamente ciente de que tinha escolha. Seu carro estava parado bem do lado de fora. Ele podia fazer a mala, pagar o que devia ao barman barbudo e pegar a estrada para Melbourne em quinze minutos, no máximo.

Raco talvez revirasse os olhos e Gerry tentaria lhe telefonar. Mas o que poderiam fazer? Não ficariam satisfeitos, mas ele podia viver com isso. Barb, entretanto – Falk podia imaginar seu rosto com uma nitidez indesejada –, Barb ficaria desolada. E com isso ele não tinha certeza absoluta de que conseguiria viver. A ideia o inquietou. Com o calor, parecia faltar ar no quarto.

Ele nunca conhecera a mãe. Ela morrera de hemorragia numa poça de seu próprio sangue menos de uma hora depois de ele nascer. Seu pai havia tentado, tentado de verdade, preencher o vazio deixado por ela. Mas qualquer noção que Falk tivera de ternura materna, cada bolo morno tirado do forno e abraço dado com perfume em excesso, tinha vindo de Barb Hadler. Ela podia ter sido mãe de Luke Hadler, mas sempre arranjava tempo para ele.

Ele, Ellie e Luke haviam passado mais tempo na casa dos Hadler do que em qualquer outra. Era frequente a casa dos Falk estar silenciosa e vazia, pois o pai passava horas preso às exigências de suas terras. Ellie sacudia a cabeça sempre que sugeriam ir à casa dela. *Hoje, não*, dizia. Quando ele e Luke insistiam, só para variarem um pouco, Falk sempre se via arrependido. A casa de Ellie era bagunçada e cheirava a garrafas vazias.

A casa dos Hadler era ensolarada e movimentada, com coisas gostosas saindo da cozinha e instruções claras sobre os deveres de casa e a hora de dormir, e ordens para desligar essa porcaria de TV e sair para pegar um pouco de ar fresco. A fazenda dos Hadler sempre tinha sido um porto seguro – até duas semanas atrás, quando se transformara numa cena de um crime da pior espécie.

Falk se encontrava imóvel na cama. Quinze minutos haviam se passado. Já podia estar na estrada a essa altura. Em vez disso, continuava ali.

Deu um suspiro e se virou na cama com os dedos pairando acima do telefone, enquanto pensava para quem precisava avisar. Pensou em seu apartamento em St. Kilda, nas luzes apagadas, na porta da frente muito bem trancada. Grande o bastante para duas pessoas, tinha sido só seu nos últimos três anos. Ninguém mais o aguardava em casa. Ninguém o esperava recém-saído do banho, com música tocando ao fundo e uma garrafa de vinho tinto respirando em cima da bancada da cozinha. Ninguém estava ansioso por um telefonema, interessado em saber por que ele ia ficar por lá mais alguns dias.

A maior parte do tempo, lidava bem com isso. Mas naquele momento, deitado na cama de um pub em Kiewarra, desejou ter construído um lar mais parecido com o de Barb e Gerry Hadler do que um exatamente igual ao do pai.

Era esperado no trabalho na segunda-feira, mas sabiam que ele havia ido a um enterro. Evitara dizer de quem. Ele sabia que podia ficar. Podia tirar uns dias de folga. Por Barb. Por Ellie. Por Luke, até. Havia acumulado mais horas extras e reconhecimento com o caso Pemberley do que seria capaz de usar. Sua investigação mais recente andava, na melhor das hipóteses, em banho-maria.

Falk remoeu aquilo tudo mais um pouco e outros quinze minutos se passaram. Por fim, pegou o telefone e deixou um recado para a sofredora secretária da divisão de crimes financeiros avisando-lhe que iria tirar uma semana de licença por motivos pessoais, com início imediato.

Era difícil saber qual dos dois ficou mais surpreso.

Nove

Jamie Sullivan já estava trabalhando há mais de quatro horas quando Falk e Raco atravessaram seus campos. Estava agachado sobre um joelho, as mãos nuas enfiadas na terra seca, analisando-a com escrutínio científico.

— Vamos para dentro de casa — disse ele quando Raco avisou que tinha perguntas a respeito de Luke. — Eu tenho mesmo que conferir se minha avó está bem.

Falk analisou Sullivan enquanto o seguiam em direção à construção baixa de tijolos. Aos vinte e tantos anos, seus cabelos louro-avermelhados falhavam prematuramente no alto da cabeça. O tronco e as pernas eram magros, mas os braços pareciam pistões, dando-lhe o formato de um triângulo invertido.

Chegando à casa, Sullivan os conduziu por um corredor entulhado. Falk tirou o chapéu e se esforçou para disfarçar a expressão de surpresa. Atrás dele, ouviu Raco soltar um palavrão baixinho ao bater a canela num banquinho escondido perto da porta. O corredor estava caótico. Todas as superfícies estavam atulhadas de enfeites e bibelôs acumulando poeira. Em algum lugar das profundezas da casa, havia uma televisão aos berros.

— Isso tudo é da Vó. — Sullivan respondeu à pergunta que nenhum dos dois fizera em voz alta. — Ela gosta e essas coisas a deixam... — ele pensou um pouco —... presente.

Ele os levou até a cozinha, onde uma mulher frágil como um pássaro encontrava-se ao lado da pia. Suas mãos cobertas de veias azuis tremiam sob o peso de uma chaleira cheia.

— Tudo certo, Vó? Quer um gole de chá? Deixa comigo. — Sullivan tomou a chaleira rapidamente de suas mãos.

A cozinha era limpa, mas desorganizada, e acima do fogão uma enorme marca de queimado manchava a parede. A tinta havia formado bolhas e descascava como uma ferida feia e cinza. A sra. Sullivan olhou para os três homens, depois para a porta.

— Quando o seu pai chega em casa?

— Ele não vem, Vó — respondeu Sullivan. — Ele morreu, lembra? Já faz três anos.

— É, eu sei. — Era impossível saber se ela havia ficado ou não surpresa com a notícia. Sullivan olhou para Falk e sinalizou com a cabeça em direção a uma porta.

— Você leva ela até lá? Eu vou em um minuto.

Falk sentiu os ossos da mulher através da pele solta do braço quando ela se apoiou nele. Depois da claridade da cozinha, a sala de estar passava uma sensação claustrofóbica, e por todos os lados xícaras cheias pela metade disputavam espaço com estatuetas de porcelana de olhos vazios. Falk conduziu a mulher até uma poltrona puída próxima à janela.

Vacilante, a sra. Sullivan se sentou e deu um suspiro irritado.

— Vocês, policiais, estão aqui por causa de Luke Hadler, não estão? Não toque nisso — vociferou quando Raco fez menção de mover uma pilha de jornais velhos de cima de uma cadeira. Suas vogais continham os vestígios melódicos do sotaque irlandês. — Não precisa me olhar desse jeito. Ainda não estou totalmente doida. O tal do Luke esteve aqui, aí foi embora e se livrou da família toda, não foi? Por qual outro motivo vocês viriam? A não ser que nosso Jamie tenha aprontado alguma.

O som de sua risada parecia um portão enferrujado.

— Não que a gente saiba — respondeu Falk, trocando um olhar com Raco. — A senhora conhecia bem o Luke?

— Eu não o conhecia, ponto. Só sabia que era amigo de Jamie. Aparecia aqui de vez em quando. Dava uma mão na fazenda.

Sullivan entrou trazendo uma bandeja com chá. Ignorando os protestos da avó, abriu espaço no aparador e fez sinal para que Falk e Raco se sentassem no sofá gasto.

— Desculpem a bagunça — disse Sullivan enquanto passava as xícaras. — A coisa é um pouco complicada... — Olhou para a avó, mas logo concentrou a atenção no bule de chá. As olheiras sob os olhos o faziam parecer mais velho, Falk notou. Mas, ainda assim, possuía uma confiança, pela forma que dominava a situação e controlava o ambiente. Falk podia vê-lo distante daquilo tudo, vestindo terno, num escritório de uma cidade qualquer. Ganhando um salário milionário e gastando metade em vinhos caros.

Sullivan terminou de servir o chá a todos e puxou uma cadeira barata de madeira.

— Então, o que vocês querem saber?

— Estamos tentando amarrar uma ou duas pontas soltas — disse Raco.

— Para os Hadler — acrescentou Falk.

— Claro. Sem problemas. Se é por Barb e Gerry — disse Sullivan. — Mas, olhem, a primeira coisa que eu quero dizer, e o que falei para os policiais de Clyde, é que se eu soubesse, se tivesse havido qualquer sugestão de que Luke ia sair daqui e fazer o que fez, eu nunca teria deixado ele ir embora. Só quero dizer isso logo de cara.

Ele baixou os olhos e balançou a xícara.

— É claro, rapaz, ninguém está dizendo que você poderia ter impedido o que aconteceu — disse Raco. — Mas, se você puder contar tudo o que aconteceu mais uma vez, ia ajudar muito. Para podermos ouvir por nossa conta. Por via das dúvidas.

Coelhos, disse-lhes Sullivan. Esse era o problema. Ou, pelo menos, um deles. Já era difícil o suficiente sobreviver à seca sem tê-los atacando tudo o que for comestível. Ele tinha se queixado a respeito no Fleece na noite anterior e Luke se oferecera para lhe ajudar.

— Alguém ouviu vocês dois combinarem isso? — perguntou Falk.

— É provável. Não lembro bem. Mas estava bastante movimentado. Qualquer um podia ter ouvido se tivesse se dado ao trabalho de prestar atenção.

Luke Hadler embicou a picape na entrada do campo e saltou. Chegara cinco minutos antes do combinado, mas Jamie Sullivan já estava lá. Os dois se cumprimentaram erguendo uma das mãos. Luke se esticou para pegar a espingarda na caçamba da picape e aceitou a munição oferecida por Sullivan.

— Vamos lá, vamos pegar esses coelhos malditos — disse Luke, mostrando os dentes com um imenso sorriso.

— Você forneceu a munição? — indagou Raco. — Qual?

— Winchester. Por quê?

Raco olhou para Falk. Então não eram as Remingtons que faltavam.

— Luke trouxe alguma de casa?

— Eu acho que não. Meus coelhos, minhas balas, foi o que eu pensei. Por quê?

— Só para saber. Como Luke estava para você?

— Na verdade, não sei. Já repassei isso na cabeça um monte de vezes desde então. Mas acho que ele me pareceu bem. Normal. — Sullivan pensou por um minuto. — Pelo menos até ir embora.

Os primeiros tiros de Luke foram ruins e Sullivan o olhou de soslaio. Luke mastigava a pele ao redor do polegar. Sullivan não disse nada. Luke deu outro tiro. Errou.

— Tudo certo, amigo? — perguntou Sullivan, relutante.

Ele e Luke costumavam se abrir um com o outro tanto quanto Sullivan se abria com qualquer amigo, ou seja: quase nada. Por outro lado, não tinha o dia todo para se livrar daqueles coelhos. O sol castigava as suas costas.

— Está. — Luke sacudiu a cabeça, distraído. — E você?

— É, também. — Sullivan hesitou. Podia deixar a conversa morrer aí. Luke atirou e errou outra vez. Sullivan decidiu puxar assunto e ver se o outro se abria.

— A Vó está começando a ficar frágil — comentou. — Às vezes dá trabalho.

— Ela está bem? — perguntou Luke sem tirar os olhos da toca.

— Está. É só que de vez em quando é complicado tomar conta dela.

Luke assentiu vagamente com a cabeça e Sullivan percebeu que ele só estava ouvindo parcialmente.

— É assim que são essas mulheres malditas — disse Luke. — Pelo menos a sua não pode mais correr de um lado para o outro matracando sobre só Deus sabe o quê.

Sullivan, que nunca na vida colocara a avó na mesma categoria de "mulheres", pelejou para encontrar uma resposta.

— Não, eu acho que não — disse. Teve a sensação de que, de alguma forma, estava pisando em terreno desconhecido. — Tudo certo entre você e a Karen?

— Ah. Sim. Sem problemas. — Luke apontou a arma e puxou o gatilho. Dessa vez, se saiu melhor. — Ah, sabe como é. A Karen é a Karen. Tem sempre algo rolando. — Ele tomou fôlego como se fosse dizer mais alguma coisa, então parou. Mudou de ideia.

Sullivan se mexeu, inquieto. Terreno definitivamente desconhecido.

— Claro.

Tentou pensar em mais alguma coisa para dizer, mas sua mente deu branco. Olhou de relance para Luke, que baixara a arma e o observava. Eles se olharam nos olhos por um instante. O clima ficara perceptivelmente desconfortável. Os dois homens se voltaram para a toca de coelho.

— "Tem sempre algo rolando"? — repetiu Raco. — O que ele quis dizer com isso?

Sullivan olhou para a mesa com expressão de infelicidade.

— Não sei. Não perguntei. Eu devia ter perguntado, não devia?

Devia, pensou Falk.

— Não — foi o que respondeu. — Provavelmente não faria diferença. — Ele não sabia se isso era verdade. — Luke disse mais alguma coisa a respeito?

Sullivan sacudiu a cabeça.

— Não. A gente voltou a falar do tempo. Como sempre.

Uma hora depois, Luke se alongou.

— Eu acho que a gente fez um bom estrago na toca. — Ele olhou o relógio. — É melhor eu ir andando. — Ele devolveu a munição sobressalente para Sullivan. Eles caminharam juntos até a picape, qualquer tensão anterior agora dissipada.

— Quer tomar uma cervejinha? — Sullivan tirou o chapéu e secou o rosto com o antebraço.

— Não, é melhor ir para casa. Cheio de coisas para fazer, sabe?

— Claro. Obrigado pela ajuda.

— Sem problemas. — Luke deu de ombros. — Pelo menos consegui ajustar a mira.

Ele colocou a arma descarregada no chão do assento do passageiro e entrou no carro. Agora que havia decidido ir embora, parecia ansioso por partir. Baixou a janela e deu um aceno rápido enquanto se afastava.

Sullivan ficou sozinho no campo vazio e olhou a picape prata sumir de vista.

Eles refletiram sobre a situação em silêncio. Junto à janela, a xícara de chá da sra. Sullivan tilintou de encontro ao pires quando ela a pousou sobre uma pilha de romances. Ela fez uma careta de fúria.

— E o que aconteceu, então? — perguntou Raco.

— Um pouco mais tarde, a polícia de Clyde me telefonou procurando Luke — disse Sullivan. — Eu disse que ele havia saído umas duas horas antes. Mas a notícia se espalhou por todos os lados uns cinco minutos depois disso.

— Que horas foi isso?

— Provavelmente umas seis e meia, eu acho.

— Você estava aqui?

— Estava.

— E antes disso, quando Luke foi embora, o que você fez?

— Nada. Trabalhei. Aqui na fazenda — respondeu Sullivan. — Terminei as coisas lá fora. Jantei com a Vó.

Falk piscou, aturdido, ao perceber um ligeiro movimento.

— Estavam só vocês dois? — Falk manteve a voz leve. — Você não saiu em nenhum momento? Ninguém mais apareceu aqui?

— Não. Só nós.

Teria sido fácil não perceber, mas quando Falk pensou a respeito mais tarde, teve certeza. No canto de seu campo de visão, a sra. Sullivan havia erguido os olhos claros em sinal de surpresa. Ela fitara o neto por pouco menos de um instante antes de voltar a olhar para baixo. Falk a observara com cuidado, mas ela não voltara a erguer a vista. Durante o pouco que restou da visita deles, ela pareceu estar num sono profundo.

Dez

— Vou lhe dizer uma coisa: eu estaria subindo pelas paredes. — Raco estremeceu por trás do volante. Do lado de fora, uma cerca de arame fino, que protegia a mata amarelada, passava num piscar de olhos. Mais além, os campos eram bege e marrons. — Preso aqui, no meio do nada, sem ninguém além daquela velha. Aquela casa mais parecia um museu bizarro.

— Você não é fã de anjinhos de porcelana? — perguntou Falk.

— Meu amigo, minha avó é mais católica que o papa. Quando o assunto são enfeites semirreligiosos, eu supero qualquer um — disse Raco. — Só não acho que é uma vida muito interessante para um cara da idade dele.

Eles passaram uma placa que alertava para a possibilidade de incêndios. O nível de alerta havia sido passado para "alto" desde a chegada de Falk. A seta apontava, insistentemente, para a parte laranja brilhante do semicírculo. Prepare-se. Aja. Sobreviva.

— Você acha que ele nos contou a verdade? — Falk explicou como a avó de Sullivan havia reagido diante da afirmação de que ele passara a noite toda em casa.

— Que interessante... mas ela é meio pancada, não é? Além de parecer ser meio maldosa. Não tinha nada nos relatórios que sugerisse que Sullivan saiu para passear, o que não quer dizer nada, na verdade. O mais provável é que ele não tenha sido interrogado com muita atenção. Se é que foi.

— O negócio é que — Falk inclinou o corpo para a frente para mexer no ar-condicionado —, se Sullivan quisesse matar Luke, teria sido fácil. Eles passaram mais de uma hora no meio do nada com espingardas. É um convite para alguém forjar um acidente. Até a avó dele poderia ter acertado o tiro.

Falk desistiu do ar-condicionado e abaixou um pouco o vidro, deixando entrar uma corrente de ar quente. Fechou-a rapidamente outra vez.

Raco riu.

— E eu que achava que fazia calor demais em Adelaide.

— Era lá que você morava antes? O que te trouxe até aqui?

— Minha primeira oportunidade de ser sargento. Me pareceu ser uma boa oportunidade de gerir a minha própria delegacia e eu já era um do interior mesmo, sabe? E você, sempre trabalhou em Melbourne?

— Quase sempre. Minha base sempre foi lá.

— Você gosta de fazer esse trabalho financeiro?

Falk sorriu consigo mesmo diante do tom de Raco: cortês, porém incrédulo por alguém ter escolhido um ramo desses. Era uma reação familiar. As pessoas sempre se surpreendiam com a frequência com que as notas de dinheiro em suas mãos estavam sujas de sangue.

— Combina comigo — respondeu ele. — E, por falar nisso, ontem à noite eu comecei a revisar os registros financeiros dos Hadler.

— Algo de interessante?

— Ainda não. — Falk conteve um bocejo. Ficara acordado até tarde analisando cifras debaixo da lâmpada fraca do quarto. — O que em si já é revelador. É óbvio que a fazenda estava com dificuldades, embora não tenha certeza de que estivesse muito pior que qualquer outra das redondezas. Pelo menos eles tinham se precavido um pouco para esse tipo de eventualidade. Guardaram algum dinheiro durante as épocas boas. O seguro de vida deles não era nada demais. Só o básico mesmo.

— E fica para quem?

— Para Charlotte, por meio dos pais de Luke. Mas é bem pouco. Talvez o bastante para a hipoteca e um pouco mais. Ela vai herdar a fazenda, imagino, querendo ou não. Por enquanto, nada que chame a atenção, tipo: várias contas bancárias, saques em valores muito altos, dívidas para terceiros, esse tipo de coisa. Eu vou seguir em frente.

O principal que Falk havia aprendido com a análise era que Karen Hadler era uma contabilista competente e minuciosa. Ele havia sentido uma pontada de afinidade por ela enquanto seguia seus cálculos bem organizados e as cuidadosas marcações feitas a lápis.

Raco diminuiu a velocidade ao se aproximarem de uma encruzilhada deserta e conferiu o relógio.

— Sete minutos se passaram.

Repetiam o percurso de Luke para casa saindo da fazenda de Sullivan. Luke dobrou à esquerda na estrada, em direção à fazenda dos Hadler. Era asfaltada, mas não muito bem. Rachaduras profundas mostravam onde o asfalto dilatara e encolhera com a mesma sazonalidade de um cultivo.

Tecnicamente falando, era uma estrada de mão-dupla, embora mal fosse larga o suficiente para dois veículos passarem lado a lado. Um encontro frente a frente forçaria um deles a um mergulho gentil no matagal, imaginou Falk. Não teve oportunidade de descobrir; não cruzaram com um único veículo durante todo o caminho.

— Quase quatorze minutos de uma porta à outra — anunciou Falk quando Raco embicou na pista de acesso à casa dos Hadler. — Muito bem. Vamos ver onde encontraram o corpo do Luke.

Mal podia ser considerada uma clareira.

Raco a passou direto e xingou baixinho, freando ruidosamente. Voltou alguns metros de ré e estacionou no acostamento.

Eles saltaram sem se dar ao trabalho de trancar as portas. Raco conduziu Falk até um vão entre as árvores.

— Fica aqui dentro.

Fez-se um sinistro instante de silêncio enquanto pássaros invisíveis eram momentaneamente imobilizados pelo som da voz de Raco. O vão se abriu para um pequeno espaço, grande o suficiente para que um veículo pudesse entrar, mas não manobrar. Falk se plantou bem no meio. Ali era ligeiramente mais fresco, sombreado em todos os lados por árvores goma fantasma enfileiradas como sentinelas. A estrada ficava completamente oculta pela mata espessa. Algo num arbusto fez barulho e saiu correndo. A terra amarelada era lisa e firme. Não havia rastros ou marcas de pneus.

Logo debaixo dos pés de Falk, bem no meio da clareira, havia uma fina camada de areia solta. Ele se deu conta de que havia sido colocada ali para cobrir alguma coisa e se afastou na mesma hora. O local havia sido pisoteado por dezenas de botas recentemente, mas fora isso, parecia ser um local pouco movimentado.

— É um lugar bastante degradante para se passar os últimos momentos — comentou Falk. — Era para ter algum significado pro Luke?

Raco deu de ombros.

— Eu tinha esperança de que você tivesse alguma ideia a respeito.

Falk vasculhou a memória atrás de antigas viagens de acampamento, de aventuras de infância. Nada lhe ocorreu.

— Foi aqui mesmo que ele morreu? Na caçamba da picape? — perguntou Falk. — Não existe a menor chance de ele ter sido morto em algum outro lugar e trazido para cá?

— Nenhuma. A análise de padrões de manchas de sangue foi definitiva.

Falk tentou organizar a sequência dos acontecimentos na cabeça. Luke havia deixado a casa de Jamie Sullivan mais ou menos às 16h30. Sua picape havia aparecido nas imagens de segurança da fazenda dos Hadler aproximadamente trinta minutos depois. Mais tempo do que levara para Falk e Raco percorrerem a mesma distância. Dois tiros, quatro minutos, e a picape tinha ido embora.

— Se realmente foi Luke quem matou a família, a coisa é razoavelmente simples — declarou Falk. — Ele dirigiu para casa pegando o caminho mais longo, sabe-se lá por quê, matou os dois e veio para cá.

— Certo. Mas fica bem mais complicado se tiver sido outra pessoa — comentou Raco. — O assassino tem de ter estado dentro da picape de Luke em algum momento depois de ele deixar a fazenda do Sullivan, porque Luke estava com a arma do crime. Então, quem dirigiu até a fazenda dos Hadler?

— E se não era Luke no volante, onde ele estava enquanto sua família era assassinada? Sentado no banco do carona assistindo àquilo tudo acontecer? — perguntou Falk.

Raco deu de ombros.

— Talvez? Quer dizer, é um cenário possível. Dependendo de quem era a outra pessoa e de que tipo de controle ela pode ter tido sobre ele. — Eles se entreolharam e Falk soube que Raco também estava pensando em Sullivan.

— Ou, então, pode ter sido dominado pelo assassino — sugeriu Raco. — Talvez tenham precisado de algum esforço, mas algumas pessoas conseguiriam fazer isso. Você viu os braços de Sullivan. Músculo puro.

Falk assentiu com a cabeça e tentou se lembrar do relatório a respeito do cadáver de Luke. Ele tinha sido um sujeito robusto. Um homem saudável, tirando o ferimento à bala. Não havia marcas de defesa em suas mãos. Nenhum sinal de tentativa de asfixia ou amarras. Tentou visualizar o corpo de Luke prostrado de barriga para cima na caçamba da picape. O sangue empoçado à sua volta e as quatro listras inexplicáveis na lateral da lataria do veículo.

— "Mulheres malditas" — disse Falk em voz alta. — O que você acha que ele quis dizer com isso?

— Sei lá — respondeu Raco, olhando para o relógio. — Mas a gente tem um encontro marcado esta tarde com alguém que talvez saiba. Eu achei que talvez valesse a pena saber o que Karen Hadler guardava na gaveta da escrivaninha do trabalho.

Onze

A muda de acácia adquiriu uma aparência um pouco menos frágil depois de plantada, mas não muito. Crianças de uniforme observavam desconcertadas enquanto colocavam pás de adubo ao redor de sua base. Pais e professores formavam pequenos grupos, alguns chorando abertamente.

Desistindo imediatamente da luta, um punhado de felpudos botões amarelos da acácia flutuou até o chão. Aterrissaram próximo à placa com a mensagem recentemente gravada.

EM MEMÓRIA DE BILLY HADLER E KAREN HADLER.
AMADOS POR TODOS NÓS, DEIXAM SAUDADES NA FAMÍLIA
DE NOSSA ESCOLA.

A muda não tinha a menor chance, pensou Falk. Ele sentia o calor atravessar as solas dos sapatos.

De volta à sua escola primária, Falk mais uma vez teve a sensação de que podia ter voltado trinta anos no tempo. O parquinho asfaltado era uma versão em miniatura do que ele lembrava e os bebedouros lhe pareceram absurdamente baixos. Mas a sensação de reconhecimento foi instantânea, trazendo de volta flashes de rostos e acontecimentos que ele há muito esquecera.

Luke fora um bom aliado naquele tempo. Era um desses garotos de sorriso fácil e, astuto como era, dominava sem esforço a lei da selva que regia o parquinho. *Carismático* teria sido a palavra se eles a conhecessem naquela idade. Ele era generoso com o seu tempo, as suas piadas e com os seus pertences. Com os pais. Todo mundo era bem-vindo na casa dos Hadler. Sua lealdade era quase um defeito. Certa vez, quando Falk levara uma bolada na cara, ele precisara tirar Luke de cima do menino que a chutara. Falk, alto e desajeitado nessa época, estava sempre ciente da sorte que tinha de ter Luke ao seu lado.

Desconfortável, Falk se remexia no lugar enquanto a cerimônia ia chegando ao fim.

— Scott Whitlam, o diretor — disse Raco, fazendo um aceno com a cabeça na direção de um homem engravatado e em boa forma física, que se desvencilhava de um grupo de pais.

Whitlam se aproximou com a mão estendida.

— Desculpe por deixar vocês esperando — disse ele depois que Raco apresentou Falk. — Todo mundo quer conversar num momento como esse.

Whitlam tinha quarenta e poucos anos e se deslocava com a energia ágil de um atleta aposentado. Tinha o peito largo e um imenso sorriso. Dois centímetros de cabelos limpos e castanhos se mostravam por baixo do chapéu.

— Foi uma cerimônia bonita — comentou Falk, e Whitlam olhou para a muda.

— Era disso que a gente precisava. — Ele baixou a voz. — Mas a árvore não tem a menor chance. Só Deus sabe o que esperam que a gente diga para as crianças quando ela morrer. Bem... — Ele indicou o prédio de tijolos claros com a cabeça. — Juntamos tudo que era da Karen e do Billy, como vocês pediram. Não tem muita coisa, eu sinto dizer, mas está tudo na secretaria.

Atravessaram o pátio atrás dele. A campainha tocou em algum lugar à distância. Era o fim do dia escolar. De perto, os prédios e brinquedos do parquinho formavam um conjunto deprimente. A tinta havia descascado de todas as superfícies e o metal exposto estava vermelho de ferrugem. O escorregador de plástico estava rachado e só um dos lados da quadra de basquete ainda tinha cesto.

Os sinais de uma comunidade mergulhada na pobreza estavam por todas as partes.

— Recursos — disse Whitlam ao percebê-los olhando à sua volta. — Nunca recebemos o suficiente.

Nos fundos da escola, havia umas ovelhas tristes num curral marrom. Mais além, a terra se elevava, formando uma cadeia de morros cobertos de mata.

O diretor parou para tirar um punhado de folhas da água das ovelhas.

— Vocês ainda ensinam técnicas agrícolas? — Falk se lembrava de verificar a água de uma gamela parecida com aquela em certa fase de sua vida.

— Um pouco. Mas tentamos tornar a coisa leve. Divertida. As crianças já têm de lidar com a realidade nua e crua em casa — respondeu Whitlam.

— É você que ensina?

— Eu não, sou só um humilde urbanoide. Nós nos mudamos de Melbourne para cá há dezoito meses e eu só aprendi a distinguir a cabeça do rabo da vaca há pouco tempo. Minha mulher queria uma mudança de ares da cidade. — Ele fez uma pausa. — E foi isso mesmo que tivemos.

Ele empurrou uma porta pesada que se abriu para um corredor cheirando a sanduíches. As paredes exibiam pinturas e desenhos das crianças.

— Nossa, alguns são deprimentes — murmurou Raco.

Falk percebeu o que ele quis dizer. Havia famílias de bonecos de palitinho nas quais todos os rostos tinham a boca de giz de cera curvada para baixo. Uma pintura mostrava uma vaca com asas de anjo. *Minha vaca Toffee no céu*, dizia a legenda em caligrafia trêmula. Em toda tentativa de paisagem, os campos estavam pintados de marrom.

— Vocês deviam ter visto os que a gente não pendurou — comentou Whitlam, parando diante da porta da secretaria. — A seca. Ela vai matar esta cidade.

Ele tirou um imenso molho de chaves do bolso e os conduziu até seu escritório. Indicando um par de poltronas que já tinham visto dias melhores, ele sumiu para dentro de um depósito. Reapareceu um instante depois carregando uma caixa de papelão lacrada.

— Está tudo aqui dentro. Coisinhas que estavam na mesa da Karen, alguns dos trabalhos escolares do Billy. A maioria são pinturas e exercícios, sinto muito.

— Obrigado — disse Raco, pegando a caixa de suas mãos.

— Eles fazem falta — disse Whitlam, encostando o corpo na mesa. — Os dois. Nós ainda estamos em estado de choque.

— Você trabalhava muito próximo da Karen? — perguntou Falk.

— Um pouco. Nossa equipe é pequena. Ela era excelente. Cuidava das nossas finanças e da contabilidade. Era boa, também. Inteligente demais para este emprego, na verdade, mas acho que era conveniente para ela por causa da creche e tudo o mais.

Uma fresta estava aberta na janela e os barulhos do parquinho vinham chegando por ela.

— Olhem, será que posso perguntar por que vocês estão aqui? — indagou Whitlam. — Pensei que o caso estivesse encerrado.

— Envolveu três integrantes da mesma família — disse Raco. — Infelizmente, numa situação como essa nada nunca é evidente.

— Certo. Claro. — Whitlam não soou convencido. — O negócio é que eu tenho obrigação de garantir a segurança dos alunos e dos funcionários, então, se...

— Nós não estamos sugerindo que haja qualquer coisa com a qual se preocupar, Scott — afirmou Raco. — Se houver algo que você precise saber, nós nos vamos garantir que chegue a você.

— Claro, entendido — disse Whitlam. — O que eu posso fazer para ajudar vocês?

— Nos fale sobre Karen.

A batida foi suave, porém firme. Whitlam ergueu os olhos da mesa enquanto a porta se abria. Uma cabeça loura surgiu de detrás.

— Scott, você tem um minuto?

Karen Hadler entrou na sala e não estava sorrindo.

— Ela veio conversar comigo um dia antes de ela e Billy serem assassinados — disse Whitlam. — Estava preocupada, é claro.

— Por que "é claro"? — perguntou Raco.

— Desculpem, não era pra parecer uma piada. Mas vocês viram os desenhos das crianças nas paredes. Eu quis dizer que todo mundo está assustado. Os adultos não são um caso à parte.

Ele pensou um pouco.

— Karen era um membro muito valorizado de nossa equipe. Mas ela estava bastante estressada nas últimas duas semanas. Estourava com facilidade, o que era incomum. Andava distraída. E vinha cometendo um ou outro erro na contabilidade. Nada demais, a gente pegou. Mas, como eu disse antes, não era do feitio dela. E isso a incomodava. Ela era, normalmente, muito precisa. Então veio conversar comigo a respeito.

Karen fechou a porta às suas costas. Escolheu a cadeira mais próxima à mesa de Whitlam. Sentou-se com as costas eretas e cruzou os tornozelos numa pose comportada. Mesmo modesto, seu vestido envelope lhe caía bem, com uma estampa sutil de maçãs brancas num fundo vermelho. Karen era o tipo de mulher cuja beleza juvenil havia sido suavizada pela idade e a maternidade, tornando-se menos marcante, mas igualmente atraente, à sua maneira. Podia, facilmente, ser escalada para um desses comerciais de supermercado como a mãe que todos invejam querendo saber "como ela faz tudo parecer tão fácil"? Qualquer um confiaria numa marca de detergente ou de cereal matinal que Karen Hadler recomendasse.

Agora ela tinha no colo uma pequena pilha de papéis.

— Scott — ela começou para, então, hesitar. Ele esperou. Ela respirou fundo. — Scott, para ser sincera, eu não tinha certeza se

devia trazer isso à sua atenção. Meu marido... — Karen o olhou nos olhos, mas Whitlam teve a sensação de que ela se forçava a fazê-lo. — Luke, bem... Ele não ficaria muito satisfeito.

Raco se aproximou.

— Ela lhe deu a impressão de estar com medo do marido?

— Na hora, eu não achei isso. — Whitlam apertou o próprio nariz. — Mas, sabendo do que aconteceu no dia seguinte, faz com que eu me dê conta de que eu talvez não estivesse prestando atenção o suficiente. Me preocupa que eu possa ter ignorado os sinais. Eu venho me perguntando a cada dia. Mas eu quero deixar claro que se eu tivesse suspeitado, mesmo que por um minuto, que eles corriam perigo, óbvio que eu nunca teria deixado ela e Billy irem para casa. — Inconscientemente, as palavras de Whitlam ecoaram as de Jamie Sullivan.

Karen girou a aliança de casamento no dedo.

— Nós trabalhamos juntos há algum tempo e eu diria que funcionamos bem juntos. — Ela ergueu os olhos e Whitlam assentiu com a cabeça. — Eu sinto que preciso dizer alguma coisa.

Ela fez outra pausa e respirou fundo.

— Eu sei que tem havido alguns problemas, recentemente. Comigo e com o meu trabalho. Uns erros aqui e ali.

— Um ou dois, talvez, mas nada de sério, Karen. Você trabalha bem, todo mundo sabe disso.

Ela assentiu uma vez e baixou os olhos. Quando ergueu a cabeça outra vez, a expressão em seu rosto era decidida.

— Obrigada. Mas existe um problema. E eu não posso fazer vista grossa.

— Ela disse que a fazenda estava falindo — Whitlam contou. — Karen disse que eles tinham seis meses, talvez menos. Disse que Luke não acreditava nela. Ao que parece, ele tinha certeza de que as coisas iam melhorar, mas ela disse que estava vendo o que ia acontecer. Estava preocupada. Chegou a me pedir desculpas.

Whitlam fez um barulhinho de incredulidade.

— Agora me aparece absurdo. Mas ela disse que queria se desculpar por andar tão distraída. Pediu que eu não contasse a Luke que tinha comentado. Não que eu teria dito qualquer coisa, é claro. Mas ela disse que ele ficaria chateado se achasse que andou espalhando a situação deles pela cidade.

Whitlam mordeu a unha do polegar.

— Eu acho que ela estava precisando desabafar. Eu peguei um copo d'água para ela, fiquei um tempo escutando o que tinha para dizer. Eu a tranquilizei dizendo que o emprego dela não estava em perigo, esse tipo de coisa.

— Você conhecia Luke Hadler bem? — perguntou Falk.

— Não muito. Estive com ele algumas vezes, é claro. Reuniões de pais. A gente se encontrava de vez em quando lá no pub, mas não de conversar, de fato. Ele me parecia simpático. Além de ser um pai presente. Não consegui acreditar quando recebi a ligação. Já é bem ruim perder um membro da sua equipe, mas um aluno? É o pior pesadelo para um professor.

— Quem lhe contou o que tinha acontecido? — indagou Falk.

— Alguém da polícia de Clyde ligou para a escola. Imagino que tenha sido porque Billy era nosso aluno. Já era um pouco tarde, perto das sete. Eu estava pronto para ir embora, mas me lembro de ficar sentado aqui tentando processar a informação. Tentando decidir como contar para as crianças no dia seguinte.

Ele encolheu os ombros, triste.

— Não existe forma boa. Billy e a minha filha eram bastante amigos, sabem? Eram da mesma turma. Por isso foi um choque tão grande saber que Billy também tinha sido atingido.

— Como assim? — perguntou Raco.

— Porque era para ele ter passado aquela tarde na nossa casa — respondeu Whitlam, como se fosse óbvio. Seu olhar ia e vinha entre os rostos inexpressivos de Falk e de Raco. Ele estendeu as mãos, confuso.

— Desculpem, pensei que vocês soubessem. Eu contei aos policiais de Clyde. Era para Billy ter ido brincar na nossa casa aquele dia, mas Karen ligou para a minha mulher e cancelou de última hora. Disse que Billy não estava passando bem.

— Ele estava bem o suficiente para ir à escola. Você e sua mulher acreditaram nela? — perguntou Falk, chegando o corpo para a frente.

Whitlam assentiu.

— Sim. E ainda acreditamos, aliás. Tinha uma virose leve circulando. É possível que Karen tenha achado que ele precisasse dormir cedo. Eu acho que foi só uma dessas tristes coincidências.

Ele esfregou a mão por cima dos olhos.

— Mas uma coisa assim — continuou —, saber que ele chegou tão perto de não estar lá. Meu Deus, deixa a gente com um monte de "e ses" para pensar.

Doze

— Nós saberíamos disso se estivéssemos em contato com Clyde — disse Falk, quando eles chegaram do lado de fora. Enfiou a caixa com os pertences de Karen e de Billy debaixo do braço. O papelão grudou desconfortavelmente em sua pele pegajosa.

— Bem, sem problemas. Nós ficamos sabendo de qualquer maneira.

— No fim das contas. Sei lá. Talvez seja hora de envolvê-los.

Raco olhou para ele.

— Você acha mesmo que temos indícios o suficiente para dar esse telefonema? Considerando como vão reagir?

Falk ia abrindo a boca para responder, quando uma voz o chamou do outro lado do parquinho:

— Ei, Aaron! Espere.

Falk se virou e viu Gretchen Schoner correndo em sua direção. Sentiu seu humor melhorar um pouco. As roupas do funeral haviam sido substituídas por shorts e uma camisa azul de bom caimento, com as mangas enroladas até os cotovelos. Combinava mais com ela, pensou Falk. Raco pegou a caixa dele.

— Encontro você de volta no carro, amigo — disse ele, diplomático, cumprimentando Gretchen educadamente com um aceno da cabeça.

Ela parou na frente de Falk e empurrou os óculos escuros para o topo da cabeça, carregando junto os cabelos loiros num complicado coque. O azul da camisa realçava os seus olhos, ele notou.

— O que você ainda está fazendo por aqui? Pensei que já tinha ido embora. — Ela fechava a cara e sorria ao mesmo tempo. Estendeu a mão enquanto falava e tocou o cotovelo de Falk. Ele sentiu uma pontada de culpa. Devia ter avisado a ela.

— Estávamos conversando com Scott Whitlam — disse ele. — O diretor.

— É, eu sei quem é Scott. Faço parte do conselho da escola. O que eu quis dizer foi: o que você ainda está fazendo em Kiewarra?

Falk olhou para trás dela. Um grupo de mães tinha as cabeças viradas para eles, seus olhos escondidos por trás de óculos escuros. Ele tomou o braço de Gretchen e se virou ligeiramente de maneira que ficassem de costas para o grupo.

— É meio complicado. Os Hadler me pediram para dar uma olhada no que aconteceu com Luke.

— Você está brincando. Por quê? Alguma novidade?

Falk sentiu uma vontade incontrolável de lhe contar a história toda. Ellie, os álibis, as mentiras. A culpa. Gretchen fazia parte do quarteto original. Tinha sido o ponto de equilíbrio: a luz para a escuridão de Ellie, a calma para a loucura de Luke. Ela entenderia. Por cima de seu ombro, as mães ainda os observavam.

— Tem a ver com dinheiro — respondeu Falk com um suspiro. Ele lhe contou uma versão diluída das preocupações de Barb Hadler: dívidas pesadas que fugiram ao controle.

— Caramba. — Ela piscou, momentaneamente imóvel enquanto tentava processar a informação. — Acha que ela pode estar certa?

Falk se limitou a dar de ombros. A conversa com Whitlam havia lançado uma nova luz sobre a sugestão.

— Vamos ver. Mas me faça um favor e não fale nada para ninguém por enquanto.

Gretchen franziu a testa.

— Talvez seja um pouco tarde para isso. Corre o boato que uns policiais apareceram na casa de Jamie Sullivan hoje mais cedo.

— Cruzes, como que já ficaram sabendo? — perguntou Falk, sabendo a resposta: em cidades pequenas a fofoca corre rápido. Gretchen ignorou a pergunta.

— Apenas vá com calma. — Ela estendeu o braço e enxotou uma mosca que pousara no ombro de Falk. — As pessoas já estão de pavio curto. Não é preciso muita coisa para que elas explodam.

Falk assentiu.

— Obrigado. Entendido.

— Bem... — Gretchen interrompeu o que ia dizer quando um enxame de meninos pequenos passou correndo num caótico jogo de futebol, o peso da cerimônia fúnebre já deixando seus pequenos ombros com a chegada do fim de semana. Ela protegeu os olhos da luz do sol e acenou para o grupo. Falk tentou identificar o filho dela no meio do bando, mas não conseguiu. Quando olhou para ela outra vez, Gretchen o observava. — Quanto tempo acha que vai ficar por aqui?

— Uma semana. — Falk hesitou. — Não mais que isso.

— Ótimo. — Os cantos de sua boca se voltaram para cima e poderia ser vinte anos antes.

Quando ela se afastou alguns minutos depois, Falk segurava um pedaço de papel com o número de celular dela e o horário para se encontrarem na noite seguinte, ambos escritos na letra característica de Gretchen.

— Quer dizer que fez amizade, amigo? — disse Raco, com leveza, quando Falk entrou no carro.

— É amizade antiga, obrigado — corrigiu Falk, sem conseguir deixar de sorrir.

— Então, o que você quer fazer? — perguntou Raco, mais sério. Fez um sinal com a cabeça em direção à caixa de papelão acomodada no banco traseiro. — Quer ligar para Clyde e se atolar até o pescoço em burocracia tentando convencê-los de que talvez tenham feito merda ou quer ir para a delegacia e descobrir o que tem aí dentro da caixa?

Falk olhou para ele por um instante imaginando o telefonema.

— É, está bem. Delegacia. Caixa.

— Boa decisão.

— Apenas dirija.

A delegacia era um prédio baixo de tijolos vermelhos, localizado no final da rua principal de Kiewarra. As lojas dos dois lados tinham fechado em definitivo e suas vitrines permaneciam vazias. Do outro lado da rua, a história era parecida. Somente a lojinha de conveniência e a loja de bebidas pareciam ter algum movimento.

— Nossa, isso daqui está morto — comentou Falk.

— Eis a questão com problemas financeiros. Eles são contagiosos. Os fazendeiros não têm dinheiro para gastar nas lojas, elas entram em falência e você acaba com mais gente sem dinheiro para gastar nas que sobraram. Ao que parece, elas vêm caindo como dominós.

Raco puxou a porta da delegacia. Estava trancada. Soltou um palavrão e vasculhou o bolso à procura das chaves. Na porta, havia uma placa com o horário de funcionamento da delegacia: de segunda a sexta-feira, das 9h às 17h. Fora desse horário, segundo a placa, vítimas de crimes tinham de tentar a sorte em Clyde. Falk olhou para o relógio: 16h51. Embaixo, um número de celular havia sido escrito a caneta para emergências. Falk apostava que era o de Raco.

— Vai sair mais cedo? — chamou Raco uma vez que entraram, deixando a irritação evidente na voz.

A recepcionista – do alto de seus mais de sessenta anos, mas com improváveis cabelos cor de carvão de uma Elizabeth Taylor jovem – ergueu o queixo num gesto desafiador.

— Eu cheguei cedo — disse, se empertigando ligeiramente por trás do balcão. Já estava com a bolsa pendurada no ombro como um soldado com a arma empunhada. Raco a apresentou como sendo Deborah. Ela não apertou a mão de Falk.

Na sala atrás dela, o guarda Evan Barnes ergueu os olhos com expressão de culpa, segurando as chaves do carro.

— Boa tarde, chefe — cumprimentou Barnes. — Tá quase na hora, né? — Sua voz saiu carregada de um tom excessivamente informal e ele olhou para o relógio de um jeito exagerado. — Ih. Olhe só. Ainda faltam uns minutinhos.

Grandalhão de feições jovens, com cabelos encaracolados que projetavam-se para fora da cabeça em tufos feiosos, ele se sentou outra vez à sua mesa e começou a mexer a papelada que a cobria para lá e para cá. Raco revirou os olhos.

— Ora, saia logo daqui — disse ele, erguendo a tampa do balcão. — Bom fim de semana. Vamos só torcer para a cidade não pegar fogo um minuto antes das cinco, não é mesmo?

Deborah endireitou a coluna como uma mulher fortalecida pela constatação de que estivera certa desde o início.

— Então, tchau — disse ela para Raco. Fez um breve aceno com a cabeça para ele, olhando para a sua testa em vez de em seus olhos.

Falk sentiu uma compreensão fria invadir alguma parte de seu peito. Ela sabia. Não ficou realmente surpreso. Supondo-se que Deborah fosse nascida e criada em Kiewarra, tinha a idade certa para se lembrar de Ellie Deacon. Aquilo tinha sido a coisa mais dramática a acontecer em Kiewarra, pelo menos até as mortes dos Hadler. Ela provavelmente fizera barulhinhos de recriminação enquanto tomava café e lia os artigos de jornal abaixo da foto em preto e branco de Ellie. Trocara fofocas com os vizinhos. Talvez tivesse conhecido o pai dele. Antes de tudo acontecer, é claro. Não teria admitido conhecer a família Falk depois.

Horas depois de o rosto de Luke ter desaparecido da janela de seu quarto, Aaron continuava acordado. Os acontecimentos ficavam repassando infinitamente pela sua cabeça. Ellie, o rio, a pescaria, o bilhete. Luke e eu estávamos caçando coelhos juntos.

Ele esperou a noite toda, mas quando finalmente ouviu baterem à porta, não era ele que procuravam. Falk assistiu com horrorizada mudez enquanto o pai era forçado a lavar a sujeira do campo das mãos e acompanhar a polícia até a delegacia. O nome no bilhete não especificava qual Falk, disseram, e, aos dezesseis anos, o mais novo ainda era, tecnicamente, uma criança.

Erik Falk, um homem magro e estoico, foi mantido na delegacia durante cinco horas.

Conhecia Ellie Deacon? Sim, é claro, era filha de um de seus vizinhos. Era amiga de seu filho. Era a menina que estava sumida.

Pediram-lhe um álibi para o dia da morte de Ellie. Ele havia passado a maior parte da tarde fora de casa, comprando suprimentos. À noite, tinha dado um pulo no pub. Tinha sido visto por uma dúzia de pessoas num punhado de lugares. Irrefutável o bastante, se não totalmente. E, assim, o interrogatório seguiu em frente. Sim, ele já havia conversado com a menina. Várias vezes? Sim. Muitas vezes? Provavelmente. E, não. Não sabia explicar por que Ellie Deacon tinha um bilhete com o nome dele escrito junto com a data de sua morte.

Mas ele não era o único Falk, não era mesmo? perguntaram os policiais muito diretamente. Com isso, o pai de Aaron se calou. Fechou a boca e se recusou a dizer qualquer outra coisa.

Eles o deixaram ir, então foi a vez do filho.

— Barnes foi cedido por Melbourne — disse Raco, enquanto Falk o seguia passando por baixo do balcão da recepção até o escritório. Às suas costas, a porta da delegacia bateu com um estrondo e eles se viram sozinhos.

— Sério? — Falk ficou surpreso. Barnes tinha aquela aparência saudável de menino do interior criado à base de leite tirado direto da vaca.

— Sério, mas os pais dele são fazendeiros. Não aqui, em algum canto do oeste. Acho que isso fez dele o candidato mais óbvio ao posto. Na verdade, eu sinto pena do rapaz. Ele mal tinha chegado na cidade quando o mandaram para cá. Mas, pensando bem... — Raco olhou em direção à porta da delegacia, fechada, então pensou duas vezes. — Deixa pra lá.

Falk até podia adivinhar. Era raro a força policial de qualquer cidade ceder seu melhor agente para o interior, especialmente para um lugar como Kiewarra. Era pouco provável que Barnes fosse dos sujeitos mais inteligentes. Raco podia ter muito tato para tocar no assunto, mas o recado estava dado. Naquela delegacia, o sargento trabalhava praticamente sozinho.

Eles colocaram a caixa com os pertences de Karen e de Billy em cima de uma mesa desocupada e a abriram. As lâmpadas fluorescentes zumbiam no teto. Na janela, uma mosca se chocava repetidamente contra o vidro.

Aaron sentou-se numa cadeira de madeira com a bexiga nervosa e dolorida e se ateve ao plano. Eu estava com Luke Hadler. Caçando coelhos. Dois, nós pegamos dois. Sim, Ellie é – quer dizer, era – minha amiga. Sim, eu a vi na escola nesse dia. Não! A gente não brigou. Eu nem vi Ellie depois. Eu não a ataquei. Eu estava com Luke Hadler. Eu estava com Luke Hadler. A gente saiu para caçar coelhos. Eu estava com Luke Hadler.

Tiveram de soltá-lo.

A partir daí, os boatos começaram a tomar nova forma. Talvez não tivesse sido assassinato, afinal, mas suicídio. Uma das versões mais populares era a da menina vulnerável iludida pelo filho de Falk. Outra, era de que tinha sido cortejada e usada pelo pai meio esquisitão. E quem lá sabia a verdade? De qualquer forma, o consenso era que os dois Falks praticamente a haviam matado. Os boatos eram bem alimentados pelo pai de Ellie, Mal Deacon, e foram criando forma e consistência. Ganharam braços e cabeças e nunca mais morreram.

Certa noite, atiraram um tijolo na janela da frente da casa dos Falk. Dois dias depois, o pai de Aaron foi expulso do mercadinho onde fazia compras: não teve escolha senão sair de mãos abanando, com os olhos ardendo e as compras abandonadas em cima do balcão. Na tarde seguinte, Aaron foi seguido da escola até em casa por três homens numa caminhonete. Eles dirigiram atrás dele, lentamente, enquanto Aaron pedalava mais e mais rápido, quase perdendo o equilíbrio a cada vez que ousava olhar por cima do ombro, a respiração ruidosa em seus ouvidos.

Raco enfiou a mão dentro da caixa e foi colocando o conteúdo em uma linha.

Havia uma caneca de café, um grampeador com "Karen" escrito em corretivo líquido branco, um cardigã de malha pesada, um pequeno frasco de um perfume chamado Spring Fling e um porta-retratos com uma foto de Billy e de Charlotte. Era muito pouco.

Falk abriu o porta-retratos e olhou o verso da foto. Nada. Montou-o outra vez. Do outro lado da mesa, Raco tirou a tampa do perfume e borrifou um pouco. Uma fragrância ligeiramente cítrica flutuou no ar. Falk gostou do cheiro.

Passaram para os pertences de Billy: três desenhos de carros, um par pequeno de tênis, um livro de leitura para iniciantes e uma caixa de lápis de cor. Falk foi folheando as páginas do livro, sem saber ao certo o que buscava.

Foi mais ou menos nessa época que ele se deu conta de que seu pai o observava. Do outro lado da sala, pela janela, por cima do jornal. Aaron tinha aquela sensação parecida com uma pluma roçando em sua nuca, e erguia os olhos. Às vezes, Erik desviava o olhar. Às vezes, não. Pensativo e calado. Aaron ficava esperando a pergunta, mas ela nunca era feita.

Um bezerro morto foi deixado na porta de sua casa com a garganta cortada tão fundo que a cabeça estava quase solta. Na manhã seguinte, pai e filho juntaram o que puderam dentro da caminhonete. Aaron disse um adeus apressado para Gretchen e passou um pouco mais de tempo se despedindo de Luke. Nenhum dos dois mencionou por que ele estava indo embora. Ao deixarem Kiewarra, o utilitário branco de Mal Deacon os seguiu por cem quilômetros além dos limites da cidade.

E eles nunca mais voltaram.

— Karen fez Billy voltar para casa aquela tarde — comentou Falk. Vinha pensando nisso desde que haviam deixado a escola. — Era para ele ter ido brincar com a amiga e ela o manteve em casa no dia que ele foi morto. Você se sente bem classificando isso como uma coincidência?

— Não muito. — Raco sacudiu a cabeça.

— Nem eu.

— Mas se ela tivesse alguma ideia do que ia acontecer, com certeza teria levado os dois filhos para o mais longe possível.

— Talvez ela suspeitasse que alguma coisa ia acontecer, mas não soubesse o quê — sugeriu Falk.

— Ou a gravidade.

Falk pegou a caneca de café de Karen, depois a pousou outra vez. Verificou a caixa, apalpou os cantos. Estava vazia.

— Eu esperava mais coisas — disse Raco.

— Eu também.

Os dois ficaram olhando para os objetos por um bom tempo, depois, um a um, colocaram-nos de volta na caixa.

Treze

As cacatuas guinchavam nas árvores quando Falk deixou a delegacia. Chamavam umas às outras para retornarem ao ninho, formando um coro ensurdecedor enquanto as sombras de fim de tarde se alongavam. O ar estava pegajoso e um fio de suor escorreu pelas costas de Falk.

Ele foi perambulando pela via principal, sem pressa de chegar ao pub que o aguardava no fim da rua. Não era tarde, mas havia pouca gente na área. Falk espiou pela vitrine de uma das lojas abandonadas, encostando a testa na vidraça. Ainda conseguia se lembrar do que a maioria havia sido. A padaria. Uma livraria. Muitas estavam completamente vazias. Era impossível saber há quanto tempo estavam fechadas.

Deteve-se ao chegar a uma loja de ferramentas que exibia uma linha de camisas de brim na vitrine. Um homem de cabelos grisalhos, vestindo uma dessas mesmas camisas por baixo de um avental com um crachá, estava com a mão na placa de ABERTO pendurada à porta. Pausou o movimento no meio do caminho ao notar que Falk estudava a mercadoria.

Falk deu um puxão na própria camisa. Era a mesma que havia usado no enterro e estava dura após ser lavada na pia do banheiro. Estava colada em suas axilas. Ele entrou.

Sob a forte iluminação da loja, o sorriso acolhedor do homem congelou quando o reconheceu um instante depois. Seus olhos vasculharam a loja deserta, que Falk desconfiou ter estado igualmente vazia durante a maior parte do dia. Um momento de hesitação, então o sorriso continuou a se abrir. É mais fácil ter princípios com dinheiro em caixa, pensou Falk. O comerciante lhe mostrou a limitada seleção de roupas da loja com a minúcia de um alfaiate de artigos finos. Falk comprou três camisas porque o homem pareceu muito grato por ele se dispor a comprar uma.

Voltando para a rua, Falk enfiou as compras debaixo do braço e seguiu em frente. Não era uma caminhada das mais longas. Passou pelo restaurante de comida para viagem que parecia oferecer pratos de qualquer canto do mundo, contanto que fossem fritos e pudessem ser expostos em uma estufa. Um consultório médico, uma farmácia, uma minúscula biblioteca. Uma loja tipo balcão-único que parecia vender de tudo: de ração animal a vales-presentes, diversas vitrines cobertas com tábuas e logo estava de volta ao Fleece. E isso era tudo. Todo o centro de Kiewarra. Olhou para trás, brincando com a ideia de percorrê-lo mais uma vez, mas não conseguiu reunir o entusiasmo necessário.

Pela janela do pub, viu um punhado de homens fitando a TV com indiferença. Lá em cima, a única coisa que o aguardava era seu quarto vazio. Enfiou a mão no bolso e apalpou as chaves do carro. Antes que se desse conta, já estava na metade do caminho até a casa de Luke Hadler.

O sol estava ainda mais baixo no horizonte quando Falk estacionou na frente da casa dos Hadler, no mesmo lugar que antes. A fita amarela da polícia ainda pendia na porta.

Dessa vez, ignorou a casa e foi direto para o celeiro maior. Olhou para a pequena câmera de segurança instalada acima da porta. Aparentava ser barata, porém funcional. De plástico cinza opaco com uma única luz vermelha brilhando, era fácil passar despercebida por quem não soubesse que estava ali.

Falk imaginou Luke trepado numa escada afixando-a à parede e a colocando no ângulo perfeito. Fora posicionada de forma a capturar o máximo possível das entradas dos celeiros e do depósito onde ficava guardado o maquinário agrícola de maior valor. A casa fora mera consequência: uma pequena fatia da pista de acesso capturada sem querer. A fazenda não iria à falência se algum ladrão roubasse a TV de cinco anos. Mas perder o filtro de água do celeiro já era outra história.

Se mais alguém tivesse passado por ali naquele dia, saberia a respeito da câmera? perguntou-se Falk. Teria ele estado ali de antemão e sabido o que seria filmado? Ou será que a pessoa apenas tivera sorte?

Luke teria sabido que a placa de seu utilitário seria filmada se fosse ele por trás do volante, pensou Falk. Mas, àquela altura, talvez já não desse a menor importância. Ele atravessou o terreno e deu uma volta completa pelo exterior da casa. Raco cumprira com o prometido de mantê-la protegida de olhares curiosos. Todas as cortinas estavam fechadas e as portas, trancadas. Não havia nada para ver.

Precisando desanuviar as ideias, Falk deixou a casa para trás e saiu vagando pelos campos. A propriedade seguia o rio Kiewarra e, mais adiante, ele avistou um pequeno bosque de eucaliptos que marcava a divisa das terras. O sol de verão já se punha, baixo e alaranjado.

Com frequência, tinha suas melhores ideias enquanto caminhava. Normalmente, isso envolvia percorrer as ruas que rodeavam o prédio onde trabalhava na cidade, desviando de turistas e de bondes. Ou, então, andando quilômetros pelo jardim botânico ou ao longo da baía quando realmente ficava sem ideias.

Falk sabia que um dia se sentira em casa nos campos, mas agora tudo lhe parecia muito diferente. A cabeça ainda estava cheia. Prestou atenção no ritmo dos próprios passos na terra dura e no canto dos pássaros ecoando das árvores. Os guinchos pareciam ainda mais altos aqui.

Estava quase no limite do terreno quando resolveu diminuir as passadas, então parou de vez. Não soube ao certo o que o fez hesitar. A fileira de árvores à sua frente permanecia imóvel e sombria. Nada se mexia. Uma inquietude foi se espalhando pelos seus ombros e pescoço. Até mesmo os pássaros pareceram subitamente mudos. Sentindo-se um pouco tolo, ele olhou por cima do ombro. Os campos vazios o fitaram de volta. À distância, a fazenda dos Hadler permanecia inerte. Ele a percorrera por inteiro, disse Falk para si mesmo. Não havia ninguém ali. Não sobrara ninguém naquele lugar.

Virou-se outra vez em direção ao rio, com o mesmo pressentimento palpitando dentro do peito. Quando a resposta lhe ocorreu, veio chegando de mansinho até despencar sobre ele como um raio. No lugar onde Falk agora se encontrava, deveria ouvir o som da água correndo. O barulho característico do rio esculpindo seu caminho pela paisagem. Fechou os olhos e escutou, tentando localizá-lo, desejando que se materializasse. Ouviu apenas um vazio sinistro. Abriu os olhos e começou a correr.

Enfiou-se por entre as árvores, pisoteando o caminho desgastado, ignorando as chicotadas e os arranhões que ia levando de um ou outro galho. Chegou ofegante à margem do rio e parou de súbito na beirada. Sem necessidade.

O imenso rio se transformara numa cicatriz empoeirada sobre a terra. O leito vazio se estendia longo e árido nas duas direções, suas curvas serpenteantes percorrendo o caminho por onde antes fluíra a água. O vão que os séculos haviam cavado era agora um mosaico de rochas e capim. Pelas margens, raízes cinza e nodosas estavam expostas como teias de aranha.

Era aterrador.

Incapaz de aceitar o que seus olhos lhe diziam, Falk foi descendo até a cavidade, mãos e joelhos raspando as margens torradas pelo sol. Parou bem no meio do rio, no vazio onde um dia uma pesada faixa de água fora o bastante para cobrir-lhe a cabeça.

A mesma água na qual ele e Luke haviam mergulhado todos os verões, se chafurdando e chapinhando para absorver o seu frescor. A água para a qual ele olhara durante horas nas tardes ensolaradas, com as linhas de pesca pendendo hipnoticamente e a presença forte do pai ao seu lado. A água que descera à força pela garganta de Ellie Deacon, invadindo-a com avidez até não deixar espaço para a menina em seu próprio corpo.

Falk tentou respirar fundo, mas o ar deixou um sabor quente e enjoativo em sua boca. Sua própria ingenuidade zombou dele como um lampejo de loucura. Como pôde ter achado que ainda corria água por entre essas fazendas enquanto os animais jaziam mortos pelos campos? Como pôde assentir como um idiota enquanto a palavra *seca* era repetida à sua volta sem jamais se dar conta de que o rio havia secado?

Ficou ali em pé sobre as pernas trêmulas, a vista embaçada enquanto, ao seu redor, as cacatuas revoavam e cantavam em direção ao céu vermelho e abrasador. Sozinho, dentro daquela monstruosa ferida, Falk mergulhou o rosto nas mãos e gritou uma única vez.

Quatorze

Falk passou um bom tempo sentado à margem do rio, deixando o torpor invadi-lo enquanto o sol forte mergulhava ainda mais fundo no horizonte. Por fim, se forçou a ficar de pé. A luz já ia sumindo. Sabia aonde iria em seguida, mas não tinha certeza se encontraria o caminho na escuridão.

Deu as costas para o caminho que levava de volta à fazenda dos Hadler e tomou a direção oposta. Há vinte anos, houvera uma pequena trilha próxima ao rio. Agora, Falk precisaria confiar na memória, encontrando seu caminho por cima de raízes expostas e da vegetação rasteira e seca.

Manteve a cabeça baixa, concentrado em não perder a trilha. Sem o grande rio correndo ao seu lado e servindo de guia, ele quase perdeu o rumo diversas vezes. A paisagem estava diferente e ele já não encontrava os marcos que um dia lhe haviam sido familiares. Quando começou a achar que tinha passado direto, ele a encontrou. Foi tomado por uma súbita onda de alívio. Estava a uma pequena distância da margem, quase coberta pelo mato. Enquanto atravessava o matagal, uma centelha de felicidade percorreu o seu corpo e, pela primeira vez desde que chegara a Kiewarra, sentiu algo próximo ao acolhimento. Estendeu a mão. Ainda estava ali, continuava a mesma.

A árvore da pedra.

— Merda, onde será que elas foram parar?

Ellie Deacon franziu a testa e chutou uma pequena pilha de folhas delicadamente para o lado com o bico de suas lindas botas.

— Estão lá embaixo, em algum lugar. Eu ouvi quando bateram no chão. — Aaron tateou ao redor da árvore da pedra. Agachou-se vasculhando o solo e peneirando as folhas secas atrás das chaves da casa de Ellie. Ela o observou por entre olhos semicerrados e, sem muita vontade, virou uma pedrinha com o pé.

Falk passou a mão pela árvore da pedra e sorriu de verdade pelo que pareceu ser a primeira vez em dias. Quando era criança, ela lhe parecera um milagre da natureza. Um imenso eucalipto havia crescido encostado numa rocha sólida, seu tronco se curvando enlaçando as duas num abraço nodoso.

Mais novo, Falk não entendia a ausência de fascínio de outras pessoas para com aquela árvore. Excursionistas passavam por ela toda semana e mal a olhavam, e até mesmo para as outras crianças ela era pouco mais do que um ponto de referência peculiar. Mas, cada vez que Falk a via, ele se perguntava quantos anos tinha levado para a árvore da pedra se formar. Milímetro por milímetro. Ela lhe passava a vertiginosa sensação de que ele próprio não passava de um minúsculo pontinho no tempo. Ele gostava disso. Mais de vinte anos depois, olhou para a árvore da pedra e sentiu aquilo tudo outra vez.

Aaron estava sozinho com Ellie nesse dia, o que, aos dezesseis anos, era uma situação que ele desejava ao mesmo tempo que o apavorava. Ele matracava sem parar, irritando até a si próprio. Mas a conversa insistia em perder o rumo, como se encontrasse buracos inesperados pela estrada. Isso nunca havia acontecido antes, mas recentemente parecia invadir todas as interações dos dois como uma falha sísmica.

Era frequente Aaron se pegar buscando alguma coisa para dizer que provocasse alguma reação maior do que uma sobrancelha ergui-

da ou um aceno rápido da cabeça. De vez em quando, ele tirava a sorte grande e um dos cantos da boca de Ellie se erguia.

Ele amava esses momentos. Fazia uma nota mental do que havia dito para analisar mais tarde, na esperança de encontrar um padrão sobre o qual construir todo um repertório de piadas tão espirituosas que ela não conseguisse segurar um sorriso. Até aqui, esse padrão vinha sendo desapontadoramente aleatório.

Eles haviam passado grande parte da tarde à sombra, encostados na árvore da pedra. Ellie parecia mais distante do que de costume. Duas vezes naquela tarde, ele havia lhe perguntado alguma coisa e ela não parecia sequer ter escutado. Por fim, apavorado de estar entendiando Ellie, havia sugerido irem atrás de Luke ou de Gretchen. Para seu alívio, ela sacudiu a cabeça.

— Não acho que consigo aguentar o caos neste momento — ela havia dito. — Tudo bem ser só nós dois, não é?

— É claro que sim. — E estava, é claro. Ele tentou dar leveza à voz. — O que você planejou para hoje à noite?

Ela fez uma careta.

— Eu vou trabalhar. — No último ano, Ellie tinha um emprego de meio-expediente que basicamente envolvia ficar em pé com expressão de desinteresse por trás do balcão da loja de conveniência.

— Você não trabalhou ontem à noite?

— A loja de conveniência abre todos os dias, Aaron.

— Eu sei, mas... — Era mais trabalho do que o normal. Do nada, se perguntou se ela estaria mentindo para ele, depois se sentiu ridículo. Ela não se daria ao trabalho.

Ele ficou olhando enquanto Ellie, sem pensar muito no que estava fazendo, atirava o chaveiro para cima e o apanhava outra vez, as unhas roxas brilhantes refletindo o sol da tarde. Tentava criar coragem para estender o braço e roubar o chaveiro dela em pleno ar. Podia pegar no seu pé um pouco como Luke costumava fazer. Aí... bem, aí Aaron não sabia direito o que faria. Então foi quase um alívio quando Ellie jogou o chaveiro alto demais e ele passou voando por cima da cabeça dos dois, para trás.

As chaves quicaram uma vez na pedra e eles ouviram o retinir metálico quando elas bateram no chão.

Falk se abaixou ao lado da pedra e foi mudando de posição algumas vezes até encontrar o ângulo correto. Deixou escapar um pequeno grunhido de surpresa e satisfação quando finalmente a viu.

A fenda.

— Ei, dá só uma olhada. — Ajoelhado, Aaron balançava o corpo para trás e para a frente. Bem no meio da árvore da pedra uma fenda profunda surgia, então sumia, a cada vez que ele deslocava o corpo para um ângulo ligeiramente diferente. Nunca tinha notado aquilo antes: um único ponto em que a base da árvore se curvava para fora em vez de estar colada à pedra. Era uma ilusão de ótica, quase invisível a não ser quando vista de um ângulo específico.

Aaron espiou para dentro do espaço vazio. Era grande o suficiente para ele enfiar o braço, o ombro e a cabeça se quisesse. Mas viu que o que buscava estava escondido logo na entrada. Triunfante, fechou a mão em torno das chaves de Ellie.

Falk espiou para dentro da fenda. Não conseguia enxergar nada para além da entrada. Encontrou uma pequena pedra e a atirou lá dentro, ouvindo-a se chocar contra as laterais. Nada saiu de lá correndo ou se arrastando.

Falk hesitou, então desenrolou a manga, desceu-a até onde deu e mergulhou a mão pelo breu absoluto da entrada do buraco. As pontas dos dedos aterrissaram sobre um objeto – pequeno, quadrado e pouco natural. Ele o puxou para cima. Ao fazê-lo, algo de invisível passou correndo pelo seu punho e ele puxou a mão imediatamente para fora. Endireitou o corpo, gargalhando do quanto o coração batia descompassado.

Falk abriu a mão e sentiu um lampejo de reconhecimento. Era um pequeno isqueiro de metal. Estava surrado e enferrujado, mas a dobradiça ainda funcionava. Falk sorriu e o virou de cabeça para baixo, sabendo o que ia encontrar. Ali, numa versão antiga de sua caligrafia, estavam gravadas as suas iniciais: *A.F.*

Sem nunca ter sido um fumante ávido, ele o comprara mais para se mostrar e, um dia, já no final, o escondera para não correr o risco de ser pego com ele pelo pai. Falk abriu a tampa, mas não ousou acendê-lo. Não com aquele clima. Esfregou a mão por cima do metal e pensou se o enfiava ou não no bolso. Mas sentiu que ele pertencia àquele lugar, numa época diferente. Depois de um momento, enfiou a mão no buraco e o colocou de volta.

Ellie se agachou, a mão quente apoiada no ombro dele enquanto ela se desequilibrava e endireitava o corpo outra vez. Estava perto o bastante para ele enxergar o rímel cobrindo cada cílio individualmente quando ela apertou os olhos e espiou para dentro. Seus ombros espremeram os dele dolorosamente enquanto ela tentava enfiar a própria mão pela fenda para medir seu tamanho.

— Que legal — disse ela, sem muita animação na voz. Era difícil dizer se estava sendo sincera.

— Encontrei suas chaves — disse Aaron, exibindo-as. Ela se virou para olhá-lo. Deu para ver os pedacinhos nos cantos de seus olhos no lugar onde a maquiagem tinha borrado. Ela vinha bebendo menos ultimamente e, de perto, sua pele estava lisa e sem manchas.

— E não é que achou mesmo. Obrigada, Aaron.

— De nada, Ellie. — Ele sorriu. Deu para sentir o hálito dela em suas bochechas. Não soube dizer ao certo se mexeu a cabeça ou se só quis mexer, mas, de repente, o rosto dela estava mais perto e ela o beijava, pressionando aqueles lábios rosados contra os seus. Lábios deliciosamente grudentos com um toque de cereja artificial. Foi melhor do que havia imaginado e ele pressionou de volta, querendo saborear ainda mais, sentindo a efervescência da alegria pura.

Levou a mão aos cabelos brilhosos de Ellie, mas quando ele tentou deslizá-la gentilmente até sua nuca, ela deu um pequeno suspiro, ainda com a boca colada na dele, e se afastou de repente. Jogou-se com pesar no chão, sentada, e levou os dedos primeiro à boca, depois aos cabelos. Aaron ficou paralisado; agachado, ainda trazia na boca aberta o sabor dela. O pavor o invadiu. Ela o encarava.

— Eu sinto muito, Ellie. Eu...

— Não, eu é que sinto, eu não quis...

—... sinto muito, de verdade. A culpa foi minha, eu achei que você queria...

— Não, Aaron, sério. Está tudo bem. É só que...

— O que foi?

Uma pausa.

— Me pegou de surpresa.

— Ah. — Em seguida: — Você está bem?

— Estou. — Ela abriu a boca como se fosse dizer mais alguma coisa, mas o silêncio se estendeu. Por um instante de parar o coração, ele pensou ter visto lágrimas nos olhos dela; mas ela piscou e elas se foram.

Aaron ficou de pé e ofereceu a mão para ajudá-la a se levantar. Por um terrível instante, achou que ela talvez não a segurasse, mas ela deslizou a palma da mão para dentro da dele e deu impulso para cima. Ele deu um passo atrás, dando a ela alguma distância.

— Me desculpe — ele repetiu.

— Por favor, não diga isso.

— Está bem. Tá tudo certo entre a gente?

Para a surpresa dele, ela deu um pequeno passo à frente, fechando a distância entre os dois. Antes que ele percebesse o que estava acontecendo, a boca dela encostou suavemente na sua e o sabor de cerejas estava de volta.

— Tá tudo certo. — Ela chegou para trás com a mesma rapidez com que chegara para a frente. — Eu já disse. Me pegou de surpresa.

Até Aaron se dar conta do que tinha acontecido, o momento já havia passado. Ela estava inclinada para a frente, sacudindo a poeira dos jeans.

— É melhor eu ir andando, mas obrigada. — Ela não ergueu os olhos. — Por ter encontrado as minhas chaves, quero dizer.

Ele assentiu com a cabeça.

— Ei — começou Ellie, se virando para ir —, não vamos comentar disso com ninguém. Vamos guardar só para a gente.

— Qual parte... sobre o buraco ou...

Ela riu.

— Sobre o buraco. — Ellie olhou para ele por cima do ombro. — Mas talvez sobre a outra coisa, também. Pelo menos por enquanto.

Os dois cantos de sua boca estavam, agora, ligeiramente curvados para cima.

Ele não tinha muita certeza, mas achou que, no final das contas, aquele tinha sido um dia bom.

Falk nunca contou a ninguém a respeito do buraco. Ou do beijo. Estava quase certo de que Ellie também não. Não que ela tivesse tido muito tempo para guardar o segredo. Três semanas depois e a vinte metros de onde ele se encontrava agora, o corpo pálido e encharcado de Ellie foi tirado do rio. Falk nunca mais voltara ali desde que a encontraram. Não havia tido muita oportunidade mesmo que tivesse vontade. Um mês depois, ele e o pai estavam a quinhentos quilômetros de distância, em Melbourne.

Sempre havia ficado satisfeito por ele e Ellie terem descoberto a fenda naquele dia, só os dois. Muitas teriam sido as oportunidades quando eram menores, brincando perto da árvore da pedra quando formavam um trio próximo com Luke. Mas aí, como costumava acontecer, a descoberta automaticamente teria sido atribuída à Luke. Ele teria declarado custódia absoluta quando, mais ou menos aos doze anos, o trio foi rachado exatamente na linha que divide os gêneros.

Nenhum deles notou até ser tarde demais. Ellie foi sendo introduzida, pouco a pouco, para o estranho mundo de garotas, saias, mãos limpas e conversas que faziam Aaron e Luke trocarem olhares perplexos. A migração foi ocorrendo de forma lenta, mas um dia Aaron ergueu os olhos e se deu conta de que eram só ele e

Luke, e que assim havia sido há meses. Eles não perderam tempo. Ela não passava de uma garota. Era até melhor que ela não grudasse neles mesmo.

Ellie se dissolveu de suas mentes com uma facilidade que Falk hoje achava espantosa, mas, durante três anos, ele mal se lembrava de ter pensado nela uma única vez. Devia tê-la visto por aí, mesmo porque não havia forma de evitá-lo. Mas quando ela ressurgiu em sua vida aos quinze anos, foi como se tivesse renascido, completamente formada, deixando um rastro de fascinação e mistério por onde passava, como um perfume.

Tinha sido apenas mais um sábado à noite para ele e Luke, sentados no encosto de um banco do parque Centenary. Com os pés plantados no assento como os autênticos rebeldes que eram, ficavam de olhos abertos para o caso de a polícia local aparecer – como os autênticos caipiras que eram.

Ouviram o triturar do cascalho, viram uma sombra se deslocar e Ellie Deacon surgir do nada. Seus cabelos agora eram artificialmente pretos como carvão e lhe batiam quase que nos cotovelos. Luziam com um brilho opaco sob a luz alaranjada dos postes do parque. Ela estava sozinha.

Foi se aproximando calmamente: jeans justos, botas cuidadosamente desgastadas, a alça do sutiã de renda aparecendo pela gola ampla da blusa. Passou os olhos delineados pelos dois meninos enquanto eles a fitavam de volta, suas bocas ligeiramente abertas. Ellie ergueu a sobrancelha diante da lata de cerveja morna que os dois compartilhavam, enfiou a mão na bolsa de couro artificial que carregava e sacou uma garrafa de vodca quase cheia.

— Tem lugar aí para mais um? — perguntou. Eles quase caíram do banco na pressa de chegarem para o lado. Os anos desapareceram junto com a vodca e até quase terminarem a bebida, o trio havia sido restabelecido.

Mas pequenas mudanças em sua amizade sugeriam novos caminhos a serem explorados. Conversas tinham um novo tom. De vez em quando, os meninos ainda passavam tempo juntos como uma dupla, embora Aaron se pegasse fazendo de tudo para limitar as oportunidades de Luke e Ellie estarem juntos sem ele. Ele nunca discutiu o assunto com Luke, mas a frequência com a qual suas próprias tentativas de ficar a sós com Ellie eram frustradas o faziam suspeitar que o amigo também andava coordenando sua própria operação clandestina. A dinâmica do grupo havia mudado de forma sutil, porém definitiva, sem que nenhum deles soubesse ao certo onde haviam aterrissado.

Ellie nunca explicou por que tinha voltado para os meninos. Quando Aaron perguntou, certa vez, ela revirou os olhos.

— Bando de vagabundas — respondeu ela. — Se o assunto não for o reflexo delas num espelho, não interessa. Pelo menos vocês não acham que eu corto o seu barato. — Ela acendeu um cigarro e olhou para ele com franqueza, como se isso explicasse tudo; e talvez explicasse mesmo.

A amizade ainda estava se solidificando quando enfrentou seu primeiro verdadeiro teste. A pressão foi trazida inesperadamente pelos saltos dos sapatos rosa-choque de Gretchen Schoner.

Hierarquias sociais precisavam ser observadas até mesmo em Kiewarra e era mais comum ver Gretchen atirando as mechas douradas para lá e para cá e rindo em meio a uma multidão de seguidores. Assim, Aaron e Ellie ficaram boquiabertos quando Luke apareceu certa noite no parque Centenary com o braço em volta da menina.

Após uma espichada súbita, Luke tinha ficado meia cabeça mais alto que a maioria de seus colegas de turma e os ombros e peito cresceram em igual proporção. Aquela noite, na penumbra do parque, com os cabelos de Gretchen deslizando como uma cortina sobre a manga de sua jaqueta e com um caminhar decididamente autoconfiante, Aaron se deu conta pela primeira vez do quanto o amigo parecia um homem.

Gretchen ruborizou e deu uma risadinha quando Luke os apresentou. O olhar de Luke encontrou o de Aaron por cima da cabeça da garota e ele deu uma piscadela nada discreta. Aaron assentiu com a cabeça, devidamente impressionado. Havia mil lugares onde Gretchen Schoner poderia estar num sábado à noite e, no entanto, ela estava ali, ao lado de Luke.

Tendo raramente sido convidado a trocar qualquer palavra com Gretchen no passado, Aaron sentira uma surpresa agradável. Ela era encantadora e inesperadamente perspicaz. Tinha uma conversa fácil e o fez rir em questão de instantes. Ele entendeu por que as pessoas faziam de tudo para estar ao seu lado: a energia que ela emanava era algo de que qualquer um queria desfrutar.

Atrás de Aaron, Ellie limpou a garganta com um minúsculo barulhinho e ele se deu conta, sobressaltado, de que quase se esquecera da presença dela. A expressão em seu rosto, quando ele se virou, foi de ligeiro desdém em vez de surpresa, como se ele e Luke tivessem sido reprovados num teste que ela não tinha esperado que passassem mesmo. O olhar dele passou do sorriso de Gretchen para a expressão gélida de Ellie e os alarmes começaram a disparar, mesmo que tarde demais. Olhou para Luke esperando vê-lo se dar conta da mesma coisa, mas, em vez disso, Luke observava tudo com curioso divertimento. Por um instante tenso, ninguém disse nada.

De repente, Gretchen sorriu com cumplicidade para a outra menina e fez um comentário espetacularmente maldoso sobre uma das ex-amigas de Ellie. Fez-se uma pausa cheia de expectativa, então Ellie soltou uma gargalhada. Gretchen selou o acordo oferecendo seus próprios cigarros ao grupo. Abriram espaço para ela no banco do parque aquela noite e todas as noites de sábado pelo ano que se seguiu.

— Caramba, ela é a versão humana de um banho de espuma — Ellie sussurrou para Aaron uma noite logo depois daquela, mesmo sem conseguir disfarçar o discreto sorriso enquanto falava. Todos eles estavam às gargalhadas com a história que Gretchen contara de um garoto mais velho que a chamara para sair esculpindo o convite na lavoura e, com isso, arruinara o plantio inteiro do pai. Agora ela e Luke estavam tendo uma conversa séria com as cabeças tão próximas que praticamente se tocavam. Gretchen deu uma risada divertida e olhou para o chão enquanto Luke sussurrava alguma coisa que Aaron não conseguiu ouvir. Ele se virou outra vez para Ellie.

— A gente pode ir para outro lugar se ela estiver enchendo o seu saco — ofereceu Aaron. — Não precisamos ficar aqui.

Ellie o encarou por entre uma nuvem de fumaça um instante, então sacudiu a cabeça.

— Não, ela é legal — disse ela. — É meio cabeça de vento, mas é inofensiva.

— Ok, então. — Aaron soltou um suspiro silencioso e aceitou o cigarro que ela lhe ofereceu. Virou-se para acendê-lo e viu Luke passar o braço em volta de Gretchen e se aproximar para lhe dar um beijo rápido. Quando ia chegando o corpo para trás outra vez, olhou por cima da cabeça de Gretchen na direção dos dois. Ellie, que examinava a ponta acesa de seu cigarro com um olhar distante, não reagiu.

Surgiu e sumiu num lampejo, mas Aaron viu o amigo franzir a testa por um breve instante. Ocorreu-lhe que ele não era o único a estar ligeiramente incomodado pelas meninas estarem se dando tão bem.

Quinze

Falk se encostou na árvore da pedra olhando fixo para o rio seco. A casa dos Hadler e seu carro estavam na descida do caminho, à esquerda. À sua direita, a sugestão de uma trilha esquecida conduzia para longe do rio e dentro da mata. Havia praticamente desaparecido nos últimos vinte anos, mas para Falk era como se estivesse tatuada na paisagem. Ele a percorrera mil vezes. Ficou ali em pé por um bom tempo, discutindo consigo mesmo. Por fim, deu um passo para a direita. Mil vezes. Mais uma vez não faria mal algum.

Levou só alguns minutos para chegar ao fim da trilha, mas quando Falk emergiu de dentro das árvores, o céu já assumira um tom profundo de anil. Depois de um campo, uma casa de fazenda brilhava cinzenta no crepúsculo. Falk cortou direto pelo campo, como de costume. Seu ritmo foi diminuindo à medida que foi se aproximando, até parar por completo a uns vinte metros da construção. Fitou o que no passado fora o seu lar de infância.

Antes amarela, a porta do alpendre agora exibia um insípido tom de azul, ele observou com algo próximo a indignação. Onde a tinta descascava, ele conseguia vislumbrar o amarelo subjacente – abrindo como cicatrizes largas. A idade fazia vergar os degraus de madeira onde ele havia sentado com seus brinquedos ou com figurinhas de futebol. Por baixo da escada, uma lata de cerveja espiava largada na grama amarelo-pálida.

Lutou contra o desejo súbito de apanhá-la e ir atrás de uma lata de lixo. De pintar a madeira. De ajeitar a escada. Em vez disso, ficou onde estava. Todas as janelas estavam às escuras, com exceção de uma que deixava passar a luz de uma televisão.

Falk sentiu uma pontada aguda de saudade do que poderia ter sido. Podia ver o pai em frente à porta de tela mosquiteira ao cair da noite, um vulto alto emoldurado pela luz da casa. Gritando para ele parar de brincar e entrar. Hora do jantar, Aaron. Banho e cama. Já para dentro, meu filho. Hora de vir para casa. O pai raramente falava da mãe, mas quando Aaron era menor, gostara de fingir que conseguia senti-la dentro de casa. Corria os dedos por cima de coisas que sabia que ela tinha tocado – as torneiras da cozinha, as louças do banheiro, as cortinas – e a imaginava no mesmo lugar que ele.

Falk sabia que eles haviam sido felizes ali um dia. Pelo menos, ele e o pai. Olhar agora para a casa era como olhar para uma linha divisória em sua vida; uma marca no pico entre o antes e o depois. Uma onda de raiva borbulhou, dirigida ao menos em parte a ele mesmo. Não sabia dizer por que havia vindo. Deu um passo atrás. Era só mais uma construção que precisava de reparos. Nada mais restava dele ou do pai por ali.

Estava prestes a se virar para ir embora quando a porta de tela se abriu com um guincho. Uma mulher saiu, seu vulto redondo iluminado pelo brilho da televisão. Os cabelos castanhos sem brilho estavam puxados para trás num rabo de cavalo e os quadris pulavam por cima da calça. O rosto tinha um tom vermelho-arroxeado que denunciava que o consumo de álcool estava ultrapassando o social para algo sério. Ela acendeu um cigarro e deu um trago profundo encarando Falk em silêncio com olhos frios.

— Posso ajudar, meu amigo? — Soltou a fumaça, apertando os olhos enquanto o vapor pairava diante de seu rosto.

— Não, eu... — Ele parou e se xingou mentalmente. Devia ter pensado em alguma coisa. Em algum motivo para estar rondando a porta da casa de uma desconhecida ao anoitecer. Estudou a expressão dela. Viu desconfiança, mas nenhum reconhecimento. Ela não sabia quem ele era. Isso ajudava. Pensou em lhe contar a verdade e descartou a ideia, tudo num único instante. Sempre podia sacar o distintivo. Era o que faria se fosse preciso. Mas Falk, o policial, estava envergonhado de se ver ali.

— Desculpe. É que eu conheci as pessoas que moraram aqui.

A mulher não disse nada e deu outro trago no cigarro. Levou a outra mão às costas e, com ar pensativo, puxou os fundilhos dos shorts de dentro do bumbum. Isso sem desviar os olhos semicerrados de Falk.

— Eu e meu marido somos os únicos aqui. Já faz cinco anos. E o lugar foi da mãe dele durante quinze anos antes disso.

— Faz mais ou menos esse tempo, mesmo — disse Falk. — O pessoal antes dela.

— Foram embora — disse ela, com o tom de uma pessoa que se vê forçada a declarar o óbvio. Cutucou a língua com o indicador e o polegar e tirou dali um pedaço de fumo.

— Eu sei.

— E daí?

Era uma boa pergunta. O próprio Falk não sabia como responder. A mulher se virou ao ouvir um barulho vindo de dentro da casa. Abriu a porta de tela o bastante para enfiar a cabeça para dentro.

— Sim, amor — Falk a ouviu dizer. — Estou resolvendo. Tá tudo bem. Ninguém. Volte para dentro. Não, só... volte para dentro, tá? — A mulher esperou um instante, então reapareceu com o rosto vermelho e a cara fechada. Virou-se outra vez para Falk e desceu da varanda, vindo em sua direção. Parou a alguns metros de distância.

— Se você tem alguma noção de perigo, é melhor ir andando. — A voz dela saiu baixa, mas hostil. — Ele já tomou umas e outras e não vai gostar nem um pouquinho se precisar vir aqui fora, está bem? Nós não temos merda nenhuma a ver com aquela coisa toda que aconteceu há muito tempo, você está me entendendo? Nunca tivemos. Nem a mãe dele. Então pegue esse seu passe de imprensa ou sua tinta spray ou seu saco de bosta de cachorro ou seja lá qual for o motivo de você estar aqui e dê o fora, está bem?

— Olhe, eu sinto muito. — Falk deu um enorme passo atrás mostrando a ela as palmas das mãos. Inofensivo. — Eu não quis incomodar você. Nenhum de vocês.

— Pois é, mas incomodou. Esta é a nossa casa, está bem? Comprada e quitada. E eu quero mais é que quem vier aqui nos encher o saco vá à merda. Já faz vinte anos. Será que vocês ainda não se cansaram, seus babacas?

— Olhe, você tem razão. Eu vou andando...

Ela deu um único passo à frente, apontou para a casa com uma das mãos e estendeu o celular com a outra.

— E vai, mesmo. Ou não vai ser para a polícia que eu vou ligar. Vai ser para ele, lá dentro, e para alguns dos amigos dele que vão ficar mais do que satisfeitos em passar a mensagem adiante. Você está prestando atenção? Dá. O. Fora. — Ela respirou bem fundo e, agora, a voz estava mais alta: — E pode dizer isso para qualquer um que precise saber. Nós não temos nada a ver com quem morou aqui antes. Nada a ver com aqueles monstros.

A palavra pareceu ecoar pelos campos. Falk ficou ali paralisado por um instante. Então, sem dizer nada, deu meia-volta e foi embora.

Não olhou para trás nem uma vez.

Dezesseis

Os cabelos loiros de Gretchen surgiram em meio à multidão do pub e Falk sentiu-se grato por não ter cedido à vontade de cancelar com ela.

Ao deixar sua antiga casa na noite anterior, ele caminhara direto para o carro e ficara ali por um bom tempo lutando contra a tentação de voltar dirigindo para Melbourne. Depois de uma noite mal dormida, passara o dia todo trancado no quarto, debruçado sobre os documentos que pegara da fazenda dos Hadler. Havia sido uma busca basicamente infrutífera, mas ele continuara a trabalhar de forma metódica, fazendo uma anotação aqui e ali quando algo chamava a sua atenção. Abaixe a cabeça e faça seu trabalho. Saindo por pouco tempo apenas para pegar comida, ele havia ignorado o movimento do fim de semana e, após um breve momento de culpa, colocara o celular no modo silencioso quando Gerry ligou. Ia fazer o que prometera. O que não significava que queria falar a respeito.

Agora, depois de descer para o pub pela primeira vez no dia, não sentia pressa de ir embora. Gretchen o encontrou sentado em uma mesa escondida num canto dos fundos, com o chapéu puxado sobre o rosto. Ela estava de preto de novo, mas dessa vez era um vestido. Era curto e a bainha roçava nas suas pernas nuas quando ela caminhava. Ficava bem melhor nela do que as roupas do enterro. Algumas cabeças de frequentadores viraram quando ela passou. Não tantas quanto na escola, observou Falk, mas algumas.

— Você está bonita — ele comentou.

Gretchen pareceu satisfeita e lhe deu um beijinho na bochecha quando ele se levantou para pegar as bebidas. Estava cheirosa. Alguma fragrância floral.

— Obrigada. Você também. Gostei da camisa. Muito Kiewarra na vanguarda da moda. — Ela fez um aceno com a cabeça para a compra recente de Falk e ele sorriu. Ela se acomodou no assento do canto. — Só tinha essa mesa ou você está se escondendo?

— Estou me escondendo. Mais ou menos. — Falk sorriu, apesar de tudo. — Passei pela minha antiga casa ontem à noite.

Ela ergueu as sobrancelhas.

— E aí?

— Não foi exatamente o que eu esperava.

— Nunca é.

Ele foi ao balcão e deixou o barman barbudo lhe servir uma cerveja e um vinho branco ligeiramente suspeito. Quando retornou, Gretchen ergueu sua taça.

— Saúde. Lembra de quando a gente mal podia esperar para ser servido aqui? Aquelas noites todas no parque, entornando qualquer coisa que arrumássemos. — Ela arregalou os olhos azuis fingindo incredulidade e indicando o ambiente com as mãos. — Olhe só pra gente agora. Vivendo o nosso sonho.

Falk riu e seus olhares se cruzaram enquanto relembravam o passado. Falk sabia que a adolescência de lábios pintados e pernas compridas de Gretchen lhe proporcionara uma fonte de alegria juvenil mais profunda do que a da maioria. Mas agora, olhando-a com aquele vestido, foi tomado pela ideia de que aqueles anos, antes de Ellie morrer e antes de tudo mudar, talvez tivessem sido os mais felizes da vida dela. Ele esperava que não. Esperava que ela tivesse tido mais. Franziu a testa sem querer e o momento foi perdido.

Gretchen inclinou-se.

— Escute, você precisa saber. Já está na boca do povo. A cidade toda está comentando que você está fuçando o que aconteceu com os Hadler. Você e o sargento.

— Não é nada oficial.

— E você acha que isso importa?

Falk assentiu com a cabeça. Ela estava certa.

— E qual é o sentimento geral?

— Depende para quem você perguntar. Algumas pessoas acham que já não era sem tempo. Outras acham que você, em especial, devia estar cuidando da própria vida. — Ela baixou a voz. — E todo mundo está se cagando de medo do que pode significar se outra pessoa os tiver matado.

Falk sentiu uma pontada de culpa com todas as chamadas perdidas de Gerry Hadler em seu telefone. Resolveu ligar de volta para ele logo pela manhã.

— O que você acha? — indagou Falk, curioso.

— Eu acho que você devia ter cuidado. — Ela brincou com a haste da taça de vinho. — Não me entenda mal, eu adoraria saber que não foi o Luke.

— Você acha que foi?

Ela franziu a sobrancelha. Pensou antes de responder.

— Não sei. Não consegui acreditar quando ouvi a notícia. Mas foi mais incredulidade por uma coisa daquele tipo ter acontecido, ponto. Pelo que todo mundo estava dizendo, o caso parecia resolvido. A verdade é que eu não parei para pensar se Luke tinha ou não sido o responsável, sabe?

— Nem a maioria das pessoas. Nem eu.

Ela deu um sorrisinho distorcido e acrescentou:

— Eu não diria isto para ninguém a não ser para você, mas isso foi em parte culpa do próprio Luke por ser tão babaca.

Lá embaixo, os campos brilhavam prateados sob a luz da lua, as raras casas saltavam aos olhos como borrões na paisagem. O quarteto sentava-se na beirada de uma rocha projetada, balançando as pernas na beirada. Luke fora o primeiro a pular a cerca, chutando a placa de "Entrada proibida" ao fazê-lo. Ele não se barbeava há alguns dias, observou Aaron, irritado, e um restolho de barba lhe escurecia o queixo. Estava mais visível sob a luz da lua enquanto ele se postava na beirada da pedra, espreguiçando-se de braços bem abertos, admirando a vista.

Aaron tinha sentido o estômago se revirar quando ele vira aquele precipício desprotegido, mas ainda assim saltou a cerca sem nem olhar para os demais. Ellie vinha logo atrás dele. Luke fez questão de estender o braço para ajudar Gretchen. Ela não precisava de auxílio, mas aceitou com um sorriso. Agora estavam todos sentados, conversando e rindo, seus corpos aquecidos pela meia garrafa que repartiam entre eles. Apenas Ellie sacudia a cabeça quando a garrafa vinha em sua direção. Eles bebiam e se desafiavam para ver quem inclinaria o corpo para a frente e olharia para o vazio. Cheios de bravata e bobagens. Era assustador, mas não estavam assustados.

Falk ergueu as sobrancelhas uma fração, mas não discordou.

— Há um abismo muito grande entre babaca e assassino — disse ele. Gretchen concordou com a cabeça.

— Escuta, não estou dizendo que foi ele. Mas será que ele era capaz? — Gretchen olhou à sua volta, pelo salão, como se Luke pudesse se materializar e ouvi-la. — Isso já é uma pergunta completamente diferente.

Pelo canto do olho, Aaron podia ver que Luke estava com o braço ao redor da cintura de Gretchen. Luke se aproximou para sussurrar alguma coisa e Gretchen baixou os olhos recatadamente, os cílios projetando sombras azuladas nas suas bochechas.

Aaron sentiu Ellie ao seu lado, mas não se mexeu. Era a primeira vez que se viam de verdade desde o beijo na árvore da pedra, uma semana antes, e ele ainda tinha a sensação de caminhar em terreno instável. Ela dissera que estava trabalhando todas as noites. Ele se permitira passar pela loja uma única vez. Ela havia ace-

nado atrás do caixa, mas aquele não era um ambiente onde pudessem conversar.

No caminho até o mirante, ele ficara alguns passos atrás na esperança de ter uns minutos a sós com ela, mas Luke havia colado nele de maneira enlouquecedora. Ellie não dava o menor sinal de estar pensando no que acontecera na árvore. Quando chegaram ao morro, Aaron já começava a achar que tinha imaginado tudo.

Enquanto subiam a trilha, Aaron mal escutava Luke, aos berros, contar alguma história. De repente, Ellie virou o rosto e seus olhares se cruzaram por cima da cabeça de Luke. Ela revirou os olhos com sofrimento exagerado, então sorriu. Um sorriso puro, cúmplice e secreto, só dele.

Animado agora pela lembrança, Aaron deslocou o corpo com a intenção de se aproximar um pouco mais. Ele se virou, mas parou onde estava, o movimento interrompido antes mesmo de começar. A luz estava fraca lá em cima do mirante, mas foi suficiente para que Aaron enxergasse algumas coisas com clareza. Entre elas, os olhos de Ellie e a maneira que encaravam Luke Hadler enquanto ele sussurrava alguma coisa no ouvido de Gretchen.

— Luke podia ser tão egoísta de vez em quando — disse Gretchen. Passou o dedo por um círculo de condensação que havia se formado sobre a mesa, desfazendo-o. — Ele se colocava em primeiro, segundo e terceiro lugar sem nem se dar conta. Não era? Ou era só eu que achava? — Ela pareceu aliviada quando Falk assentiu com a cabeça. — Me desculpe — prosseguiu. — Eu estou tendo dificuldade em separar o Luke que conheci das coisas que as pessoas andam dizendo. Pelo menos o Luke que eu pensei conhecer.

— Eu sempre achei Luke bastante direto quando a gente era mais novo — disse Falk. — Ele era muito sincero, falava o que pensava. A gente podia não gostar, mas pelo menos sabia onde estava pisando com ele.

— E agora?

— Não sei. Aquela bravata toda me deixava louco, mas no fundo, no fundo, eu sempre achei que ele era um dos mocinhos.

— Bem, vamos esperar que sim. — Gretchen revirou os olhos. — Eu detestaria achar que ele não valeu a pena.

— O que você quer dizer com isso?

— Ah, nada. — Ela pareceu envergonhada. — Bobagem. Eu só estava me referindo a ter me tornado amiga dele para começo de conversa. E sua e de Ellie. Isso mudou muita coisa para mim. Uma molecada para a qual eu nunca teria dado a menor importância começou a me evitar depois que Ellie morreu. Como se eu estivesse manchada por extensão. Mas foram problemas adolescentes bobos se comparados a todo o resto. Nada que valha a preocupação.

Ela não conseguiu disfarçar o tom melancólico da voz por completo. Falk pensou nos amplos círculos sociais que ela havia frequentado e que pareceram minguar quando se tornou membro fixo do seu malfadado quarteto. Ocorreu-lhe, pela primeira vez, que sem ele e sem Ellie a louríssima Gretchen talvez tivesse se visto sozinha. Ele nunca havia considerado essa possibilidade antes. Estendeu a mão e tocou o braço dela.

— Me desculpe por não ter mantido contato. Não foi porque eu não me importava, foi só que... — Ele parou por aí. — Eu nem pensei. Devia ter feito um esforço.

Gretchen deu um pequeno sorriso.

— Esqueça. Não fui muito diferente. Eu culpo a idade e os hormônios. Todos nós éramos idiotas na época.

Luke ficou de pé e alongou o corpo, de um jeito exagerado.

— Vou dar uma mijada — anunciou. Seus dentes reluziram, muito brancos nas sombras. — Não se metam em encrenca enquanto eu estiver longe.

Ele desapareceu por entre os arbustos e os outros três ficaram sentados, colados uns nos outros. Aaron e Gretchen dividiam a garrafa de bebida e ele podia ouvi-la cantarolar uma melodia desa-

finada bem baixinho. Do outro lado, Ellie fitava o horizonte com o olhar distante.

A tranquilidade foi interrompida por um estrondo seguido por um grito que ecoou no silêncio. Os três se entreolharam, seus rostos pálidos e horrorizados, e logo Aaron estava de pé e correndo em direção ao barulho, sobre pernas bambas de vodca. Ia à frente das meninas e podia ouvir a respiração rouca e assustada de alguém às suas costas. Ele derrapou, mas logo se deteve na beirada de um verdadeiro abismo. Os arbustos estavam arrebentados e amassados num trecho mais fechado. Os galhos mais próximos da beirada estavam partidos.

— Luke! — Gretchen surgiu ao seu lado, berrando para o vazio. Sua voz ecoou, gritando o nome dele repetidamente. Não houve resposta. Falk caiu ajoelhado e foi engatinhando até a beira do precipício. Olhou para baixo, com medo do que poderia encontrar. Era uma queda de mais de cem metros. O fundo era tragado pela escuridão.

— Luke! Cara! Você consegue me ouvir? — ele berrou.

Gretchen estava aos prantos; seu rosto, uma confusão de lágrimas. Ellie chegou logo em seguida, avançando pelos arbustos. Andando em vez de correr. A respiração de Falk rugia, ensurdecedora dentro de seus próprios ouvidos. O olhar sério de Ellie foi passeando por cima do arbusto pisoteado. Ela se virou e estudou o matagal que se estendia por trás deles, os olhos se demorando nas sombras das árvores. Dando um passo em direção ao precipício, ela espiou dentro do abismo. Olhou nos olhos de Aaron e encolheu um pouco os ombros.

— O filho da mãe está fingindo.

Então ela se virou e tirou alguma coisa invisível de debaixo da unha.

— Eu cheguei a me perguntar se você e Luke ficariam juntos — disse Falk. — Ele era autocentrado, mas sempre teve um carinho especial por você.

A risadinha de Gretchen carregou um toque de ironia.

— Para ser um personagem secundário no "Show do Luke" 24 horas por dia? Não, obrigada. — Ela deixou escapar um suspiro e sua voz perdeu o tom de raiva. — A gente até tentou por uns anos, depois que você foi embora. Parecia sério na época, mas na verdade era coisa de criança. Eu acho que, no fundo, a gente estava tentando manter o quarteto unido de alguma forma. Mas não deu certo. É óbvio.

— Acabou mal?

— Ah, não. — Ela ergueu os olhos e deu um sorriso tenso. — Não exatamente. Pelo menos não pior do que o normal. A gente só cresceu. Ele se casou, eu tive Lachie. De qualquer maneira, Luke nunca foi o cara certo para mim. Hoje eu sei disso. — Ela piscou, aturdida. — Quer dizer, até mesmo antes de acontecer essa coisa toda com Karen e Billy.

Fez-se uma pausa desconfortável.

— Quer dizer que Luke nunca falou sobre mim? Depois que você foi embora, quer dizer. — O tom descontraído de Gretchen não disfarçou a curiosidade.

Falk hesitou.

— Na verdade, se a gente conseguisse evitar, nem falava de Kiewarra. A gente meio que fazia questão disso. É claro que eu perguntava de você e ele dizia que você estava bem, que tinha te visto por aí. Esse tipo de coisa, mas... — Ele deixou a frase em suspenso porque não queria magoá-la. Na verdade, Luke mal mencionara Gretchen, a não ser que ele perguntasse. Falk ficara surpreso ao saber, agora, que eles haviam continuado a sair por mais do que uns poucos meses. Luke sempre fizera o relacionamento dos dois soar como uma coisa que ele abandonara logo em seguida.

— Me surpreendeu bastante que Luke tenha acabado ficando em Kiewarra — disse Gretchen. — Por um tempo, depois que você saiu daqui, ele só falava em ir embora. Tinha planos de ir para Melbourne estudar engenharia. Trabalhar em projetos importantes.

— É mesmo? — Aquilo era novidade para Falk. Luke nunca tinha mencionado isso. Nunca tinha pedido a sua ajuda: uma referência de emprego, um lugar para dormir. — Por que ele não foi?

Gretchen deu de ombros.

— Acho que acabou conhecendo Karen. Mas sempre foi difícil saber o que Luke queria de verdade. — Ela fez uma pausa e recolocou a taça de vinho sobre a mesa. — Sabe, eu acho que se ela não tivesse morrido, Luke teria acabado com Ellie. Ela fazia mais o tipo dele do que eu. Aliás, provavelmente até mesmo mais o tipo dele do que Karen.

Falk tomou um gole da bebida e se perguntou se aquilo seria verdade.

Gretchen estava histérica. Seu rosto estava muito vermelho e os cabelos loiros estavam úmidos de suor. Falk se deu conta de que estava mais bêbada do que parecera. A cabeça dele também estava rodando; não conseguia parar de ir até a beirada do abismo, olhar para baixo e berrar o nome de Luke.

— Será que dá para você sair daí? — pediu Ellie, quando ele quase perdeu o equilíbrio pela terceira vez. — Se você cair, aí sim a gente vai ter com o que se preocupar.

Aaron queria poder estar tão calmo quanto ela. De início, ele tivera um lampejo de esperança de que talvez ela estivesse certa: que Luke poderia estar fingindo. Mas à medida que os minutos iam passando, ele tinha cada vez menos certeza. Luke conhecia bem o entorno, mas aqueles precipícios eram notoriamente instáveis. Foram alertados a respeito, avisados para manterem a distância. Mais de uma vez. E a bebida que haviam compartilhado já estava dando voltas no seu estômago. Talvez Ellie tivesse razão, mas e se...? Os rostos de Gerry e de Barb surgiram em sua mente e ele não conseguiu completar a ideia.

— A gente precisa... pelo amor de Deus, Gretchen, fique quieta um segundo... a gente vai ter de ir atrás de ajuda — disse ele. Ellie se limitou a encolher os ombros. Caminhou até o precipício e alinhou os

bicos das botas com a beirada. Olhou para o abismo por um bom tempo, então deu um passo atrás. Ergueu o queixo ligeiramente.

— Está ouvindo isso, Luke? — gritou ela, com uma voz clara que ecoou das rochas. — A gente vai descer. Todo mundo está se cagando de medo. Última chance.

Aaron teve a sensação de que nada se mexia enquanto prendia a respiração e esperava. O mirante permaneceu em silêncio.

— Muito bem — gritou Ellie. Ela pareceu mais triste do que zangada. — Você fez a sua escolha. Espero que esteja satisfeito.

O tom de acusação foi ecoando pelo vale logo abaixo.

Aaron a fitou por um instante, encarando seus olhos gélidos, então agarrou a mão de Gretchen e começou a descer a trilha correndo.

— Às vezes eu tenho a sensação de que Luke só era leal a você — disse Gretchen. — A forma que ele te defendeu quando Ellie morreu. Ele precisou aguentar muita coisa por causa disso depois que você foi embora. Teve muita gente pressionando para ele mudar a história, para te entregar. — Ela virou o conteúdo da taça e espiou Falk por cima da beirada. — Mas ele nunca entregou.

Falk respirou fundo. Aquele era o momento de contar a ela. *Luke mentiu. Você mentiu.*

— Escute, Gretch, sobre isso...

— Você teve sorte, na verdade — ela o interrompeu, baixando a voz ligeiramente. — Sorte de ter estado com ele, para começo de conversa. Considerando como ele foi criticado por aqui, teria sido bem mais fácil ele mudar a história. Sem Luke, eu imagino que a polícia de Clyde teria jogado a culpa toda em cima de você sem nem pensar duas vezes.

— É, eu sei. Mas escute, Gretch...

Ela olhou à sua volta pelo bar. Mais de um ou dois rostos que os observavam se viraram com rapidez.

— Olhe, Luke se manteve firme. Na verdade, ele foi leal a você durante vinte anos — continuou ela, agora ainda mais baixinho. — Isso é mais ou menos a única coisa que está te protegendo de todos os problemas que estaria tendo nesta cidade hoje. Então, deixe eu lhe dar um conselho: se eu fosse você, continuaria seguindo a mesma cartilha.

Quando eles dobraram uma curva ao pé do morro, Aaron não pôde acreditar no que viu, mas logo em seguida acreditou. Luke estava descansando em cima de uma pedra, perfeitamente a salvo, com um sorriso no rosto e um cigarro na mão.

— Ei — ele riu —, por que vocês demoraram tanto?

Aaron pulou em cima dele.

— Credo, Gretchen, é claro que sim — disse Falk, tentando manter a leveza da voz. Mas a mensagem dela havia sido clara: não faça perguntas, não diga nada. — E por que eu iria fazer diferente?

Eles se olharam por um tempo. Então, Gretchen se recostou na cadeira e sorriu genuinamente para ele.

— Ótimo. Por nenhum motivo. Eu só queria ter certeza de que você estava sendo sensato. Melhor prevenir do que remediar. — Ela ergueu a taça, se deu conta de que estava vazia e a pousou outra vez sobre a mesa. Falk esvaziou o próprio copo e foi até o bar pegar mais dois drinques.

— Se todo mundo tinha tanta certeza a meu respeito — começou ele quando voltou —, me surpreende não terem expulsado Luke da cidade também.

Gretchen aceitou a taça, mas seu sorriso desapareceu.

— Algumas pessoas tentaram, sabia? No começo. E se empenharam bastante. Mas você sabe como o Luke era. Ele aguentou firme, com aquela mesma cara de pau de sempre. Não vacilou, não fraquejou. No final, acabaram cedendo. Basicamente foram forçados a aceitar.

Ela mais uma vez passou os olhos pelo pub. Havia menos rostos a observá-los agora.

— Olhe, se as pessoas forem sinceras consigo mesmas, a maioria sabe que Ellie se matou. Era uma garota de dezesseis anos que precisava de um apoio que obviamente não estava recebendo e, sim, todos nós devíamos nos sentir culpados em relação a isso. Só que, em geral, as pessoas não gostam de se sentir culpadas e, no final das contas, era o seu nome que estava no bilhete. E isso, na verdade, nunca foi explicado... — ela fez uma pausa e ergueu as sobrancelhas ligeiramente.

Falk sacudiu a cabeça levemente. Não soube explicar isso à época e continuava sem saber como. Tinha passado anos quebrando a cabeça tentando entender, relembrando as últimas conversas com Ellie, tentando decifrar alguma mensagem ou significado. Para ela, ele havia sido Aaron, não Falk. O que estaria se passando pela sua cabeça quando escrevera aquilo? Às vezes, ele não tinha certeza do que o incomodava mais: os problemas que aquilo havia causado ou o fato de que ele nunca saberia o motivo.

— Bem — continuou Gretchen —, na verdade, não importa. Ela estava pensando em você de alguma forma mais ou menos perto da hora em que morreu, e para qualquer um procurando um culpado, aquilo foi o suficiente. E, gostando ou não, Luke era uma figura importante, se envolvia na comunidade. Ele se tornou uma espécie de líder nesta cidade e a gente não podia se dar ao luxo de perder líderes. Eu acho que, em grande parte, as pessoas simplesmente escolheram ignorar o assunto.

Ela deu de ombros.

— É o mesmo motivo pelo qual o povo daqui atura imbecis como Dow e Deacon. Isto é Kiewarra. É duro. Mas estamos todos juntos nessa. Você foi embora, Luke ficou. Você levou a culpa.

Aaron pulou em cima dele e Luke deu um passo atrás.

— Cuidado — disse, quando Aaron o agarrou pelos ombros. Os dois cambalearam e caíram de costas no chão. Aterrissaram com

um baque surdo e o cigarro de Luke rolou de seu dedo. Ellie foi à frente e o apagou com o pé.

— Cuidado com as fagulhas, fazendo o favor. Você já conseguiu dar um susto danado neles dois, então, que tal não matar a gente num incêndio?

Imobilizando Luke com o peso do seu corpo, Aaron o sentiu se irritar com o tom de Ellie. Era o mesmo que ele a ouvira usar com os animais da fazenda.

— Caramba, Ellie, qual é a sua, hein? Não sabe mais brincar? — Luke tentou dar um tom divertido à pergunta, mas não conseguiu. Aaron podia sentir o cheiro do álcool no suor do amigo.

— Ninguém te contou? — Ellie perdeu a paciência. — Brincadeira é para ter graça.

— Credo, qual o seu problema esses dias? Você não quer beber, não ri de nada. Raramente sai com a gente. Está sempre trabalhando naquela porcaria de loja. Você anda tão chata, Ellie. Talvez você e Aaron devessem se juntar e pronto. Vocês são perfeitos um para o outro.

Chata. Enquanto a palavra assentava, Aaron teve a sensação de ter levado um soco de Luke. Fitou o amigo incrédulo, então o puxou pela camisa e o empurrou com tanta força que a cabeça de Luke bateu no chão com um estalo. Ofegante, rolou pelo chão para se afastar dele, não confiando em si mesmo para olhar para ele.

Ellie fitou Luke, esparramado na poeira, com uma expressão no rosto que era pior do que raiva. Era pena. À sua volta, tudo parecia imóvel.

— É isso que você acha? — Ela pairou por cima dele. — Você acha seus amigos chatos porque são leais a você? Porque demonstram alguma sensatez de vez em quando? A única piada aqui é você, Luke. O fato de você achar que não tem problema nenhum usar os outros para o seu próprio divertimento.

— Vá se ferrar. Eu não faço isso.

— Faz, sim — insistiu Ellie. — Faz com todos nós. Comigo. Com Aaron. Com a sua namorada, ali. Você acha normal assustar as pes-

soas que gostam de você? Jogar as pessoas umas contra as outras? — Ela sacudiu a cabeça. — E pra você é tudo só uma grande brincadeira. Isso é o que mais assusta.

Ninguém disse nada por um bom tempo. As palavras pairaram entre eles como uma bruma enquanto cada um dos quatro evitava contato visual. Ellie foi a primeira a se mexer, virando-se com rapidez. E, sem olhar para trás, saiu andando. Do chão, Luke e Aaron a viram partir, então se colocaram de pé. Aaron ainda não conseguia se forçar a olhar para ele.

— Vaca — ele ouviu Luke resmungar às costas de Ellie.

— Ei, não xingue ela assim — repreendeu Aaron com dureza na voz.

Mais adiante, Ellie não deu nenhum sinal de ter ouvido qualquer um dos dois e continuou em frente num ritmo constante. Luke se virou e atirou o braço por cima do ombro de Gretchen, cujos soluços haviam sido transformados num silêncio atordoado.

— Me desculpe se eu te assustei um pouquinho, gata. Você sacou que era para ser engraçado, não sacou? — Ele baixou a cabeça e pressionou os lábios de encontro à bochecha dela. O rosto dele brilhava de suor e exibia um vermelho raivoso. — Mas tudo bem. Talvez as coisas tenham ido um pouco longe demais. Talvez eu tenha dito umas coisas que não devia. Talvez eu deva a vocês um pedido de desculpas. — Ele soava como se nunca tivesse tido qualquer outra intenção.

— Você com certeza deve alguma coisa a eles. — A voz de Ellie chegou flutuando até eles no ar da noite.

Nenhum dos quatro jamais voltou a mencionar a discussão, mas o incidente grudou neles como o suor. Ellie só falava com Luke quando era preciso e sempre com o mesmo tom educado, porém distante. Aaron, envergonhado na presença de Ellie e puto da vida com Luke, fechou-se um pouco mais. Gretchen se viu escalada para o papel de intermediária e Luke simplesmente fingia não notar que qualquer coisa havia mudado.

Eles iam acabar esquecendo aquela história, Aaron repetia para si mesmo, embora não tivesse tanta certeza disso. As rachaduras haviam sido expostas e eram mais profundas do que ele havia se dado conta. Nunca chegou a descobrir se tinha ou não razão. Ellie teve só mais duas semanas de vida.

Gretchen estendeu o braço por cima da mesa surrada e tocou as pontas dos dedos de Falk. O barulho do pub foi se reduzindo a ruído de fundo. Ela tinha mãos de quem trabalhava muito: as unhas estavam nuas e limpas, e as pontas dos dedos arranhavam um pouco a pele dele, alva por passar tempo demais num escritório.

Sabia que Ellie estivera enganada a respeito dela. Gretchen nunca tinha sido cabeça de vento. Era bem mais resistente do que isso. Ela havia ficado ali e encarado tudo de frente. Construíra uma vida para si numa comunidade que roubara o melhor de outras pessoas – dele mesmo, por exemplo, e, agora, possivelmente de Luke Hadler. Gretchen era durona. Guerreira. E estava sorrindo para ele.

— Eu sei que não foi fácil para você voltar aqui, mas é realmente bom te ver — disse ela. — Você sempre foi o único sensato de nós. Eu queria...

Ela fez uma pausa. Deu de ombros. Um ombro bronzeado subiu de encontro à alça do vestido.

— Eu queria que você pudesse ter ficado. Talvez, aí, tudo tivesse sido diferente.

Eles se entreolharam até Falk sentir um calor ir engatinhando pelo seu peito e pela sua nuca, devagarinho. Ele limpou a garganta e ainda estava pensando no que dizer quando uma figura se plantou à sua frente.

Dezessete

Grant Dow bateu um copo de cerveja pela metade na mesa com uma pancada explosiva. Usava as mesmas bermudas e a camiseta de cerveja balinesa do dia anterior. Falk deixou escapar um gemido.

— Pensei que você estivesse proibido de entrar aqui — disse, mantendo a voz o mais neutra possível.

— Por aqui, eu costumo considerar esse tipo de coisa mais como sugestão.

Falk olhou para além de Dow, para onde o barman os observava com expressão resignada. Falk ergueu as sobrancelhas, mas o barman apenas deu de ombros. *O que você quer que eu faça?* Do outro lado da mesa, o olhar de Gretchen cruzou com o dele e ela sacudiu a cabeça minimamente. Quando ela falou, seu tom de voz foi leve:

— O que você quer, Grant?

— Eu vou lhe dizer o que *você* quer, Gretch. Você quer ter mais cuidado com quem escolhe para namorar. — Dow tinha um pouco da arrogância de Mal Deacon, notou Falk, mas enquanto o lado mau do tio tinha uma frieza reptiliana, o sangue de Dow era definitivamente quente. De perto, seu rosto era um caos avermelhado de vasos rompidos e pressão alta. — Garotas que andam com este cara costumam aparecer mortas.

Por trás dele, seus amigos acharam graça, embora tenham demorado um segundo a mais para reagir. Falk não tinha certeza se era a mesma gangue que acompanhara Dow na noite anterior.

Todos eles pareciam idênticos. O barman havia parado de servir para observar a troca de farpas.

— Obrigada, Grant. Mas eu já estou grandinha. Posso tomar minhas próprias decisões — disse Gretchen. — Então, se você já tiver dito o que veio dizer, por que não segue adiante com a sua noite e nos deixa seguir com a nossa?

A risada de Dow expôs uma boca repleta de dentes malcuidados. Seu bafo de cerveja chegou até Falk.

— Eu aposto que sim, Gretch — disse ele, piscando para ela. — Você está especialmente chique esta noite, se me permite dizer. A gente não costuma ver você emperiquitada desse jeito por aqui. — Ele olhou para Falk. — Ela deve ter colocado esse vestido só para você, seu bostinha. Espero que esteja satisfeito.

As bochechas de Gretchen coraram e ela desviou os olhos dos de Falk, que se levantou e deu um único passo em direção a Dow. Apostou na probabilidade de que Dow preferisse evitar a dor de cabeça de ser preso do que a tentação de lhe dar um murro. Torceu que tivesse razão. Falk sabia que tinha algumas habilidades, mas brigas de bar não estavam entre elas.

— O que você quer, Grant? — perguntou Falk, calmamente.

— Na verdade — começou Dow —, eu acho que nós começamos com o pé errado ontem. Então vim aqui para lhe dar a oportunidade de consertar as coisas.

— Consertar que coisas?

— Você sabe do que eu estou falando.

Eles se olharam. Grant Dow sempre havia sido mais velho, mais alto e mais forte. Sempre à beira de um ataque de fúria, fazia as pessoas atravessarem a rua correndo quando se aproximava. Agora, mais velho, mais gordo e com um cheirinho de doenças crônicas pairando no horizonte, ele parecia exalar amargura pelos poros.

— É só isso? — perguntou Falk.

— Não, não é só isso. Aceite o meu conselho. Aceite o conselho do meu tio, mesmo que não valha muita coisa hoje em dia. Vá embora. — A voz de Dow era grave. — Aquele saco de merda do Hadler não vale a dor de cabeça na qual você vai se meter, ouça o que eu estou dizendo.

Dow olhou para os amigos por cima do ombro. Do lado de fora da janela do pub, só se via a noite. Falk sabia que, para além da rua principal, a cidade estava deserta. *Por essas bandas, esses distintivos valem quase nada.* Isso até podia ser verdade, mas ainda valiam alguma coisa.

— Eu vou embora quando tivermos alguma clareza sobre a morte dos Hadler — Falk avisou. — Não antes.

— Isso não tem porra nenhuma a ver com você.

— Uma família inteira morta a tiros numa cidade pequena como esta? Eu diria que tem tudo a ver com todo mundo. E como você parece ter convicções muito claras a respeito, que tal a gente começar por você? Vamos tornar essa coisa oficial. O que você acha?

Falk enfiou a mão no bolso e sacou um bloquinho e um lápis. Escreveu "Investigação | Hadler" no topo da página. Logo abaixo, colocou o nome de Dow em letras maiúsculas para que o homem pudesse ler.

— Está bem, calma, seu babaca. — Aquilo o deixara nervoso, como Falk havia previsto. Havia algo em ver um nome escrito em papel que dava mais seriedade às coisas.

— Pode confirmar seu endereço?

— Eu não vou lhe dar meu endereço.

— Sem problema. — Falk não perdeu tempo. — Por sorte, eu sei de cor. — Ele anotou os detalhes da fazenda de Deacon. Olhou para além de Dow, para o seu grupo de seguidores. Eles haviam se afastado um pouco da conversa. — Vou precisar dos nomes dos seus companheiros, também, já que estão tão ansiosos para opinar.

Grant olhou à sua volta. Seu grupo tinha perdido a expressão ausente e agora o encarava com indignação.

— Você está querendo me sacanear? — perguntou Dow. — Quer um bode expiatório?

— Grant — começou Falk, resistindo à tentação de revirar os olhos. — Quem veio à nossa mesa foi você.

Dow o olhou de cima a baixo, pronto para explodir. Havia cerrado o punho direito e parecia tentar decidir se valia ou não a pena usá-lo. Olhou por cima do ombro. O barman ainda os observava com as mãos apoiadas sobre a bancada do bar. Olhou sério para Dow e sinalizou com a cabeça em direção à porta. Não ia servir mais nada para eles esta noite.

Dow relaxou o punho e deu um passo atrás como se nada tivesse acontecido. Como se o esforço não valesse a pena.

— Você continua cheio das mentiras e das merdas de sempre — disse para Falk. — Bem, vai precisar. Só assim você talvez tenha alguma chance por aqui.

Fez um gesto com a cabeça e os amigos o seguiram para fora do pub. O nível geral de ruído, que diminuíra durante a conversa, foi voltando ao normal pouco a pouco.

Falk sentou-se outra vez. Gretchen o observava com a boca levemente entreaberta. Ele sorriu, mas quando foi guardar o bloquinho, manteve a mão no bolso até ter certeza de que tinha parado de tremer.

Gretchen sacudiu a cabeça, incrédula.

— Caramba. Isso que é um comitê de boas-vindas. Parabéns. — Ela piscou para ele. — Eu disse que você era o único de nós que tinha bom senso. — Ela se levantou e comprou a rodada seguinte.

Mais tarde, quando o pub fechou, Falk a acompanhou até o carro. A rua estava tranquila. Sob a luz dos postes, os cabelos de Gretchen brilhavam como uma auréola. Eles ficaram ali se olhando, a trinta centímetros de distância um do outro, cada movimento deles era desconfortável e estudado à exaustão, até ela finalmente rir e colocar as duas mãos sobre os ombros dele. Inclinou o corpo para a frente e o beijou na bochecha, beirando a boca. Ele passou os braços ao redor dela e eles se abraçaram por um bom tempo – calor sobre calor no ar cálido da noite.

Por fim, ela se afastou com um pequeno suspiro, entrou no carro e, sorrindo, acenou e partiu. Falk ficou ali sozinho, sob uma faixa de estrelas, pensando, por mais estranho que pudesse ser, em Grant Dow. O homem falava muita merda, isso era certo. Mas ele havia dito uma coisa que Falk captara e guardara e que agora recordava e examinava na mente, virando e revirando como se fosse uma grande descoberta.

Ela deve ter colocado esse vestido só para você, seu bostinha.

Ele foi sorrindo o caminho todo de volta ao pub.

Falk já estava com um pé na escadaria que conduzia ao seu quarto quando ouviu a voz do barman chamá-lo.

— Entre aqui rapidinho, amigo. Se não se importa.

Falk deu um suspiro, a mão apoiada no corrimão. Olhou desejoso escada acima. Do patamar, uma foto da rainha numa moldura vagabunda o encarou com indiferença. O lugar estava vazio. Sentia o cheiro ácido de detergente de limão enquanto o barman passava um pano por cima da bancada do bar.

— Quer um drinque?

— Pensei que o bar já estivesse fechado. — Falk puxou um banco e se sentou.

— E está. Este é por conta da casa. — O barman colocou uma cerveja na frente de Falk e serviu uma para si mesmo. — Considere isso um muito obrigado.

— Por quê?

— Eu já vi Grant Dow criar caso com muita gente, o que quase sempre termina comigo tendo de limpar o sangue de alguém. Como esse não foi o caso esta noite, eu posso relaxar e tomar uma gelada com você. — Ele estendeu a mão. — David McMurdo.

— Saúde. — Falk tomou um gole da cerveja, surpreso com o quão fácil ela desceu. Tinha bebido mais naquela semana do que costumava beber em um mês. — Desculpe por isso. Eu sei que disse que não ia lhe criar problemas.

— Meu amigo, se todos os problemas fossem resolvidos daquela maneira por aqui, eu seria um homem feliz — comentou McMurdo, acariciando a barba. — Infelizmente, a coisa pende um pouco mais para a força bruta por essas bandas.

— Há quanto tempo você está na cidade?

— Vai fazer dez anos, mas muitos ainda me olham como se eu tivesse acabado de chegar. Ou você é nascido e criado aqui ou vai ser um forasteiro para sempre; parece que é assim que a banda toca em Kiewarra.

— Ser nascido e criado aqui também não significa carta branca — lembrou Falk com um sorriso sombrio. — Como acabou num lugar desses?

McMurdo fez uma pausa. Passou a língua por cima dos dentes.

— Qual é o motivo que você costuma dar para ter deixado Kiewarra?

— Oportunidades profissionais — respondeu Falk com secura.

— Bem, eu vou dar a mesma resposta e a gente deixa por isso mesmo. — McMurdo fez um gesto mostrando o bar vazio e deu uma piscadela. — Ainda assim, parece que funcionou para você. Para ser sincero, seu amigo Luke podia ter lhe pedido umas dicas sobre como lidar com Dow. Agora é tarde demais, é claro.

— Eles tinham confrontos?

— Religiosamente — respondeu McMurdo. — Meu coração costumava sair pela boca toda vez que um estava aqui dentro e o outro chegava. Eles eram iguais a... sei lá... um par de ímãs. Gêmeos siameses. Ex-amantes ciumentos. Alguma coisa assim. Nenhum conseguia deixar o outro em paz.

— Sobre o que eles se desentendiam?

McMurdo revirou os olhos.

— Sobre o que eles não se desentendiam? Qualquer coisa: o tempo, críquete, a porcaria da cor das meias que estavam usando. Viviam implicando um com o outro. Qualquer desculpa servia.

— E do que estamos falando? Brigas de mão?

— De vez em quando — disse McMurdo. — Às vezes a coisa ficava feia, ultimamente nem tanto. Nos últimos anos, as brigas ficaram mais leves, eles tinham mais bate-bocas acalorados. Não me entenda mal, eles não se gostavam. Mas eu acho que os dois se divertiam com aquilo de alguma forma. Ter com quem cair na porrada. Aliviar um pouco a pressão.

— Eu nunca entendi esse tipo de coisa.

— Nem eu. Pessoalmente, prefiro tomar um bom drinque. Mas deve funcionar para certos tipos. — Ele esfregou o balcão como quem sabe que a vigilância sanitária não está de olho. — Para ser justo com Dow, não deve ser nada fácil cuidar daquele tio dele.

Falk recordou como Mal Deacon o confundira com o pai.

— Você sabe o que tem de errado com ele?

— Anda um pouco ruim da cabeça. Se é bebida ou algum estado de saúde mais grave, eu não saberia dizer. Mas, seja lá o que for, tende a torná-lo mais calado. Ele entra aqui e fica sentado segurando uma bebida ou então sai perambulando pela cidade fazendo cara feia para as pessoas junto com aquele cachorro dele, mas é só.

— Grant Dow nunca foi nenhuma Florence Nightingale. Ele cuida do tio em tempo integral?

McMurdo riu.

— De jeito nenhum. Ele é peão. Faz uns bicos por aí. Trabalha de encanador. Ajuda em obras. Qualquer coisa que ajude a pagar uma cerveja. Mas é impressionante o que a promessa de uma herança pode fazer, não é mesmo? Deacon vai deixar a fazenda para ele, ou pelo menos é o que dizem. E ela talvez valha um bocado, com esse monte de investidores asiáticos sempre farejando por aqui atrás de terras. A seca não vai durar para sempre, pelo visto.

Falk tomou um gole. Interessante. A terra dos Hadler fazia fronteira com a fazenda de Deacon. Ele não tinha a menor ideia de qual seria o preço de mercado, mas dois terrenos juntos eram sempre mais valiosos para o comprador certo. Contanto que a propriedade dos Hadler fosse colocada à venda, é claro – algo bem menos provável enquanto Luke estivera vivo e cuidando dela do que agora. Falk guardou a ideia para considerações futuras.

— Então é verdade o buchicho de você estar investigando a morte dos Hadler? — perguntava McMurdo.

— Nada oficial — respondeu Falk pela segunda vez aquela noite.

— Saquei — disse McMurdo com um sorriso cúmplice. — Essa é provavelmente a melhor maneira de se conseguir fazer qualquer coisa por aqui.

— E já que estamos falando disso, aconteceu alguma coisa que eu devia saber?

— Como, por exemplo, se Luke saiu na porrada com alguém na véspera de morrer? Ou se Grant declarou na frente do pub inteiro que ia matar a família toda a sangue frio?

— Seria útil.

— Eu sinto desapontá-lo, amigo. — McMurdo abriu um imenso sorriso de dentes amarelados.

— Jamie Sullivan contou que esteve aqui com Luke na noite anterior aos assassinatos — disse Falk. — Os dois combinaram de matar coelhos.

— É, acho que foi isso mesmo.

— Dow também estava aqui?

— Estava, é claro. Vem aqui quase toda noite, por isso detesta ser proibido de entrar. Até parece que me adianta de alguma coisa. Faço mais para irritá-lo mesmo. É complicado eu garantir que ele cumpra, e ele sabe. Quando tento, Dow e aquele bando de amigos inúteis sentam a bunda na minha varanda com um monte de latinhas. Aí eu sigo tendo as mesmas dores de cabeça sem nenhum lucro, me entende? Mas é isso... — McMurdo sacudiu a cabeça. — Em resposta à sua pergunta, Grant Dow estava aqui na última noite de Luke. Junto com quase todo mundo, aliás. A partida de críquete estava passando na televisão, então estava lotado.

— Você viu ele e Luke se falarem? Interagirem de alguma forma? Sabe se um implicou com o outro?

— Não que eu me lembre. Mas, como eu disse, foi uma noite movimentada. Eu não parei um segundo. — McMurdo pensou um instante enquanto tomava o último gole de cerveja e continha um pequeno arroto. — Mas quem sabe, com aqueles dois? Nunca dava para saber de uma noite para a outra o que ia acontecer. Eu sei que Luke era seu amigo e que Dow é um babaca, mas os dois eram parecidos de muitas formas. Eles eram brigões, imponentes, cabeça quente. Dois lados da mesma moeda, sabe?

Falk assentiu com a cabeça. Sabia, sim. McMurdo pegou os copos vazios e Falk tomou aquilo como sua deixa para ir embora. Desceu da banqueta em que estava e deu boa noite, deixando o barman para apagar as luzes e mergulhar o primeiro andar do prédio em escuridão. Enquanto Falk meio cambaleava, meio se arrastava escada acima, seu celular piscou indicando que tinha uma nova mensagem de voz. Esperou até estar trancado no quarto e deitado na cama antes de apertar as teclas desajeitadamente. Fechou os olhos enquanto uma voz conhecida saiu flutuando do telefone.

— Aaron, atenda o telefone, pode ser? — As palavras de Gerry Hadler fluíram numa torrente para dentro de seus ouvidos. — Olhe, eu tenho pensado um bocado sobre o dia que Ellie morreu. — Uma longa pausa. — Venha até a fazenda amanhã, se você puder. Tem uma coisa que você precisa saber.

Falk abriu os olhos.

Dezoito

A fazenda dos Hadler lhe pareceu diferente quando Falk foi chegando com o carro. A fita amarela esfarrapada havia sido removida da porta da frente. De cada um dos lados da entrada, cortinas e blecautes haviam sido escancarados e todas as janelas estavam entreabertas.

O sol da metade da manhã já estava escaldante e Falk esticou o corpo para pegar o chapéu ao saltar do carro. Enfiou debaixo do braço a caixa com os objetos de Karen e de Billy que havia apanhado na escola e tomou o caminho que conduzia à casa. A porta estava aberta. Lá dentro, o cheiro de água sanitária estava um pouco mais suave.

Falk encontrou Barb chorando no quarto principal. Estava sentada na beira da cama *queen-size* de Karen e de Luke, onde o conteúdo de uma gaveta havia sido virado em cima de um edredom verde claro. Meias dobradas em bolas e cuecas boxer se misturavam a moedas e tampas de caneta. Lágrimas escorriam pelas faces de Barb e pingavam sobre uma folha de papel colorido em seu colo.

Ela deu um pulo quando Falk bateu suavemente à porta e, quando se aproximou, viu que ela segurava um cartão de Dia dos Pais feito à mão. Ela secou o rosto com a manga e abanou o cartão na direção de Falk.

— Nenhum segredo resiste a uma boa faxina, não é mesmo? Parece que o Billy era tão ruim de ortografia quanto o pai.

Ela tentou rir, mas a voz embargou. Falk sentiu seus ombros sacudirem quando se sentou ao seu lado e a abraçou. O calor do quarto estava asfixiante; o ar entrava abrasador pelas janelas abertas. Ele não fez comentários. O que quer que as janelas estivessem deixando sair daquela casa era mais importante do que qualquer coisa que deixassem entrar.

— Gerry me pediu para dar um pulo até aqui — disse Falk quando os soluços de Barb se acalmaram um pouco. Ela fungou.

— Eu sei, meu amor. Ele falou. Acho que ele está fazendo uma limpa no celeiro maior.

— Ele comentou o que queria comigo? — indagou Falk, perguntando-se quando, se é que algum dia, Gerry acharia conveniente se abrir com a esposa. Barb sacudiu a cabeça.

— Não. Talvez ele queira lhe dar alguma coisa que foi de Luke. Não sei. Essa faxina foi ideia dele. Ele disse que está na hora de a gente enfrentar isso tudo.

Quase não foi possível ouvir a última frase enquanto ela apanhava um par de meias de Luke e desatava outra vez a chorar.

— Eu fico tentando pensar se tem alguma coisa aqui que Charlotte talvez queira. Ela está tão tristinha. — A voz de Barb saiu abafada por trás de um lenço de papel. — Nada parece ajudar. Nós a deixamos com uma babá, mas Gerry chegou a sugerir que a trouxéssemos. Para ver se estar com as coisas dela a acalmava. Mas eu disse que não vou permitir uma coisa dessas de jeito nenhum. Não tem a menor chance de eu trazer Charlotte de volta a esta casa depois do que aconteceu aqui.

Falk acariciou as costas de Barb. Passou os olhos pelo quarto enquanto ela chorava. Desconsiderando a camada de poeira, era organizado e limpo. Karen havia tentado manter a desordem sob controle, mas havia toques pessoais suficientes para tornar o ambiente acolhedor.

Porta-retratos com fotos das crianças ocupavam a superfície de uma cômoda que parecia ser de boa qualidade, mas que provavelmente era de segunda ou até mesmo de terceira mão. Qualquer dinheiro destinado à decoração havia, claramente, sido canalizado para os quartos das crianças. Pela porta entreaberta do guarda-roupa, Falk viu fileiras de roupas penduradas em cabides de plástico. À esquerda, camisas femininas simples e bem cortadas pendiam ao lado de blusas, calças sociais e um ou outro vestido de verão. Os jeans e camisetas de Luke estavam enfiados com menos cuidado à direita.

Os dois lados da cama pareciam ter sido usados continuamente. A mesinha de cabeceira de Karen apoiava um robô de brinquedo, um pote de creme noturno e um par de óculos de leitura em cima de uma pilha de livros. Do lado de Luke, havia um carregador de celular ligado à tomada e uma caneca de café suja com a palavra "Papai" escrita numa letra de linhas longas e vacilantes. As fronhas ainda exibiam os vincos deixados pelas cabeças. O que quer que Luke Hadler viesse fazendo nos dias anteriores à morte dele e da família, pensou Falk, com certeza não incluíra dormir no sofá. Não havia a menor dúvida de que aquele quarto era usado por duas pessoas.

Uma imagem do quarto do próprio Falk surgiu em sua mente. Ultimamente, ele quase sempre dormia no meio da cama. A colcha era do mesmo azul marinho que tivera quando adolescente. Ninguém que a vira nos últimos dois anos sentira-se confortável o bastante para sugerir uma cor menos tipicamente masculina. O serviço de limpeza, que fazia a faxina de seu apartamento duas vezes por mês, frequentemente tinha dificuldade para encontrar o que fazer, ele sabia. Ele não era acumulador, não guardava muita coisa por motivos sentimentais e havia se virado com os móveis que deixaram para ele há três anos, quando o apartamento de dois transformou-se no lar de um.

"Você é um livro fechado", ela reclamara uma última vez antes de ir embora. Tinha dito isso muitas vezes durante os dois anos que passaram juntos. Primeiro intrigada, depois preocupada e, por fim, em tom de acusação. Por que ele não podia deixá-la entrar? Por que não *queria* deixá-la entrar? Por acaso não confiava nela? Ou será que não a amava o bastante? Ele não respondera à pergunta rápido o suficiente, se deu conta tarde demais. Um silêncio de uma fração de segundos havia sido tempo suficiente para os dois ouvirem o toque de finados para o seu relacionamento. Desde então, o lado da cama onde Falk dormia não tinha nada além de livros, um despertador e, de vez em quando, uma caixa de camisinhas acumulando poeira.

Barb fungou ruidosamente, trazendo Falk de volta ao quarto. Pegou o cartão de Dia dos Pais do colo dela e olhou em volta à procura de um lugar apropriado para colocá-lo.

— Está vendo? Esse é o problema — disse Barb, com os olhos vermelhos a observá-lo. — O que esperam que eu faça com todas as coisas deles? Tem tanto e nenhum lugar para guardar. Não dá para caber tudo na nossa casa, mas eu não posso dar tudo como se nada tivesse importância...

Sua voz saiu aguda enquanto ela ia pegando objetos aleatórios que se encontravam ao alcance de sua mão e os levando até o peito: cuecas de cima da cama, o robô de brinquedo, os óculos de Karen. Ela pegou os livros de cima da mesinha de cabeceira e soltou um palavrão bem alto.

— Ah, pelo amor de Deus, tem essas drogas de livros da biblioteca. O quanto já passaram do prazo? — Ela se virou para Falk, o rosto vermelho e zangado. — Ninguém diz pra gente que vai ser assim, né? Ah, claro, todo mundo sente tanto pela nossa perda. Todo mundo fica tão ansioso para passar na nossa casa para saber das fofocas assim que a coisa acontece. Mas ninguém fala sobre a gente ter de vasculhar as gavetas do nosso filho morto e precisar devolver os livros que eles pegaram na biblioteca, diz? Ninguém conta como se faz para lidar com isso.

Com um lampejo de culpa, Falk pensou na caixa a mais com os pertences de Karen e de Billy que ele deixara do lado de fora da porta do quarto. Tirou os livros das mãos de Barb, enfiou-os debaixo do braço e a conduziu, decidido, para fora do quarto.

— Eu cuido disso para você. Vamos só... — Ele a fez passar direto pelo quarto de Billy e eles emergiram, com certo alívio, dentro da cozinha ensolarada. Guiou Barb até um banco. —... vamos te preparar uma xícara de chá — ele completou, abrindo a porta do armário mais próximo. Não tinha a menor ideia do que poderia encontrar ali, mas até mesmo cozinhas de cenas de crimes costumavam conter canecas.

Barb o observou por um instante, então assoou o nariz e desceu do banco. Deu um tapinha no seu braço.

— Deixe comigo, eu sei onde ficam as coisas.

No fim, tiveram de se contentar com café instantâneo puro. Ninguém limpava a geladeira há duas semanas.

— Eu nunca lhe agradeci, Aaron — disse Barb, enquanto esperavam a chaleira ferver. — Por nos ajudar. Por abrir uma investigação, tentar descobrir o que aconteceu.

— Barb, eu não fiz nada disso — começou Falk. — Você sabe que o que eu venho fazendo com o sargento Raco é extraoficial, não? Nós só estamos fazendo umas perguntas. Nada de oficial.

— Sim, é claro. Eu entendo isso perfeitamente — disse ela de uma forma que deixou claro que não entendia. — Mas, pelo menos, você fez as pessoas se perguntarem certas coisas e isso faz toda a diferença. Agitou as coisas.

Uma imagem de Ellie passou como um clarão pela cabeça de Falk e ele torceu para que Barb não se arrependesse daquilo tudo no final.

— Luke sempre foi muito grato por ter você como amigo — disse ela, despejando água fervendo dentro de três canecas.

— Obrigado — disse ele, simplesmente. Mas algo em seu tom fez Barb erguer os olhos.

— Era, sim — ela insistiu. — Eu sei que ele não era bom em se expressar, mas precisava de alguém como você na vida dele. Uma pessoa calma, com a cabeça no lugar. Eu sempre achei que isso tinha sido, em parte, o que atraiu Luke para Karen. Ele enxergou essas mesmas qualidades nela. — Ela abriu a gaveta da direita automaticamente e tirou uma colher. — Você chegou a conhecer Karen, afinal?

Falk sacudiu a cabeça.

— É uma pena, eu realmente acho que você teria gostado dela. Ela me lembra... lembrava... você de muitas maneiras. Eu acho que, de vez em quando, ela tinha receio de ser um pouquinho... sei lá, sem graça, talvez. Que de certa forma impedia Luke de dar asas às suas ideias grandiosas. Mas não era verdade. Era equilibrada e muito inteligente. Era exatamente do que ele precisava. Ela o mantinha com os pés no chão. Vocês dois mantinham. — Barb olhou para Falk por um longo instante, a cabeça inclinada para o lado com certa tristeza. — Você devia ter vindo para o casamento deles. Ou em qualquer outra época. Nós sentimos a sua falta.

— Eu... — Ele começou a dizer que tinha precisado trabalhar, mas algo na expressão dela parou as palavras em seus lábios. — Eu sinceramente não achei que seria bem-vindo.

Barb Hadler atravessou a cozinha que um dia fora sua com dois passos, estendeu as mãos e puxou Falk para um abraço. Ela o segurou com força até ele sentir a tensão que carregava dentro de si começar a se dissipar.

— Você, Aaron, é sempre bem-vindo na minha família — disse Barb. — Jamais se permita pensar o contrário. — Ela se afastou e, por um momento, era a Barb Hadler do passado. Colocou duas canecas fumegantes nas mãos de Falk, enfiou os livros da biblioteca debaixo do braço dele e fez sinal com a cabeça em direção à porta dos fundos com um brilho matriarcal nos olhos.

— Vamos levar isto para o meu marido para eu poder dizer a ele que se quiser esta casa limpa, é melhor parar de se esconder no celeiro e pôr a mão na massa.

Falk seguiu Barb pela porta dos fundos em direção à cegante luz do sol. Por muito pouco não derramou café por cima dos próprios punhos, desviando de um taco de críquete de brinquedo abandonado no chão.

Teria a sua vida sido assim? perguntou-se, de repente. Tacos de críquete infantis e café na cozinha de uma casa de fazenda? Tentou imaginar aquilo. Trabalhando ao ar livre lado a lado com o pai, esperando o momento em que seu velho apertaria a sua mão e lhe passaria as rédeas da fazenda. Sábados à noite no Fleece com Luke, avaliando a quase invariável oferta local até o dia em que seus olhos parassem de vagar. Um casamento rural breve, mas lindo; a chegada do primeiro filho nove meses depois. A do segundo, um ano depois disso. Sabia que o papel de pai não lhe viria com muita naturalidade, mas ele se esforçaria. Dizem que é diferente quando são seus.

Seus filhos inevitavelmente seriam amigos do filho de Luke. Todos eles teriam de se arriscar naquela escolinha rural caótica, mas teriam hectares e hectares de terra onde esticar as pernas.

Os dias trabalhando nos campos seriam longos, é claro, mas as noites em casa seriam acolhedoras e cheias de barulho, caos e risadas. Cheias de amor. Sempre haveria alguém à sua espera com a luz acesa. Quem poderia ter sido?, pensou ele. Ellie?

Imediatamente a imagem foi começando a perder o foco e a desaparecer. Se ela tivesse vivido. Se ele tivesse ficado. Se tudo fosse diferente. A ideia era uma completa fantasia. Muitas chances tinham sido perdidas para aquela visão poder ter sido realidade.

Falk escolhera sua vida em Melbourne. E achava que era feliz com ela. Gostava de poder caminhar pela rua cercado de gente, mas sem que uma única pessoa o reconhecesse. Gostava de um trabalho que cansava sua mente mais do que as costas.

A vida era um toma lá, dá cá. Talvez seu apartamento estivesse silencioso e vazio ao voltar para casa ao final de cada dia, mas ele não era observado por olhos curiosos que sabiam cada detalhe a seu respeito. Seus vizinhos não o julgavam, nem o importunavam ou espalhavam boatos sobre a sua família. Não deixavam carcaças de animais na sua porta. Deixavam-no em paz.

Ele sabia que tinha o hábito de manter as pessoas a certa distância e que colecionava conhecidos em vez de amigos. Mas era melhor assim, caso algum deles mais uma vez aparecesse boiando, inchado e com os ossos quebrados num rio a poucos passos de sua casa. E, sim, ele tinha de enfrentar o ir e vir diário até o trabalho e passava grande parte de seus dias sob as luzes fluorescentes de um escritório, mas pelo menos o seu sustento não dependia dos caprichos das mudanças do clima. Pelo menos ele não era levado a um medo e um desespero tão grandes diante de um céu sem nuvens a ponto de uma arma acabar lhe parecendo ser a melhor solução.

Luke Hadler até podia ter tido uma luz acesa à sua espera quando voltava para casa, mas alguma outra coisa saída daquela comunidade miserável e desesperada passara por baixo da sua porta da frente e invadira a sua casa. E essa coisa tinha sido podre, espessa e escura o bastante para apagar essa luz para sempre.

Falk sentia-se bem desanimado quando eles encontraram Gerry encostado num cabo de vassoura, do lado de fora de um dos celeiros. Ergueu os olhos com expressão de surpresa quando os dois se aproximaram e olhou nervoso para a esposa.

— Eu não sabia que você já tinha chegado — disse, enquanto Falk lhe passava uma das canecas.

— Ele estava lá dentro me ajudando — disse Barb.

— Ah, certo. Obrigado. — Gerry soou incerto.

— Ainda tem muita coisa para ser feita lá dentro quando você terminar de remexer as coisas por aqui. — Barb deu um pequeno sorriso para o marido. — Parece que você fez menos progresso do que eu.

— Eu sei. Eu sinto muito. É mais difícil estar aqui do que eu imaginei. — Gerry se virou para Falk. — Eu achei que era hora de a gente vir aqui e encarar as coisas. Enfrentar tudo isso. — Ele olhou em direção à casa. — Escute, tem alguma coisa lá dentro que você gostaria de levar? Fotos ou coisa assim? O que você quiser, é seu.

Falk não conseguia se imaginar levando uma única lembrança daquela casa tenebrosa para dentro de sua vida. Sacudiu a cabeça.

— Não, obrigado, Gerry.

Ele tomou um bom trago do café, engolindo tão rápido que quase engasgou. Sentia uma vontade desesperada de ir embora dali. Torceu para que Barb fosse logo embora para poder conversar a sós com Gerry.

Em vez disso, os três tomaram café em silêncio, contemplando o horizonte. A distância, Falk vislumbrava a fazenda de Mal Deacon, a casa atarracada e feia fincada no morro. Lembrou-se do comentário feito pelo barman de que a fazenda de Deacon seria herdada pelo sobrinho.

— O que vocês vão fazer com este lugar? — perguntou Falk. Gerry e Barb se entreolharam.

— Na verdade, ainda não decidimos. — disse Gerry. — Teremos que vender, eu imagino. Se conseguirmos. Aí colocamos o dinheiro numa poupança para Charlotte. Mas é possível que tenhamos que demolir a casa e vender só o terreno.

Barb fez um ligeiro barulhinho de desaprovação e Gerry olhou para ela.

— É, eu sei, meu amor. — Um tom de derrota penetrara em sua voz. — Mas eu não imagino ninguém daqui querendo morar nela depois disso tudo, você imagina? E também não tem gente de fora fazendo fila para vir morar aqui.

— Por acaso Deacon e Dow comentaram alguma coisa sobre vocês unirem forças? — perguntou Falk. — Juntar as duas propriedades para investidores asiáticos?

Barb se virou para ele, seu rosto a própria imagem do asco.

— Com aqueles ali não trocaríamos nem seis por meia dúzia, imagine virarmos sócios. Não é mesmo, Gerry?

O marido sacudiu a cabeça, embora Falk suspeitasse que ele tivesse uma visão mais realista da situação do mercado imobiliário de Kiewarra do que ela.

— Nunca recebemos nada além de trinta anos de problemas vindo daquele lado da cerca — continuou Barb, erguendo a voz um pouco mais. — Não é agora que vamos ajudá-los. Mal costumava se levantar no meio da noite para mexer nas marcações dos limites das terras, acredita? Como se a gente fosse idiota demais para não notar. Fora que levava embora qualquer coisa que não estivesse presa no chão. E eu sei que foi ele que atropelou o cachorro de Luke há muitos anos, por mais que negue. Você se lembra disso?

Falk assentiu. Luke adorava aquele cachorro. Tinha quatorze anos na época e tinha chorado abertamente, embalando o corpo do bicho no acostamento da estrada.

— E quando era mais novo, Mal vivia enchendo a casa com uns tipos locais que ficavam até altas horas, não era mesmo, Gerry? Bebiam e faziam racha com suas caminhonetes pelas estradas com a música no último quando sabiam que a gente precisava acordar com o nascer do sol para manter a fazenda funcionando.

— Isso já faz um tempo, meu amor — disse Gerry, fazendo Barb se revoltar com ele.

— Por acaso você está defendendo o Mal?

— Não. Pelo amor de Deus, não. Só estou expondo um fato. Há muito tempo que ele não consegue aprontar mais nada do tipo, né? Você sabe disso.

Falk pensou no estranho encontro que tivera com Deacon no pub.

— Me parece que ele está sofrendo de algum tipo de demência.

Barb resfolegou.

— É assim que chamam agora? Se quer saber o que eu acho, é só uma vida inteira de maldades vindo cobrar a conta desse bêbado filho da mãe.

Ela tomou um gole de café e olhou para a terra de Deacon. Quando ela voltou a falar, Falk ouviu o pesar em sua voz.

— Era de Ellie que eu sentia pena. Pelo menos a gente podia bater com a porta na cara dele, mas a pobrezinha tinha de conviver com aquilo. Eu até acho que ele amava a filha à sua própria maneira, mas ele sempre viveu na defensiva. Lembra do campo lá de cima, Gerry?

— Nós não conseguimos provar que foi ele.

— Não, mas foi. Quem mais poderia ter sido? — Barb se dirigiu a Falk. — Isso foi quando vocês tinham uns onze anos, não muito tempo depois da mãe de Ellie dar no pé, não que eu a culpe. Mas a coitada da garotinha andava tão triste, não era, Gerry? Estava tão magrinha, não comia direito. E tinha uma expressão nos olhos. Como se fosse o fim do mundo. Acabou que eu fui lá dizer ao Mal que ela não estava bem e que ele precisava fazer alguma coisa ou ela ia acabar doente de tanta preocupação.

— O que foi que ele disse?

— Bem, como era de se esperar, antes mesmo de eu abrir a boca, ele já estava me mostrando o caminho da porta. Mas aí, uma semana depois, nosso campo lá de cima morreu inteirinho. Sem o menor aviso, nada. Mandamos fazer uns testes e a acidez da terra estava completamente errada.

Gerry deixou escapar um suspiro.

— Pois é. O que até pode acontecer, mas...

— Mas acontece com bem mais facilidade se o seu vizinho despejar um monte de produtos químicos em cima dela — concluiu Barb. — Isso nos custou milhares de dólares naquele ano. Lutamos muito para não entrar no vermelho. E a terra nunca mais se recuperou direito.

Falk se lembrava do tal campo e das conversas tensas tidas ao redor da mesa de jantar dos Hadler naquele ano.

— Por que ele sempre se safa com esse tipo de coisa? — ele quis saber.

— Não havia nenhuma prova de que tinha sido ele — repetiu Gerry. — Mas... — Ele ergueu uma das mãos quando Barb quis interromper. — Você sabe como são as coisas por aqui, meu amigo. É preciso que fique muito ruim para alguém se dispor a exigir qualquer mudança. Naquela época, era a mesma coisa. Nós precisávamos uns dos outros para sobreviver. Mal Deacon fazia negócios com muitos de nós e todos fazíamos negócios com ele. E ele colecionava favores, deixava de cobrar uma ou outra dívida, então tinha um certo controle sobre as pessoas. Se você se indispusesse com Deacon, não era só com ele que estava se indispondo. De repente, fazer negócios e tomar uma cerveja em paz na sua própria cidade ficava bem mais difícil. E a vida já era difícil o bastante.

Barb olhou fixo para ele.

— A menina estava tão infeliz que se afogou, Gerry. — Ela juntou as canecas vazias, que se chocaram ruidosamente. — Que se danem os negócios e a cerveja. Nós devíamos ter feito mais. Te vejo lá dentro. Tem mil tarefas à sua espera quando você estiver pronto.

Ela se virou e saiu em direção à casa pisando duro, secando o rosto com a manga enquanto caminhava.

— Ela tem razão — disse Gerry, olhando-a se afastar. — Não interessa mesmo como eram as coisas, Ellie merecia mais. — Ele se virou para Falk com olhos vazios de emoção, como se todas as que possuíra tivessem sido gastas nas últimas semanas. — Obrigado por ter ficado. Nós soubemos que você andou fazendo perguntas a respeito de Luke.

— Eu comecei.

— Posso perguntar o que você acha? Acha que Luke matou Karen e Billy?

— Eu acho — começou Falk com cuidado — que existe uma possibilidade de que não tenha sido ele.

— Meu Deus, você tem certeza?

— Não. Eu disse possibilidade.

— Mas você acha que outra pessoa talvez esteja envolvida.

— Sim, talvez.

— E tem ligação com o que aconteceu com Ellie?

— Sinceramente, Gerry, eu não sei.

— Mas talvez tenha?

— Talvez.

Um silêncio.

— Caramba. Ouça, tem uma coisa que eu deveria ter contado a você desde o início.

Gerry Hadler estava com calor, mas isso não o entristecia. Ia tamborilando um ritmo alegre no volante e assoviando baixinho. O sol de final de tarde aquecia seu braço pela janela enquanto ele seguia pela estrada deserta. Tinham tido chuvas constantes naquele ano e estava satisfeito com o que via na fazenda recentemente.

Gerry olhou para a garrafa de vinho espumante que repousava no assento do carona. Fora até a cidade buscar suprimentos e, num gesto espontâneo, dera um pulo na loja de bebidas. Torcia para que Barb estivesse preparando seu cordeiro especial de sexta à noite e aquela seria uma surpresa para ela. Gerry ligou o rádio. Era uma canção que ele não reconhecia, embora tivesse um ritmo de jazz bem marcado que lhe agradou. Foi seguindo o ritmo com a cabeça e pisou no freio quando uma encruzilhada surgiu mais adiante.

— Eu sabia que você e Luke estavam mentindo sobre seus álibis para o dia em que Ellie Deacon morreu. — A voz de Gerry saía agora tão baixa que Falk teve de se esforçar para ouvi-lo. — O negócio é que mais alguém também sabia.

Gerry ainda estava a vinte metros da encruzilhada quando o vulto conhecido passou como um raio montado numa bicicleta. A cabeça do filho estava baixa e ele pedalava furiosamente. Daquela distância, os cabelos de Luke pareciam lisos e penteados para trás, brilhantes sob o sol baixo – muito distintos de seu costumeiro estilo revolto, notou Gerry, vagamente. Não combinava nem um pouco com ele.

Luke passou voando pela encruzilhada sem se dar ao trabalho de olhar para nenhum dos lados. Gerry estalou a língua baixinho em sinal de reprovação. Teria que conversar com o garoto sobre isso. Tudo bem que as estradas costumavam estar desertas, mas isso não as tornava automaticamente seguras. Com esse tipo de comportamento, Luke acabaria morto.

— Ele vinha do sul, da direção do rio. Nem perto dos campos onde vocês disseram que tinham estado. Você não estava com ele. Ele não carregava a espingarda dele.

— O rio não é a única coisa que fica para o sul — observou Falk. — Tem fazendas para lá, por exemplo. Além das trilhas de bicicleta.

Gerry sacudiu a cabeça.

— Luke não tinha estado em trilha de bicicleta nenhuma. Estava usando aquela camisa cinza que ele adorava na época. Sabe, aquela camisa brilhosa de abotoar, que ele sempre guardava para ocasiões especiais? Eu tive a impressão de que ele tinha se arrumado todo naquela tarde. Como se tivesse um encontro ou algo assim. Os cabelos estavam penteados para trás. Ele me disse que estava testando um estilo novo. — Gerry cobriu os olhos com a mão por um bom tempo. — Mas eu sempre soube que seus cabelos estavam molhados.

Luke já tinha passado da encruzilhada quando Gerry parou o carro. Como se para provar que tinha razão, parou a caminhonete por completo e olhou para os dois lados. À direita, viu o vulto escuro do filho diminuir cada vez mais. À esquerda, só conseguiu enxergar até a curva seguinte. O caminho estava livre. Gerry pisou de leve no acelerador e passou o cruzamento. Ao atravessar e ir se afastando, olhou no retrovisor.

A imagem do espelho surgiu e desapareceu em menos de um segundo. Sumiu quase no mesmo instante em que ele a viu: um utilitário branco atravessando o cruzamento como um relâmpago. Vindo da esquerda. Seguindo na mesma direção de seu filho.

Falk ficou calado por um bom tempo.

— Não conseguiu ver quem estava dirigindo? — Falk o observou com cuidado.

— Não. Não consegui. Eu não estava prestando atenção e passou tão rápido que não deu para ver. Mas, quem quer que tenha sido, eu aposto que viu Luke. — Gerry não conseguia olhar para Falk. — Tiraram o corpo daquela menina de dentro do rio três dias depois e foi o pior dia da minha vida. — Ele deu uma risada curta e estranha. — Quer dizer, até recentemente. A foto dela estava por todos os lugares, você se lembra?

Falk fez que sim. A foto de Ellie, pixelada e de olhos vazios, o fitara das páginas dos jornais durante dias. Algumas lojas a haviam exibido em pôsteres improvisados, coletando dinheiro para as despesas do enterro.

— Há vinte anos que eu vivo com medo daquele motorista surgir do nada e bater na porta da delegacia dizendo ter visto Luke naquele dia — disse Gerry.

— Talvez a pessoa não tenha visto Luke.

— Talvez não. — Gerry olhou para a casa do filho. — Ou, talvez, quando ela finalmente decidiu bater a alguma porta, não foi a da delegacia.

Dezenove

Falk ficou sentado no acostamento, pensando no que Gerry havia dito. Utilitários brancos eram para lá de comuns em Kiewarra, tanto naquela época quanto agora. Talvez não fosse nada. Se alguém tinha visto Luke voltando da direção do rio naquele dia, pensou Falk, por que não teria dito nada na época? Quem se beneficiaria de guardar o segredo durante vinte anos?

Um detalhe o incomodava como uma coceira: se o motorista do utilitário tinha visto Luke, não seria possível que Luke também o tivesse visto? Talvez – e a ideia foi crescendo, exigindo sua atenção – talvez tivesse sido o contrário. Talvez Luke que tivesse guardado o segredo de outra pessoa. E talvez, por qualquer que fosse o motivo, ele finalmente estivesse de saco cheio.

Enquanto brincava com a ideia dentro da cabeça, Falk fitou, sem realmente ver, a paisagem desolada. Por fim, deixou escapar um suspiro e pegou o telefone. Ouviu um farfalhar de papéis do outro lado da linha quando Raco atendeu.

— Você está na delegacia? — perguntou Falk. Era domingo e o dia estava lindo. Perguntou-se o que a esposa de Raco pensava disso.

— Estou. — Um suspiro. — Revisando parte da documentação dos Hadler. Não que esteja adiantando de alguma coisa. E você?

Falk explicou o que Gerry tinha lhe contado.

— Entendi. — Raco deixou escapar o ar. — O que você acha?

— Não sei. Talvez tenha algo aí. Talvez não. Você vai ficar mais um tempo?

— Sinto informar que vou ficar aqui muito tempo.

— Eu vou aí, então.

Falk mal baixara o telefone quando ele vibrou. Abriu o texto e, quando viu de quem era, a expressão carrancuda se transformou num pequeno sorriso.

Está ocupado? escrevera Gretchen. *Com fome? Estou almoçando com Lachie no parque Centenary.*

Falk pensou em Raco, vasculhando os relatórios na delegacia, e no café que dava voltas em seu estômago desde que deixara a casa dos Hadler. Pensou no sorriso de Gretchen quando ela o deixara do lado de fora do pub sob as estrelas. *Ela deve ter colocado esse vestido só para você, seu bostinha.*

Estou indo, escreveu ele. Então, pensou por um instante e acrescentou: *Só não posso ficar muito tempo.* O que não diminuiu muito sua culpa. Embora não se importasse de verdade.

O parque Centenary era o primeiro lugar que Falk via em Kiewarra que parecia contar com algum investimento. Os canteiros de flores eram novos e haviam sido cuidadosamente plantados com cactos, ao mesmo tempo atraentes e resistentes à seca, dando ao lugar uma exuberância que Falk sentia não ver há semanas.

Notou com uma pontada de tristeza que o banco no qual eles haviam passado tantas noites de sábado já não existia. No lugar, complicados brinquedos resplandeciam em brilhantes cores primárias. Estavam coalhados de crianças e cada uma das mesas de piquenique à sua volta estavam ocupadas. Carrinhos de bebê brigavam por espaço com isopores enquanto pais batiam papo interrompendo a conversa apenas para se alternar entre dar broncas ou alimentar seus rebentos.

Falk viu Gretchen antes que ela o visse e parou para observá-la por um instante. Estava sozinha em uma das mesas mais afastadas, sentada num banco de piquenique com as longas pernas estendidas à sua frente e os cotovelos apoiados no tampo da mesa às suas costas. Seus cabelos claros estavam presos num coque bagunçado em cima da cabeça e encimados por óculos escuros. Ela observava a atividade nos brinquedos do parquinho com uma expressão divertida no rosto. Falk sentiu a calidez da familiaridade desabrochar em seu peito. Sob o sol, à distância, ela quase podia ter dezesseis anos de novo.

Gretchen deve ter sentido o seu olhar, pois se virou subitamente. Sorriu e ergueu a mão num aceno e ele foi se aproximando. Recebeu-o com um beijo na bochecha e um pote de sanduíches aberto.

— Coma um sanduíche, Lachie nunca vai conseguir comer todos.

Ele escolheu um de presunto e os dois se sentaram lado a lado no banco. Ela esticou as pernas outra vez, encostando a coxa morna na dele. Usava chinelos de dedo e as unhas dos pés estavam pintadas de rosa brilhante.

— Nossa, isto daqui está completamente diferente do que eu me lembrava. Ficou impressionante — comentou Falk, olhando as crianças escalarem os brinquedos. — De onde saiu o dinheiro para isso tudo?

— É, eu sei. Foi um desses fundos beneficentes para zonas rurais. Faz uns dois anos que nós demos sorte e recebemos um financiamento de uns ricaços bonzinhos. Na verdade, eu não devia fazer piada porque é muito bacana. É o lugar mais legal da cidade hoje em dia. E está sempre cheio. As crianças adoram. Apesar de eu ter ficado de coração partido quando vi levarem nosso banco embora. — Ela sorriu enquanto observavam um garotinho enterrar o amigo na caixa de areia. — É ótimo para os pequenos. Deus sabe que eles não têm muito o que fazer por essas bandas.

Falk pensou na tinta descascada e na cesta de basquete solitária do parquinho da escola.

— Compensa a escola, eu imagino. Aquilo está mais acabado do que eu me lembrava.

— Está, sim. Mais uma coisa que você pode agradecer à seca. — Gretchen abriu uma garrafa de água e tomou um gole. Estendeu-a na direção dele da mesma forma que costumava fazer quando lhe oferecia vodca. Com a mesma intimidade natural. Ele aceitou. — A comunidade não tem dinheiro — ela continuou. — Tudo o que esta cidade recebe do governo vai para subsídios agrícolas, então não sobra nada para a criançada. Mas nós temos sorte de ter Scott como diretor de lá. Pelo menos ele parece se importar. Só que não dá para fazer milagre com a conta bancária zerada. E não dá para pedir mais nada para os pais.

— Não dá para pedir mais um pouco para o fundo dos ricaços bonzinhos?

Ela deu um sorriso triste.

— Na verdade, a gente até tentou. Achamos que íamos receber uma bolada este ano. Era um grupo diferente da turma do parquinho. Nesse caso, era um grupo privado, o Fundo Educativo David O. Wallace. Já ouviu falar deles?

— Acho que não.

— É um desses fundos tocados por gente de coração mole, mas parecia perfeito para nós. Dão dinheiro para escolas rurais com dificuldades financeiras. Mas parece que existem escolas mais rurais ou com mais dificuldades financeiras do que a nossa, se é que dá para acreditar. Que Deus os ajude. Nós fomos finalistas, mas não deu dessa vez. Vamos continuar procurando, tentar outra vez ano que vem, mas até lá, quem sabe? De qualquer maneira... — Ela se interrompeu para acenar para o filho, que estava em pé em cima do escorrega tentando chamar a atenção deles. Desceu escorregando enquanto os dois olhavam — Lachie está contente lá, por enquanto, então isso já é alguma coisa.

Ela estendeu a mão para pegar o pote enquanto o garotinho chegava correndo. Gretchen estendeu um sanduíche em sua direção, mas o menino a ignorou, olhando fixamente para Falk.

— Oi, amigão. — Falk estendeu a mão. — Meu nome é Aaron.

Nós nos conhecemos outro dia, lembra? Eu era amigo da sua mãe quando a gente era menor.

Lachie apertou sua mão, sorrindo diante da novidade do ato.

— Você me viu no escorrega?

— Vimos, sim — respondeu Gretchen, embora a pergunta não tivesse sido dirigida a ela. Falk assentiu com a cabeça.

— Você foi muito corajoso, garoto — disse Falk. — Aquilo parece ser um bocado alto.

— Eu consigo descer outra vez. Fica só olhando. — Lachie saiu correndo. Gretchen o assistiu se afastar com uma expressão engraçada no rosto. O menino esperou até ter a atenção completa de Falk antes de descer. Deu a volta correndo para escorregar mais uma vez. Falk mostrou o polegar para ele.

— Obrigada — disse Gretchen. — Ele anda obcecado com homens adultos. Acho que está começando a ver as outras crianças com pais e... bem, você entende. — Ela deu de ombros. Não olhou Falk nos olhos. — Mas é isso que é ser mãe, não é mesmo? Dezoito anos de pura culpa?

— O pai dele não se envolve nem um pouco? — Falk percebeu a nota de curiosidade na própria voz.

Gretchen também a ouviu e sorriu com certa malícia.

— Não. E tudo bem, você pode perguntar. O pai dele foi embora. Ninguém que você conhecesse, só um homem que trabalhou por aqui um tempo. Não sei muita coisa a respeito dele além do fato de ter me deixado esse filho fantástico. E, sim, eu sei como isso soa.

— Não soa como nada. Parece que Lachie tem muita sorte em ter você — disse Falk. Mas enquanto observava o menino subir atleticamente a escada do escorrega, ficou se perguntando como teria sido seu pai.

— Obrigada. Nem sempre me sinto assim. Às vezes eu me pergunto se devia fazer um esforço para conhecer alguém. Tentar proporcionar algum tipo de família para Lachie por nós dois. Deixá-lo ver o que é ter uma mãe que não vive estressada e exausta.

Sei lá... — Ela deixou a voz ir sumindo e Falk já temia que ela tivesse ficado sem graça quando ela abriu um sorriso. — O estoque de homens disponíveis em Kiewarra está em baixa. Deve ser a seca!

Falk riu.

— Então você nunca se casou? — ele perguntou e Gretchen sacudiu a cabeça.

— Não, nunca me casei.

— Nem eu.

Gretchen estreitou os olhos e uma expressão divertida invadiu seu rosto.

— É, eu sei.

Falk não sabia como, mas as mulheres sempre pareciam saber. Eles se olharam de soslaio e sorriram um para o outro. Falk imaginou Gretchen e Lachie vivendo sozinhos na vasta propriedade dos Kellerman, comprada por ela, e se lembrou do sinistro isolamento da fazenda dos Hadler. Até mesmo Falk, que gostava do seu próprio espaço mais do que a maioria das pessoas, começava a ansiar por companhia depois de algumas horas sem nada além de campos à sua volta.

— Você deve se sentir sozinha, sendo só vocês dois naquela fazenda — disse ele, querendo imediatamente morder a língua. — Desculpe. É uma preocupação legítima, não uma cantada de mau gosto.

Gretchen riu.

— Eu sei. Com cantadas assim, você se encaixaria aqui melhor do que imagina. — O rosto dela ficou subitamente sombrio. — Mas, é, isso pode ser um problema. Não é tanto a falta de companhia que me incomoda, mas a sensação de isolamento. Eu não consigo uma cobertura de internet confiável e até a de telefone é instável. Não que tenha um monte de gente querendo me ligar. — Ela fez uma pausa, os lábios formando uma única linha rija. — Você acredita que eu só fui saber o que tinha acontecido com Luke na manhã seguinte?

— Jura? — Aquilo chocou Falk.

— É. Não passou pela cabeça de ninguém me telefonar. Nem de Gerry, nem de Barb. De ninguém. Apesar de tudo o que a gente passou juntos eu acho que eu... — Ela encolheu os ombros minimamente. —... acho que eu não era prioridade. Na tarde que aconteceu, eu busquei Lachie na escola, fui para casa, jantei. Ele foi dormir, eu assisti um filme. Foi tudo tão normal e entediante, mas foi como se fosse a última noite normal, sabe? Nada de especial, mas eu daria qualquer coisa para voltar àquilo. No dia seguinte, quando eu cheguei no portão da escola, *todo mundo* estava comentando. Eu tive a sensação de que todo mundo sabia e... — Uma única lágrima escorreu pelo seu nariz. — E ninguém se deu ao trabalho de me ligar. Eu não consegui acreditar. Quer dizer, eu literalmente não consegui acreditar no que estava ouvindo. Passei de carro pela fazenda dele, mas nem consegui chegar perto. A estrada estava bloqueada e tinha polícia para todos os lados. Então, eu fui para casa. A essa altura, é claro que já tinha dado no noticiário. Aí era impossível não ficar sabendo.

— Eu sinto muito, Gretch — disse Falk, colocando a mão em seu ombro. — Se serve de consolo, ninguém me ligou também. Eu descobri quando vi o rosto dele num site de notícias. — Falk ainda podia sentir o choque de ver os rostos familiares ligados àquela manchete apavorante.

Gretchen assentiu e seus olhos se fixaram de repente em alguma coisa acima de seu ombro. Sua expressão nublou e ela imediatamente secou os olhos.

— Cruzes, cuidado. Aí vem bomba — avisou. — Mandy Vaser. Lembra dela? Era Mandy Mantel naquela época. Ai, Deus, não estou com saco para ela agora.

Falk se virou. A menina ruiva de traços afilados que ele se lembrava como sendo Mandy Mantel tinha se transformado numa mulherzinha miúda e muito arrumada, de cabelos Chanel ruivos-brilhantes. Trazia um bebê preso ao peito num complicado sling que parecia feito de fibras naturais e era provavelmente vendido como "orgânico". Seu rosto continuava afilado, conforme comprovou Falk enquanto ela atravessava a grama amarelada marchando.

— Ela se casou com Tim Vaser. Ele era um ou dois anos mais velho que a gente — sussurrou Gretchen quando ela vinha se aproximando. — Tem dois filhos que estudam lá na escola. Além disso, vive ocupadíssima desde que se autonomeou porta-voz do grupo de mães ansiosas.

Mandy parou na frente deles. Olhou de Falk para o sanduíche de presunto que ele segurava e outra vez para Falk e encrespou o lábio numa demonstração de desagrado.

— Oi, Mandy — ele cumprimentou. Ela fez questão de ignorá-lo e ainda colocou a mão ao redor da cabeça de seu bebê num gesto protetor, como se para resguardá-lo do cumprimento.

— Gretchen, desculpe interromper. — Ela não pareceu lamentar nem um pouco a interrupção. — Será que você poderia dar um pulinho na nossa mesa um instante? Só uma palavrinha. — Seus olhos passaram rapidamente por Falk e ela logo os desviou.

— Mandy — começou Gretchen, sem entusiasmo. — Você se lembra de Aaron? Dos velhos tempos? Ele agora trabalha para a polícia federal. — Ela enfatizou as últimas palavras.

Ele e Mandy haviam se beijado uma vez, recordava Falk. Numa matinê, pelo que ele podia se lembrar. Ela o surpreendera enfiando a língua de adolescente de quatorze anos com um forte gosto de limonada barata na sua goela enquanto as paredes do ginásio da escola refletiam a iluminação especial e um aparelho de som retumbava num canto. Ele se perguntou se ela lembrava. Pela forma que franzia a testa e evitava olhá-lo nos olhos, apostava que sim.

— É um prazer te ver de novo. — Falk estendeu a mão, não porque tivesse algum interesse especial em apertar a dela, mas porque percebeu que isso a deixaria desconfortável. Ela a fitou, fazendo um esforço visível para resistir à reação automática que ditava a boa educação. Mas ela conseguiu e o deixou com a mão suspensa no ar. Ele quase a respeitou um pouco por isso.

— Gretchen. — Mandy começava a perder a paciência. — Uma palavrinha.

Gretchen a olhou nos olhos. Não fez a menor menção de se deslocar de onde estava.

— Quanto mais cedo você disser o que quer, Mandy, mais cedo eu posso te mandar cuidar da própria vida e todos poderemos voltar a curtir o nosso domingo.

Mandy enrijeceu o corpo. Olhou por cima do ombro para o local de onde uma gangue de mães com penteados parecidos com o dela os observava por detrás de óculos escuros.

— Muito bem. Certo. Eu... *nós*... não nos sentimos confortáveis com Aar... com o *seu amigo* tão próximo dos nossos filhos. — Ela olhou direto para Falk. — A gente queria que você fosse embora.

— Entendido — disse Gretchen.

— Então ele vai embora?

— Não — responderam Falk e Gretchen em uníssono.

Na verdade, Falk achava que já era hora de ir para a delegacia encontrar-se com Raco, mas não estava a fim de seguir ordens da maldita Mandy Mantel. Ela estreitou os olhos e se inclinou.

— Escute aqui — ela começou —, por enquanto, somos eu e as mães pedindo educadamente. Mas podem ser os pais pedindo com muito menos educação se vocês acharem o recado mais fácil de entender.

— Mandy, pelo amor de Deus — vociferou Gretchen. — Ele é da polícia. Você entende o que eu estou dizendo?

— Estou e todos nós também entendemos o que ele fez com Ellie Deacon. — Por todo parquinho, os outros pais agora os observavam. — Sério, Gretchen, você está mesmo desesperada a esse ponto, é? A ponto de expor o seu próprio filho dessa forma? Você é mãe agora. Comece a agir como uma.

Num certo dia dos namorados, o homem que acabara se tornando marido de Mandy escrevera e recitara publicamente um poema para Gretchen, recordava-se Falk. Não era de se estranhar que a mulher estivesse se deliciando tanto em perturbá-la daquela forma uma vez na vida.

— Se você estiver pensando em passar muito tempo com esse... com essa pessoa, Gretchen — continuou Mandy —, estou pensando seriamente em entrar em contato com a Assistência Social. Pelo bem de Lachie.

— Ei... — Falk foi dizendo, mas Gretchen o interrompeu.

— Mandy Vaser — ela começou, a voz baixa, mas firme como ferro. — Você acha que sabe tudo, não é mesmo? Então faça uma coisa inteligente uma vez na vida. Dê meia volta e vá embora.

A mulher endireitou a espinha, relutando em ceder terreno.

— E... Mandy? Tome cuidado. Se você fizer qualquer coisa que leve meu filho a perder um único minuto de sono ou derramar uma lágrima que seja... — Falk nunca tinha ouvido o tom de voz gélido usado por Gretchen. Ela não terminou a frase, deixando-a pairar no ar.

Mandy arregalou os olhos.

— Você está me ameaçando? Essa linguagem é agressiva e eu considero isso uma ameaça. Não acredito! Depois de tudo o que essa cidade já passou

— Quem está me ameaçando é você. Assistência social o cacete.

— Eu estou tentando manter Kiewarra segura para os nossos filhos. Isso é pedir muito? Será que as coisas já não estão ruins o suficiente? Eu sei que você não tinha muita simpatia por Karen, mas podia, pelo menos, demonstrar algum respeito.

— Já chega, Mandy — disse Falk, bruscamente. — Pelo amor de Deus, cale a boca e nos deixe em paz.

Mandy apontou para Falk.

— Não. Nos deixe em paz, você. — Ela girou sobre os calcanhares e saiu pisando duro. — Vou ligar para o meu marido. — As palavras foram flutuando pelo parque, seguindo-a como um rastro.

O rosto de Gretchen estava vermelho. Enquanto ela tomava água, Falk percebeu que suas mãos tremiam. Ele fez menção de tocar seu ombro, mas ciente de que eram observados, parou, não querendo piorar ainda mais as coisas.

— Desculpe — disse. — Eu não devia ter vindo te encontrar aqui.

— Não é você — disse ela. — Está todo mundo tenso. E o calor piora tudo. — Ela respirou fundo e deu um sorriso vacilante para Falk. — Além do mais, Mandy sempre foi uma vaca.

Ele assentiu.

— Isso é verdade.

— E só para que fique claro, não é que eu não gostasse de Karen. A gente só não era próxima. Tem um monte de mães na escola. Não dá para ser amiga de todas. É óbvio. — Ela fez sinal com a cabeça em direção às costas de Mandy.

Falk abriu a boca para dizer alguma coisa quando seu telefone vibrou. Ele o ignorou. Gretchen sorriu.

— Tudo bem. Atenda.

Com uma careta de desculpas, ele abriu a mensagem de texto. Já estava de pé antes mesmo de terminar de ler.

Cinco palavras de Raco: *Jamie Sullivan mentiu. Venha já.*

Vinte

— Ele está lá dentro.

Falk espiou pelo painel de vidro grosso da porta da única sala de interrogatórios da delegacia. Jamie Sullivan sentava-se à mesa fitando um copo de papel com ar de infelicidade. De alguma forma, o fazendeiro pareceu menor do que quando estivera sentado em sua sala de estar.

Falk havia se sentido culpado em deixar Gretchen no parque. Ele hesitara enquanto ela o olhava nos olhos e dizia que estava tudo bem. Não havia acreditado, então ela sorrira para ele e o empurrara em direção ao carro.

— Vá. Está tudo bem. Me ligue depois.

E ele fora.

— O que você descobriu? — Falk perguntou a Raco. O sargento contou a ele e Falk assentiu com a cabeça, impressionado.

— Estava lá, bem debaixo do nosso nariz o tempo todo — disse Raco. — Só acabou se perdendo na confusão, com tudo o que aconteceu no dia.

— Bem, foi mesmo um dia movimentado. Especialmente para Jamie Sullivan, pelo visto.

Sullivan ergueu a cabeça na mesma hora quando os dois entraram. Seus dedos seguravam o copo com força.

— Muito bem, Jamie, eu quero deixar claro que você não está detido — disse Raco, bruscamente. — Mas nós precisamos esclarecer algumas coisas sobre as quais conversamos outro dia. Você se lembra do agente federal Falk. Gostaríamos que ele participasse desta conversa, se você permitir.

Sullivan engoliu em seco. Olhou de um lado para o outro, sem saber direito qual seria a resposta certa.

— Acho que sim. Ele está trabalhando para Gerry e para Barb, certo?

— Extraoficialmente — respondeu Raco.

— Eu preciso do meu advogado?

— Se você quiser.

Fez-se silêncio. O advogado de Sullivan, se é que ele tinha um, provavelmente passava cinquenta semanas ao ano lidando com disputas de propriedades e contratos pecuários, pensou Falk. Aquilo podia ser território novo para ele. Sem falar no custo por hora. Sullivan pareceu chegar à mesma conclusão.

— Eu não estou detido?

— Não.

— Está bem — concordou Sullivan. — Então perguntem logo o que querem porque eu tenho de voltar para a fazenda.

— Ótimo. Nós te visitamos há dois dias, Jamie — começou Raco. — Para conversarmos com você sobre o dia em que Luke, Karen e Billy Hadler morreram.

— Isso. — Uma fina camada de suor cobria o lábio superior de Sullivan.

— E durante a nossa visita, você nos contou que depois que Luke Hadler deixou a sua propriedade às 16h30, você ficou por lá. Você disse... — Ele verificou suas anotações. — "Trabalhei. Aqui na fazenda. Jantei com a Vó."

Sullivan não disse nada.

— Tem alguma coisa que você queira dizer sobre isso até aqui?

Sullivan ia olhando de Falk para Raco, alternadamente. Fez que não.

— Ok — disse Raco, deslizando um pedaço de papel por cima da mesa. — Você sabe o que é isso?

Sullivan passou a língua pelos lábios secos. Duas vezes.

— É um relatório do corpo de bombeiros do condado.

— Isso mesmo. E se você der uma olhada na data do carimbo, é o mesmo dia que os Hadler morreram. Toda vez que os bombeiros são chamados a um local, eles fazem um registro desses. Neste caso, eles responderam a um alerta de emergência. É o que diz bem aqui. — Raco apontou para as linhas datilografadas no papel. — E, aqui embaixo, está o endereço para onde eles foram. Reconhece este endereço?

— É claro. — Fez-se uma longa pausa. — É a minha fazenda.

— Segundo o resumo — Raco pegou o relatório —, a brigada de incêndio foi chamada até a sua fazenda às 17h47. Ela foi alertada automaticamente quando sua avó ativou o botão de pânico dela. Eles chegaram lá e a encontraram sozinha em casa, com o fogão aceso. Diz aqui que eles o apagaram e que a acalmaram. Tentaram ligar para você, ninguém atendeu, mas aí você apareceu de novo. Isso foi às 18h05, de acordo com isso daqui.

— Eu estava nos campos.

— Não estava, não. Eu liguei para o sujeito que escreveu o relatório. Ele se lembra de ter visto você chegando da estrada principal.

Os dois se encararam. Sullivan foi o primeiro a desviar o olhar, fitando a mesa como se a resposta pudesse surgir ali. Uma mosca sobrevoou as suas cabeças em círculo, com um zumbido metálico.

— De início, eu estava nos campos depois que Luke saiu, mas aí, eu saí para dar uma volta de carro — disse Sullivan.

— Para onde?

— Lugar nenhum, na verdade. Só por aí.

— Seja específico — disse Falk.

— Fui até o mirante. Nem perto da casa dos Hadler. Eu queria espaço para pensar.

Falk olhou para ele. Sullivan tentou devolver o olhar.

— Aquela sua fazenda — começou Falk —, que tamanho ela tem?

Sullivan hesitou, pressentindo a armadilha.

— Uns oitenta hectares.

— Bem grande, então.

— Grande o bastante.

— Então, me diga: por que um homem que passa doze, quatorze horas por dia em oitenta hectares de terra precisa de mais espaço ainda para pensar?

Sullivan desviou o olhar.

— Você está dizendo, então, que saiu para dar uma volta de carro. Sozinho. Qual é a sua desculpa para manter isso em segredo? — perguntou Raco.

Sullivan olhou para o teto, pensando e rejeitando sua primeira resposta. Então ele mostrou as palmas das mãos e olhou de verdade nos olhos dos dois pela primeira vez.

— Eu sabia o que ia parecer e não queria a dor de cabeça. Para ser sincero, eu tinha esperança de que vocês não descobrissem.

Pela primeira vez, Falk teve a sensação de estar ouvindo a verdade. Ele sabia, pela ficha, que Sullivan tinha 25 anos e que se mudara para Kiewarra dez anos antes com o falecido pai e com a avó. Mais de uma década depois do dia que Ellie se afogara. Ainda assim.

— O nome Ellie Deacon significa alguma coisa para você? — perguntou ele. Quando Sullivan ergueu o rosto, uma expressão diferente passou rapidamente pelo seu rosto, rápida demais para Falk conseguir decifrar.

— Eu sei que ela morreu. Há anos. E eu sei... — Ele fez sinal com a cabeça na direção de Falk. — Eu sei que Luke e... e você eram amigos dela. Só isso.

— Luke alguma vez falou sobre ela com você?

Sullivan negou com a cabeça.

— Comigo, não. Ele a mencionou uma ou duas vezes, comentou que tivera uma amiga que se afogou, mas não disse muito mais além disso.

Falk foi folheando as páginas da pasta até chegar à foto que procurava e a deslizou por cima da mesa. Era um close do interior da caçamba da picape de Luke, enquadrado e ampliado, bem em cima das quatro marcas horizontais próximas ao corpo.

— Tem alguma ideia do que podem ser? — perguntou Falk e Sullivan as estudou.

Quatro listras. Em duas colunas de duas, do lado de dentro da caçamba, com mais ou menos um metro de distância uma da outra. Sullivan não tocou a foto. Seus olhos varreram a imagem como se ele tentasse entender alguma coisa.

— Ferrugem? — arriscou. Não estava nem convencido, nem sendo convincente.

— Ok. — Falk pegou a foto de volta.

— Olhe, eu não matei os Hadler. — O tom da voz de Sullivan subiu. — Luke era meu amigo. E era um bom amigo.

— Então, nos ajude — Raco pediu. — Ajude Luke. Não nos faça perder tempo investigando você se a gente devia investigar em outro lugar.

Círculos de umidade haviam se formado nas axilas da camisa azul de Sullivan. Um bafejo de odor corporal flutuou por cima da mesa. O silêncio se estendeu.

Falk se arriscou.

— Jamie. O marido dela não precisa saber.

Sullivan ergueu a cabeça e, por um segundo, a sombra de um sorriso passou pelo seu rosto.

— Você acha que eu estou transando com a mulher de alguém?

— Eu acho que se houver alguém que puder confirmar onde você estava, precisa nos contar agora.

Sullivan ficou completamente imóvel. Eles esperaram. Então, o fazendeiro balançou a cabeça muito ligeiramente.

— Não tem.

Então ele não estava certo, pensou Falk. Embora tivesse a sensação de que também não estava completamente errado.

* * *

— O que é pior do que ser acusado de homicídio triplo? — perguntou Falk meia hora depois, enquanto observavam Sullivan subir em seu 4×4 e se afastar. Haviam andado em círculos durante o interrogatório até Sullivan cruzar os braços. A partir daí, ele se recusara a dizer qualquer outra coisa a não ser insistir que precisava ver como estava a avó ou que precisava ligar para alguém ir vê-la.

— É, ele está com medo de alguma coisa — concordou Raco.
— Exatamente *do que* é a questão.

— Bem, vamos ficar de olho nele — disse Falk. — Eu vou voltar para o pub por um tempo e analisar o resto da papelada dos Hadler.

Um instrutor de Falk sempre dissera: quando em dúvida, siga o dinheiro. Fora um conselho sensato. Raco acendeu um cigarro e o acompanhou até o carro, estacionado numa faixa atrás da delegacia. Eles dobraram a esquina e Falk parou imediatamente onde estava. Ficou ali em pé, olhando fixo, esperando o cérebro processar o que os olhos viam.

Atravessando as portas e o capô de seu carro, a mensagem fora entalhada repetidamente na tinta. As letras luziam prateadas sob o sol.

VAMOS COMER O SEU COURO ASSASSINO DE MERDA

Vinte e Um

Gretchen parou o que estava dizendo e ficou com a boca paralisada no meio de uma palavra quando Falk entrou com seu carro marcado no estacionamento do pub. Estava conversando com Scott Whitlam na calçada enquanto Lachie brincava aos seus pés. Pelo retrovisor, Falk os viu incapazes de desviar o olhar enquanto ele estacionava.

— Merda — disse, baixinho. Eram só algumas centenas de metros entre a delegacia e o pub, mas a sensação de atravessar o centro da cidade fora a de uma longa jornada. Ele saiu do carro e as raspas prateadas feitas na lataria cintilaram quando ele bateu a porta.

— Meu Deus. Quando foi que isso aconteceu? — Gretchen correu em sua direção carregando Lachie a reboque. O garotinho acenou para Falk antes de voltar a atenção para o carro com os olhos arregalados. Estendeu um dedinho gorducho para tracejar as letras entalhadas e, para o pavor de Falk, começou a soletrar a primeira palavra antes que Gretchen o afastasse, apressada. Ela o mandou ir brincar do outro lado do estacionamento e ele saiu, relutante, para enfiar objetos bueiro abaixo.

— Quem fez isso? — perguntou ela, voltando-se para ele.

— Não sei — respondeu Falk.

Whitlam deu um assovio baixinho em solidariedade a ele, enquanto ia rodeando o carro lentamente.

— Alguém caprichou, hein? O que foi que usaram? Faca, chave de fenda ou coisa assim?

— Pois é. Eu não sei, mesmo.

— Mas que bando de filhos da mãe — disse Whitlam. — Este lugar. Às vezes é pior aqui do que na cidade.

— Você está bem? — Gretchen tocou o braço de Falk.

— Estou — respondeu Falk. — Melhor que o carro, pelo menos. — Ele sentiu uma pontada de raiva. Já tinha o carro há seis anos. Não era chique, mas nunca tinha lhe dado trabalho. Não merecia ser destruído por algum caipira imbecil.

VAMOS COMER O SEU COURO

Falk se virou para Whitlam.

— Tem a ver com uma história do passado. Uma menina de quem nós éramos amigos...

— Tudo bem. — Whitlam assentiu com a cabeça. — Eu já ouvi a história.

Gretchen seguiu as marcas com o dedo.

— Aaron, escute, você precisa ter cuidado.

— Eu vou ficar bem. É um saco, mas...

— Não, é pior que isso.

— Bem, então tá. O que mais eles vão fazer, de fato? Comer o meu couro?

Ela fez uma pausa.

— Sei lá. Olhe só o que aconteceu com os Hadler.

— Isso é um pouco diferente.

— Tem certeza? Quer dizer, na verdade a gente não sabe.

Falk olhou para Whitlam atrás de apoio, mas o diretor apenas encolheu os ombros.

— Isto daqui é uma panela de pressão, amigo. Coisinhas pequenas se transformam em coisas enormes mais rápido do que a gente pensa. Mas você sabe disso. Não custa ter um pouco de cuidado. Especialmente com as duas coisas acontecendo no mesmo dia.

Falk o encarou.

— Duas coisas?

Whitlam olhou rápido para Gretchen, que se remexeu desconfortável no lugar.

— Me desculpe — ele disse. — Eu achei que você já teria visto a esta altura.

— Visto o quê?

Whitlam tirou um quadrado de papel do bolso de trás e lhe entregou. Falk o desdobrou. Um vento quente juntou folhas secas ao redor de seus pés.

— Quem já viu isto?

Nenhum dos dois respondeu. Falk ergueu a vista.

— Quem?

— Todo mundo. Estão espalhados por toda cidade.

O Fleece estava movimentado, mas Falk ouviu o sotaque celta de McMurdo acima daquela cacofonia toda. Parou no vão da porta, atrás de Whitlam.

— Eu não vou bater boca com você, meu amigo — dizia McMurdo de detrás do bar. — Olhe à sua volta. Isso daqui é um pub, não uma democracia.

Ele segurava um punhado de folhetos amassados. Eram iguais ao que parecia queimar no bolso de Falk e ele precisou se conter para não tirá-lo de lá e olhar outra vez. Era uma reprodução grosseira, provavelmente fotocopiada quinhentas vezes na minúscula biblioteca da cidade.

No topo, em letras maiúsculas negritadas, estavam as palavras: *Descanse em paz, Ellie Deacon (16 anos).* Abaixo vinha um retrato do pai de Falk aos quarenta e poucos anos, e ao lado, uma foto do próprio Falk que parecia ter sido capturada às pressas quando ele deixava o pub. Ele fora pego olhando de soslaio, o rosto congelado numa careta momentânea. Por baixo das fotos, em letras menores, lia-se: *Estes homens foram interrogados sobre o afogamento de Ellie Deacon. Precisamos de mais informações. Protejam a nossa cidade! Mantenham Kiewarra segura!*

Mais cedo, no estacionamento, Gretchen tinha lhe dado um abraço.

— São um bando de babacas — havia sussurrado em seu ouvido. — Mas tome cuidado, ainda assim. — Ela, então, apanhara um Lachie queixoso no colo e fora embora. Recusando seus protestos com um aceno da mão, Whitlam acompanhara Falk até o pub.

— O povo daqui parece tubarão, meu amigo — comentara Whitlam. — Atacam ao menor sinal de sangue. A melhor coisa que você pode fazer é sentar lá dentro comigo e tomar uma cerveja gelada. O que, graças a Deus, é um direito nosso, como homens nascidos sob o Cruzeiro do Sul.

Os dois agora estavam parados na entrada. Um homem corpulento de rosto arroxeado, que Falk se lembrava de ter dado as costas para Erik Falk certa vez na rua, batia boca com McMurdo no balcão. O homem cutucou os folhetos enfaticamente com o dedo e disse alguma coisa que Falk não conseguiu ouvir enquanto o barman sacudia a cabeça.

— Eu não sei o que sugerir, meu amigo — disse McMurdo. — Se você quiser protestar a respeito de alguma coisa, pegue papel e caneta e escreva para o seu representante no parlamento. Mas aqui não é lugar para isso. — Ele se deslocou para enfiar os folhetos na lata de lixo e, ao fazê-lo, seu olhar cruzou com o de Falk do outro lado do salão. Sacudindo minimamente a cabeça, sugeriu a Falk que não entrasse.

— Vamos embora — disse Falk para Whitlam, afastando-se da entrada. — Obrigado, de qualquer maneira, mas não é uma boa ideia.

— Eu acho que talvez você tenha razão. Infelizmente. Meu Deus, de vez em quando, isto daqui lembra aquele filme *Amargo pesadelo* — comentou Whitlam. — O que você vai fazer?

— Me esconder no meu quarto, eu acho. Analisar uns documentos. Torcer para esquecerem logo essa história toda.

— À merda com isso. Vamos beber lá em casa.

— Não, mas obrigado mesmo assim. É melhor eu ficar na minha.

— Não, isso não me parece nem um pouco melhor. Vamos. Mas a gente vai no meu carro, está bem? — Whitlam sacou as chaves com um sorriso. — Vai ser bom a minha mulher te conhecer. Talvez ela fique um pouco mais sossegada. — Seu sorriso murchou uma fração, então voltou a brilhar. — De qualquer maneira, eu tenho uma coisa para lhe mostrar.

Do carro, Whitlam enviou uma mensagem de texto para a esposa e eles atravessaram a cidade em silêncio.

— Você não está preocupado de me verem na sua casa? — perguntou Falk, por fim. Relembrou o incidente ocorrido no parque. — As mães da escola não vão achar a menor graça.

— Danem-se elas — disse Whitlam, com os olhos grudados na estrada. — "Não julgueis para que não sejais julgados por um grupo de loucas alucinadas de mente pequena" ou seja lá como for o ditado. Então... quem você acha que anda distribuindo essas cartinhas de amor a você?

— Mal Deacon, provavelmente. Ou, então, o sobrinho dele, Grant.

Whitlam franziu a testa.

— Acho mais provável que seja Grant. Parece que, ultimamente, Deacon não anda cem por cento presente. Mentalmente falando, quero dizer. Na verdade, eu não sei. Não me meto com aqueles dois. Não preciso da dor de cabeça.

— É provável que você tenha razão. — Falk olhou pela janela, melancolicamente. Pensou em seu carro, nas palavras prateadas riscadas na tinta. — Mas nenhum dos dois pensaria duas vezes em sujar as mãos.

Whitlam olhou para Falk, avaliando sua resposta. Então, deu de ombros. Ele havia deixado a rua principal e percorria o que chegava mais perto de ser um bairro residencial em Kiewarra. Em comparação às espaçosas casas de fazenda, as casas aqui eram compactas e bem cuidadas e alguns dos gramados chegavam a estar verdes. Falk pensou que não havia maneira mais fácil de o sujeito propagandear que usava grama artificial. Whitlam parou o carro num pátio asfaltado, do lado de fora de uma elegante casa de família.

— Bela casa — comentou Falk. Whitlam fez uma careta.

— Um subúrbio caipira. É o pior dos dois mundos. Metade das casas vizinhas está vazia, o que é um problema. Risco de segurança, sabe? Vem um monte de moleques para cá fazer bagunça. Mas todo mundo que tem fazenda mora na própria terra e a cidade não tem muito a oferecer para atrair gente de fora. — Ele deu de ombros. — De qualquer forma, é alugada. Então a gente vê no que vai dar.

Ele conduziu Falk até uma cozinha fresca e reluzente onde a esposa preparava um café de aroma rico e profundo numa máquina complicada. Sandra Whitlam era uma mulher esguia e de pele alva, com imensos olhos verdes que lhe davam a aparência de estar sempre assustada. Whitlam os apresentou e ela apertou a mão de Falk com uma vaga expressão de desconfiança, mas lhe indicou uma confortável cadeira de cozinha para que se sentasse.

— Cerveja, meu amigo? — perguntou Whitlam, abrindo a geladeira.

Sandra, que estava prestes a colocar três xícaras de porcelana sobre a bancada, parou o que estava fazendo.

— Vocês não acabaram de voltar do pub? — Sua voz era leve e ela não se virou para olhar para o marido enquanto falava.

— É... bem... acabou que nós nem chegamos a entrar — disse Whitlam, piscando para Falk. Sandra apertou os lábios, que formaram uma linha fina.

— Café está ótimo, obrigado, Sandra — disse Falk. — O cheiro está delicioso.

Ela deu um sorriso forçado e Whitlam encolheu os ombros e fechou a geladeira. Ela serviu uma xícara para cada um e saiu caminhando pela cozinha em silêncio, colocando uma seleção de queijos com biscoitos salgados num prato. Falk bebericou o café e olhou para o porta-retratos próximo ao seu cotovelo, que continha uma foto de família. Mostrava um casal com uma garotinha de cabelos loiro-escuros.

— Sua filha? — perguntou ele, para preencher o silêncio.

— Danielle. — Whitlam pegou o porta-retratos. — Deve estar aqui em algum lugar. — Olhou para a esposa, que parara o que estava fazendo na frente da pia ao ouvir o nome da menina.

— Está assistindo TV na sala lá de trás — disse Sandra.

— Ela está bem?

Sandra apenas deu de ombros e Whitlam se virou outra vez para Falk.

— Danielle está um bocado confusa, para ser sincero — respondeu ele. — Eu contei que ela era amiga de Billy Hadler, não? Mas ela não entende direito o que aconteceu.

— Graças a Deus — comentou Sandra, dobrando furiosamente a toalha de prato que se encontrava em sua mão num quadrado bem apertado. — Eu espero que ela nunca tenha de entender uma coisa horrorosa dessas. Cada vez que eu penso a respeito, eu passo mal. O que aquele filho da mãe fez com a própria mulher e com o filho... O inferno é bom demais para ele.

Ela estendeu a mão em direção à bancada e cortou uma fatia fina de queijo, enfiando a faca com tanta força pelo pedaço que atingiu a tábua embaixo com um estalo.

Whitlam pigarreou levemente.

— Aaron já morou aqui na cidade. Era amigo de Luke Hadler quando eram mais novos.

— Bem. Vai ver que ele era diferente antigamente. — Sandra não ficou nem um pouco envergonhada. Ergueu as sobrancelhas olhando para Falk. — Quer dizer que você cresceu aqui em Kiewarra? Aposto que os anos pareciam não passar nunca.

— Teve seus momentos. Quer dizer que não está gostando daqui?

Sandra soltou uma risada tensa.

— Não tem sido exatamente o recomeço que a gente vinha esperando — respondeu ela, com ironia. — Para Danielle. Ou para nenhum de nós.

— Não, mesmo. Bem, eu não sou a melhor pessoa para defender este lugar para você — disse Falk. — Mas você sabe que o que aconteceu com os Hadler foi uma dessas coisas que acontecem uma vez na vida. E olhe lá.

— Pode até ser — concordou Sandra —, mas é a atitude desse povo daqui que eu não consigo entender. Eu ouço umas pessoas praticamente *se compadecerem* de Luke Hadler. Dizerem que ele devia estar passando por dificuldades e eu só quero sacudir esse pessoal. Quer dizer: dá para alguém ser mais idiota? Que se dane o que Luke estava passando! E daí? Dá para imaginar o que foram os últimos momentos de Billy e de Karen? Mas não, sentem uma certa... sei lá... piedade provinciana por ele. — Ela apontou um dedo com a unha bem-feita para Falk. — E eu não quero nem saber que ele tirou a própria vida, também. Matar a mulher e o filho é o máximo da violência doméstica. Nem mais, nem menos.

Por um bom tempo, o único som que se ouviu na cozinha foi o da cafeteira soltando vapor em cima da bancada impecável.

— Tudo bem, meu amor. Você não é a única pessoa que se sente assim — Whitlam a consolou. Ele esticou o braço por cima da bancada e cobriu a mão da esposa com a sua. Ela piscava rápido e o rímel foi borrando nos cantos. Ela deixou a mão ali um pouco antes de retirá-la para pegar um lenço de papel.

Whitlam virou-se para Falk.

— Tem sido horrível para todos nós. Para a escola, perder um aluno. Para Danielle, perder o amiguinho. Sandra sente muito por Karen, é lógico.

Sandra fez um barulhinho dentro da garganta.

— Você comentou que era para Billy ter vindo para cá brincar na tarde que ele morreu — disse Falk, recordando a conversa que tiveram na escola.

— Foi. — Sandra assoou o nariz e tratou de se ocupar servindo mais café enquanto se recompunha quase que visualmente.

— A gente recebia Billy aqui em casa com bastante frequência. E vice-versa. Danielle também ia à casa deles. Eles se davam muito bem. Era muito bonitinho, na verdade. Ela sente muito a falta dele. Não consegue entender que ele não vai voltar.

— Isso era um arranjo regular, então? — perguntou Falk.

— Não regular, mas certamente não era incomum — respondeu Sandra. — Eu não tinha combinado nada com Karen para aquela semana, mas aí Danielle encontrou o jogo de badminton que nós demos para ela de aniversário. Ela e Billy eram péssimos, mas adoravam brincar com ele. Ela não jogava já há algum tempo, mas de repente ficou completamente obcecada... sabe como é criança... e quis que Billy viesse assim que desse para jogar com ela.

— Quando foi, então, que você falou com Karen para combinarem? — perguntou Falk.

— Acho que na véspera, não foi? — Sandra olhou para o marido, que deu de ombros. — Bem, eu acho que foi, porque Danielle estava enchendo a sua paciência para montar a rede de badminton no jardim, lembra? De qualquer maneira, eu liguei para Karen aquela noite e perguntei se Billy queria vir para cá com Danielle no dia seguinte. Ela disse "Ok, está bem", e ficou por isso mesmo.

— E como ela parecia?

Sandra franziu as sobrancelhas como se estivesse sendo submetida a um teste.

— Eu achei que bem — respondeu. — É difícil lembrar. Talvez um pouco... distraída. Mas foi uma conversa curta. E já era meio tarde, então nós não batemos papo. Eu convidei, ela aceitou o convite e foi só.

— Até?

— Até eu receber uma ligação dela no dia seguinte. Logo depois do almoço.

— Sandra Whitlam.

— Oi, Sandra. É a Karen.

— Ah, oi. Como vão as coisas?

Fez-se uma breve pausa, seguida de um pequeno ruído do outro lado, talvez uma risada.

— Boa pergunta. Olhe, Sandra, eu sinto muito fazer isso com você, mas no fim das contas o Billy não vai poder ir aí hoje à tarde.

— Ah, que pena — disse Sandra, suprimindo um gemido. Agora ela ou Scott, ou possivelmente os dois, iam ter de estar disponíveis para jogar pelo menos duas rodadas da liga infantil de badminton aquela tarde. Tentou fazer uma lista mental de possíveis substitutos de última hora. — Está tudo bem? — perguntou ela, com uma fração de segundo de atraso.

— Está. É só que... — A linha ficou muda e, por um instante, Sandra achou que a ligação tivesse caído. — Billy tem andado meio indisposto, então eu acho melhor ele vir direto para casa hoje. Eu sinto muito. Espero que Danielle não fique muito chateada.

Sandra sentiu uma pontada de culpa.

— Não, sério, não seja boba. Não há nada que se possa fazer se ele não está completamente bem. Além do mais, considerando o que Danielle tem em mente, é até sensato. A gente marca para outra hora.

Outro silêncio. Sandra olhou para o relógio da parede. Abaixo dele, sua lista de tarefas pendentes farfalhou no quadro de cortiça.

— É — concordou Karen, finalmente. — É. Talvez.

Sandra já estava com as despedidas educadas de sempre na ponta da língua quando Karen deixou escapar um suspiro do outro lado da linha. Ela hesitou. Mas sabia que as únicas mães de crianças em idade escolar que não suspiravam diariamente tinham babás. Ainda assim, sua curiosidade foi maior.

— Karen, está tudo bem?

Houve um silêncio.

— Está. — Uma longa pausa. — Está tudo bem com você?

Sandra Whitlam revirou os olhos e mais uma vez olhou para o relógio. Se saísse para a cidade neste instante, ainda voltaria a tempo de pendurar a roupa no varal e dar uns telefonemas para encontrar um substituto para Billy antes de ter de ir buscar Danielle na escola.

— Eu estou bem, Karen. Obrigada por me avisar sobre Billy. Espero que ele melhore logo. A gente se fala depois.

— Eu me sinto culpada todos os dias por causa desse telefonema — disse Sandra, mais uma vez enchendo as xícaras como se fosse um tique nervoso. — Pela forma que eu a fiz desligar logo o telefone. Talvez ela precisasse de alguém com quem conversar e eu só... — Seus olhos encheram de lágrimas antes de ela conseguir completar a frase.

— Amor, a culpa não foi sua. Como você podia saber o que ia acontecer? — Whitlam se pôs de pé e passou os abraços ao redor da esposa. Sandra enrijeceu ligeiramente o corpo e olhou para Falk um pouco envergonhada enquanto secava os olhos com um lenço de papel.

— Eu sinto muito — disse. — É só que ela era uma pessoa tão bacana. Era uma das pessoas que tornava essa cidade suportável. Todo mundo a amava. Todas as mães da escola. Provavelmente até alguns dos pais. — Ela ia dando uma risadinha que cortou ainda na garganta. — Meu Deus, eu não quis dizer... Karen jamais... Eu só quis dizer que ela era popular.

Falk assentiu.

— Tudo bem, eu entendo. Era claramente alguém de quem as pessoas gostavam.

— Isso. Exatamente.

Fez-se silêncio. Falk terminou o café e se levantou.

— Está mesmo na hora de eu ir andando, de deixar vocês dois em paz.

Whitlam tomou o último gole do próprio café.

— Espere aí, eu já te levo de volta. Mas tenho uma coisa para lhe mostrar primeiro. Você vai gostar. Venha ver.

Falk se despediu de uma Sandra ainda chorosa e seguiu Whitlam até um escritório aconchegante. Podia ouvir o som abafado de um desenho animado vindo de alguma parte do corredor, mais adiante. O escritório tinha um estilo bem mais masculino do que ele havia visto no resto da casa, com móveis surrados, mas bem cuidados. Estantes acompanhavam as paredes do chão ao teto, abarrotadas de livros sobre esportes.

— Você tem uma biblioteca quase inteira aqui — comentou Falk, varrendo com os olhos o conteúdo das prateleiras, que ia do críquete às corridas de bigas, de biografias a almanaques. — Você é, claramente, um aficionado.

Whitlam baixou a cabeça fingindo-se envergonhado.

— Eu fiz minha pós-graduação em história moderna, mas, para ser sincero, toda a minha pesquisa foi focada na história do esporte. Corridas, boxe, as origens dos resultados combinados etc. Quer dizer, tudo o que há de bom. Mas eu gosto de pensar que ainda sei me virar com um documento empoeirado e desbotado.

Falk sorriu.

— Eu tenho de admitir que não achei que você curtisse muito um documento empoeirado — disse.

— Você não é o único, mas eu sei peneirar um arquivo como ninguém. E, falando nisso... — Ele puxou um envelope grande de dentro da gaveta da escrivaninha e o entregou a Falk. — Achei que você talvez achasse isto interessante.

Falk abriu o envelope e puxou uma fotocópia de um retrato preto e branco de um time. Nela, os jovens titulares da equipe de críquete de Kiewarra de 1948 posavam para a câmera com seus uniformes brancos. Os rostos minúsculos estavam desbotados e difusos, mas, sentado na metade da primeira fileira, Falk identificou um rosto conhecido. Seu avô. Falk sentiu o peito se encher de alegria ao ver o nome cuidadosamente datilografado na lista dos integrantes, logo abaixo: *Capitão: Falk, J.*

— Isto é fantástico. Onde você encontrou?

— Na biblioteca. Graças aos meus aguçados dotes de arquivista. — Whitlam sorriu. — Eu venho fazendo um pouco de pesquisa sobre a história do esporte em Kiewarra. Só por hobby. Aí encontrei isso. Achei que você ia gostar.

— É muito bacana. Obrigado.

— Fique com ela. É só uma cópia. Um dia, se você quiser, eu posso lhe mostrar onde achar o original. É provável que tenha outras fotos mais ou menos da mesma época. Talvez ele esteja em outras.

— Obrigado, Scott, sério. Foi um grande achado.

Whitlam apoiou o corpo sobre a escrivaninha, puxou um dos folhetos anti-Falk do bolso traseiro e o amassou. Atirou-o na lata de lixo. Entrou direto.

— Eu sinto pela Sandra — disse Whitlam. — Ela já não estava achando fácil se adaptar à vida aqui. A ideia de uma fuga relaxante para o interior acabou não sendo exatamente o que nenhum de nós imaginou. E essa história horrível dos Hadler só piorou tudo. Nós achamos que estávamos nos mudando para cá para nos afastarmos de qualquer coisa do tipo. Parece até aquela coisa da cruz e da espada.

— Mas o que aconteceu com os Hadler é tão raro — contrapôs Falk.

— Eu sei, mas... — Whitlam olhou para a porta. O corredor estava vazio. Ele baixou a voz. — Ela é hipersensível a qualquer tipo de violência. Não conte para ninguém, mas eu fui atacado lá em Melbourne e a coisa acabou... bem, acabou mal.

Ele olhou outra vez para a porta, mas já que tinha começado, pareceu precisar desabafar.

— Eu tinha ido à festa de quarenta anos de um amigo em Footscray e cortei caminho por um beco até a estação. Sabe, que nem todo mundo faz. Só que, dessa vez, tinham quatro sujeitos ali. Na verdade, ainda eram moleques, mas estavam com facas. Eles fecharam o caminho e eu e um outro homem, que eu não conhecia... era só outro pobre coitado que resolveu cortar caminho...

nós ficamos presos. Aí, eles fizeram aquela coisa toda: pediram nossas carteiras, telefones, mas em algum momento alguma coisa deu errado. Eles se assustaram e nos atacaram. Eu apanhei, levei chutes, fraturei costelas, o diabo. Mas o outro cara, ele levou uma facada na barriga e ficou sangrando ali, no asfalto. — Whitlam engoliu em seco. — Eu tive de deixá-lo sozinho para ir procurar ajuda porque os filhos da mãe levaram meu celular. Até eu voltar, a ambulância já tinha chegado, mas era tarde demais. Os paramédicos disseram que ele já estava morto.

Whitlam baixou os olhos e brincou com um clipe de papel por um bom tempo. Sacudiu a cabeça como se fosse para se livrar da imagem.

— Bem, de qualquer forma, teve essa história. E, agora, isso. Então dá para entender por que Sandra não está feliz. — Ele deu um sorriso débil. — Mas, atualmente, acho que ninguém na cidade está.

Falk tentou pensar numa única exceção. Não conseguiu.

Vinte e Dois

De volta ao seu quarto, Falk se postou ao lado da janela e olhou para baixo, para a rua deserta. Whitlam o trouxera de volta para o pub de carro e se despedira dele com um aceno amistoso, bem à vista de todos os passantes. Falk o observara se afastar, então fora ao estacionamento para ver se a pintura de seu carro estava tão ruim quanto se lembrava. Estava pior. As palavras riscadas na lataria brilhavam sob a luz fraca do fim de tarde e, por via das dúvidas, alguém enfiara um punhado de folhetos anti-Falk debaixo do limpador de para-brisa.

Ele subiu as escadas do pub sem ser visto e passou o resto da noite deitado em sua cama, revisando o restante da documentação dos Hadler. Seus olhos queimavam. Era tarde, mas ainda sentia os nervos formigarem depois das intermináveis xícaras de café servidas por Sandra Whitlam. Do lado de fora da janela, viu um carro solitário passar com os faróis acesos e um gambá do tamanho de um gato correr por cima do fio elétrico com o filhote nas costas. E logo o silêncio voltou a reinar na rua. O silêncio das zonas rurais.

Em parte, pensou Falk, era isso que surpreendia nativos das cidades como os Whitlam. O silêncio. Ele podia compreender por que buscavam o idílico estilo de vida do campo; muita gente buscava. A ideia tinha um brilho saudável e sedutor quando pensada durante um engarrafamento ou num apartamentinho espremido sem jardim. Todos se imaginavam respirando ar fresco e limpo e conhecendo os vizinhos. Os filhos comeriam verduras cultivadas em casa e aprenderiam o valor de um dia de trabalho honesto.

Na chegada, enquanto o caminhão de mudanças vazio ia sumindo de vista, eles olhavam à sua volta e sempre eram surpreendidos pela esmagadora vastidão da paisagem. Era o espaço que lhes impressionava primeiro. O tamanho. O suficiente para se afogar nele. Olhar para fora e não ver uma alma viva entre si e o horizonte podia ser estranho e alarmante.

Logo, eles descobriam que as verduras não cresciam com a mesma facilidade que tinham crescido nos canteiros de suas janelas na cidade. Que cada broto verde precisava ser convencido e praticamente arrancado de dentro da terra com relutância e que os vizinhos estavam ocupados demais fazendo o mesmo em escala industrial para cumprimentá-los com muito entusiasmo. Não precisavam lidar com os engarrafamentos diários de ida e vinda do trabalho, mas tampouco tinham aonde ir de carro.

Falk não culpava os Whitlam. Já havia visto aquilo inúmeras vezes quando era pequeno. Os recém-chegados olhavam ao seu redor, para aquele vazio, para a dimensão e para a simples dureza daquela terra maldita e logo suas expressões registravam a mesmíssima coisa: *Eu não sabia que era assim.*

Virou-se na cama relembrando como a crueza da vida local havia penetrado nas pinturas das crianças da escola. Rostos tristes e paisagens marrons. Os desenhos de Billy Hadler tinham sido mais alegres, pensou Falk. Ele os vira espalhados pela casa, coloridos e duros com a tinta seca. Aviões com gente sorridente nas janelas. Várias versões de carros. Pelo menos Billy não estivera tão triste quanto as outras crianças, pensou Falk. Quase riu alto diante do absurdo. Billy estava morto, mas pelo menos não estivera triste. Até o fim da vida. No fim, ele teria estado apavorado.

Falk tentou, pela centésima vez, imaginar Luke perseguindo o próprio filho. Embora conseguisse evocar a cena em sua mente, as imagens eram nebulosas e não entravam em foco. Falk pensou na última vez que se encontrara com Luke. Fora há cinco anos, num dia cinza sem nada de memorável, em Melbourne. Quando a chuva ainda era um incômodo em vez de uma bênção. A essa altura, Falk teve de admitir para si mesmo que tinha a sensação de que mal conhecia Luke.

Falk localizou Luke imediatamente no outro extremo do bar de Federation Square. Preocupado, encharcado e vindo direto do trabalho, Falk era só mais um homem pálido de terno. Luke, até mesmo recém-saído de uma longa conferência de fornecedores, emanava uma energia difícil de ignorar. Estava encostado numa pilastra com uma cerveja na mão e um sorriso zombeteiro nos lábios, estudando o grupo de frequentadores de início de noite, composto de mochileiros ingleses e jovens entediados vestidos de preto da cabeça aos pés.

Recebeu Falk com uma cerveja e um tapa no ombro.

— Com um corte de cabelo desses eu não confiaria nesse daí nem para tosquiar uma ovelha — disse Luke, sem baixar a voz. Apontou a bebida para um rapaz magrelo que usava um penteado metade raspado, metade moicano e quase certamente caro. Falk sorriu de volta, mas se perguntou por que Luke fazia tanta questão de tecer esses comentários de garoto caipira toda vez que se viam. Administrava um complexo negócio agrícola em Kiewarra que gerava centenas de milhares de dólares, mas nunca deixava de fazer o papel do moleque do interior perdido na cidade grande.

Na verdade, aquela era uma desculpa fácil para explicar a distância que só parecia aumentar entre os dois a cada vez que se viam. Falk comprou uma rodada de bebidas e pediu notícias de Barb, Gerry, Gretchen. Todos estavam bem, aparentemente. Nada para contar.

Luke perguntou como Falk andava desde que o pai morrera no ano anterior. Ok, respondeu Falk, ao mesmo tempo surpreso e agradecido pelo amigo ter se lembrado de perguntar. E a tal garota com quem Falk vinha saindo? Mais uma surpresa. Bem, obrigado. Vai morar comigo. Luke sorriu.

— Rapaz, cuidado com isso. Assim que elas conseguem colocar as almofadas delas no seu sofá, você nunca mais consegue fazer irem embora. — Eles riram da piada e o gelo quebrou.

O filho de Luke estava com um ano e crescia rápido. Luke mostrou as fotos no telefone. Muitas fotos. Falk as olhou com a educada tolerância de quem não tem filhos. Escutou Luke contar umas anedotas sobre os colegas fornecedores da conferência, gente que Falk jamais conhecera. Em troca, Luke fingiu interesse enquanto Falk falava de seu trabalho, minimizando a parte burocrática e intensificando as partes divertidas.

— Muito bem — dizia Luke, volta e meia. — Coloque esses ladrões cretinos atrás das grades. — Só que ele dizia isso de um jeito que dava a entender, muito sutilmente, que perseguir homens de terno não era trabalho para um policial de verdade.

Nessa ocasião, no entanto, Luke estivera mais interessado. Dessa vez, não eram só homens de terno. A esposa de um jogador de futebol tinha sido encontrada morta com milhares de dólares em espécie em duas maletas ao lado da cama. Falk tinha sido chamado para rastrear as notas. Aquele caso tinha sido esquisito. Ela fora encontrada na banheira. Afogada.

A frase escapou antes que ele conseguisse evitar e pairou no ar, entre eles. Falk limpou a garganta.

— Alguém tem causado algum problema para você em Kiewarra recentemente? — Ele não precisava especificar o tipo. Luke sacudiu a cabeça, enfaticamente.

— Não, meu amigo. Faz anos que não. Eu lhe disse isso da última vez.

Falk sentiu um obrigado automático se formar em seus lábios, mas por algum motivo, não conseguiu se levar a dizê-lo. Não de novo. Em vez disso, fez uma pausa e observou o amigo com o olhar perdido para o além.

Não soube dizer o que o fez querer insistir, mas dessa vez sentiu uma pontada de irritação. Talvez só estivesse mal-humorado por causa do trabalho. Faminto, cansado e doido para chegar em casa. Ou talvez estivesse farto de sempre ter de se sentir grato àquele homem. Sempre com a sensação de que, independentemente de como o baralho fosse cortado, sempre se podia contar que as melhores cartas acabariam nas mãos de Luke.

— Algum dia você vai me contar onde estava de verdade naquele dia? — perguntou Falk.

Ao ouvir isso, Luke arrastou o olhar de volta para o amigo.

— Cara, eu já te disse — respondeu ele. — Mil vezes. Eu estava caçando coelhos.

— Ok. Está bem. — Falk se segurou para não revirar os olhos. Essa sempre havia sido a resposta, desde que ele perguntara pela primeira vez, muitos anos antes. Só que aquilo nunca havia soado completamente verdadeiro. Luke raramente saía para caçar sozinho. E Falk ainda se lembrava do rosto de Luke na janela de seu quarto, há tantos e tantos anos. Era verdade que sua lembrança daquela noite era colorida por medo e alívio, mas a história sempre lhe parecera improvisada. Luke o observava com cuidado.

— Talvez eu é que devesse perguntar onde você estava? — indagou Luke com a voz artificialmente leve. — Já que a gente vai passar por isso mais uma vez.

Falk o encarou.

— Você sabe onde eu estava. Pescando.

— No rio.

— É, correnteza acima.

— Mas sozinho.

Falk não respondeu.

— Então vou ter de confiar na sua palavra — disse Luke, tomando um gole, sem jamais desviar os olhos dos de Falk. — Por sorte, a sua palavra vale ouro para mim, meu amigo. Mas me parece melhor para todo mundo que a gente mantenha a história de que estávamos caçando coelhos juntos, você não acha?

Os dois homens se entreolharam enquanto o barulho do bar aumentava e diminuía à sua volta. Falk pesou suas opções. Então, bebericou sua cerveja e calou a boca.

Por fim, eles recorreram às desculpas de sempre sobre ter de pegar o trem e ter de acordar cedo. Enquanto apertavam-se as mãos pelo que seria a última vez, Falk se viu lutando para lembrar, novamente, por que continuavam amigos.

Falk se enfiou na cama e apagou a luz. Ficou ali deitado, imóvel, por um bom tempo. A aranha-caçadora havia reaparecido no final da tarde e seu vulto se encontrava agachado por cima da porta do banheiro. Lá fora, o silêncio da noite era sepulcral. Falk sabia que precisava dormir um pouco, mas fragmentos de conversas recentes e de muito tempo atrás competiam pela sua atenção. O resquício de cafeína que ainda corria pelo seu organismo ajudava a manter seus olhos abertos.

Virou-se de lado e acendeu o abajur da mesa de cabeceira. Os livros da biblioteca que havia pegado com Barb mais cedo encontravam-se sobre uma cadeira, debaixo de seu chapéu. Ele os colocaria no dia seguinte na caixa de devolução. Olhou para o primeiro. Era um guia prático de como cultivar um jardim ecológico de suculentas. Bocejou só de ler o título. Aquilo quase que certamente o faria dormir, mas ele simplesmente não conseguiria encarar a leitura. O outro era uma edição brochura, bastante surrada, de um romance policial: uma mulher, um vulto desconhecido à espreita nas sombras, vítimas em série. O de sempre. Não fazia exatamente o seu gênero, mas ele não trabalharia com aquilo se não gostasse de um bom mistério. Recostou-se outra vez no travesseiro e começou a ler.

Era uma trama óbvia, nada de especial, e Falk já havia lido umas trinta páginas quando os olhos começaram a pesar. Decidiu colocar o livro de lado quando chegou ao final do capítulo e, ao virar a página, uma tira de papel flutuou de dentro e pousou em seu rosto.

Pegou-a e apertou os olhos para ler o que dizia. Era um recibo impresso da biblioteca que mostrava que o livro fora emprestado a Karen Hadler na segunda-feira, 19 de fevereiro. Quatro dias antes da sua morte, pensou Falk. Ela usara o recibo como marcador e se dar conta de que aquele thriller medíocre talvez tivesse sido a última coisa que ela leu na vida o deixou profundamente deprimido. Falk ia amassando o recibo quando notou os rabiscos feitos a caneta no verso.

Curioso, alisou o papel e o virou, esperando encontrar uma lista de compras. Em vez disso, sentiu o coração disparar. Tentou eliminar as dobras, agora com mais cuidado, e enfiou o papel debaixo do abajur para iluminar melhor a letra cursiva arredondada de Karen.

Em algum momento nos quatro dias entre pegar o livro emprestado na biblioteca e ser morta a tiros na porta de casa, Karen Hadler rabiscara duas linhas no verso do recibo. A primeira era uma única palavra, um pouco bagunçada, escrita às pressas, e sublinhada três vezes.

DOW??

Falk tentou se concentrar naquilo, mas seus olhos foram atraídos por um número de telefone de dez dígitos escrito logo abaixo. Fitou o número até os olhos lacrimejarem e os algarismos se juntarem e perderem a nitidez. O sangue martelava dentro de seu crânio com um rugido latejante e ensurdecedor. Piscou os olhos com força uma vez, depois outra, mas os números permaneceram resolutamente na mesma ordem.

Falk não perdeu um único instante se perguntando de quem seria aquele telefone. Não precisava. Conhecia-o bem. Era o seu.

Vinte e Três

Encontraram Grant Dow agachado no dia seguinte, debaixo da pia de uma mulher. Tinha uma chave inglesa na mão e o cofrinho do volumoso traseiro à mostra.

— Ei, ele volta para consertar esse vazamento? — perguntou a mulher enquanto Dow era colocado de pé à força.

— Eu não contaria com isso — disse Raco.

Os filhos da mulher observaram com animação e olhos arregalados enquanto Dow era conduzido para a viatura. Suas expressões refletiam a de Raco poucas horas antes, quando Falk lhe mostrara o recibo. Raco caminhara de um lado para o outro da delegacia, quicando sobre as plantas dos pés, em pleno pico de adrenalina.

— O *seu* telefone? — Repetia sem parar. — Por que Karen Hadler queria falar com você? Será que era sobre Grant?

Falk, que passara a maior parte da noite acordado se fazendo a mesmíssima pergunta, só conseguia sacudir a cabeça.

— Eu não sei. Se ela tentou, com certeza não deixou recado. Eu já pesquisei todo o meu histórico de chamadas perdidas. Não encontrei nenhuma que bata com o número de telefone da casa, do trabalho ou do celular de Karen. E eu nunca falei com ela. E não estou falando de agora. Nunca. Nem uma vez em toda a vida.

— Mas ela saberia quem é você, certo? Luke ainda falava de você. Barb e Gerry Hadler viram você na TV faz poucos meses. Mas por que você?

Raco tirou o telefone do escritório do gancho e discou os dez dígitos. Olhou para Falk enquanto segurava o fone próximo à orelha. O celular de Falk trinou bem alto em sua mão. Não ouviu o recado quando a secretária eletrônica atendeu, mas sabia o que ela dizia. Ouvira sua própria voz vezes o bastante aquela noite ligando, incrédulo, para o mesmo número pelo telefone do quarto.

"Você ligou para o agente federal Aaron Falk. Deixe uma mensagem, por favor", dizia a gravação. Curta e simpática.

Raco desligou e o fitou.

— Pense.

— Já pensei.

— Pense mais. Grant Dow e Luke não se davam, nós sabemos disso. Mas se Karen estava tendo problemas com ele, por que não ligou para cá, para a delegacia?

— Tem certeza de que ela não ligou?

— Nenhuma ligação foi feita para a polícia ou para os serviços de emergência de qualquer telefone que esteja em nome dos Hadler na semana antes das mortes — respondeu Raco. — Puxamos os registros telefônicos no dia que os corpos foram encontrados.

Ele pegou o romance e o virou nas mãos, examinando a capa. Folheou as páginas mais uma vez. Não havia mais nada preso entre elas.

— Sobre o que é o livro?

— Uma detetive que está investigando uma série de mortes entre alunos de uma faculdade dos EUA — respondeu Falk, que passara a maior parte da noite lendo para chegar logo ao fim. — Ela acha que um sujeito descontente da cidade anda alvejando moleques ricos.

— Que merda. E é ele?

— Bem... não. Não é o que parece. Quando acaba, é a mãe de uma das meninas da irmandade.

— A mãe de...? Deus me dê forças. — Raco beliscou o próprio nariz e fechou o livro com um estrondo. — O que a gente está imaginando, então? É para esta merda de livro significar alguma coisa?

— Não sei. Não acho que Karen tenha chegado ao fim, se você quer saber. E eu verifiquei com a biblioteca assim que abriu. Me disseram que ela pegava um monte de coisas parecidas emprestado.

Raco se sentou e, por um instante, fitou o recibo com o olhar ausente, então se levantou outra vez.

— Você tem certeza de que ela nunca te ligou?

— Absoluta.

— Certo. Vamos lá, então. — Ele pegou as chaves do carro de cima da mesa. — Você não tem como explicar, Karen não tem como explicar, Luke não tem como explicar. Então vamos buscar a única pessoa que sobrou que talvez possa nos explicar por que a porra do nome dele estava escrito num pedaço de papel no quarto de uma mulher assassinada.

Deixaram Dow esperando na sala de interrogatório durante mais de uma hora.

— Eu liguei para Clyde — disse Raco, já mais calmo. — Eu disse a eles que um investigador financeiro babaca de Melbourne tinha aparecido aqui para dar uma olhada na papelada dos Hadler. Disse que você tinha uns questionamentos sobre um documento que encontrou na propriedade e perguntei se eles queriam vir servir de babá enquanto você tirava as dúvidas. Eles disseram que não, como era de esperar. Então podemos seguir em frente.

— Uau, bom trabalho — disse Falk, surpreso. Ocorreu a ele que, desta vez, nem lhe passara pela cabeça ligar para Clyde. — O que nós sabemos, então?

— As impressões digitais de Dow não foram encontradas em lugar nenhum da fazenda.

— O que não quer dizer nada. É para isso que servem luvas. Que álibi ele tem para os assassinatos?

Raco sacudiu a cabeça.

— É sólido, mas fraco ao mesmo tempo. Ele estava cavando uma vala no meio do nada com dois amigos. Vamos verificar, é claro, mas todos vão jurar até a morte que ele estava lá.

— Muito bem, vamos ver o que ele tem a dizer.

Dow estava recostado na cadeira com os braços cruzados, olhando fixamente para a frente. Mal ergueu os olhos quando eles entraram na sala.

— Até que enfim — comentou. — Tem gente aqui que precisa trabalhar para comer.

— Vai querer o seu advogado presente, Grant? — perguntou Raco puxando uma cadeira. — Você tem esse direito.

Dow franziu a testa. Seu advogado provavelmente viria do mesmo escritório hipotético que o de Sullivan, pensou Falk. Trabalhando com propriedades e gado cinquenta semanas ao ano. Dow sacudiu a cabeça.

— Não tenho nada para esconder. Vamos logo com isso.

Falk achou interessante observar que ele estava zangado, em vez de nervoso. Falk colocou a pasta em cima da mesa e fez uma breve pausa.

— Descreva a sua relação com Karen Hadler.

— Masturbatória.

— Mais alguma coisa? Lembrando que ela foi assassinada.

Dow deu de ombros, imperturbável.

— Não.

— Mas você a achava atraente — continuou Falk.

— Você a viu? Antes que batesse as botas, é claro.

Falk e Raco não disseram nada e Dow revirou os olhos.

— Olhem, eu até acho que ela era bonita. Para essas bandas, pelo menos — respondeu ele.

— Quando foi a última vez que você falou com ela?

Dow encolheu os ombros.

— Não lembro.

— Que tal na segunda-feira antes de ela morrer? Dezenove de fevereiro. Ou nos dois dias depois disso?

— Eu sinceramente não saberia dizer. — Dow se remexeu no assento, que gemeu sob o seu peso. — Escutem, eu tenho de estar aqui? Legalmente falando? Porque tenho coisa para cacete para fazer.

— Então vamos direto ao assunto — interveio Falk. — Talvez você possa nos explicar por que o seu nome, Dow, foi escrito por Karen Hadler num recibo na semana em que ela foi assassinada. — Ele deslizou uma fotocópia da tira de papel por cima da mesa.

Enquanto Dow fitava o papel por um bom tempo, o único som que se fez ouvir na sala foi o zumbido das lâmpadas fluorescentes. Sem o menor aviso, ele esmurrou a mesa com o punho fechado.

Os dois outros pularam.

— Vocês não vão jogar essa culpa em cima de mim. — Dow fez uma fina bruma de cuspe voar por cima da mesa.

— Jogar a culpa do que em cima de você, Grant? — A voz de Raco saiu decididamente neutra.

— Daquela família maldita. Se Luke resolveu dar um tiro na esposa e no filho, o problema é dele. — Ele apontou um dedo grosso em direção aos dois. — Só que isso não tem porra nenhuma a ver comigo, vocês estão me ouvindo?

— Onde você estava na tarde que eles foram mortos? — perguntou Falk.

Dow sacudiu a cabeça sem jamais desviar os olhos de cima de Falk. O colarinho de sua camisa estava empapado de suor.

— Vá se ferrar, cara. Já chega o estrago que você fez com Ellie. Não vai acabar comigo e com meu tio, também. Isto é uma caça às bruxas.

Raco limpou a garganta antes que Falk pudesse responder.

— Muito bem, Grant. — Sua voz estava calma. — Nós só estamos tentando encontrar algumas respostas. Então vamos facilitar as coisas. Você disse para a polícia de Clyde que estava cavando valas na Eastway com dois colegas de trabalho que estão listados aqui. Você confirma isso?

— Confirmo. Eu estava lá. O dia todo.

— E eles vão corroborar isso, vão?

— Eu acho bom. Já que é verdade. — Dow conseguiu olhá-los nos olhos enquanto dizia isso. Uma mosca zumbiu em círculos frenéticos ao redor das cabeças dos três enquanto o silêncio foi se estendendo.

— Me conte, Grant, o que você vai fazer com a fazenda quando o seu tio morrer? — perguntou Falk.

Dow pareceu confuso com a mudança de assunto.

— O quê?

— Você é quem vai herdar, pelo que eu soube.

— E daí? Eu fiz por merecer — vociferou Grant.

— Por quê? Por deixar seu tio velho e doente morar na propriedade dele? Realmente, é preciso ser um grande homem para isso. — Na verdade, Falk não via nenhum motivo para Dow não herdar, mas o comentário pareceu tocar alguma ferida aberta.

— Um pouquinho mais que isso, espertinho. — Dow abriu a boca para dizer alguma coisa, então pensou melhor. Fechou-a antes voltar a falar. — De qualquer maneira, e por que não? Eu sou a família dele.

— E tudo o que sobrou desde que Ellie morreu, não é? — insistiu Falk enquanto Dow respirava pela boca de tanta raiva. — Então, você vai vender a propriedade assim que puder?

— Com certeza. Eu é que não vou tentar cultivar aquela terra, não é? Eu não sou tonto. Não quando tem um monte de chineses loucos para comprar terras por aqui. Até mesmo um terreno de merda igual ao nosso.

— E igual ao dos Hadler?

Dow fez uma pausa.

— Imagino que sim.

— É provável que a pequena Charlotte tenha ainda menos vontade de carregar sacos de fertilizante do que você. Eu soube que vai ser posta à venda, mais cedo ou mais tarde. Duas propriedades, lado a lado. — Falk deu de ombros. — Isso fica bem mais atraente para investidores estrangeiros. O que, em si, já é interessante. Só que fica ainda mais quando o dono de uma delas acaba morto com um tiro na cabeça.

Pelo menos uma vez, Dow não abriu a boca para responder e Falk soube que ele havia chegado à mesma conclusão.

— Vamos voltar a Karen. — Falk agarrou a chance de mudar de rumo. — Você chegou a tentar alguma coisa com ela?

— O quê?

— Romanticamente? Sexualmente?

Dow resfolegou.

— Ah, por favor. Aquela dali era feita de gelo. Eu nem gastaria saliva com ela.

— Você acha que Karen teria te rejeitado — disse Falk. — Isso deve ter sido irritante.

— Eu tenho mulher de sobra, amigo. Não se preocupe comigo. Do jeito que você anda por aí babando por Gretchen, acho que você é que tem com o que se preocupar.

Falk ignorou o comentário.

— Karen feriu o seu ego? Vocês discutiram por algum motivo? As coisas ficaram meio feias?

— O quê? Não. — Os olhos de Dow dardejavam da esquerda para a direita.

— Mas você se desentendeu com o marido dela. E acontecia com frequência, pelo que fiquei sabendo — disse Raco.

— E daí? Nunca era algo relevante. Só Luke sendo babaca. Não tinha porra nenhuma a ver com a patroa dele.

Fez-se uma pausa. Quando Falk falou outra vez, sua voz saiu baixinha.

— Grant, nós vamos conferir os seus movimentos nesse dia e talvez os seus amigos confirmem o que você diz. O negócio é que alguns álibis funcionam um pouco como as placas de gesso com as quais você trabalha. Aguentam bem no começo, mas é só colocar um pouco de pressão e elas desmoronam rapidinho.

Dow baixou os olhos por um momento. Quando os ergueu outra vez, sua atitude havia mudado. Ele sorriu. Um sorriso calculado e verdadeiro, que se podia ver refletido em seus olhos.

— Como o seu álibi, você quer dizer? Por que a minha prima escreveu o seu maldito nome num papel antes de morrer?

O silêncio se estendeu, tenso, enquanto três pares de olhos olhavam para o recibo fotocopiado que se encontrava em cima da mesa. Falk ficara bem mais abalado quando seu nome fora descoberto no meio dos pertences de Ellie do que Dow parecia estar agora. Perguntava-se como interpretar aquilo quando Dow deu uma gargalhada.

— Ainda bem que a minha história é completamente sólida. Façam o favor de testar, amigos, fiquem à vontade. Não me levem a mal, eu não gostava dos Hadler. E, sim, eu vou vender a fazenda de meu tio na primeira chance que tiver. Mas eu não matei ninguém, eu não estava naquela fazenda e, se vocês quiserem me colocar lá, vão ter de armar para cima de mim com provas falsas. E querem saber de uma coisa? — Ele deu um murro na mesa com o punho fechado. O barulho pareceu um tiro. — Não acho que vocês têm colhões para isso.

— Se você esteve lá, Grant, nós vamos provar.

Ele deu um sorriso de escárnio.

— Quero ver vocês tentarem.

Vinte e Quatro

— Vocês têm sorte de ainda termos a gravação. Costuma ser apagada depois de um mês.

Scott Whitlam foi descendo a lista de arquivos do computador até encontrar o que buscava. O diretor se afastou para que Falk e Raco pudessem ver a tela. Estavam no escritório dele, o burburinho de uma tarde escolar de segunda-feira atravessando a porta.

— Ok, aqui está. Esta é a vista da câmera da entrada principal. — disse Whitlam. Ele clicou o mouse e o vídeo do circuito fechado começou a passar na tela. A câmera parecia estar montada acima das portas principais da escola e virada para as escadas, para captar qualquer visitante que se aproximasse. — Eu sinto muito que a qualidade não seja das melhores.

— Sem problema. É melhor do que o que conseguimos da casa dos Hadler — disse Raco.

— O valor de uma câmera está no que ela captura — comentou Falk. — O que mais você tem aqui?

Whitlam deu outro clique e o ângulo mudou.

— A outra câmera fica acima do estacionamento dos funcionários. — Mais uma vez capturada de um ponto alto, essa imagem mostrava uma fileira borrada de carros.

— Essas são as únicas duas câmeras da escola? — perguntou Raco.

— É, eu sinto muito. — Whitlam esfregou o polegar no indicador, fazendo o sinal universal para dinheiro. — Teríamos mais se tivéssemos condições.

— Conseguimos ver Karen em seu último dia? — perguntou Falk, embora não fosse exatamente Karen que estivessem buscando, mas Grant Dow. Conforme prometido, Falk e Raco passaram horas interrogando os amigos de Dow a respeito de seu álibi. Eles o haviam confirmado sem restrições. Não era menos do que Falk havia esperado, mas isso o deixara puto mesmo assim.

Whitlam ampliou a imagem do estacionamento de forma a preencher a tela inteira.

— Karen costumava vir de carro, então é bem provável que apareça nesta câmera.

Ele encontrou o vídeo correto e saltou no tempo até o final do horário escolar. Assistiram à gravação silenciosa enquanto os alunos iam passando em grupos de dois ou três, rindo e fofocando, livres pelo resto do dia. Um homem calvo e magro surgiu no quadro. Foi até um dos carros e abriu a mala. Vasculhou seu interior antes de tirar uma bolsa volumosa. Colocou-a no ombro com dificuldade e caminhou para fora do enquadramento tomando o mesmo caminho pelo qual viera.

— É o zelador — disse Whitlam.

— O que ele carrega nessa bolsa?

Whitlam sacudiu a cabeça.

— Eu sei que ele tem as próprias ferramentas. Eu imagino que seja isso.

— Trabalha aqui há muito tempo? — perguntou Falk.

— Uns cinco anos, eu acho. Parece ser um bom sujeito, se isso serve de alguma coisa.

Falk não respondeu. Observaram durante mais dez minutos, até o fluxo de alunos praticamente sumir e o estacionamento ficar deserto. Quando Falk já perdia a esperança, Karen apareceu.

A respiração de Falk ficou presa na garganta. Ela havia sido linda em vida, a mulher morta. Ele a observou atravessar a tela, os cabelos claros voando para longe do rosto. A baixa qualidade do vídeo não permitia que se lesse sua expressão. Ela não era alta, mas caminhava energicamente pelo estacionamento com o porte de uma bailarina, empurrando Charlotte num carrinho, vindo da direção da creche.

A três passos de distância, vinha Billy. Falk sentiu um calafrio ao ver o menino robusto de cabelos escuros que tanto lembrava o pai. Ao seu lado, Raco transferiu o peso do corpo de um pé para o outro e pigarreou. Ele havia visto em primeira mão o horror que aguardaria o menino.

Billy estava fazendo corpo mole, completamente absorto no brinquedo que levava na mão. Karen se virou e o chamou, silenciosamente, por cima do ombro e ele correu para alcançá-la. Ela colocou as duas crianças dentro do carro, afivelou seus cintos de segurança e fechou a porta. Movia-se com rapidez, com eficiência. Estaria com pressa? Falk não soube dizer.

Na tela, Karen endireitou a coluna e ficou completamente imóvel por um momento com uma das mãos sobre o teto do carro e de costas para a câmera. Inclinou a cabeça ligeiramente para a frente e levou a outra mão ao rosto. Fez um pequeno movimento com os dedos. Então, outro.

— Caramba, ela está chorando? — perguntou Falk. — Volte essa parte, rápido.

Ninguém disse nada enquanto assistiam as imagens outra vez. Então, uma terceira e uma quarta vez. A cabeça baixa, os dois movimentos rápidos com a mão.

— Eu não tenho como afirmar — concluiu Raco. — Parece que sim. Mas ela também podia estar, facilmente, coçando o nariz.

Dessa vez, deixaram a gravação continuar. Karen ergueu a cabeça, pareceu respirar fundo, então abriu a porta do lado do motorista e entrou. Saiu da vaga de ré e se foi. O estacionamento ficou vazio outra vez. O registro de hora na fita mostrava que ela e o filho só tinham mais oitenta minutos de vida.

Eles encararam a gravação, saltando os longos trechos durante os quais ninguém aparecia. A recepcionista da escola surgiu dez minutos depois de Karen, então nada mais aconteceu durante quarenta minutos. Por fim, os professores foram se dirigindo um a um até seus carros. Whitlam foi identificando cada um à medida que iam surgindo. O zelador retornou, colocou a bolsa na mala do carro e foi embora um pouco depois das 16h30.

Por fim, o único carro que sobrou no terreno foi o de Whitlam. Um pouco depois das 19h, o próprio Whitlam surgiu na tela. Caminhava lentamente com a cabeça baixa e os ombros largos caídos. No assento ao lado de Falk, o diretor deixou escapar um suspiro. Sua mandíbula travou enquanto ele assistia ao vídeo.

— É difícil assistir — disse. — A essa altura, a polícia de Clyde já tinha telefonado para me dizer que Billy e Karen estavam mortos.

Continuaram a assistir enquanto Whitlam entrava no carro lentamente e, depois de tentar dar partida algumas vezes, dava ré e ia embora. Deixaram a gravação correr mais um tempo. Grant Dow não apareceu em momento algum.

— Eu vou indo, então — Deborah gritou da recepção, já com a bolsa pendurada no ombro. Ela esperou um pouco e só recebeu como resposta uma espécie de grunhido. Falk ergueu a cabeça e sorriu para ela. A sua atitude em relação a ele tinha mudado nos últimos dias e Falk sentiu que as coisas tinham melhorado quando ela lhe trouxe café depois de buscar uma xícara para os outros. Suspeitava que Raco tinha dito alguma coisa para ela.

Raco e o guarda Barnes não esboçaram quase nenhuma reação quando a porta bateu, registrando a saída de Deborah da delegacia. Cada um dos três estava sentado a uma mesa diferente, olhando fixamente para as telas de computador enquanto imagens granuladas iam passando. Haviam recolhido todos os vídeos disponíveis das duas câmeras da escola e voltado para a cidade.

Raco contara a Falk que havia três câmeras de circuito fechado de TV na rua principal de Kiewarra. Uma ao lado do pub, outra ao lado da administração municipal e uma acima da porta do depósito da farmácia. Eles haviam recolhido os vídeos de cada uma delas.

Barnes bocejou e se alongou, esticando os braços volumosos em direção ao teto. Falk se preparou para as reclamações começarem, mas Barnes simplesmente voltou as atenções para a tela sem queixas. Confidenciara para Falk mais cedo que não conhecera Luke ou Karen, mas que dera uma palestra para a turma de Billy Hadler sobre segurança nas estradas duas semanas antes da morte do menino. Ainda guardava o cartão de agradecimento enviado pela turma em cima da mesa, incluindo a assinatura de Billy feita com giz de cera.

O próprio Falk controlou um bocejo. Já vinham analisando aquelas gravações há quatro horas. Falk se concentrava nos vídeos da escola e vira duas coisas interessantes. Primeiro, um aluno fazer xixi secretamente nos pneus da frente do carro do diretor. Depois, uma professora riscar o carro de uma colega com o dela e, então, ir embora em disparada. Mas nem sinal de Grant Dow.

Em vez disso, Falk se pegou vendo a filmagem de Karen repetidamente. Ela havia chegado e ido embora três vezes naquela semana – todos os dias com exceção de terça-feira, seu dia de folga, e sexta, quando já estivera morta. Todos os dias eram praticamente iguais. Seu carro chegava por volta das 8h30. Ela tirava as crianças do carro, juntava mochilas e chapéus e desaparecia do enquadramento em direção à escola. Um pouco depois das 15h30, o caminho oposto era percorrido.

Falk estudou seus movimentos. O jeito que ela se abaixava para conversar com Billy, com uma das mãos no ombro do garotinho. Não conseguia ver seu rosto, mas imaginava que estivesse sorrindo para o filho. Olhou a forma que segurava Charlotte enquanto transferia a filha bebê da cadeirinha do carro para o carrinho. Antes de levar um tiro na barriga, Karen Hadler havia sido uma mulher simpática. Boa com os filhos e boa com as finanças. Falk sabia que Barb tinha razão. Teria gostado dela.

Retornou, obsessivamente, à filmagem de quinta-feira – o dia em que Karen e o filho haviam sido assassinados. Passou e repassou a fita constantemente, analisando cada quadro. Tinha mesmo havido uma breve hesitação nos passos de Karen enquanto ela se aproximava do carro? Será que alguma coisa no meio do mato havia capturado a sua atenção? Ela estava ou não estava apertando a mão do filho com mais força do que o normal? Falk suspeitava que estivesse vendo coisas que não existiam, mas continuou a assistir o vídeo repetidas vezes. Olhou fixamente para a imagem da esposa loura de seu falecido amigo e, em silêncio, torcia para ela pegar o celular e ligar para o número que rabiscara no recibo. Incitava o seu "eu" passado a atender o telefone. Mas nenhuma das duas coisas aconteceu. O roteiro permaneceu inalterado.

Falk se perguntava se era hora de dar o dia por encerrado quando Barnes deixou cair a caneta com a qual estivera brincando e sentou-se na cadeira com as costas eretas.

— Ei, olhem isto aqui. — Barnes clicou o mouse, voltando o filme granulado. Ele estivera analisando o material da câmera da farmácia, que ficava virada para nada de mais interessante do que um beco tranquilo e a porta que levava ao depósito.

— O que é? Dow? — perguntou Falk. Ele e Raco se juntaram em torno da tela.

— Não exatamente — disse Barnes, deixando a fita correr. O registro da hora marcava 16h41 de quinta-feira. Apenas uma hora antes de Karen e Billy Hadler terem sido encontrados mortos.

Por alguns segundos, o vídeo pareceu ser uma fotografia na qual não se via nada além do beco vazio. De repente, um 4×4 passou a toda velocidade. Surgiu e sumiu em menos de um segundo.

Barnes voltou o filme e diminuiu a velocidade. Congelou a imagem quando o carro reapareceu. Estava pouco nítida e capturada de um ângulo estranho, mas isso não importava. O rosto do motorista estava nítido: Jamie Sullivan os fitava pelo para-brisa.

* * *

A luz já começava a sumir quando Falk e Raco chegaram ao beco, embora não houvesse muito para ver. Deixaram Barnes ir para casa depois de um trabalho bem feito. Falk se colocou debaixo da câmera de circuito fechado da farmácia e olhou à sua volta. A ruela era estreita e corria paralela à rua principal de Kiewarra. De um dos lados, dava nos fundos da imobiliária, de um cabeleireiro, do consultório médico e da farmácia. Do outro, ficavam lotes desmatados que haviam sido transformados em estacionamentos improvisados. O local estava completamente deserto.

Falk e Raco percorreram toda a extensão do beco. Não demorou muito. Era possível acessá-lo de carro pelos dois extremos e ele se ligava às estradas que deixavam a cidade rumo a leste e oeste. Na hora do rush, era o atalho perfeito para se atravessar a cidade sem ter de passar pela rua principal. Mas em Kiewarra não havia hora do rush.

— Então, por que nosso amigo Jamie Sullivan quis evitar ser visto na cidade vinte minutos antes dos Hadler serem assassinados? — A voz de Falk ecoou das paredes de tijolos.

— Tenho alguns palpites. Nenhum deles é bom — respondeu Raco.

Falk ergueu os olhos para as lentes da câmera.

— Pelo menos agora temos alguma ideia de onde ele estava — comentou Falk. — Dava para ele ir daqui à casa dos Hadler dentro dessa janela de tempo, não?

— Dava, sim, sem o menor problema.

Falk se encostou na parede e inclinou a cabeça para trás. Os tijolos haviam absorvido o calor do dia. Estava exausto. Sentiu os olhos irritados quando os fechou.

— Então nós temos Jamie Sullivan, que afirma que Luke era um ótimo amigo, mentindo sobre onde estava e filmado passeando pela cidade uma hora antes de o amigo morrer com um tiro — resumiu Raco. — Aí temos Grant Dow, que admite que não tolerava

Luke, com álibis até a raiz dos cabelos, mas com o nome escrito na caligrafia da mulher morta.

Falk abriu um dos olhos e fitou Raco.

— E não se esqueça do motorista do misterioso utilitário branco que pode ou não ter visto Luke Hadler na encruzilhada, pedalando na direção contrária à do rio há vinte anos — disse.

— É, tem isso, também.

Os dois passaram um bom tempo em silêncio, fitando o beco como se a resposta pudesse estar grafitada em alguma parede.

— Ah, dane-se — disse Falk, dando um impulso para longe da parede e ficando ereto. Foi um esforço para ele. — Vamos trabalhar seguindo um método. Primeiro, a gente leva Sullivan de volta para a delegacia e pergunta a ele que diabos está fazendo nesse vídeo, num beco. Eu já estou de saco cheio desse sujeito ficar brincando com a gente.

— Agora? — Os olhos de Raco estavam vermelhos. Ele parecia tão cansado quanto Falk se sentia.

— Amanhã.

Enquanto cortavam caminho até a rua principal por uma passagem estreita, o telefone de Raco tocou. Ele parou na calçada e o tirou do bolso.

— É a minha esposa. Desculpe, é melhor eu atender. — Levou-o ao ouvido. — Alô, minha linda.

Eles haviam parado do lado de fora da loja de conveniência. Falk virou a cabeça em direção à loja e fez um sinal de que iria procurar algo para beber. Raco assentiu com a cabeça, grato.

Lá dentro, a loja estava fresca e tranquila. Tecnicamente, era a mesma loja onde Ellie havia trabalhado, onde passara suas noites registrando o preço de leite e de cigarros no caixa. Haviam pregado pôsteres com seu rosto na vitrine depois que seu corpo fora encontrado, arrecadando dinheiro para uma coroa de flores.

Desde então, a disposição da loja havia mudado tanto que estava quase irreconhecível. Mas Falk ainda se lembrava de vir bater papo com ela no balcão sempre que encontrava uma desculpa, gastando dinheiro com coisas que não queria e das quais não precisava.

Em algum momento, as geladeiras antigas da loja haviam sido substituídas por expositores sem portas e Falk se demorou ao lado deles, sentindo parte da queimação evaporar de sua pele. Por dentro, no entanto, sua temperatura continuava desconfortavelmente alta, como uma febre que não passa. Por fim pegou duas garrafas de água, escolheu um sanduíche de queijo e presunto que parecia já um tanto ressecado e um muffin envolto em plástico.

Foi se virando para levar as compras até o balcão e gemeu baixinho ao se dar conta de que, mais uma vez, reconhecia quem estava por trás do caixa. Não via o vendedor desde que ambos se sentavam às carteiras de escola, nas mesmas salas de aula escaldantes.

O sujeito tinha menos cabelo hoje em dia, mas seus traços pesados ainda eram familiares. Fora um desses garotos que eram lentos de pensamento, mas rápidos de reação, recordou Falk tentando desesperadamente lembrar seu nome. Ele suspeitava, com uma pontada de culpa, que o homem havia sido alvo das piadas de Luke de vez em quando e que Falk nunca se dera ao trabalho de intervir. Colocou um sorriso forçado no rosto e foi se aproximando para colocar as compras sobre o balcão.

— Como vai, Ian? — perguntou, tirando o nome do sujeito do nada no último instante, ao mesmo tempo que puxava a carteira do bolso. Ian alguma coisa. Willis.

Willis fitou os artigos como se tivesse esquecido o que fazer com eles.

— É só isso, obrigado, amigo — disse Falk.

O outro não disse nada; em vez disso, ergueu a cabeça e olhou por cima do ombro de Falk.

— Próximo — gritou com voz clara.

Falk olhou à sua volta. Não havia mais ninguém na loja. Virou-se outra vez. Willis fitava, decidido, a meia distância. Falk foi invadido por uma onda de irritação. E por alguma outra coisa. Vergonha, quase.

— Tudo bem, cara. Eu não vou lhe causar nenhum problema. Só vou comprar isto daqui e sumo da sua vida — tentou Falk, outra vez, empurrando seu jantar um pouco mais por cima do balcão. — E não conto a ninguém que você me atendeu, palavra de escoteiro.

O homem continuou a olhar para além dele.

— Próximo.

— Sério? — Falk ouviu a raiva em sua própria voz. — Este vilarejo está definhando e você consegue se dar ao luxo de recusar uma venda, jura?

O vendedor desviou o olhar e transferiu o peso do corpo de um pé para o outro. Passou pela cabeça de Falk pegar os artigos e deixar o dinheiro em cima do balcão, quando Willis abriu a boca e disse:

— Eu soube que você tinha voltado. Mandy Vaser contou que você anda incomodando a molecada no parque. — Ele tentou soar enojado, mas não conseguiu disfarçar a satisfação maliciosa da voz.

— Você está brincando — disse Falk.

Seu velho companheiro de turma fez que não, voltando a encarar o vazio.

— Então, eu não estou interessado em te atender. Nem hoje, nem nunca.

Falk o olhou fixamente, se dando conta de que o sujeito devia estar esperando a oportunidade de se sentir superior a alguém há vinte anos e que não estava disposto a desperdiçá-la. Abriu a boca para discutir e fechou outra vez. Seria a própria definição de desperdício de energia.

— Esqueça. — Falk deixou as mercadorias em cima do balcão. — Boa sorte para você, Ian. Vai precisar, neste lugar. — O sino da porta tocou às suas costas quando ele voltou para o calor lá de fora.

Raco já havia guardado o telefone e olhou das mãos vazias de Falk para a expressão em seu rosto.

— O que foi que aconteceu?

— Mudei de ideia.

Raco olhou para a loja e outra vez para Falk, enquanto ia se dando conta do que havia acontecido.

— Quer que eu vá falar com ele?

— Não, esqueça. Obrigado do mesmo jeito. Te vejo amanhã. Pense num plano para Sullivan.

Falk se virou, mais chateado do que gostaria de admitir com a troca ocorrida na loja. De repente, estava louco para estar longe dali, embora a única coisa que estivesse à sua espera era uma longa noite em seu minúsculo quartinho do pub. Raco olhou mais uma vez para a loja, tentado, então olhou para Falk.

— Venha jantar lá em casa — disse. — Minha esposa está me azucrinando há dias para te convidar.

— Não, sério, está tudo bem...

— Meu amigo, ou eu discuto com você agora, ou discuto com ela mais tarde. Pelo menos no seu caso eu tenho alguma chance de ganhar o bate-boca.

Vinte e Cinco

Quarenta minutos mais tarde, Rita Raco colocava uma fumegante tigela de massa na frente de Falk. Ela se afastou depois de pousar os dedos com imensa leveza em seus ombros e retornou logo em seguida com uma garrafa de vinho. Sentaram-se ao ar livre, ao redor de uma pequena mesa de pinho coberta com uma toalha colorida, à medida que o céu adquiria um tom azul-índigo profundo. Os Raco moravam num antigo imóvel comercial localizado no outro extremo da rua principal e de onde dava para ir a pé até a delegacia. O jardim dos fundos tinha um arbusto de lavanda e um limoeiro, e luzinhas de Natal penduradas na cerca davam ao ambiente um brilho festivo.

A luz se derramava pelas janelas da cozinha e Falk observava Rita desaparecer para dentro para pegar isso e aquilo. Tentou ajudá-la, mas ela o dispensou com um aceno da mão e um sorriso. Uma mulherzinha minúscula e compacta com uma auréola de brilhosos cabelos castanhos que despencavam sobre seus ombros, ela acariciava a barriga de grávida instintivamente. Parecia possuir uma enorme reserva de energia e, apesar da gravidez, passava com desenvoltura de uma tarefa a outra dentre a dúzia que realizava com igual eficiência.

Quando sorria, o que era frequente, uma covinha profunda surgia em sua bochecha esquerda, e quando ela colocou a comida diante dele, Falk já havia percebido por que Raco era apaixonado por ela. Quando começaram a comer – uma rica mistura de tomates, berinjelas e linguiça temperada regada a um Shiraz decente – até ele se apaixonou um pouco.

O ar noturno estava quente, mas a escuridão pareceu absorver um pouco do calor. Rita bebericava água mineral e olhava para o Shiraz com desejo, mas inabalável bom humor.

— Ah, o que eu não daria. Já faz tanto tempo — disse ela e riu diante da expressão de reprovação do marido. Ela estendeu a mão e acariciou a nuca de Raco até ele sorrir. — Ele está tão preocupado com o bebê — disse ela para Falk. — É tão superprotetor e ela ainda nem nasceu.

— É para quando? — perguntou Falk. Para seus olhos inexperientes, ela parecia a ponto de dar à luz.

— Daqui a quatro semanas. — Seu olhar cruzou com o do marido e ela sorriu. — Ainda tenho quatro longas semanas à minha frente.

Com boa comida, a conversa fluiu com facilidade. Conversaram sobre política, religião, futebol. Tudo, menos o que estava acontecendo em Kiewarra. Tudo menos os Hadler. Foi só quando Raco tirou a mesa e desapareceu para dentro de casa com os pratos que Rita finalmente perguntou:

— Me diga uma coisa. E seja sincero, por favor. Vai ficar tudo bem?

Ela olhou em direção à porta da cozinha e Falk percebeu que ela não falava só do caso Hadler.

— Olhe, nunca é fácil ser policial numa comunidade pequena — respondeu Falk. — É um trabalho ingrato em vários sentidos. Tem política envolvida, gente que sabe demais sobre os outros. Mas o seu marido está fazendo um excelente serviço. Sério. Ele é inteligente. Genuinamente dedicado. A chefia reconhece coisas desse tipo. Ele vai longe.

— Ah. — Com um barulhinho desdenhoso e um aceno da mão, Rita desconsiderou o comentário cuidadosamente. — Ele não se preocupa tanto com isso. O pai dele foi policial numa comunidade pequena a vida toda. Num pontinho minúsculo do mapa, em algum lugar próximo da fronteira no sul da Austrália. Você não conhece. Ninguém conhece. — Seus olhos mais uma vez se dirigiram à porta da cozinha. — Mas, pelo que eu soube, ele era muito respeitado. Cuidava da cidade como um patriarca firme, porém justo, e, por isso mesmo, amado até se aposentar e depois.

Ela fez uma pausa. Estendeu o braço e repartiu os últimos restos do vinho entre o copo de Falk e o seu.

— Shh — disse, levando o dedo aos lábios enquanto erguia o copo. Falk sorriu.

— Foi lá que vocês se conheceram? No sul da Austrália?

— Foi, mas não naquela cidade. Ninguém jamais iria lá — disse ela, com naturalidade. — Foi no restaurante dos meus pais, em Adelaide. Ele estava trabalhando perto. Foi o primeiro posto dele com a polícia e ele era tão *educado*. Tão ansioso por dar orgulho ao pai. — Ela sorriu diante da recordação e virou o copo até o fim. — Mas estava se sentindo sozinho e costumava ir ao nosso restaurante o tempo todo, até eu ficar com pena dele e deixá-lo me convidar para tomar um drinque. — Ela esfregou a mão por cima da barriga. — Ele esperou eu terminar o meu mestrado e nós nos casamos logo em seguida. Isso faz dois anos.

— Mestrado em quê?

— Farmacologia.

Falk hesitou. Ficou sem saber como fazer a pergunta. Rita o salvou.

— Eu sei — começou ela, com um sorriso. — O que é que eu estou fazendo grávida e de pés descalços aqui no meio do nada quando eu poderia colocar as minhas qualificações em prática? — Ela deu de ombros. — É pelo meu marido e não é para sempre. As ambições dele, sabe, não são as mesmas de alguns outros. Ele venera o pai e é o mais novo de três filhos, então eu acho que ele sente (e na minha opinião, está errado), que sempre tem de brigar pela atenção do pai. Então a gente se mudou para esta cidadezinha rural e ele tinha muita esperança de que seria do mesmo jeito que foi para o pai dele, só que quase que imediatamente tudo deu tão... — ela hesitou —... errado. Ele tem um peso constante sobre os ombros. Foi ele que achou o corpo daquele garotinho, ele contou?

Falk fez que sim.

Rita estremeceu, apesar do calor.

— Eu digo a ele o tempo todo, sempre falo: o que está acontecendo neste lugar não é culpa sua. Este lugar é diferente. Não é igual à comunidade do seu pai.

Rita ergueu as sobrancelhas e Falk assentiu com a cabeça. Ela sacudiu a dela e mostrou metade de uma covinha.

— Ainda assim. O que eu posso fazer? É complexo demais para a lógica, não é mesmo? O relacionamento de um homem com o pai?

Raco reapareceu à porta enquanto ela falava. Trazia três canecas de café.

— Coloquei as panelas de molho. Sobre o que vocês estão conversando?

— Eu estava dizendo que você se coloca sob pressão demais para viver de acordo com os padrões do seu pai — respondeu Rita, estendendo a mão para alisar os cabelos cacheados do marido. A covinha retornou. — Seu parceiro aqui concorda comigo.

Falk, que não expressara opinião nem a favor e nem contra, decidiu que Rita provavelmente tinha razão. Raco ruborizou ligeiramente, mas moveu a cabeça para chegar mais perto da mão da esposa.

— Não é bem assim.

— Está tudo bem, meu amor. Ele compreende. — Rita tomou um gole de café e olhou por cima da borda para Falk. — Não é? Quer dizer, até certo ponto é por isso que você mesmo está aqui, não é? Pelo seu pai.

Fez-se um silêncio perplexo.

— Meu pai está morto.

— Ah, eu sinto muito. — Rita olhou para ele, seus olhos cheios de compaixão. — Mas com certeza isso não torna o que eu disse menos verdadeiro. A morte raramente muda como nos sentimos sobre alguém. É mais comum que acentue o sentimento.

— Meu amor, do que você está falando? — perguntou Raco dando-lhe uma cotoveladinha amigável ao mesmo tempo que pegava a garrafa vazia. — Eu sabia que você não devia ter bebido nem um gole disso.

Rita franziu as sobrancelhas ligeiramente, hesitando. Olhou de Falk para o marido e outra vez para Falk.

— Me desculpe — disse ela. — Talvez eu tenha entendido tudo errado. É só que eu ouvi os boatos, é claro, sobre a sua amiga que morreu muito nova. Dizem que seu pai sofreu muito, que ele próprio foi acusado, teve de levar você embora, deixar a própria casa para trás. Isso deve ter causado algum... atrito. E, mesmo agora, com esses folhetos horríveis sendo espalhados pela cidade com a foto dele. — Ela se deteve. — Eu peço desculpas. Me ignore, por favor. Eu vivo enxergando coisas a mais nas situações.

Por um bom tempo, ninguém disse nada.

— Não, Rita — disse Falk, enfim. — Na verdade, eu acho que você entendeu tudo muito bem.

A caminhonete de Mal Deacon preencheu o retrovisor durante mais de cem quilômetros ao longo da estrada que deixava Kiewarra. Erik, pai de Aaron, dirigia com um dos olhos grudados no reflexo do espelho e as duas mãos agarradas ao volante.

Aaron seguia mudo no assento do carona, ainda se recuperando das intempestivas despedidas com Luke e Gretchen. Os objetos de casa da família Falk tilintavam e chacoalhavam na traseira do carro. Tudo o que conseguiram fazer caber no veículo. Já distante, a casa havia sido trancada e protegida da melhor forma possível. O rebanho de ovelhas havia sido repartido entre quaisquer vizinhos dispostos a assumi-lo. Aaron tinha medo de perguntar em voz alta se o arranjo era temporário ou para sempre.

Só uma vez, no início da jornada, Erik diminuíra bem a velocidade para encorajar Deacon a ultrapassá-lo, como se aquele fosse um passeio normal, num dia qualquer. Em vez disso, o utilitário branco e sujo fora avançando em ritmo constante até bater no para-choque traseiro com um impacto que atirou a cabeça de Aaron para a frente. Erik não voltou a diminuir a velocidade.

Mais ou menos uma hora se passou até que Deacon desceu a mão na buzina de repente, dando um toque contínuo. Foi aproximando a caminhonete, o veículo gigantesco assomando o retrovisor do lado de Aaron, enquanto o barulho ensurdecedor ecoava pela estrada deserta. Com o cérebro embotado por aquela barulheira, Aaron pressionou as palmas das mãos no porta-luvas, preparando-se para a inevitável porrada que viria da traseira. Ao seu lado, o pai tensionava a mandíbula. Os segundos se estenderam e quando Aaron achou que não ia mais aguentar, o barulho parou. O silêncio repentino retumbou em seus ouvidos.

No retrovisor, viu Deacon baixar a janela e estender o braço lentamente e, logo, o dedo do meio. Manteve-o assim por uma eternidade, esticado contra o vento. Então, por fim, seu reflexo finalmente foi ficando cada vez menor no espelho, até sumir de vista.

— Meu pai odiava Melbourne — disse Falk. — Na verdade, nunca se acostumou com a cidade. Encontrou trabalho gerenciando a cadeia de fornecimento de um negócio agrícola, mas aquilo simplesmente sugou a vida dele.

Falk fora transferido para a escola secundária mais próxima para terminar seu último ano. Distraído e desanimado, ele mal se lembrava de ter segurado uma caneta, quanto mais de erguer a mão em sala de aula. Prestou seus exames finais e se formou com notas boas, mas não excepcionais.

— Eu consegui me adaptar um pouco melhor que o meu pai. Ele realmente se sentia sozinho lá. Mas nós nunca conversávamos a respeito. Nós dois meio que nos fechamos em nós mesmos e seguimos em frente com a vida. Isso não ajudou.

Rita e Raco o olharam por cima da mesa. Rita estendeu a mão e a colocou sobre a de Falk.

— Eu tenho certeza de que qualquer que tenham sido os sacrifícios que ele fez por você, ele achou que valeram a pena.

Falk inclinou a cabeça uma fração.

— Obrigado por dizer isso, mas não sei se ele concordaria.

Aaron continuou a olhar pelo retrovisor enquanto seguiam em silêncio. Deacon não voltou a aparecer. Depois de uma hora dessa calmaria, seu pai freou bruscamente, atirando Aaron de encontro ao cinto de segurança e, com os pneus cantando, parou a caminhonete no acostamento da estrada deserta.

Aaron deu um pulo na poltrona quando Erik Falk esmurrou o volante. O pai lhe pareceu mais pálido do que de costume e sua testa brilhava com uma camada de suor. Erik girou no assento e, com um movimento ágil, estendeu a mão e agarrou a camisa do filho. Aaron sufocou um grito enquanto mãos que nunca haviam sido erguidas contra ele num momento de raiva agora torciam o tecido e o puxavam para perto.

— Eu só vou perguntar isso uma vez, então me conte a verdade.

Aaron nunca ouvira aquele tom na voz do pai. Ele soava enojado.

— Foi você?

O choque da pergunta se espalhou como uma força física pelo peito de Aaron e ele teve a sensação de que ia sufocar. Forçou-se a sorver o ar, mas os pulmões estavam comprimidos. Por um instante, não conseguiu falar.

— O quê? Pai...

— Responda.

— Não!

— Você teve alguma coisa a ver com a morte daquela menina?

— Não. Não, pai. É claro que não, caramba!

Aaron sentiu seu próprio coração ribombar de encontro aos punhos do pai. Pensou nos objetos mais preciosos que possuíam se chocando na traseira da caminhonete, no adeus apressado para Luke e Gretchen. Em Ellie, que ele nunca mais veria e em Deacon, que ele continuava a procurar pela janela traseira. Sentiu uma onda de raiva e tentou se livrar da mão do pai.

— Não fui eu. Meu Deus, como você pode me perguntar uma coisa dessas?

O pai de Aaron não o soltou.

— Você tem alguma ideia de quantas pessoas me perguntaram sobre o bilhete que a menina morta escreveu? Amigos meus. Gente que eu conheço há anos. Anos. Que passou a atravessar a rua quando me via. Tudo por causa daquele bilhete. — Ele apertou a mão ainda mais. — Então você me deve, sim, uma explicação. Por que o seu nome estava naquele bilhete?

Aaron chegou o corpo para a frente. Pai e filho, cara a cara. E ele abriu a boca.

— Por que o seu estava?

— E nós nunca mais fomos os mesmos depois disso — disse Falk. — Eu tentei algumas vezes ao longo dos anos. Pode ser que ele também tenha tentado, do seu próprio jeito. Mas a gente não conseguiu consertar as coisas. Paramos de tocar no assunto, nunca mais mencionamos Kiewarra. Fingimos que não existia, fingimos que nada daquilo tinha acontecido. Ele aturava Melbourne, me aturava, então morreu. E foi isso.

— Como você ousa? — Os olhos do pai de Aaron brilhavam de fúria e havia uma intensidade indescritível em sua expressão. — A

sua mãe está enterrada naquela cidade. Meu Deus, aquela fazenda foi construída pelos seus avós. Meus amigos e a minha vida estão lá. Não ouse jogar essa coisa em cima de mim.

Aaron sentiu o sangue pulsar em sua cabeça. Seus amigos. Sua mãe. Ele havia deixado quase o mesmo tanto para trás.

— Então por que nós estamos fugindo? — Ele agarrou o punho do pai e o arrancou à força de sua camisa. Dessa vez, conseguiu. — Por que você está fazendo a gente sair com o rabo entre as pernas? Isso só faz a gente parecer culpado.

— Não, é aquele bilhete que faz a gente parecer culpado. — Erik encarou Aaron com severidade. — Então me conte a verdade. Você estava mesmo com Luke?

Aaron se forçou a olhar dentro dos olhos do pai.

— Estava.

Erik Falk abriu a boca. Então fechou. Olhou para o filho como se nunca o tivesse visto antes. Dentro do carro, o ar havia se transformado numa coisa tangível e apodrecida. Ele sacudiu a cabeça uma única vez, virou de frente para o volante e deu partida no motor.

Dirigiram o resto do caminho sem trocar uma única palavra. Aaron, ardendo de raiva, de vergonha e de mil outras coisas, fitou o retrovisor pelo resto da viagem.

Parte dele ficou desapontada por Mal Deacon não ter voltado a aparecer.

Vinte e Seis

Quando já estava quase chegando ao seu quarto depois de voltar dos Raco, Falk sentiu uma necessidade urgente de tomar banho. O passado o cobria como uma camada de fuligem. Fora um dia longo e parecia ser ainda mais tarde do que era. O bar ainda estava no auge de seu movimento quando ele passou discretamente e subiu as escadas.

No banho, seu corpo mostrou os sinais da exposição ao sol de Kiewarra. A pele dos antebraços, o pescoço, o V da gola. O que havia sido pálido agora era de um vermelho raivoso.

Debaixo da água corrente, os primeiros murros em sua porta foram quase inaudíveis. Falk fechou as torneiras e ficou ali nu, escutando. Mais uma série de socos soaram, dessa vez mais altos.

— Falk! Rápido! — A voz abafada veio acompanhada de mais uma rodada de batidas. — Você está aí dentro?

Ela agarrou uma toalha e quase escorregou no chão molhado. Escancarou a porta e encontrou um McMurdo sem fôlego com o punho já erguido para bater outra vez.

— Lá embaixo. — O barman ofegava. — Rápido. — E saiu em disparada, descendo as escadas dois degraus de cada vez. Falk vestiu uma bermuda e uma camiseta e calçou os tênis sem se dar ao trabalho de se secar e bateu a porta às suas costas.

O bar estava mergulhado em caos. Havia cadeiras viradas e cacos de vidro brilhavam no chão. Alguém estava encolhido num canto com as mãos por cima do nariz ensanguentado. McMurdo estava ajoelhado tentando separar dois homens que brigavam. À sua volta, um semicírculo de clientes foi apagando lentamente os sorrisos dos rostos quando Falk deu dois passos até o meio do salão.

A súbita diminuição de volume distraiu os dois homens que rolavam pelo chão e McMurdo conseguiu se enfiar entre eles. Apartou-os e cada um ficou jogado num canto diferente, respirando com dificuldade.

O olho de Jamie Sullivan já começava a inchar, distorcido num formato bulboso. Seu lábio inferior abrira e ele tinha arranhões nas bochechas.

À sua frente, Grant Dow sorriu para logo em seguida fazer uma careta de dor ao apalpar a mandíbula dolorida com todo o cuidado. Parecia ter levado a melhor entre os dois e sabia disso.

— Certo. Você e você. — Falk apontou para os dois espectadores que lhe pareceram menos bêbados. — Levem Sullivan até o banheiro e o ajudem a limpar esse sangue da cara. Depois, tragam ele de volta para cá. Entenderam?

Eles ajudaram Sullivan a se levantar. Falk se virou para Dow.

— Você. Vá se sentar ali e espere e... não. Cale a boca. O melhor para você, neste momento, é manter essa boca fechada. Está me ouvindo?

Falk se virou para McMurdo.

— Me arrume um pano limpo, por favor, e sirva muita água para todo mundo. Em copos plásticos.

Falk levou o pano para o homem que se encontrava no canto, dobrado ao meio e segurando o nariz.

— Fique reto, amigo — disse Falk. — Isso, isso. Tome. Segure isto.

O homem ergueu o corpo e afastou as mãos. Falk piscou aturdido quando o rosto ensanguentado de Scott Whitlam surgiu.

— Caramba, como você se meteu nessa?

Whitlam tentou dar de ombros, mas se encolheu de dor.

— *Taba do* lugar errado *da* hora errada — disse ele, apertando o pano de encontro ao nariz.

Falk se virou e olhou com severidade para o grupo de curiosos.

— Eu sugiro que o resto de vocês dê o fora daqui o mais rápido possível — avisou.

Raco foi forçando passagem para dentro do aposento à medida que esvaziava. Vestia a mesma camiseta que usara no jantar, mas os cabelos encaracolados estavam espetados de um dos lados da cabeça e seus olhos estavam injetados.

— McMurdo me ligou. Eu estava dormindo. Vamos precisar de uma ambulância? Estou com o dr. Leigh de sobreaviso.

Falk olhou à sua volta. Sullivan havia retornado do banheiro e ergueu os olhos com expressão preocupada ao ouvir o nome do médico. Os outros dois estavam encurvados para a frente em suas cadeiras.

— Não, eu acho que não — respondeu ele. — A não ser que você tenha medo de que dois dos três tenham tido morte cerebral. O que foi que aconteceu? — Ele se virou para McMurdo.

O barman revirou os olhos.

— Nosso amigo ali, sr. Dow, parece acreditar que o único motivo de estar sob suspeita de matar os Hadler é o fato de Jamie Sullivan não ter colhão de confessar. Então, decidiu que este era o momento de encorajá-lo.

Falk caminhou até Dow.

— O que foi que aconteceu aqui?

— Um mal-entendido.

Falk se aproximou para que sua boca chegasse bem perto do ouvido de Dow. Sentiu o cheiro de álcool entranhado diversas camadas abaixo dos poros do homem.

— Se a gente está te incomodando, Grant, é só nos dar um motivo decente para ela ter escrito o seu nome.

Dow soltou uma risada amarga. Seu hálito fedia.

— Isso é muito engraçado vindo de você. Está falando do motivo decente que você nunca deu para aquele bilhete que Ellie deixou? Não. — Ele sacudiu a cabeça. — Eu podia dar mil motivos, amigo, e ainda assim você não iria embora. Você não vai ficar satisfeito até conseguir jogar a culpa do que aconteceu com os Hadler em mim ou no meu tio.

Falk chegou o corpo para trás.

— Tome cuidado. Continue falando esse tipo de coisa e vai acabar interrogado formalmente, fichado e tendo de lidar com um monte de aporrinhações legais, está me entendendo? — Falk estendeu a mão. — Chaves.

Grant ergueu os olhos incrédulo.

— Sem chance.

— Você pode pegá-las amanhã na delegacia.

— São mais de cinco quilômetros até a minha casa — protestou Grant, segurando-as na mão.

— Problema seu. Aproveite a caminhada — disse Falk, tirando as chaves de dentro da imensa mão de Grant e enfiando-as no bolso. — Agora, fora daqui.

Ele voltou a atenção para Sullivan e Whitlam, que recebiam os cuidados não muito habilidosos de McMurdo e Raco.

— Você quer nos contar o que aconteceu, Jamie? — perguntou Falk.

Sullivan fitou o chão com o olho bom.

— Como ele disse, foi um mal-entendido.

— Eu não estou me referindo a esta noite.

Não houve resposta. Falk deixou o silêncio se estender.

— Isso só vai piorar para você.

Nada.

— Muito bem — concluiu Falk. Ele estava suado, molhado do banho e de saco cheio. — Esteja na delegacia amanhã, às dez. Nós precisamos conversar com você de qualquer maneira. E me deixe ir logo avisando uma coisa, cara: eu pensaria bastante entre hoje e amanhã sobre onde você esteve naquele dia.

A expressão de Sullivan desmontou. Ele parecia prestes a chorar. Falk trocou um olhar com Raco.

— Eu te levo em casa, Jamie — disse Raco. — Vamos, eu te ajudo a se levantar.

Sullivan se deixou ser carregado para fora do bar. Não olhou para ninguém. Por fim, Falk se virou para Whitlam, que parecia envergonhado, escondido por trás do pano.

— Acho que o sangramento parou — disse Whitlam, testando o nariz, cuidadosamente.

— Vamos ver. — Falk deu uma olhada, tentando recordar seu treinamento de primeiros socorros. — Bem, desde que você não tenha de tirar retrato para a escola tão cedo, acho que vai sobreviver.

— Valeu.

— Não vamos precisar te arrastar até a delegacia amanhã também, vamos?

— Eu não, chefe. — Whitlam ergueu as mãos. — Eu não passo de um espectador inocente. Estava saindo do banheiro e os dois se jogaram em cima de mim. Nem vi eles chegarem. Me desequilibrei e caí de cara numa cadeira.

— Ok — disse Falk, ajudando Whitlam a se levantar. O homem estava um pouco vacilante. — Mas não sei se você devia dirigir.

— Eu vim de bicicleta.

— Moto?

— Que nada. Eu sou professor. Pedal.

— Certo. Vamos lá.

Não havia muito espaço, mas eles conseguiram enfiar a bicicleta na mala do carro de Falk virando o guidão um pouco. Percorreram as ruas desertas praticamente em silêncio.

— Alguma sorte com as câmeras de circuito fechado? — perguntou Whitlam, finalmente, tossindo ao tentar respirar pelo nariz.

— Ainda estamos olhando tudo — disse Falk. — Obrigado pela sua ajuda com isso.

— Sem problema. — Viu seu rosto inchado como um reflexo distorcido quando olhou pela janela para o imenso vazio. — Nossa, eu espero que essa história termine logo. Este lugar parece um pesadelo.

— As coisas vão melhorar — mentiu Falk, automaticamente.

— Será que vão? — perguntou Whitlam. Ele estava encolhido em seu assento, tocando o nariz com cuidado. — Não sei. Eu me lembro de quando eu me preocupava com coisas normais. Placares de futebol e reality shows na TV. Parece inacreditável. Agora é a escola, a falta de financiamentos, a eterna corrida atrás de dinheiro. Crianças pequenas aparecendo mortas, caramba.

Whitlam continuou a olhar fixamente pela janela até pararem em sua casa. No alpendre, uma luz acesa lhes deu as boas-vindas. Uma expressão de alívio atravessou o rosto machucado dele. Estava em casa.

Falk, exausto e desconfortável dentro daquelas roupas grudentas, foi atingido por uma enorme vontade de estar em sua própria casa.

— Obrigado por me trazer. Quer entrar e tomar um drinque? — perguntou Whitlam enquanto saltavam do carro, mas Falk fez que não com a cabeça.

— Outra hora, obrigado. Por hoje, já chega.

Falk abriu a mala do carro e sacudiu a bicicleta, mexendo o guidão para lá e para cá até ela se soltar.

— Desculpe pela bagunça que ela fez — disse Whitlam, estudando o forro no escuro.

— Não se preocupe com isso. Você vai ficar bem? Com relação ao nariz e tudo o mais?

Whitlam virou a bicicleta e tentou sorrir.

— Claro, eu vou sobreviver. Desculpe se estou meio melancólico. Deve ser efeito do paracetamol.

— Não vai ser sempre assim. Você só deu azar de ser pego no olho do furacão.

— Mas aí é que está, não é mesmo? Ninguém pode controlar o efeito cascata de um troço como este. — A voz de Whitlam soou pesada e Falk não soube dizer se era só o nariz. — É quase engraçado. Eu estou aqui, sentindo pena de mim mesmo, aí eu penso no coitado do Billy. Isso sim é que é pegar a rebarba de alguma coisa. Eu vou lhe dizer, o que quer que estivesse acontecendo naquela casa, com Luke, com a seca, com a fazenda... seja lá qual tiver sido o motivo, aquele garotinho nunca devia ter sido atingido.

No fim da entrada de carros, a porta da frente se abriu e Sandra surgiu emoldurada pela luz. Ela acenou. Whitlam se despediu e Falk o observou empurrar a bicicleta caminho acima. Ainda parecia um pouco trêmulo. Quando Falk entrou no carro, seu telefone bipou uma vez. Era uma mensagem de texto de Raco. Falk leu as palavras e bateu no volante, satisfeito.

Quer saber o que Jamie Sullivan estava fazendo naquele beco? Me ligue assim que puder.

Vinte e Sete

O homem já esperava pacientemente do lado de fora da delegacia quando Falk e Raco chegaram na manhã seguinte.

— Dr. Leigh. — Raco apresentou Falk. — Obrigado por vir.

— Tudo bem. Mas vai ter de ser rápido, se não se importarem. Minha agenda está cheia hoje, no consultório. E mais tarde eu tenho plantão.

Raco não disse nada, apenas sorriu educadamente e destrancou a porta da delegacia. Curioso, Falk olhou para o médico. Ainda não havia conhecido o clínico geral da cidade, mas reconhecia seu nome do relatório dos assassinatos dos Hadler. Foi o primeiro médico a chegar à cena do crime. Estava na casa dos 45 anos, cabelos cheios e a aparência saudável de quem pratica o que prega.

— Eu trouxe as anotações sobre os Hadler. — O dr. Leigh colocou uma pasta em cima da mesa da sala de interrogatórios. — É por isso que queriam me ver, não era? Algum progresso?

Ele se sentou em um dos assentos que lhe foram oferecidos e cruzou as pernas, relaxado. Tinha uma vara de ferro como coluna e uma excelente postura.

— Algum. — Dessa vez, o sorriso de Raco não chegou aos olhos. — Dr. Leigh, podia nos dizer por favor, onde estava na tarde do dia 22 de fevereiro?

Jamie Sullivan se viu sozinho no seu terreno enquanto olhava a picape de Luke Hadler desaparecer no horizonte. Enquanto ela sumia, ele tirou o celular do bolso e enviou uma única mensagem de texto. Esperou. Dois minutos depois, o telefone vibrou com uma resposta. Sullivan fez um pequeno aceno com a cabeça e saiu em direção ao seu próprio 4×4.

Um lampejo de surpresa atravessou o rosto do médico e ele deu um sorriso confuso.

— Você sabe onde eu estava naquela tarde. Estava com você na cena dos assassinatos dos Hadler.

— E duas horas antes disso?

Uma pausa.

— Estava no consultório.

— Com pacientes?

— Mais cedo, sim. Depois eu descansei um pouco no apartamento que fica acima do consultório durante algumas horas.

— Por quê?

— Como assim? É muito comum quando eu dou dois turnos. Ter plantão cedo e tarde é exaustivo. Como vocês mesmos certamente devem saber.

Raco não esboçou a menor reação diante da tentativa do outro de encontrar um denominador comum entre eles.

— Alguém pode confirmar isso?

Sullivan percorreu a curta distância até a cidade. Não passou ninguém nas estradas rurais e apenas um punhado de veículos se aproximou do centro. Antes de chegar à rua principal, dobrou à direita e pegou um beco que ficava por trás de uma fileira de lojas. Sabia que estava sendo excessivamente cuidadoso. Ninguém pensaria duas vezes se visse seu carro na cidade. Mas a necessidade do segredo permanecia marcada em sua pele como uma cicatriz; agora era impossível fazer diferente. Acima de sua cabeça, numa parede do lado de fora da farmácia, uma câmera de circuito fechado de TV piscou quando ele passou de carro.

O dr. Leigh inclinou o corpo para a frente, franzindo a testa. Cutucou o canto da pasta dos Hadler com os dedos longos, sem saber se devia abri-la.

— Sério, do que se trata isso?

— O senhor poderia responder? — disse Raco. — Estava sozinho no apartamento do escritório naquela tarde?

Leigh olhou de Raco para Falk e outra vez para Raco.

— Eu devo ligar para minha advogada? Ela deve estar presente? — Havia um tom de desafio em sua voz.

— Isso — começou Raco — seria prudente.

O dr. Leigh afastou o corpo da mesa como se tivesse tomado um choque.

Sullivan estacionou o carro na garagem que estava sempre vazia e destrancada à sua espera. Saltou e desceu a porta de loja para esconder seu carro, fazendo uma careta diante do berro do metal contra metal enquanto ela ia se fechando. Esperou um instante. Nada reagiu. O beco estava vazio.

Sullivan seguiu até a porta não identificada que ficava ao lado da entrada de serviço do consultório e tocou a campainha. Olhou para a esquerda e para a direita. Um instante depois, a porta se abriu. Dr. Leigh sorriu para ele. Esperaram até a porta estar bem fechada antes de se beijarem.

Leigh fechou os olhos e esfregou o indicador no nariz. Sua excelente postura deu uma pequena encurvada.

— Muito bem. Pelo visto vocês já estão a par da situação. Então, é isso. Eu não estava sozinho no apartamento aquela tarde. Estava com Jamie Sullivan.

Raco fez um barulho que era metade frustração, metade satisfação e se recostou em sua cadeira. Sacudiu a cabeça, incrédulo.

— Até que enfim. Você tem alguma ideia de quantas horas nós gastamos... nós *desperdiçamos* correndo atrás da história de Sullivan?

— Eu sei. Sei, mesmo. Eu sinto muito. — O médico parecia estar sendo sincero.

— Você sente? Três pessoas morreram, meu amigo. Você estava lá comigo. Viu os corpos. Aquele coitado daquele garotinho. Seis anos e teve a cabeça estourada por um tiro. Como você pôde nos deixar correndo atrás do próprio rabo? Sabe-se lá o tamanho do estrago que você conseguiu fazer.

O médico, sentado na cadeira, balançou ligeiramente como se tivesse sido atingido por uma força física.

— Você tem razão — concordou Leigh. Roeu a unha do polegar e parecia próximo às lágrimas. — Você não acha que eu quis dizer alguma coisa na mesma hora? Assim que eu soube que vocês estiveram na casa de Jamie fazendo perguntas? É claro que ele devia ter contado para vocês no mesmo instante. *Eu* devia ter contado. Mas acho que nós entramos em pânico. Nós não falamos na hora e, aí, o tempo foi passando e eu... nós... acabamos não sabendo como falar.

— Bem, eu espero que a demora tenha valido Jamie ter tido o rosto arrebentado ontem à noite — disse Raco.

Leigh ergueu a cabeça, chocado.

— Ah, você não soube? — Raco foi em frente: — Pois é, ele se meteu numa briga de bar. Foi o único motivo de ter me contado o que aconteceu de fato. Foi a cabeça dele e não a consciência que levou uma porrada. Você podia ter nos poupado disso tudo há dias. Deviam ter vergonha, os dois.

O médico cobriu os olhos com a mão e ficou assim por um bom tempo. Falk se levantou e foi pegar um copo de água para ele que, agradecido, bebeu de uma só vez. Eles esperaram.

— Você achou que não podia nos contar na ocasião. É hora de nos contar agora — disse Falk, sem ser descortês.

Leigh assentiu com a cabeça.

— Jamie e eu estamos juntos há uns dezoito meses. Romanticamente. Mas mantivemos a coisa discreta, é óbvio — disse ele. — Começou quando ele passou a levar a avó para se consultar comigo com mais frequência. Ela estava piorando e ele estava tendo dificuldades com ela sozinho. Precisava de apoio e de alguém com quem conversar e a coisa cresceu daí. Quer dizer, eu sempre suspeitei que ele talvez fosse gay, mas, por aqui... — Leigh se interrompeu e sacudiu a cabeça. — De qualquer forma, eu sinto muito, nada disso importa. No dia em que os Hadler foram mortos, eu dei consultas até às quatro, depois tive um intervalo. Jamie me mandou uma mensagem de texto e eu pedi que ele viesse me encontrar. A gente fazia isso sempre. Ele chegou e nós conversamos um pouco. Tomamos uma bebida gelada. Então fomos para a cama.

Sullivan estava se secando no banheiro minúsculo depois do banho quando o telefone de emergência do apartamento tocou. Ouviu Leigh atender. A conversa abafada foi breve e urgente. O médico enfiou a cabeça pelo vão da porta do banheiro com o rosto tomado por preocupação.

— Eu preciso ir. Houve um acidente com arma de fogo.

— Que merda, sério?

— É. Olhe, Jamie, eu preciso lhe contar que foi na casa de Luke Hadler.

— Você está brincando. Eu estive com ele há pouco. Ele está bem?

— Não sei os detalhes. Eu te ligo. Vá embora quando quiser. Te amo.

— Também te amo.

E ele se foi.

Sullivan se vestiu com dedos trêmulos e foi para casa. Ele havia visto um acidente com arma de fogo antes. Um amigo de um amigo do pai. O cheiro ácido e ocre de sangue invadira suas narinas e ficara ali pelo que parecera uma eternidade. A lembrança foi quase o bastante para invocar aquele cheiro quente e enjoativo outra vez. Jamie assoava o nariz quando chegou em casa e deu de cara com dois caminhões de bombeiros do lado de fora. Um bombeiro com roupas de proteção o recebeu quando ele correu para a porta.

— Está tudo bem, meu amigo, sua avó está bem. Já a parede da sua cozinha, é outra história.

— Depois que vocês foram à casa de Jamie fazer aquelas perguntas, ele me ligou, assustado — disse Leigh. — Contou que o pegaram desprevenido e que tinha mentido para vocês sobre onde tinha estado.

Leigh olhou os dois nos olhos.

— Não tem desculpa para uma coisa dessas. Eu sei disso e ele também. Mas eu peço a vocês que, por favor, não nos julguem com muita severidade. Quando a gente mente a respeito de uma coisa há tanto tempo, mentir se torna natural.

— Eu não estou julgando vocês por serem gays, mas por terem desperdiçado o meu tempo quando uma família está morta — disse Raco.

O médico fez que sim.

— Eu sei. Se eu pudesse voltar no tempo e fazer as coisas de outra forma, eu faria. É claro que faria. Eu não sinto vergonha de ser gay — acrescentou ele. — E Jamie... ele está chegando lá. Mas tem muita gente em Kiewarra que pensaria duas vezes antes de deixar que uma bicha atenda eles ou os filhos. Ou de querer se sentar ao lado de uma no Fleece. — Leigh olhou para Falk. — Você já viu, em primeira-mão, o que acontece quando uma pessoa chama a atenção por aqui. Era só isso que a gente queria evitar.

Mandaram o médico seguir seu caminho. Falk pensou um instante, então saiu correndo da delegacia atrás dele.

— Ei, antes de você ir, quero fazer uma pergunta sobre Mal Deacon. Qual é o grau de gravidade da demência dele?

Leigh fez uma pausa.

— Não posso discutir isso com você.

— Mais uma coisa para a lista, não é mesmo?

— Eu sinto muito. Eu gostaria. Mas realmente não posso. Ele é meu paciente.

— Não estou pedindo nada de específico. Observações gerais servem. Que tipo de coisas ele consegue lembrar? Dez minutos atrás, mas não dez anos? Ou vice-versa?

Leigh hesitou, olhando para trás, em direção à delegacia.

— Falando de forma muito geral, pacientes na faixa dos setenta anos exibindo sintomas similares aos de Mal tendem a sofrer uma deterioração de memória razoavelmente rápida. O passado distante pode ser mais claro do que acontecimentos mais recentes, mas com frequência as lembranças se misturam e se confundem. Não são confiáveis, se é o que você está perguntando. Falando de uma forma geral, quer dizer.

— Ele vai morrer disso? É a última pergunta, eu prometo.

Leigh pareceu ficar aflito. Olhou à sua volta. A rua estava praticamente deserta. Baixou a voz.

— Não diretamente. Mas complica bastante a saúde. Asseio pessoal básico, nutrição, tudo isso fica comprometido. Eu suspeitaria que um paciente que já chegou nessa fase teria um ano de vida, talvez um pouco mais. Talvez menos. Também não ajuda muito o paciente ter tomado entre um e três drinques por dia durante toda a sua vida adulta. No geral, claro.

Ele assentiu uma única vez com a cabeça como se colocasse, assim, um ponto final na conversa e deu meia volta. Falk deixou que ele se fosse.

— Os dois deviam ser acusados. Ele e Sullivan — disse Raco quando ele voltou para a delegacia.

— É, deviam. — Mas os dois sabiam que isso não aconteceria.

Raco se recostou na cadeira e cobriu o rosto com as duas mãos. Deixou escapar um enorme suspiro.

— Caramba. Que diabos a gente faz agora?

Fingindo para ele mesmo que não estavam em mais um beco sem saída, Falk ligou para Melbourne. Uma hora depois, estava com a lista de todos os utilitários de cor clara registrados em Kiewarra no ano que Ellie Deacon morreu. Eram 109.

— Além de qualquer um de fora da cidade que pudesse estar passando por aqui.

Falk desceu os olhos pela lista. Havia vários nomes conhecidos. Ex-vizinhos. Pais de seus velhos colegas de turma. Mal Deacon estava na lista. Falk ficou olhando para o nome dele por um bom tempo. Mas o nome de muitos outros também constavam na lista. O do próprio Gerry Hadler, o dos pais de Gretchen e até mesmo o do pai de Falk. Gerry poderia ter visto metade da cidade na encruzilhada naquele dia. Falk fechou a pasta, exausto.

— Vou dar uma volta.

Raco deu um grunhido. Falk ficou satisfeito por ele não ter perguntado aonde ele ia.

Vinte e Oito

De carro, o cemitério ficava a uma curta distância da cidade, num terreno grande sombreado por gigantescos eucaliptos. No caminho, Falk passou a placa de aviso de incêndio; o perigo agora havia sido elevado para extremamente alto. Lá fora, o vento soprava com mais força.

O enterro em si tinha sido particular, então ele ainda não havia visitado a sepultura dos Hadler, mas não foi difícil de encontrar. Novas em folha, as lápides polidas lembravam móveis de casa deixados sem querer ao relento, junto com seus vizinhos surrados pelo tempo. As sepulturas estavam ocultas sob um mar de celofane, bichinhos de pelúcia e flores murchas. Mesmo a metros de distância, o odor pungente de flores podres era avassalador.

As sepulturas de Karen e de Billy estavam quase soterradas, ao passo que havia poucas oferendas abaixo da lápide de Luke. Falk se perguntou se seria responsabilidade de Gerry e de Barb limpar as sepulturas quando os presentes deixassem de ser uma homenagem para virarem lixo. Barb já tinha sofrido o bastante na fazenda para ter de ficar ajoelhada com um saco de lixo, peneirando buquês murchos e tentando decidir quais objetos guardar e quais jogar fora. Sem chance. Falk fez uma anotação mental para não se esquecer de perguntar.

Sentou-se no chão seco e ficou um tempo ao lado dos túmulos, ignorando a poeira que cobria as calças do terno. Passou a mão por cima da gravação da lápide de Luke tentando se livrar da sensação de irrealidade que o incomodava desde o funeral. *Luke Hadler está naquele caixão*, repetia dentro da cabeça. *Luke Hadler está debaixo desta terra.*

Onde estivera Luke na tarde em que Ellie morrera? A pergunta ressurgiu como uma mácula. Falk devia tê-lo pressionado quando teve oportunidade. Mas ele havia acreditado, sinceramente, que a mentira de Luke tivera a intenção de protegê-lo. Se ele soubesse o que ia acontecer...

Interrompeu o pensamento por aí mesmo. Já ouvira aquela desculpa de bocas demais desde que voltara a Kiewarra. *Se eu soubesse, teria feito as coisas de maneira diferente.* Agora era tarde demais para isso. Com algumas coisas, a gente tinha de conviver para o resto da vida.

Falk se levantou e deu as costas para os Hadler. Foi adentrando cada vez mais o cemitério até encontrar a fileira que buscava. As lápides desta parte já haviam perdido seu brilho há anos, mas muitas lhe eram conhecidas, como velhas amigas. Correu a mão afetuosamente por cima de algumas ao passar, até parar diante de uma pedra específica, desbotada pelo sol. Não havia flores sobre aquela sepultura e lhe ocorreu, pela primeira vez, que devia ter trazido algumas. Era o que um bom filho teria feito – teria trazido flores para a mãe.

Em vez disso, abaixou-se e limpou a poeira e a terra do nome dela com um lenço de papel. Fez o mesmo com a data de sua morte. Nunca havia precisado ser lembrado do dia. Desde sempre, soubera que ela havia morrido no dia que ele nasceu. *Complicações e perda de sangue*, respondera o pai asperamente quando ele teve idade suficiente para perguntar. Pelo olhar que ele lhe deu em seguida, Falk sentiu que sua vinda ao mundo quase havia compensado, mas não completamente, tal perda.

Quando pequeno, ele costumava ir de bicicleta sozinho até o cemitério – de início permanecendo de pé solenemente, em penitência, durante horas, diante da sepultura da mãe. Por fim, se deu conta de que ninguém dava a mínima se ele ficava ali em pé ou não, e o relacionamento dos dois acabou por se transformar numa amizade de mão única. Tentou muito sentir algum tipo de amor de filho, mas até na época aquilo lhe pareceu ser uma emoção artificial. Ele simplesmente não conseguia fazer a chama arder por uma mulher que ele nunca havia conhecido. Sentia-se culpado por, no fundo, sentir algo mais forte por Barb Hadler.

Apesar disso, gostava de visitar a mãe e ela era uma excelente ouvinte. Então ele começou a trazer lanches, livros, dever de casa e se deitava na grama junto da lápide e falava com ela num monólogo ininterrupto contando de seu dia e de sua vida.

Antes que se desse conta, Falk se viu fazendo exatamente o mesmo agora, esticando as pernas e se deitando na grama espetada lado a lado com a sepultura. A sombra das árvores abrandava um pouco o calor. Fitou o céu e, numa voz que era pouco mais que um murmúrio, contou a ela sobre os Hadler e sobre a recepção que tivera ao voltar à cidade. Sobre ver Gretchen outra vez. Sobre o peso que sentiu no peito quando viu Mandy no parque e Ian na loja. Falou do medo que sentia de talvez nunca descobrir a verdade a respeito de Luke.

Ao se ver sem palavras, fechou os olhos e ficou imóvel ao lado da mãe, encasulado pelo calor do chão às suas costas e pelo ar à sua volta.

Quando Falk acordou, o sol se deslocara no céu. Com um bocejo, levantou-se e esticou as articulações agora rígidas. Não sabia direito há quanto tempo estava deitado ali. Limpou-se e saiu caminhando pelo cemitério em direção aos portões principais. Na metade do caminho, parou. Havia mais uma sepultura que precisava visitar.

Levou muito mais tempo para encontrar essa. Só a vira uma vez, no enterro, antes de deixar Kiewarra para sempre. Acabou tropeçando nela quase por acaso; uma lápide pequena, espremida anonimamente em meio a uma multidão de mausoléus bem mais enfeitados. Estava coberta por grama amarelada. Havia um único ramo de talos secos embrulhados num celofane rasgado abaixo da lápide. Falk puxou o lenço de papel e estendeu a mão para limpar a sujeira do nome gravado. Eleanor Deacon.

— Não toque nisso, seu vira-lata.

A voz veio de detrás dele e Falk deu um pulo. Virou-se e viu Mal Deacon sentado em meio às sombras, uma fileira para trás, aos pés de um imenso anjo esculpido. Tinha uma garrafa de cerveja na mão e o cachorro marrom gorducho adormecido aos pés. O animal acordou e bocejou, expondo uma língua da cor de carne crua enquanto Deacon ficava de pé. Deixou a garrafa aos pés do anjo.

— Tire as mãos de cima dela antes que eu as corte fora.

— Não precisa disso, Deacon, eu já estou indo.

Falk se afastou.

Deacon apertou os olhos.

— Você é o filho, não é?

— Como?

— Você é o Falk filho, não o pai.

Falk fitou o rosto do velho. A mandíbula estava agressivamente travada e os olhos pareciam mais lúcidos do que da última vez que o vira.

— Sou, eu sou o filho. — Falk sentiu uma pontada de tristeza enquanto falava. Saiu andando.

— Muito bem. Espero que desta vez esteja indo embora de vez. — Deacon foi atrás dele, com passos vacilantes. Puxou a coleira do cachorro com força e o animal soltou um ganido.

— Ainda não. Cuidado com o bicho. — Falk não mudou o ritmo das passadas. Podia ouvir Deacon tentar segui-lo. Seus passos eram instáveis e lentos no terreno irregular.

— Nem agora você consegue deixar Ellie em paz, não é? Você pode ser o garoto, mas é igualzinho ao seu pai. Nojento.

Falk se virou.

Havia duas vozes distintas vindo do quintal: uma muito alta, outra mais calma. Aaron, aos doze anos, atirou a mochila em cima da mesa da cozinha e foi até a janela. O pai estava de braços cruzados e com uma expressão de saco cheio no rosto enquanto Mal Deacon o cutucava com o dedo.

— Tem seis faltando — dizia Deacon —, duas ovelhas e quatro cordeiros. Alguns são os mesmos que você estava de olho na semana passada.

Erik Falk deixou escapar um suspiro.

— E eu estou dizendo que eles não estão aqui, amigo. Se você quiser perder o seu tempo indo até lá dar uma olhada, fique à vontade.

— Então é só coincidência, é?

— Eu diria que está mais para um sinal da fragilidade da sua cerca. Se eu quisesse as suas ovelhas, teria comprado. Mas, aos meus olhos, elas não valiam a pena.

— Não tem nada de errado com as minhas ovelhas. Isso me parece muito mais: para que comprar se você pode roubar de mim, não é mesmo? — disse Deacon, o volume da voz agora aumentando. — Não seria a primeira vez que você fica com uma coisa minha.

Erik Falk o fitou por um instante, então sacudiu a cabeça incrédulo.

— Está na hora de você ir andando, Mal. — Ele foi se virando, mas Deacon o agarrou rudemente pelo ombro.

— Ela ligou de Sydney para avisar que não volta mais, sabia? Está feliz agora? Isso faz você se sentir bem, não faz? Por ter convencido minha mulher a dar o fora daqui?

— Eu não convenci sua esposa a fazer nada — disse Erik, afastando a mão do outro. — Na minha opinião, você fez isso por conta própria com seus porres e seus socos, meu amigo. Só me surpreende ela ter aguentado tanto tempo.

— Ah, você é mesmo um príncipe encantado. Sempre com o ombro a postos para ela chorar, enchendo a cabeça dela contra mim.

Passando a conversa nela para ir embora e aproveitando para convencê-la a ir para a cama com você, não é mesmo?

Erik ergueu as sobrancelhas surpreso. E riu numa genuína explosão de divertimento.

— Mal, eu não transei com a sua esposa, se é com isso que você está preocupado.

— Mentira.

— Não, amigo, não é mentira. É verdade. Está bem, de vez em quando ela aparecia aqui para tomar um chá e chorar um pouco quando estava cansada. Quando precisava de um tempo longe de você. Mas era só isso. Ela era muito bonita, não me entenda mal, mas gosta de beber quase tanto quanto você. Talvez se cuidasse melhor das coisas, das suas ovelhas, da sua esposa, elas não fugiriam de você. — Erik Falk sacudiu a cabeça. — Sinceramente, eu não tenho tempo nem para você, nem para a sua esposa. É da sua filha que eu sinto pena.

O soco de Mal Deacon surgiu como um cão fugido de um canil e pegou Erik num golpe de sorte acima do olho esquerdo. Erik cambaleou e caiu para trás, a cabeça batendo no chão com um estalo.

Aaron saiu para o quintal aos berros e se abaixou por cima do pai, que fitava o céu com expressão aturdida. O sangue gotejava de um corte próximo ao couro cabeludo. Aaron ouviu Deacon rir e voou em cima do homem mais velho, atirando-se contra seu peito. Deacon se viu forçado a dar um passo atrás, mas o corpanzil o manteve ancorado e firme no chão. Num instante, Deacon reagiu e agarrou o braço de Aaron com mãos de ferro, beliscando a pele enquanto o torcia e puxava o rosto de Aaron para perto do seu.

— Escute aqui. Quando o seu velho se levantar do chão, avise a ele que isso daí vai parecer um carinho perto do que vai acontecer se eu encontrar ele, ou qualquer um de vocês, se metendo com o que me pertence.

Ele empurrou Aaron no chão, então se virou e atravessou o quintal assoviando entre os dentes.

— Ele me implorou, sabia? — disse Deacon. — Seu pai. Depois que você fez o que fez com a minha Ellie. Ele veio me ver. Nem tentou dizer que não tinha sido você. Que você não podia ter feito uma coisa daquelas. Nada do tipo. Ele queria era me pedir para dizer para todo o resto da cidade para deixar vocês em paz até a polícia tomar uma decisão. Como se eu desse a mínima para alguma coisa que seu pai dizia.

Falk respirou fundo e se fez dar meia volta e começar a se afastar.

— Você sabia disso, né? — As palavras de Deacon vieram flutuando atrás dele. — Que ele achou que podia ter sido você? O seu próprio pai. Mas é claro que você sabia. Deve ser horrível, saber que o próprio pai pensa tão pouco de você.

Falk parou onde estava. Já estava quase longe o suficiente para não o ouvir mais. *Continue andando*, disse para si mesmo. Em vez disso, olhou para trás. Os cantos dos lábios de Deacon se voltaram para cima.

— O que foi? — perguntou Deacon. — Não vá me dizer que ele acreditou naquela história idiota que você e o garoto dos Hadler inventaram? O seu pai até podia ser idiota e covarde, mas não era burro. Você chegou a fazer as pazes com ele ou ele continuou a suspeitar de você até morrer?

Falk não respondeu.

— Foi o que eu achei. — Deacon abriu um sorriso.

Não, Falk quis gritar para ele, eles nunca tinham feito as pazes. Ele lançou um olhar demorado para o velho e então, fazendo um grande esforço físico, forçou-se a dar meia volta e seguir em frente. Passo a passo, costurando pelas lápides já esquecidas. Às suas costas, podia ouvir Mal Deacon rindo, postado com os pés firmemente plantados na sepultura da própria filha.

Vinte e Nove

O tiro atravessou o campo distante como um brado, ecoando no ar quente. Antes que o silêncio pudesse se instalar, outro tiro explodiu. Falk ficou imóvel na pista de acesso à casa de Gretchen com a mão parada no ar, pronta para bater a porta do carro.

Sua mente voltou ao hall de entrada recém-esfregado dos Hadler, ao tapete manchado. Imaginou uma mulher loura estendida no chão, sangrando, exceto que dessa vez não era Karen e, sim, Gretchen.

Mais um tiro soou e Falk partiu, correndo pelos campos em direção ao som. Tentou segui-lo, mas ele ecoava, reverberava do chão de terra batida, deixando-o desorientado. Ele vasculhou o horizonte freneticamente, os olhos lacrimejando diante do sol cegante, olhando para todos os lados sem ver nada.

Por fim, ele a enxergou, as bermudas cáqui e a camisa amarela quase invisíveis contra um fundo de campos descoloridos. Parou onde estava, sentindo uma onda de alívio seguida de uma de vergonha. Gretchen virou a cabeça e o encarou por um instante antes de apoiar a espingarda no ombro e erguer a mão num aceno. Ele torceu para que ela não o tivesse visto correndo. Ela atravessou o campo em sua direção.

— Nossa, você chegou rápido — gritou. Trazia protetores auriculares cor-de-rosa pendurados ao redor do pescoço.

— Espero que não tenha problema. — Ele havia ligado quando saía do cemitério. — Senti vontade de ver um rosto amigo.

— Tudo bem. É bom te ver. Tenho uma hora antes de buscar Lachie na escola.

Falk olhou à sua volta, ganhando tempo enquanto a respiração voltava ao normal.

— Bonito lugar.

— Obrigada. Os coelhos parecem achar o mesmo. — Ela fez um aceno com a cabeça por cima do ombro. — Preciso caçar mais alguns antes de dar o dia por encerrado. Venha, você pode apontá-los para mim.

Ele a seguiu pelo campo até onde ela havia deixado a bolsa de caça. Ela vasculhou dentro e puxou outro par de protetores auriculares. Enfiando a mão outra vez na bolsa, sacou uma caixa de munição. Winchesters. Não as Remingtons encontradas nos corpos dos Hadler, pensou Falk, automaticamente. Sentiu-se aliviado, então imediatamente culpado por ter notado. Gretchen abriu a aba de carregamento da espingarda e enfiou um cartucho.

— A toca fica ali. — Ela apontou, apertando os olhos devido ao sol. — Aponte quando vir um.

Falk colocou os protetores nos ouvidos e o som ficou abafado, como se estivesse debaixo d'água. Via os eucaliptos tremulando silenciosamente ao vento. Dentro de sua cabeça, os sons se amplificaram: o sangue bombeando, o leve ranger dos dentes.

Olhou fixo para a região próxima à toca. Nada se mexeu ali por um bom tempo, então notou um tremor na paisagem. Estava prestes a sinalizar para Gretchen quando ela apoiou a arma no ombro e fechou um dos olhos. Apontou a arma e foi seguindo o coelho com um movimento fluido. Ouviu-se um estampido abafado e, de uma árvore vizinha, um bando de galahs levantou voo em uníssono.

— Ótimo, acho que pegamos esse — declarou ela, tirando os protetores do ouvido. Ela atravessou o campo e se abaixou, as bermudas esticando e ficando um pouco justas por um instante. Ela se levantou, triunfante, segurando uma carcaça flácida de coelho.

— Belo tiro — disse ele.

— Quer tentar?

Falk não gostava muito daquilo. Não caçava coelhos desde a adolescência. Mas ela já estendia a arma em sua direção, então ele deu de ombros.

— Está bem.

Sentiu o calor da arma ao tirá-la das mãos dela.

— Você sabe o que fazer — disse Gretchen. Então, ergueu as mãos e recolocou os protetores auriculares nos ouvidos dele. O pescoço de Falk formigou no local onde os dedos dela roçaram. Ele espiou pela mira em direção à toca. A terra estava banhada de sangue. Aquilo o fez lembrar da marca deixada por Billy Hadler e a lembrança causou um frio na espinha. De repente, não quis fazer aquilo. Mais adiante, percebeu um movimento.

Gretchen tocou seu ombro e apontou. Ele não reagiu. Ela deu um tapinha em seu braço.

— O que foi? — Ele viu em vez de ouvi-la dizer. — Ele está bem ali.

Ele baixou a espingarda e tirou os protetores auriculares.

— Desculpe — disse Falk. — Acho que faz tempo demais.

Ela o encarou por um momento e assentiu com a cabeça.

— Tem razão. — Ela deu outro tapinha em seu braço e tirou a arma de suas mãos. — Você sabe que eu vou atirar nele de qualquer maneira, não sabe? Não posso ter coelhos aqui nas terras.

Ela ergueu a arma, equilibrou-a por um breve instante e atirou.

Falk soube, antes mesmo de caminharem até a toca, que ela havia acertado.

Já em casa, Gretchen juntou os documentos que estavam espalhados num caos organizado em cima da mesa da cozinha.

— Fique à vontade. Tente ignorar a bagunça — disse ela, colocando uma jarra de água gelada num espaço vazio. — Eu estava preenchendo uns formulários para a diretoria da escola para ver se conseguimos uns financiamentos. Organizações beneficentes e coisas assim. Eu estava pensando em tentar o Fundo David O. Wallace outra vez, apesar de Scott achar que são uma perda de tempo. Ver se a gente chega além da lista de finalistas este ano. O problema é que, antes de nos darem dinheiro, querem saber de tudo.

— Parece ser um bocado de burocracia.

— É um pesadelo e eu admito que não é meu forte. Não era uma coisa que os membros da diretoria precisavam fazer antigamente. — Ela fez uma pausa. — É por isso que eu nem devia me queixar. Na verdade, era função de Karen. Então, você sabe... — Ela não completou a frase.

Falk olhou à sua volta, pela cozinha de Gretchen, enquanto a ajudava a empilhar os papéis em cima da bancada. Não sabia direito o que estava esperando, mas era um pouco mais surrada do que imaginara. Era limpa, mas os móveis e eletrodomésticos claramente tinham visto dias melhores.

Um porta-retratos com uma foto de Lachie, filho de Gretchen, ocupava lugar de destaque em meio aos enfeites. Ele o apanhou e passou o polegar por cima do sorriso largo do menino. Pensou em Billy fazendo corpo mole pelo estacionamento atrás de Karen no vídeo capturado pelo circuito interno de TV. Apenas oitenta minutos restavam, então, de sua curta vida. Colocou o porta-retratos de volta.

— Eu sei que é uma pergunta esquisita, mas alguma vez Karen falou de mim? — perguntou ele, fazendo Gretchen erguer os olhos, surpresa.

— De você? Eu acho que não. Mas nós não nos falávamos muito. Por quê? Ela chegou a te conhecer?

Falk deu de ombros. Perguntou-se pela milésima vez sobre o número de telefone que encontrara anotado na letra de Karen.

— Não, eu acho que não. Eu só queria saber se mencionaram meu nome em algum momento.

Gretchen o observou com atenção, sem piscar os olhos brilhantes.

— Não que eu saiba. Mas, como eu disse, eu não conhecia Karen tão bem assim. — Ela encolheu os ombros brevemente, indicando que não tinha mais nada a dizer sobre o assunto. Fez-se um silêncio ligeiramente desconfortável, interrompido apenas pelo tilintar do gelo enquanto ela despejava água nos copos.

— Saúde — disse ela, erguendo o seu. — Não é sempre, mas, às vezes, isto daqui é melhor que vinho. — Falk observou os pequenos músculos de sua garganta enquanto ela tomava um longo gole.

— E como vai a investigação, de qualquer forma? — indagou Gretchen quando terminou de beber.

— Parece que Jamie Sullivan está liberado.

— Sério? Isso é bom, não é?

— Bom para ele. Eu não sei quanto ajuda a gente.

Gretchen inclinou a cabeça para o lado, como um pássaro.

— Mas você fica até isso estar solucionado?

Falk deu de ombros.

— A essa altura, eu duvido muito. Preciso voltar para o trabalho na semana que vem. — Ele fez uma pausa. — Esbarrei com Mal Deacon mais cedo. — Ele lhe contou sobre o encontro que tivera no cemitério.

— Não deixe que ele mexa com você. Esse homem perdeu o juízo. — Gretchen estendeu o braço por cima da mesa e roçou as pontas dos dedos na mão esquerda dele. — Vinte anos depois, ele continua tentando culpar você pelo que aconteceu com Ellie. Ele nunca conseguiu aceitar que você e Luke estavam juntos.

— Gretchen, escute...

— Se alguém tem culpa, é o próprio Deacon — continuou ela, sem lhe dar ouvidos. — A culpa é dele de a filha ter ficado deprimida até se afogar. Há anos que ele procura alguém para culpar.

— Você realmente nunca duvidou de que foi suicídio?

— Não. — Ela se mostrou surpresa. — É claro que não. E por que eu deveria ter duvidado?

— Foi só uma pergunta. Eu sei que Ellie andava esquisita perto do fim, que ficava na dela a maior parte do tempo. E não tenho dúvida de que morar com Deacon devia ser um pesadelo. Mas eu nunca me dei conta de que ela tinha perdido a esperança. Não o bastante para se matar.

A risada de Gretchen foi seca.

— Meu Deus, como vocês garotos eram cegos. Ellie Deacon estava miseravelmente infeliz.

Ellie enfiou o livro de matemática dentro da mochila quando a aula acabou. Tinha começado, automaticamente, a copiar o dever de casa do quadro, mas parou com a caneta suspensa no ar. Para quê? Tinha lhe passado pela cabeça matar aula hoje, mas acabara decidindo que era melhor não. Só serviria para atrair atenção para ela. E não precisava disso. Era melhor fazer o que sempre fazia. Ficar na dela e torcer pelo... bem, se não pelo melhor, pelo menos que não fosse pelo pior.

Lá fora, no corredor abarrotado, um grupo de garotos estava no maior empurra-empurra na frente de um radinho de pilha para escutar uma partida de críquete. Austrália contra África do Sul. Uma jogada levou todos a gritarem. Sexta-feira à tarde e tudo ia bem. Todos já traziam no rosto aquela euforia de fim de semana.

Há quanto tempo não se sentia assim? perguntou-se Ellie. Sinceramente não conseguia se lembrar. Se os dias da semana já eram ruins, os finais de semana conseguiam ser piores. Estendiam-se interminavelmente, o fim sempre parecendo estar um pouco além do horizonte.

Mas este fim de semana não seria assim. Acalentou aquele pensamento em seu peito enquanto abria caminho pelo corredor. Depois deste fim de semana, tudo seria diferente. Este fim de semana tinha um fim palpável à vista.

Ainda perdida em seus pensamentos, Ellie deu um pulo quando alguém agarrou seu braço. Pegou em um machucado e a pressão a fez encolher-se de dor.

— Ei, pra que essa pressa toda? — perguntou Luke Hadler, olhando para ela.

— Como assim? — Falk olhava fixo para Gretchen.

— Você sabe do que eu estou falando, Aaron — disse ela. — Você estava junto. Viu exatamente as mesmas coisas que eu. O quanto ela andou esquisita naquelas últimas semanas. Isso quando estava com a gente. Quase nunca estava desocupada. Estava sempre naquele empreguinho de merda dela ou então... bem, sei lá onde. Só sei que não estava com a gente. E fora que parou de beber completamente, lembra? Disse que queria emagrecer, mas hoje, olhando para trás, parece mentira.

Falk assentiu lentamente com a cabeça. Ele se lembrava disso, sim. Ficara surpreso porque ela, provavelmente, gostava mais de beber do que qualquer um deles. O que não era inteiramente surpreendente considerando sua família.

— Por que você acha que ela parou?

Gretchen encolheu os ombros com tristeza.

— Não sei. Talvez ela não confiasse nela mesma quando bebia. Não soubesse direito o que era capaz de fazer. E eu odeio dizer isto, mas Luke tinha razão aquela noite quando a gente teve aquela discussão enorme lá no mirante.

— Do que você está falando?

— Não estou dizendo que ele tinha o direito de enganar a gente — ela se apressou em dizer. — Aquilo foi horrível. Mas o que ele disse sobre Ellie não saber mais o que era uma brincadeira. Ele não devia ter dito aquilo, mas era verdade. Ela realmente não sabia mais. É óbvio que não precisava ter achado graça daquela brincadeira idiota, mas também, àquela altura, ela não ria de nada. Estava sempre sóbria, séria e desaparecendo para algum canto sozinha. Você se lembra.

Falk ficou sentado em silêncio. Lembrava, sim.

— E eu acho... — Gretchen parou por aí.

— Você acha o quê?

— Acho que se você for honesto consigo mesmo, suspeitou por muito tempo que Ellie Deacon era vítima de abuso.

Ellie se desvencilhou de Luke e esfregou a marca. Ele não pareceu notar.

— Para onde você vai correndo desse jeito? Quer ir até a cidade tomar uma Coca ou qualquer outra coisa? — Luke soava muito natural. Ellie já perdera a conta do número de vezes que ele tentara arquitetar algum tempo a sós com ela desde a briga no mirante. Até aqui, tinha conseguido evitá-lo. Já havia lhe passado pela cabeça que ele talvez estivesse tentando se desculpar, mas ela não conseguia reunir a energia ou o interesse necessário para descobrir. Aquilo era típico de Luke, pensou. Para conseguir um pedido de desculpas do sujeito, você é que tinha de se empenhar. De qualquer maneira, apesar de ela não estar mais zangada com ele, aquele não era o dia de sorte de Luke.

— Não posso. Agora não dá.

Ela não se desculpou de propósito. Perguntou-se brevemente se devia tentar fazer as pazes com ele em nome dos velhos tempos. Eles se conheciam há tantos anos. Tinham uma história juntos. Mas, aí, o rosto dele nublou, ele ficou emburrado e ela soube que não valia a pena. Havia homens demais na vida de Ellie Deacon que queriam mais do que lhe davam em troca. Não precisava de mais um. Deu as costas para ele. Melhor deixar para lá. Luke Hadler era daquele jeito e não mudaria nunca.

Falk baixou os olhos enquanto a culpa e o arrependimento pesavam em seu peito. Gretchen estendeu o braço e o tocou.

— Eu sei que não é fácil admitir — disse. — Mas os sinais estavam lá. Nós só éramos jovens e autocentrados demais para perceber.

— Por que ela não nos contou? — perguntou Falk.

— Talvez tivesse medo. Ou até mesmo vergonha.

— Ou talvez achasse que ninguém se importava.

Gretchen olhou para ele.

— Ela sabia que você se importava, Aaron. Era por isso que ela gostava mais de você do que de Luke.

Falk sacudiu a cabeça, mas Gretchen fez que sim.

— É verdade. Você era tão estável. Alguém de quem ela podia depender. Você teria escutado se ela tivesse tentado contar. Ok, tudo bem, Luke chamava mais atenção e era tinha mais lábia do que você. Mas isso nem sempre é bom. Luke era a estrela, mas a maioria das pessoas não gosta de ser mero coadjuvante na própria vida. Com você, não é assim. Você sempre se importou mais com os outros do que com você mesmo. Senão, não estaria em Kiewarra agora.

— Ei, Ellie.

Ela estava na metade do corredor, sentindo os olhos de Luke cravados em sua nuca, quando ouviu a voz saída de uma sala de aula vazia. Lá dentro, Aaron Falk colocava plantas em vasos etiquetados dentro de uma enorme caixa de papelão. Ela sorriu para si mesma e entrou.

— Como foi a apresentação? Mais notas máximas? — perguntou ela, enroscando uma gavinha fujona de samambaia ao redor do dedo e enfiando-a de volta na caixa.

Modesto, Aaron deu de ombros.

— Não sei. Acho que fui bem. Plantas não são exatamente o meu forte. — Ele não queria falar, mas Ellie sabia que ele tinha se saído muito bem. Quando se tratava de qualquer coisa acadêmica, Aaron mal precisava levantar um dedo. No último ano, ela própria mal erguera um dedo, só que com resultados bem diferentes. Os professores já haviam parado de incomodá-la a respeito há algum tempo.

Ele fechou a caixa e a levantou, equilibrando-a com dificuldade nos braços compridos.

— Vai ser um saco levar isso para casa. Quer me dar uma mão? A recompensa é uma Coca-Cola.

O tom usado por ele foi tão natural quanto o de Luke, mas ele ruborizou ligeiramente e evitou olhá-la nos olhos. As coisas andavam um pouco estranhas desde que se beijaram na árvore da pedra. A briga no mirante não tinha ajudado. Ela sentia vontade de se explicar, mas não conseguia encontrar as palavras. Em vez disso, queria segurar o rosto dele entre as mãos, beijá-lo outra vez e dizer que ele tinha feito tudo o que podia.

Ele ainda estava esperando e ela titubeou. Podia acompanhá-lo. Não levaria muito tempo. Mas não, disse com firmeza para si mesma. Tinha tomado uma decisão. Precisava estar em outro lugar.

— Eu não posso. Sinto muito — disse ela, com sinceridade.

— Não tem problema. — O sorriso dele foi verdadeiro e ela sentiu uma pontada de profundo pesar. Aaron era um dos bons. Sempre a fizera se sentir segura.

Você devia contar a ele.

A ideia surgiu em sua mente sem ser convidada. Ela sacudiu a cabeça uma vez. Não. Não podia contar a ele. Que idiotice. Ele só tentaria impedi-la. Mas, então, quando olhou para o rosto dele, tão sincero, ela sentiu suas entranhas se contorcerem com uma solidão que a fez se perguntar se, talvez, na verdade, não fosse exatamente o que ela queria.

— Coitada da Ellie — disse Falk. — Era para sermos amigos dela, caramba, e todos nós a desapontamos.

Gretchen olhou para as próprias mãos.

— Eu sei, eu também me sinto culpada. Mas tente não se culpar demais por isso. Outras pessoas também deviam suspeitar e fizeram vista grossa. Você era criança. Fez o melhor que pôde. E sempre foi bom para ela.

— Mas não bom o suficiente. O que quer que ela achasse que estava passando, estava acontecendo bem debaixo dos nossos narizes e nós mal notamos.

A cozinha era confortável e tranquila e Falk teve a sensação de que nunca mais teria energia para forçar suas pernas a levá-lo embora. Gretchen encolheu os ombros ligeiramente e colocou a mão sobre a dele. A palma estava quente.

— É uma lição que todos nós tivemos de aprender da maneira mais difícil. Tinha muita coisa acontecendo naquela época. Nem tudo tinha a ver com Luke.

Ellie ergueu a vista para olhar para Aaron. Conte a ele, sussurrou a vozinha dentro de sua cabeça, mas ela a calou. Pare. Está decidido. Não ia contar a ninguém.

— Preciso ir. — Ela foi se afastando, então parou. A ideia do que estava prestes a acontecer fez com que uma onda de imprudência quebrasse por cima dela. Antes que de fato se desse conta do que estava fazendo, deu um passo à frente, inclinou o corpo por cima da caixa de plantas e beijou Aaron suavemente nos lábios. Estavam secos e quentes. Ela deu um passo atrás e, na pressa, bateu o quadril dolorosamente numa carteira. — Ok. A gente se vê. — Sua voz soou falsa aos seus próprios ouvidos e ela não esperou a resposta dele.

Enquanto girava em direção à porta da sala de aula, quase pulou de susto. Encostado no vão da porta, observando tudo sem fazer o menor barulho, estava Luke Hadler. A expressão em seu rosto era indecifrável. Ellie respirou fundo e forçou-se a sorrir.

— Tchau, Luke — disse, espremendo-se para passar por ele.

Ele não sorriu de volta.

Trinta

Falk sentou-se em sua cama com uma dúzia de folhas de papel espalhadas à sua frente. Lá embaixo, o pub estava em silêncio. Os últimos fregueses haviam partido há horas. Falk olhou fixamente para as anotações que fizera sobre o caso e rabiscou linhas de correspondências que iam de um lado para o outro até acabar com um emaranhado e um monte de perguntas sem resposta. Pegou uma folha limpa e tentou outra vez. O resultado foi o mesmo. Pegou o celular e discou.

— Eu acho que Ellie Deacon estava sendo abusada pelo pai — disse ele quando Raco atendeu.

— Como? Espere um instante. — A voz do outro lado estava sonolenta. A linha ficou abafada e Falk ouviu uma conversa distante. Rita, pensou. Olhou para o relógio. Era mais tarde do que havia imaginado.

Um minuto se passou antes de a voz de Raco retornar.

— Você ainda está aí?

— Desculpe, não reparei no horário.

— Deixe para lá, o que você disse sobre Ellie?

— Só uma coisa que Gretchen e eu estávamos conversando. Sobre Ellie ter andando triste. Não só triste, infeliz de verdade. Eu tenho certeza de que Mal Deacon era abusivo.

— Fisicamente? Sexualmente?

— Não sei. Talvez ambos.

— Certo — comentou Raco. Ficaram em silêncio.

— Deacon não tem álibi para a tarde em que os Hadler foram mortos.

Raco deixou escapar um longo suspiro do outro lado da linha.

— Amigo, ele tem mais de setenta anos e problemas mentais. Pode até ser um filho da mãe, mas é um filho da mãe caquético.

— E daí? Ele ainda consegue segurar uma espingarda.

— E daí? — devolveu Raco, ríspido. — Eu acho que a sua visão de Deacon é colorida pelo ódio que você tem dele por tudo o que aconteceu há vinte anos.

Falk não disse nada.

— Desculpe — disse Raco. Ele bocejou. — Estou cansado. Nós conversamos amanhã. — Ele fez uma pausa. — Rita manda lembranças.

— Mande lembranças para ela também. E me desculpe. Boa noite.

A linha ficou muda.

Falk teve a sensação de que apenas minutos haviam se passado quando o telefone do quarto o acordou com seu trinado plástico e agudo. Abriu um dos olhos com enorme esforço. Não eram nem sete horas ainda. Permaneceu deitado com o antebraço por cima do rosto, lutando para se fazer reagir. Tinha analisado suas anotações até cair num sono suado e inquieto. Incapaz de aguentar o barulho, juntou a energia necessária para estender o braço e pegar o fone.

— Caramba, finalmente — disse McMurdo. — Eu te acordei?

— Acordou.

— Bem, problema seu, meu amigo. Não importa. Ouça, você tem de vir aqui embaixo neste instante.

— Eu não estou arrumado...

— Confie em mim — avisou McMurdo. — Eu encontro você nos fundos. Ajudo você no que puder.

* * *

O carro de Falk estava coberto de merda. Listras e borrões cobriam a pintura, formando poças ao redor dos pneus e por baixo dos limpadores de para-brisa. A sujeirada já havia secado sob o sol matinal e encrostado as palavras gravadas na lataria. VOU COMER O SEU COURO estava agora escrito com cocô em vez de prata.

Falk se aproximou correndo. Teve de cobrir o nariz com a camisa para conseguir chegar perto. O fedor tinha uma presença quase sólida que pareceu lhe encher a boca. As moscas estavam enlouquecidas e ele as enxotava com a mão, cheio de nojo, enquanto pousavam no seu rosto e cabelos.

O interior do carro conseguia estar pior. Um funil ou mangueira havia sido enfiado pela minúscula fresta que Falk costumava deixar na janela do lado do motorista para que o calor escapasse durante a noite. Aquele lodo revoltante espirrava por cima do volante e do rádio e se juntava em poças turvas sobre os assentos e nos apoios para os pés. Nenhum dos outros carros do estacionamento havia sido tocado. McMurdo estava de pé ao lado, com o braço por cima da boca e do nariz. Ele sacudia a cabeça.

— Que inferno, meu amigo. Eu sinto muito. Estava trazendo as garrafas vazias aqui para fora quando vi isso. Devem ter vindo durante a noite. — McMurdo fez uma pausa. — Pelo menos, é de animal. Em sua maioria. Eu acho.

Ainda segurando a camisa por cima do nariz, Falk deu a volta no carro, em silêncio. Seu pobre carro. Arranhado e, agora, destruído. Sentiu uma onda de raiva percorrer seu corpo. Espiou pelas janelas manchadas, prendendo a respiração. Com cuidado para não se aproximar demais. Pela sujeira, viu que havia alguma coisa dentro do carro. Deu um passo para trás, não se atrevendo a falar.

Grudadas nos assentos e manchadas de merda e fedor havia centenas de folhetos pedindo informações sobre a morte de Ellie Deacon.

* * *

Na delegacia, o clima era pesado.

— Eu vou avisar a Dow e ao tio que se não sossegarem vai haver consequências sérias — Raco dissera para Falk antes de pegar o telefone. — Você tem ideia de quanto custa o carro? Quem sabe você pede uma indenização.

Perdido em seus pensamentos, Falk dera de ombros enquanto se sentava a uma das mesas olhando para a pasta do caso Hadler sem se concentrar em nada. Do outro lado da sala, Raco agora colocava o fone no gancho e segurava a cabeça entre as mãos por um instante.

— Pelo visto, Deacon resolveu fazer um ataque preventivo — gritou para Falk. — Ele resolveu prestar queixa. De você.

— É mesmo? — Falk cruzou os braços e olhou pela janela da delegacia. — E, no entanto, é o meu carro que está coberto de merda.

— Ele diz que vem sendo assediado por você. Algo sobre você ter violado a sepultura da filha dele? Está vindo para cá com um advogado.

— Certo. — Falk nem olhou à sua volta.

— Será que eu preciso perguntar...

— Eu não fiz nada, mas como não tinha ninguém para testemunhar, vai ser a palavra dele contra a minha. E como eu realmente tenho problemas pessoais com o sujeito... — Falk deu de ombros.

— Você não está preocupado? Isso é sério, amigo. Eu vou ter de acatar a denúncia, embora ela vá ficar com alguém isento. Pode ter impacto na sua carreira.

Falk olhou para ele.

— É claro que eu estou preocupado. Mas isso é a cara do Deacon, não é mesmo? — A voz de Falk saiu tão baixa que Raco teve se aproximar para escutá-lo. — Ele sai deixando um rastro de destruição e de infelicidade por onde passa. Costumava bater na esposa e provavelmente fazia o mesmo com a filha. Tinha poder sobre esta cidade e o usou para expulsar meu pai e eu daqui. O sobrinho dele fez só Deus sabe o que para que Karen Hadler escrevesse o seu nome naquele papel antes de morrer. Aqueles dois são podres. E ninguém, nunca, faz nada a respeito.

— O que você sugere?

— Eu não sei o que sugerir. Eu só estou dizendo que Deacon merece ser pendurado pelos colhões. Pegá-lo com uma acusação de vandalismo é pouco para ele. Ele é culpado de coisa muito pior. Os Hadler. A filha. Alguma coisa. Eu sei que é.

Na recepção, ouviram a porta da delegacia bater. Deacon e a advogada tinham chegado.

— Meu amigo, escute bem o que eu vou lhe dizer — começou Raco. — Você não tem certeza. Se for pego dizendo esse tipo de coisa fora desta delegacia, essa acusação de assédio vai colar, está me ouvindo? Então, cuidado com essa boca. Não existe nada que ligue Deacon aos assassinatos dos Hadler por mais que você queira que tenha.

— Pergunte a ele.

— Ficar olhando numa só direção é um caminho muito perigoso.

— Apenas pergunte.

A advogada era jovem e incutida de uma profunda paixão pela defesa dos direitos de seu cliente. Raco a escutou pacientemente enquanto os conduzia até a sala de interrogatórios. Falk os observou passar, então se recostou em sua cadeira, frustrado. Deborah saiu de detrás do balcão da recepção e deu a ele uma garrafa de água gelada.

— Não é o ideal, ter de ficar aqui fora com Mal Deacon lá dentro — contou ela.

— Pois é. — Falk deixou escapar um suspiro. — Os protocolos são assim mesmo. Funcionam a seu favor até o dia que não funcionam.

— Sabe do que você precisa? Encontrar alguma coisa de útil para fazer enquanto espera. — Ela fez um aceno com a cabeça em direção ao corredor. — O depósito bem que está precisando de uma arrumação.

Falk olhou para ela.

— Eu não acho que...

Deborah olhou para ele por cima dos óculos.

— Venha comigo. — Ela destrancou a porta e o conduziu para dentro. O lugar cheirava a mofo, com prateleiras de papéis e material de escritório empilhados em todo o entorno. Ela levou um dos dedos aos lábios, em seguida tocou a orelha. Por uma saída de ar, acima das prateleiras, Falk ouvia vozes. Abafadas, mas audíveis.

— Para registro, eu sou o sargento Raco, presente com meu colega, o guarda Barnes. Por favor, digam os seus nomes para que fiquem registrados.

— Cecilia Targus. — A voz da advogada chegou clara e vigorosa através da saída de ar.

— Malcolm Deacon.

No depósito, Falk olhou fixo para Deborah.

— Isso precisa ser consertado — ele sussurrou, e ela piscou para ele.

— Precisa. Mas não hoje.

Ela saiu, fechando a porta por trás de si e Falk se sentou numa caixa para escutar.

A advogada de Deacon tentou dar início à conversa.

— O meu cliente — começou para, então, parar.

Falk podia imaginar Raco erguendo a mão para silenciá-la.

— Você nos deu a cópia impressa da queixa contra o agente federal Aaron Falk, obrigado. — A voz de Raco foi chegando pela saída de ar. — Como vocês estão cientes, ele está tecnicamente fora de serviço e não integra esta força policial, de maneira que o assunto será encaminhado para o membro apropriado de sua própria cadeia de comando.

— Meu cliente gostaria de receber garantias de que será deixado em paz e...

— Eu sinto informar que não poderei dar nenhuma garantia desse tipo.

— Por que não?

— Porque seu cliente é o vizinho mais próximo de uma casa onde três pessoas foram mortas a tiros e continua, até o momento, sem álibi — disse Raco. — Ele também é suspeito de um ato de vandalismo ocorrido ontem à noite contra um carro. Mas nós falaremos disso um pouco mais adiante.

Fez-se silêncio.

— Com relação às mortes dos três membros da família Hadler, o sr. Deacon não tem mais nada a acrescentar a... — Dessa vez, a advogada foi interrompida pelo próprio Deacon.

— Eu não tive porra nenhuma a ver com aqueles assassinatos e você pode colocar isso aí no seu registro — ele foi dizendo.

A voz aguda de Cecilia Targus interviu:

— Sr. Deacon, eu o aconselho a...

— Olha, querida, cale a boca, está bem? — O escárnio demonstrado por Deacon foi arrepiante. — Você não tem a menor ideia de como as coisas funcionam por aqui. Esses sujeitos arrumariam um jeito de me indiciar por esses assassinatos num piscar de olhos e eu não preciso acabar na cadeia por sua culpa.

— Não obstante, seu sobrinho me pediu que o aconselhasse a...

— Qual é o seu problema? Essas tetas te deixam surda além de burra?

Fez-se um longo silêncio. Sentado sozinho, Falk sorriu para si mesmo apesar de tudo. Nada como uma boa dose de misoginia à moda antiga para os ignorantes recusarem bons conselhos. Deacon não podia alegar que não tinha sido avisado.

— Talvez você pudesse, então, nos contar de novo sobre aquele dia, Mal. Por favor. — A voz de Raco saiu calma, porém firme. O sargento tinha uma boa carreira à sua frente, pensou

Falk. Isso se aquele caso não acabasse com o seu entusiasmo antes de engrenar de verdade.

— Não tenho nada para contar. Eu estava na lateral da casa consertando a cerca quando vi a picape de Luke subir a pista de acesso.

Deacon soava mais lúcido do que Falk jamais o ouvira soar, mas suas palavras tinham a cadência cantarolada de uma narração aprendida, em vez de lembrada.

— O Hadler ia e voltava o tempo todo, então eu não prestei a menor atenção — continuou Deacon. — Aí eu ouvi um tiro vindo da fazenda deles. Entrei em casa. Um pouco depois, outro tiro.

— Fez alguma coisa?

— Como o quê? É uma droga de uma fazenda. Atiram em alguma coisa todos os dias. Como eu ia saber que era aquela mulher e o moleque?

Falk podia imaginar Deacon dando de ombros.

— De qualquer forma, eu já contei que não estava prestando atenção, não contei? Porque eu estava no telefone.

Seguiu-se um silêncio perplexo.

— Como?

Falk ouviu a sua própria confusão ecoada no tom de Raco. Não havia nenhuma menção a um telefonema no depoimento de Deacon. Falk sabia disso. Já o lera vezes o bastante para saber.

— O que foi? — perguntou Deacon, parecendo não entender o que estava acontecendo.

— Você atendeu a um telefonema? Durante os disparos?

— Foi — confirmou Deacon. — Eu já disse isso. — Mas sua voz havia mudado. Ele soava menos seguro.

— Não, você não mencionou isso — disse Raco. — Você disse que entrou em casa e que, então, ouviu o segundo tiro.

— Isso mesmo, eu entrei *porque* o telefone estava tocando — confirmou Deacon, agora hesitante. Sua voz agora estava mais lenta e ele tropeçou um pouco na última palavra. — Era a mulher da farmácia avisando que meu remédio estava pronto.

— Você estava no telefone com a mulher da farmácia quando ouviu o segundo tiro? — perguntou Raco, deixando clara a sua incredulidade.

— Foi — disse Deacon, não soando nada seguro. — Estava. Acho que sim, porque ela perguntou o que tinha sido aquele estrondo e eu disse que não era nada, só coisa de fazenda.

— Você estava no celular?

— Não. No fixo. Lá em cima, o sinal do meu celular é uma bosta.

Fez-se mais um silêncio.

— Por que não nos contou isso antes? — indagou Raco.

O silêncio que se fez, então, foi ainda mais longo. Quando Deacon voltou a falar, parecia uma criança.

— Eu não sei.

Mas Falk sabia. Fora a demência. No depósito, ele encostou a testa na parede fria. Por dentro, gritava de frustração. Pela saída de ar, ele ouviu uma tossidela. Quando a advogada falou, parecia satisfeita.

— Acho que terminamos aqui.

Trinta e Um

Raco manteve Deacon na sala de interrogatórios por mais vinte minutos, interrogando a respeito dos danos causados ao carro de Falk, mas era uma causa perdida. Acabou deixando o velho ir embora com uma advertência ecoando em seus ouvidos.

Falk pegou as chaves da patrulha e esperou atrás da delegacia até o homem ir embora. Deu cinco minutos, então seguiu a rota até a fazenda dos Deacon, lentamente. No caminho, a placa de aviso de incêndio dizia que o risco continuava extremo.

Virou numa placa desbotada que apontava para o que fora ambiciosamente batizado de "Complexo Deacon" e foi subindo ruidosamente a estrada de cascalho. Algumas ovelhas ergueram as cabeças, esperançosas, quando ele passou no carro.

A propriedade ficava bem no alto de um morro e oferecia uma vista espetacular da paisagem circundante. À direita, Falk podia ver a casa dos Hadler claramente, a alguma distância mais abaixo no vale raso. O varal giratório parecia uma teia de aranha presa a um bastão e os bancos de jardim pareciam móveis de casa de bonecas. Vinte anos antes, ele adorara ficar olhando aquela vista nas ocasiões em que visitara Ellie naquela casa. Agora, não a tolerava.

Falk parou do lado de fora de um celeiro caindo aos pedaços enquanto Deacon tentava trancar o carro. As mãos do homem tremiam e ele derrubou as chaves no chão empoeirado. Falk cruzou os braços e assistiu Deacon se abaixar lentamente para apanhá-

-las. O cachorro de Deacon trotou até os pés do mestre e rosnou na direção de Falk. O velho ergueu os olhos. A agressividade natural de seu rosto havia sido substituída por alguma outra coisa. Ele apenas parecia exausto e confuso.

— Eu acabei de sair da delegacia — disse Deacon, não soando muito seguro do que dizia.

— É. Saiu.

— O que você quer, então? — Deacon endireitou a coluna o melhor que pôde. — Vai bater num velho enquanto não tem ninguém por perto? Você é um covarde.

— Não vou desperdiçar o murro que vai acabar com a minha carreira em você — Falk avisou.

— O que é, então?

Aquela era uma boa pergunta. Falk olhou para Deacon. Durante duas décadas, o homem pairara sobre ele maior do que a própria vida. Ele havia sido o bicho-papão, o desmancha-prazeres, o monstro escondido debaixo da cama. Diante dele, agora, Falk ainda sentia o gosto de sua própria ira no fundo da garganta, mas ela estava diluída em alguma outra coisa. Não era pena. Não, definitivamente não era pena.

Em vez disso, Falk se deu conta de que se sentia passado para trás. Demorara tanto para matar o monstro que, com o tempo, ele havia murchado e definhado até não ser mais uma luta entre iguais. Falk deu um passo à frente e, por um segundo, os olhos de Deacon registraram medo. Um lampejo de vergonha percorreu o corpo de Falk e ele parou onde estava. O que estava fazendo ali?

Olhou Deacon dentro dos olhos.

— Eu não tive nada a ver com a morte de sua filha.

— Mentira sua, o seu nome estava naquele bilhete. O seu álibi foi um conto de fadas... — As palavras mais uma vez saíram com a entonação superficial de uma fala memorizada. Falk o interrompeu.

— Como você sabe, Deacon? Me conte. Por que você sempre teve tanta certeza de que Luke e eu não estávamos juntos no dia que ela morreu? Porque, deixe eu lhe dizer uma coisa, eu fico achando que você sabe muito mais sobre o dia da morte da Ellie do que admite.

Quando Mal Deacon entrou em casa e não sentiu o cheiro de comida, foi tomado por uma enorme irritação. Na sala, seu sobrinho estava deitado no velho sofá marrom com os olhos fechados e uma cerveja equilibrada na barriga. O rádio transmitia a partida de críquete aos berros. Os australianos jogavam contra os sul-africanos.

Deacon chutou as botas de Grant de cima do sofá e o sobrinho abriu um dos olhos.

— A droga do chá não está pronto? — perguntou Deacon.

— Ellie ainda não voltou da escola.

— E você não podia ter começado, seu filho da mãe preguiçoso? Eu passei o dia inteiro me acabando com aquelas ovelhas.

Grant deu de ombros.

— Isso é função de Ellie.

Deacon resmungou, embora ele tivesse razão. Era mesmo função de Ellie. Tirou uma cerveja do fardo de seis que se encontrava ao lado de Grant e seguiu até os fundos da casa.

O quarto da filha estava imaculadamente limpo. O silêncio que reinava ali tornava-o quase que um território à parte do caos do resto da casa. Deacon se postou no vão da porta e tomou um gole da lata. Seus olhos passearam pelo cômodo como um par de besouros, mas ele hesitou em entrar. Da soleira daquele quarto impecável, teve a inquietante sensação de que algo não estava certo. Era a sensação de um fio solto. De uma rachadura na calçada. Tudo parecia perfeito, mas algo estava fora de lugar.

Os olhos passaram para o poste branco da cama e ele franziu a testa. Havia um amassado na madeira e a tinta havia rachado e descascado no local. Abaixo do poste, o tapete cor-de-rosa havia sido esfregado num círculo pequeno e imperfeito e estava agora um ou dois tons mais escuros do que o resto. Quase não dava para notar, mas estava ali.

Deacon sentiu um nó gelado se formar em seu estômago como se fosse uma pedrinha. Olhou fixo para o quarto silencioso, para o amassado na madeira e para a mancha enquanto o álcool levava os primeiros sinais de fúria pelas suas veias. Era para a filha estar ali, mas ela não estava. Ele segurou a cerveja com força na palma da mão e esperou seu peso frio e sólido acalmá-lo.

Mais tarde, ele diria à polícia que foi naquele momento que soube que algo estava seriamente errado.

Falk observou o pai de Ellie com atenção.

— Talvez você até consiga alegar que as suas mãos estão limpas no caso dos Hadler — disse ele —, mas você sabe alguma coisa a respeito do que aconteceu com a sua filha.

— Tome cuidado com essa boca. — A voz de Deacon saiu baixa e tensa, como uma mola encolhida.

— Por isso você sempre se empenhou tanto em me culpar da morte de Ellie, não é? Se não existe suspeito nenhum ao alcance, as pessoas procuram um. E sabe-se lá o que as pessoas poderiam descobrir se elas se aproximassem muito. Negligência? Abusos?

O velho se atirou em cima de Falk com uma força surpreendente, pegando-o desprevenido e jogando-o no chão. A mão imunda de Deacon foi quebrando o rosto de Falk enquanto o cachorro corria em círculos latindo freneticamente.

— Eu vou arrancar as suas tripas — berrava Deacon agora. — Se eu ouvir você sussurrar qualquer coisa parecida outra vez, eu arranco as suas tripas igual se faz com um animal. Eu a amava. Você está me ouvindo? Eu amava aquela menina.

O coração de Luke Hadler saía pela boca. Ele parou com uma das mãos em cima do rádio no instante em que os sul-africanos quase levaram um wicket. O batedor se recompôs, o pânico passou e ele desligou o rádio.

Borrifou perfume liberalmente sobre o peito nu e escancarou a porta do armário. Estendeu a mão automaticamente em direção à camisa cinza que ela havia elogiado um dia. Olhou o próprio reflexo no espelho e sorriu para si mesmo enquanto a abotoava. Gostou do que viu, mas sabia por experiência que isso não significava porra nenhuma. Metade do tempo era preciso ser adivinho para saber o que se passava na cabeça das garotas.

Hoje, por exemplo. A imagem de Ellie, dentro da sala de aula, encostando aquela boca quente e cruel na de Aaron surgiu em sua mente e seu reflexo no espelho fechou a cara. Será que tinha sido a primeira vez? Por algum motivo ele tinha certeza que não. Luke sentiu um intenso lampejo de alguma coisa que parecia ciúmes e ele sacudiu a cabeça com toda a força. E daí? Ele estava pouco se lixando. Mas, caramba, de vez em quando Ellie Deacon sabia ser uma verdadeira vaca. Ignorando-o para depois sair correndo atrás de Aaron. Não que ele se incomodasse, mas, porra: só de olhar para a cena dava para perceber que alguma coisa estava muito errada ali.

Deacon enfiava os longos dedos na bochecha de Falk causando-lhe uma dor tão intensa que ele lhe agarrou o punho e o afastou com um único empurrão. Deacon foi jogado no chão de barriga para cima e Falk se levantou, indo para trás. Tudo terminou em segundos, mas os dois homens estavam sem fôlego, a adrenalina pulsando pelos seus corpos. Deacon ergueu os olhos e o fitou com os cantos da boca brancos de cuspe.

Falk inclinou o corpo por cima dele, ignorando o cachorro que lhe mostrava os dentes. Estava por cima de um homem doente, prostrado no chão. Mais tarde ele se odiaria por isso. Naquele momento, não estava nem aí.

Quando chegou em casa, os braços de Aaron doíam de carregar a caixa de plantas, mas o sorriso continuava fixo em seu rosto. Só um pequeno arrependimento diminuía o seu bom humor. Talvez devesse ter ido atrás de Ellie quando ela saiu da sala de aula. Era o que Luke teria feito, pensou. Ele teria continuado a conversa, convencido Ellie de que, no final das contas, ela queria, sim, aquela Coca-Cola.

Franziu a testa e depositou a caixa no alpendre. Não tinha dúvida de que Ellie sorrira para Luke na saída. Eles mal se falavam ultimamente, mas ela conseguia sorrir para ele mesmo assim?

Ele havia se preparado para o sorrisinho cínico e o comentário cretino do amigo depois que Ellie saiu, mas Luke se limitara a erguer as sobrancelhas.

— Cuidado com essa daí. — Fora tudo que ele dissera.

Aaron sugerira que fossem dar uma volta na rua principal, mas Luke sacudira a cabeça.

— Desculpe, cara, preciso ir num lugar.

Ellie também havia dito que estava ocupada. Fazendo o quê? Aaron se perguntou. Se estivesse trabalhando, ela teria dito, não teria? Ele se forçou a não pensar demais no que seus dois amigos estavam fazendo sem ele.

Em vez disso, procurando o que fazer, foi pegar as varas de pescar. Daria um pulo no rio. Rio acima, onde os peixes vinham mordendo mais, ultimamente. Ou, então, ele pensou, podia ir até a árvore da pedra caso Ellie estivesse lá. Ficou em dúvida entre as duas opções. Se ela quisesse a companhia dele, teria dito. Mas ela era tão difícil de decifrar. Talvez se eles passassem um pouco mais de tempo juntos, só os dois, ela se daria conta. Ele seria bom para ela. Mas se ele nem mesmo conseguia fazer Ellie perceber isso, alguma coisa estava muito errada.

— Você acha que eu matei sua filha aquele dia? — perguntou Falk, olhando para Deacon, caído. — Acha que eu segurei o corpo dela debaixo d'água até ela se afogar e, aí, menti para todo mundo, até para o meu próprio pai, durante todos estes anos?

— Eu não sei o que aconteceu aquele dia.

— Eu acho que sabe, sim.

— Eu a amava.

— E desde quando isso alguma vez impediu alguém de machucar outra pessoa?

— Me dê uma dica. Numa escala de um a direto em cana, qual o tamanho da merda que você fez?

Raco berrava pelo telefone. Falk se deu conta de que nunca o ouvira zangado antes.

— Nenhuma. Olhe, está tudo bem. Deixe para lá — disse Falk. Ele estava sentado na viatura, a um quilômetro da casa de Deacon. Tinha oito chamadas perdidas de Raco no telefone.

— Nenhuma? — repetiu Raco. — Você acha que eu nasci ontem, amigo? Já tem uma queixa contra você. Acha que não consigo adivinhar exatamente onde você está? Que eu não passo de um caipira burro que não tem a menor noção de nada?

— O quê? Não, Raco, é claro que não. — Ele mesmo estava abalado com sua própria falta de autocontrole. Sentia-se mal, como se estivesse fingindo ser outra pessoa.

— Você sai correndo assim que o interrogatório termina... aliás, eu sei que você estava escutando tudo... e eu estou ouvindo na sua voz que você aprontou alguma com Deacon. *E num carro da polícia*. Então, não, não está tudo bem, está? Da última vez que eu verifiquei, eu ainda era responsável por isto daqui e se você andou assediando alguém que já prestou queixa contra você, aí, meu irmão, nós estamos, sim, com um sério problema.

Fez-se um longo silêncio. Falk podia imaginar Raco andando de um lado para o outro da delegacia, com Deborah e Barnes escutando a conversa. Falk respirou fundo algumas vezes. Seu coração ainda martelava dentro do peito, mas o bom senso começou a retornar.

— Nós não temos nenhum problema — disse Falk. — Eu sinto muito. Eu surtei de repente. Se acontecer qualquer coisa, a culpa é minha. Não deixo respingar em você. Juro.

A ligação ficou muda por tanto tempo que Falk não soube dizer se Raco ainda estava na linha.

— Escuta, amigo — começou Raco, já falando mais baixo. — Eu acho que essa história toda pode estar começando a ficar pesada para você. Considerando o seu histórico por aqui.

Falk sacudiu a cabeça, mesmo não tendo ninguém ali para vê-lo.

— Não. Eu já disse. Foi só um momento de loucura. Nada demais. — Nada a mais, pelo menos.

— Olhe, você fez tudo o que poderiam ter pedido de você. Mais, até — continuou Raco. — Nós chegamos mais longe do que eu teria conseguido sozinho. Eu tenho certeza disso, amigo. Mas talvez esteja na hora de deixarmos isso para lá. Chamar Clyde para assumir o caso. A culpa é minha, eu já devia ter feito isso há séculos. Isso não é responsabilidade sua. Nunca foi.

— Raco, amigo...

— E você é obcecado com Deacon e com Dow. Obcecado em jogar a culpa pra cima deles. É como se você precisasse pegá-los pelo que aconteceu com os Hadler para compensar o que aconteceu com Ellie.

— Não é nada disso! O nome de Dow estava escrito na letra de Karen!

— Eu sei, mas não existe nenhuma outra prova! E eles têm álibis. Agora, os dois têm. — Raco deixou escapar um suspiro pela linha do telefone. — O telefonema que Deacon disse ter recebido durante o assassinato dos Hadler parece ser verdade. Barnes está pegando os registros telefônicos neste instante, mas a garota da farmácia já confirmou o que ele disse. Ela lembra do que aconteceu.

— Que merda. — Falk passou uma das mãos pela cabeça. — Por que ela não mencionou isso antes?

— Porque nunca perguntaram.

Houve uma pausa.

— Não foi Deacon — concluiu Raco. — Ele não matou os Hadler. Você precisa abrir os olhos, e rápido. Você está olhando tanto para o passado que ele está te cegando.

Trinta e Dois

Falk sentiu a tensão dos ombros começar a se dissolver mais ou menos quando Gretchen serviu a terceira taça de vinho tinto. Aquele peso que lhe oprimia o peito há tanto tempo que já havia deixado de perceber finalmente começou a ceder. Sentiu os músculos do pescoço relaxarem. Tomou mais um longo gole do vinho e apreciou a sensação de a cabeça cheia demais ir abrindo espaço para uma bruma mais leve e agradável.

A cozinha estava escura e os restos do jantar haviam sido tirados da mesa. Um ensopado de cordeiro. De acordo com Gretchen, ela que criou. O animal, não a receita. Lavaram a louça juntos – as mãos dela mergulhadas na espuma, as dele enroladas num pano de prato. Trabalhando juntos e curtindo, mesmo que um pouco tímidos, aquela normalidade doméstica.

Por fim, atravessaram a sala de estar onde ele, saciado, se deixou afundar num sofá velho e confortável com uma taça na mão. Ele a observara se deslocar lentamente pela sala, acendendo abajures de luz suave colocados sobre mesas de canto, criando um fulgor dourado. Ela apertou um botão invisível e um jazz discreto invadiu o ambiente. Algo de tranquilo e indistinto. As cortinas bordô estavam abertas, tremulando na brisa da noite. Do lado de fora da janela, nada se movia na paisagem.

Mais cedo, Gretchen o buscara de carro no pub.

— O que foi que aconteceu com o seu? — perguntara.

Ele lhe contou sobre o estrago. Ela insistiu em ver o carro e eles caminharam até o estacionamento onde ela levantou a lona com todo o cuidado. O carro havia sido lavado com mangueira, mas o interior continuava destruído. Ela foi solidária e riu baixinho enquanto massageava os seus ombros. Conseguiu fazer com que a coisa não parecesse tão ruim assim.

Enquanto seguiam pelas ruas secundárias, Gretchen lhe disse que Lachie ia dormir na casa da babá. Não ofereceu nenhuma outra explicação. Sob a luz do luar, seus cabelos resplandeciam.

Agora ela se juntara a ele no sofá. No mesmo sofá, só que na outra ponta. Uma distância que ele teria de transpor. Sempre achava isso um pouco difícil. Ler sinais. Encontrar o momento perfeito. Cedo demais era ofensivo; tarde demais tinha o mesmo efeito. Ela sorriu. Talvez não tivesse tanta dificuldade assim esta noite, pensou Falk.

— Quer dizer que você continua resistindo ao chamado de Melbourne — ela comentou. Tomou um gole. O vinho era da mesma cor que seus lábios.

— Alguns dias são mais fáceis que outros — disse Falk. Ele retribuiu o sorriso. Sentiu uma calidez desabrochar em seu peito, em sua barriga. Um pouco mais abaixo.

— Algum sinal de que vocês estão perto de solucionar o caso?

— Sinceramente, é difícil dizer — respondeu ele, sendo vago. Não queria falar sobre o assunto. Ela assentiu e eles passaram para um silêncio confortável. As notas melancólicas do jazz foram tragadas pelo calor.

— Ah — lembrou ela —, eu tenho uma coisa para mostrar a você.

Ela se virou no sofá, erguendo o braço para alcançar a estante que ficava por trás. O movimento a aproximou dele, expondo rapidamente sua pele lisa. Gretchen se sentou outra vez, segurando dois álbuns de fotografia. Eram livros grandes, de capa dura. Abriu a primeira página de um, então descartou, colocando-o de lado. Abriu o outro e chegou mais perto de Falk.

A distância já sumira e ele sequer terminara o vinho.

— Encontrei isto outro dia — disse ela.

Ele olhou para o que ela lhe mostrava. Sentiu seu braço nu encostado no dele. Aquilo o fez pensar na primeira vez que a viu depois de tanto tempo. Na saída da cerimônia fúnebre. Não, não queria pensar nisso agora. Não queria pensar nos Hadler. Não queria pensar em Luke.

Falk baixou a vista enquanto ela abria o álbum. Trazia três ou quatro fotos por página autocolante, protegida por uma folha de plástico. Os primeiros retratos mostravam uma Gretchen pequena, as imagens claras com os típicos tons vermelhos e amarelos dos laboratórios de revelação. Ela foi passando rápido.

— Onde está... ah. Aqui. Olhe só — disse ela, virando a página para ele e apontando. Falk se inclinou. Era ele. E ela. Uma foto que nunca tinha visto. Ele, há trinta anos, de pernas de fora com shorts cinza; ela, usando um vestido da escola, grande demais. Estavam lado a lado, no meio de um pequeno grupo de crianças uniformizadas. Todos os outros sorriam, mas tanto ele quanto Gretchen olhavam para a câmera com olhos apertados e expressões de desconfiança. Loiros desde a infância, os cabelos de Gretchen eram iluminados de ouro e os dele eram brancos. A julgar pela expressão de rebeldia no seu rosto, haviam sido forçados a posar para a foto instruídos por quem quer que estivesse por trás da câmera, imaginou Falk.

— Primeiro dia de aula, eu acho. — Gretchen olhou para o lado e ergueu a sobrancelha. — Então, parece que você e eu ficamos amigos antes de todo mundo.

Ele riu e chegou um pouco mais perto enquanto ela passava o dedo por cima daquela imagem do passado. Ergueu os olhos para ele, no presente, os lábios vermelhos se abriram por cima de dentes brancos num sorriso, e logo estavam se beijando. Ele passou o braço pelas costas dela e a puxou para mais perto, sentiu o calor da boca de Gretchen na sua, seu nariz em sua bochecha, a outra mão em seus cabelos. Sentiu o roçar suave do peito dela no seu e se sentiu intensamente ciente da pressão da saia jeans dela sobre as suas coxas.

Eles se afastaram, riram constrangidos, respiraram fundo. Os olhos de Gretchen pareciam quase azul-marinhos na luz tênue. Falk afastou uma mecha de cabelo da testa dela e logo ela se aproximava outra vez, beijando-o, e ele sentia o cheiro de seu shampoo e o sabor do vinho tinto cada vez que respirava.

Ele não ouviu o celular tocar. Foi só quando ela parou de se mexer que ele registrou qualquer coisa além de eles dois. Falk tentou ignorar, mas ela levou um dedo aos lábios dele. Ele o beijou.

— Shh — Ela riu. — É o seu ou... não, é o meu. Desculpe.

— Deixe para lá — pediu, mas ela já se afastava, levantando-se do sofá, afastando-se dele.

— Não posso, desculpe, pode ser a babá. — Ela sorriu, um sorrisinho encantador que fez a pele dele formigar nos locais que tinham estado em contato com ela. Ele ainda podia senti-la. Ela olhou para a tela. — E é. Eu já volto. Fique à vontade.

E ela piscou para ele. Um sinal brincalhão e irônico do que ainda estava por vir. Ele sorriu enquanto ela deixava a sala.

— Oi, Andrea, está tudo bem? — ele a ouviu dizer.

Ele encheu as bochechas de ar e esfregou os olhos com os nós dos dedos. Sacudiu a cabeça, tomou um gole de vinho, sentou-se mais ereto no sofá. Despertou um pouco, mas não por completo, tentando não quebrar o encanto até ela retornar.

A voz de Gretchen chegava do aposento contíguo como um murmúrio. Ele apoiou a cabeça no encosto do sofá, escutando os sons indistintos. Podia ouvir a cadência, o sobe e desce tranquilizador. O pensamento surgiu em sua mente sem ser convidado. Sim, talvez ele quase conseguisse se acostumar com aquilo. Não em Kiewarra, mas em algum outro lugar. Algum lugar gramado e espaçoso, onde chovesse. Gostava de espaços abertos. Melbourne e sua vida de verdade pareciam estar a cinco horas e um milhão de quilômetros de distância. Talvez a cidade tivesse mexido muito com ele, mas, pela primeira vez, ele se perguntou o que se escondia em seu íntimo.

Mudou de posição no sofá e a mão roçou por cima das capas frias dos álbuns de fotografia. No outro aposento, os murmúrios de Gretchen continuavam. Não havia nenhuma urgência em seu tom – parecia paciente, explicando alguma coisa. Falk colocou o álbum no colo e o abriu sem muita vontade, piscando para afastar o peso do vinho.

Procurava a foto dos dois, mas se deu conta imediatamente de que havia pegado o álbum errado. Em vez das fotos de infância na primeira página, encontrou uma Gretchen mais velha, com seus dezenove ou vinte anos, talvez. Falk ia fechando a capa, mas parou. Olhou para as fotos com interesse. Na verdade, nunca tinha visto Gretchen com aquela idade. Ele a vira mais nova e, agora, mais velha. Nada entre uma coisa e outra. Gretchen ainda olhava para a câmera com certa desconfiança, mas a relutância em posar se fora. A saia ficara mais curta e sua expressão menos tímida.

Virou a página e levou um choque ao se ver cara a cara com Gretchen e Luke, congelados no tempo numa foto brilhosa e colorida. Ambos com seus vinte e poucos anos, íntimos, risonhos, as cabeças juntas, os sorrisos igualmente largos. O que fora mesmo que ela dissera?

Nós namoramos um ou dois anos. Nada sério. Terminou, é claro.

Uma série de fotos parecidas cobria duas páginas duplas. Dias fora da cidade, férias na praia, uma festa de Natal. Então, de repente, sumiram. Justo quando o rosto de Luke se transformava do de um rapaz de vinte e poucos para o de um homem de quase trinta. Mais ou menos na idade que Luke conhecera Karen, ele desapareceu do álbum de Gretchen. O que tudo bem, Falk disse para si mesmo. Normal. Fazia sentido.

Foi folheando as páginas remanescentes enquanto a voz abafada de Gretchen flutuava até ele vinda do outro cômodo. Estava prestes a fechar o álbum quando a mão parou no meio do caminho.

Bem na última página, debaixo do plástico protetor amarelado, havia uma foto de Luke Hadler. Ele olhava para baixo, não para a câmera, com um sorriso sereno no rosto. Luke aparecia em primeiro plano, mas parecia estar num quarto de hospital, empoleirado na beirada de uma cama. Segurava um recém-nascido nos braços.

O rostinho rosa minúsculo, os cabelos escuros e o punho gorducho surgiam de dentro das pregas da manta azul que ele trazia nos braços. Luke segurava a criança com naturalidade, perto do corpo. De um jeito paternal.

Billy, pensou Falk automaticamente. Ele já havia visto mil fotos parecidas na casa dos Hadler. Mas no instante em que o nome lhe veio à cabeça, ele percebeu que alguma coisa não estava certa. Falk inclinou o corpo por cima do álbum de Gretchen esfregando os olhos, agora completamente desperto. A foto não era de boa qualidade e fora tirada num quarto semiescuro com um flash forte. Mas o foco era preciso. Falk enfiou o álbum debaixo do abajur da mesinha de canto, a luz tênue mostrando a imagem com mais clareza. Aninhada na manta azul, em torno do punho gorducho do bebê, havia uma pulseira de plástico branco onde o nome da criança aparecia escrito em letras maiúsculas bem desenhadas:

LACHLAN SCHONER

Trinta e Três

Falk viu seu reflexo se deformar e mudar nas janelas escuras. A voz de Gretchen flutuava pelo corredor. De repente, soou diferente aos seus ouvidos. Ele pegou o outro álbum e folheou. As fotos mostravam Gretchen sozinha, Gretchen com a mãe, Gretchen numa noitada em Sydney com a irmã mais velha.

Nenhuma foto de Luke. Até... ele quase passou direto. Voltou uma página. Era mais uma foto ruim, pouco digna de ser incluída no álbum. Tirada em algum evento comunitário. Gretchen estava ao fundo. Em pé, ao seu lado, estava Karen Hadler. De pé ao lado de Karen encontrava-se Luke.

Por cima da cabeça da esposa, Luke Hadler olhava diretamente para Gretchen. Ela sorria para ele com o mesmo sorriso encantador que acabara de sorrir para Falk. Ele virou para a foto de Luke com o filho recém-nascido de Gretchen. O menino que, com cabelos escuros, olhos castanhos e nariz afilado havia crescido sem ter nenhum traço da mãe.

Falk deu um pulo quando Gretchen falou às suas costas.

— Não era nada — disse ela. Falk se virou imediatamente. Ela sorriu, pousou o celular e pegou a taça de vinho. — Lachie só queria ouvir minha voz...

Seu sorriso sumiu quando ela viu a expressão no rosto de Falk e o álbum de fotografia aberto em sua mão. Ela o olhou, seu rosto uma máscara.

— Gerry e Barb Hadler sabem? — Falk detectou a intensidade em sua própria voz e não gostou. — Karen sabia?

Aquilo a irritou e ela imediatamente se pôs na defensiva.

— Não existe nada para saber.

— Gretchen...

— Eu já disse. O pai de Lachie não convive com o filho. Luke era um velho amigo. Então nos visitava. Passava algumas horas com Lachie de vez em quando. E daí? O que tem de errado nisso? Era tipo um exemplo de figura masculina. Nada demais. — Gretchen estava falando sem pensar. Ela parou. Respirou fundo. Olhou para Falk. — Luke não é pai dele.

Falk não disse nada.

— Não é — ela insistiu.

— O que diz na certidão de nascimento de Lachie?

— Está em branco. Apesar de não ser da sua conta.

— Você tem uma única foto do pai de Lachie? Uma foto que possa me mostrar?

Ela respondeu à pergunta com silêncio.

— Tem? — ele insistiu.

— Eu não tenho que lhe mostrar nada.

— Não pode ter sido fácil para você. Quando Luke conheceu Karen. — Falk não reconheceu seu próprio tom. Ele soava distante, frio.

— Pelo amor de Deus, Aaron. Ele não é pai de Lachie. — O rosto e o pescoço de Gretchen estavam vermelhos. Ela tomou um gole de vinho. Um tom de súplica penetrou na sua voz: — A gente não dormia junto há... Nossa, fazia anos.

— O que foi que aconteceu? Luke não queria compromisso sério com você, estava sempre pensando em ir embora. Aí ele conhece Karen e...

— É, e aí? — ela o interrompeu. O vinho subiu pela lateral da taça, quase entornando. Ela piscou os olhos para conter as lágrimas e qualquer ternura que eles haviam contido antes desapareceu. — Ok, certo, eu fiquei puta quando ele a escolheu. Aquilo me magoou. Luke me magoou. Mas é a vida, não é mesmo? O amor é assim.

Ela parou. Mordeu a ponta da língua com os dentes da frente.

— Eu bem que me perguntei por que você não gostava da Karen — disse Falk. — Mas isso com certeza explica tudo, não?

— E daí? Eu não preciso ser a melhor amiga dela...

— Ela tinha tudo o que você queria. Luke, segurança, dinheiro, ou pelo menos o que restou do dinheiro. Você estava aqui sozinha. O pai do seu filho seguiu com a vida dele. Supostamente deixou a cidade. Ou será que, na verdade, estava só um pouco adiante brincando de casinha com outras pessoas?

Agora com as lágrimas escorrendo pelo rosto, ela gritou:

— Como você pode me perguntar uma coisa dessas? Se eu tive um caso com Luke enquanto ele era casado? Se ele é pai do meu filho?

Falk a olhou, fixamente. Ela sempre fora a mais bonita do grupo. Quase etérea. Então ele se lembrou da mancha no quarto de Billy Hadler. Lembrou-se de Gretchen erguendo a espingarda e matando aqueles coelhos.

— Eu estou perguntando porque preciso.

— Caramba, qual o seu problema? — O rosto dela havia endurecido. Seus dentes estavam manchados de vinho. — Você está com ciúmes? Porque, por um tempo, eu escolhi Luke e ele me escolheu? Esse é, provavelmente, parte do motivo de você estar aqui agora, não é? Achou que finalmente conseguia ser melhor que Luke, já que ele não está mais aqui.

— Não seja idiota.

— Eu sou a idiota? Meu Deus, olhe só para você — dizia ela, agora mais alto. — Sempre atrás dele como um cachorrinho quando a gente era mais novo. E agora, até mesmo agora, você se permite ficar numa cidade que odeia por causa dele. É patético. Que tipo de controle ele tem sobre você, hein? É como se você fosse obcecado.

Falk quase podia sentir os olhos do amigo morto os observando de dentro daquele álbum.

— Credo, Gretchen, eu estou aqui porque três pessoas foram mortas, está bem? Então eu espero, pelo bem do seu filho, que ter mentido sobre o seu relacionamento com Luke seja a pior coisa que você tenha feito com aquela família.

Ela passou por ele como um raio, derrubando a taça de vinho dele de cima da mesa. O líquido manchou o tapete como sangue. Ela escancarou a porta da frente e uma rajada de vento quente trouxe para dentro um punhado de folhas.

— Saia. — Os olhos dela mais pareciam sombras. Seu rosto estava intensamente corado. No vão da porta, ela arfou como se estivesse prestes a dizer mais alguma coisa, mas parou. Sua boca se contorceu num sorrisinho gelado. — Aaron. Espere. Antes de você fazer qualquer coisa precipitada... eu tenho uma coisa para dizer. — A voz dela era quase um sussurro. — *Eu sei.*

— Sabe o quê?

Gretchen inclinou o corpo em direção a ele de maneira que seus lábios quase tocassem o seu ouvido. Ele sentiu o cheiro do vinho em seu hálito.

— Eu sei que seu álibi para o dia que Ellie Deacon morreu é mentira. Porque eu sei onde Luke estava. E não era com você.

— Espere, Gretchen...

Ela lhe deu um empurrão.

— Pelo visto, todos nós temos segredos, Aaron.

E a porta se fechou com um estrondo.

Trinta e Quatro

A caminhada de volta para a cidade foi longa. Falk sentiu cada passo seu ricochetear, das solas dos pés à cabeça latejante. Seus pensamentos enxameavam como moscas. Foi revivendo as conversas que tivera com Gretchen, colocando-as sob uma nova luz, analisando-as, buscando defeitos. Ligou para Raco. Ele não atendeu. Talvez ainda estivesse bravo. Falk deixou recado, pediu que ligasse de volta.

Já era quase hora de fechar quando ele finalmente chegou ao Fleece. Scott Whitlam estava na frente do pub, afivelando o capacete da bicicleta. O nariz machucado estava melhor do que na outra noite. Whitlam deu uma olhada para o rosto de Falk e parou.

— Você está bem, amigo?

— Noite barra-pesada.

— Dá pra ver. — Whitlam tirou o capacete. — Vamos, eu te pago um drinque rápido.

Tudo o que Falk queria era subir as escadas e ir para a cama, mas estava sem energia para discutir. Seguiu Whitlam pub adentro. O bar estava quase vazio e McMurdo limpava o balcão. Parou quando os dois entraram e pegou dois copos de cerveja sem perguntar. Whitlam colocou o capacete em cima da bancada.

— Eu estou convidando. Pode colocar na minha conta, amigo? — pediu a McMurdo.

O barman fez cara feia.

— Nada de conta.

— Ora, vamos. Nem para um freguês?

— Não me faça repetir, amigo.

— Ok. Tudo bem. — Whitlam tirou a carteira e olhou o conteúdo. — Eu acho que estou um pouco... talvez eu tenha de pagar com cartão...

— Deixe comigo. — Falk estendeu o braço por cima dele e colocou uma nota de vinte em cima do balcão, afastando os protestos de Whitlam com um aceno da mão. — Está tudo bem. Esqueça. Saúde.

Falk tomou um longo gole. Quanto mais rápido a cerveja fosse tomada, mais rápido ele podia dar a noite por encerrada.

— O que foi que aconteceu, então? — perguntou Whitlam.

— Nada. Só estou de saco cheio deste lugar.

Doeu. Luke me magoou.

— Algum progresso?

Por um momento insano, Falk pensou em contar a ele. McMurdo parara de limpar o balcão e escutava por trás do bar. No fim, deu de ombros.

— Eu vou ficar satisfeito de dar o fora daqui, só isso. — Fosse lá o que acontecesse, esperavam por ele em Melbourne na segunda-feira. Antes disso, até, se dependesse de Raco.

Whitlam assentiu com a cabeça.

— Sorte sua. Apesar... — Ele ergueu a mão e cruzou os dedos. — É capaz de eu seguir o seu exemplo mais cedo do que eu estava esperando.

— Está indo embora de Kiewarra?

— Eu espero que sim. Preciso fazer alguma coisa logo por Sandra. Ela está *por aqui* desta cidade. Tenho procurado um lugar novo, talvez uma escola lá no norte. Variar um pouco.

— Faz mais calor lá no norte.

— Mas pelo menos chove — argumentou Whitlam. — É essa falta de água por aqui. Deixa todo mundo maluco.

— Um brinde a isso — disse Falk, virando o copo. Ele sentiu a cabeça pesada. Vinho, cerveja, emoção.

Whitlam captou a mensagem e fez o mesmo.

— Ok, é melhor eu ir andando. Afinal de contas, amanhã tem aula. — Whitlam estendeu a mão para ele. — Espero que a gente se veja antes de você ir, mas se não rolar, boa sorte.

Falk apertou a mão estendida.

— Obrigado, para você também. Lá no norte.

Whitlam se foi com um aceno alegre e Falk entregou o copo vazio para McMurdo.

— Eu ouvi você dizer que vai embora em breve?

— É provável — respondeu Falk.

— Bem, acredite ou não, eu vou sentir muito a sua falta — disse McMurdo. — Você é o único que paga a sua conta com regularidade. O que me faz lembrar... — Ele abriu a caixa registradora e devolveu a nota de vinte para Falk. — Eu coloquei as bebidas na conta do seu quarto. Achei que seria mais fácil você cobrar como despesa de viagem, ou seja lá o que vocês tiras fazem.

Falk pegou a nota de vinte, surpreso.

— Ah, claro. Obrigado. Pensei que você tinha dito que não aceitava fiado.

— Eu só disse isso para Whitlam. Mas, para você, tudo bem.

Falk franziu a testa.

— Mas não para Whitlam? Você deve conhecê-lo bem.

McMurdo deu uma risada breve.

— Ah, conheço. Também sei onde ele gasta o dinheiro dele.

Ele apontou com a cabeça para as máquinas caça-níqueis piscando na sala dos fundos.

— Whitlam gosta de caça-níqueis, é? — perguntou Falk.

McMurdo assentiu.

— Além de todo o resto. Cavalos, galgos. Vive com um olho grudado no canal de corridas e o outro nos aplicativos do telefone.

— Você está brincando. — Embora aquilo o tivesse pegado de surpresa, não chegou a espantá-lo. Pensou em todos os livros de esportes que tinha visto na casa de Whitlam. Em sua carreira, havia conhecido muita gente viciada em jogo. Não existia um perfil único. A única coisa que essas pessoas tinham em comum era a ilusão e o sofrimento que a seguia.

— Ele é sutil, mas a gente enxerga todo o tipo de coisa quando está atrás de um balcão — disse McMurdo. — Ainda mais quando o assunto é a capacidade de uma pessoa de pagar o que bebe. E eu não acho que ele goste muito de caça-níqueis, não.

— Não?

— Que nada. Eu tenho a sensação de que, para ele, essas máquinas são peixe pequeno. O que não impede que ele enfie o próprio peso em moedas de ouro dentro delas toda vez que vem aqui. Era o que ele estava fazendo na noite que levou aquele murro sem querer. Quando Jamie e Grant brigaram.

— É mesmo?

— Bem, eu não devia estar aqui fofocando desse jeito — disse McMurdo. — Não é um crime um sujeito jogar o próprio dinheiro fora. Graças a Deus. Senão, eu ia a falência.

— Você e todo mundo. — Falk conseguiu se fazer sorrir.

— O negócio é que esse pessoal que gosta de jogar é muito bobo. Vivem procurando estratégias e brechas e, no fim das contas, isso só funciona se você apostar no cavalo certo.

O quarto de Falk nunca lhe dera a sensação de clausura de agora. Ele escovou os dentes sem acender a luz e se atirou na cama. Apesar do caos em sua cabeça, sentiu-se tomado pela exaustão. O sono estava próximo.

Lá fora, na rua, uma lata foi rolando, seu tinido metálico chacoalhando na quietude. Em meio ao torpor que sentia, o som lhe lembrou o retinir artificial das máquinas caça-níqueis. Fechou os olhos.

McMurdo tinha razão com relação a apostas. Eram como aquele caso. Às vezes, nem todas as estratégias do mundo ajudavam.

Só funciona se você apostar no cavalo certo.

Uma engrenagem girou lá no fundo da mente de Falk. Girou com muita lentidão por se tratar de algo já há muito enraizado. Encrostado e difícil de deslocar. Com relutância, um dente da engrenagem se moveu. Depois, parou. E assim ficou.

Falk abriu os olhos devagarinho. Estava escuro demais para enxergar qualquer coisa, mas ele fitou o breu absoluto, pensando.

Imaginou Kiewarra em três dimensões. Imaginou-se escalando, talvez subindo o mirante, o cenário lá embaixo ficando cada vez menor quanto mais ele subia. Chegando ao topo, olhou para baixo. Por cima da cidade, por cima da seca, da propriedade dos Hadler. Notando, pela primeira vez, como as coisas mudavam quando vistas de outro ângulo.

Falk pensou nisso com os olhos abertos, fitando o vazio por longos minutos. Testando o dente da engrenagem em sua nova posição. Finalmente, sentou-se na cama, agora completamente acordado. Vestiu uma camiseta e calçou os tênis. Pegou a lanterna e um jornal velho e desceu pé ante pé pela escada até o estacionamento.

Seu carro estava exatamente onde ele o deixara. O fedor de merda fez seus olhos lacrimejarem, mas ele mal notou. Puxou a lona para trás e, usando o jornal como uma luva improvisada, abriu o porta-malas. Ficava separado do resto do carro pelos bancos traseiros e, com isso, ficara protegido do que fora, uma tempestade de merda.

Falk ligou a lanterna e iluminou o porta-malas vazio. Ficou ali por um bom tempo. Então, sacou o celular e tirou uma foto.

De volta em seu quarto, o sono demorou bastante para chegar. Quando amanheceu, ele acordou e se vestiu bem cedo, então aguardou com impaciência. No instante que o relógio deu nove horas, Falk pegou o telefone e fez uma única ligação.

As palmas das mãos de Luke Hadler suavam sobre o volante. O ar-condicionado estava no máximo, mas quase não tinha feito diferença desde que deixara a fazenda de Jamie Sullivan. Sua garganta estava seca e ele queria ter uma garrafa de água à mão. Forçou-se a se concentrar na estrada. Estava quase em casa. Era só chegar lá.

Tinha acabado de virar no último trecho da estrada quando viu o vulto mais adiante. Em pé, na estrada, completamente só. Acenando para ele.

Trinta e Cinco

Falk irrompeu na delegacia sem fôlego. Assim que desligara o telefone, correra direto do pub para lá.

— Foi uma cortina de fumaça.

Sentado à sua mesa, Raco ergueu a cabeça. Seus olhos estavam completamente vermelhos e o canto de um deles ainda estava remelento.

— O que foi uma cortina de fumaça?

— Tudo, amigo. Nada teve a ver com Luke.

— Que ótimo — resmungou Luke enquanto se aproximava, o coração murchando quando percebeu quem acenava. Por um instante, se perguntou se poderia continuar em frente, mas o dia estava escaldante. Devia ter batido quarenta graus mais cedo, pensou.

Ele hesitou mais um instante, então pisou no freio e parou a picape. Desceu a janela e colocou o corpo para fora.

Falk abriu a pasta dos Hadler com dedos trêmulos, ao mesmo tempo animado e frustrado consigo mesmo.

— A gente vem se virando do avesso tentando encontrar uma ligação com Luke: o que ele vinha escondendo, quem queria ele morto. E com o que a gente acabou? Nada. Bem, nada de substancial pelo menos. Um monte de motivações de pouca importância, mas nada que fosse suficiente. E você estava certo.

— Estava?

— Eu realmente estava olhando pra um lugar só. Mas nós dois estávamos. Nós dois vínhamos apostando no cavalo perdedor esse tempo todo.

— Pelo visto, você está encrencado. — Luke debruçou o corpo para fora da janela e fez um sinal com a cabeça em direção ao objeto que se encontrava aos pés da pessoa.

— Obrigado. É, eu acho que sim. Você tem alguma ferramenta aí?

Luke desligou o motor e saltou do carro. Agachou-se para olhar mais de perto.

— O que houve?

Essas foram as últimas palavras ditas por Luke Hadler antes que um imenso peso batesse contra sua nuca. Ouviu-se um baque surdo e úmido, e logo um silêncio súbito e atordoado enquanto todos os pássaros do entorno calavam-se em suas árvores como se em choque.

Inclinado por cima do corpo caído de Luke Hadler, Scott Whitlam respirava com dificuldade enquanto olhava para o que tinha acabado de fazer.

Falk procurou dentro da pasta e puxou uma cópia do recibo de biblioteca de Karen Hadler. A palavra *Dow??* se destacava acima do telefone dele. Empurrou o papel por cima da mesa de Raco e o cutucou insistentemente com o dedo.

— *DOW*. Cacete! Não é um nome, é uma *sigla*!

Karen fechou a porta da sala do diretor, abafando os sons habituais do corre-corre de quarta-feira à tarde. Usava um vestido vermelho e branco estampado com maçãs e parecia preocupada. Escolheu a cadeira mais próxima à mesa de Scott Whitlam e sentou-se com as costas eretas e os pés comportadamente cruzados na altura dos tornozelos.

— Scott — começou —, eu não tinha certeza se devia chamar sua atenção para isso. Mas temos um problema e eu não posso fazer vista grossa.

Ela chegou o corpo para a frente, cautelosa, envergonhada, até, e lhe passou uma folha. No papel timbrado, o logotipo do Fundo Educativo David O. Wallace destacava-se contra o fundo branco. Karen espiou por entre a franja loura, seus olhos buscando uma única coisa: ser tranquilizada.

Em alguma parte profunda do cérebro de Scott Whitlam, onde são regidos os instintos de luta ou fuga, uma porta oculta se entreabriu e ofereceu o mais breve vislumbre do quão longe ele se dispunha a ir para detê-la.

— *Dow* — repetiu Falk —, a sigla da instituição que dá financiamento para escolas. Kiewarra solicitou um subsídio ao Fundo David O. Wallace no ano passado. E o seu pedido foi negado. Mas... adivinha só?

Raco piscou os olhos, incrédulo.

— Você está brincando.

— Não estou, não. Liguei hoje de manhã para o diretor do fundo e a escola primária de Kiewarra recebeu o subsídio de cinquenta mil dólares este ano.

Olhando para trás, Whitlam conseguia identificar o momento exato em que botou tudo a perder. Ele havia apanhado o papel com seu conhecido cabeçalho, e o examinara. Era um formulário de sondagem, enviado automaticamente para os candidatos que haviam recebido o financiamento, com o intuito de coletar feedback sobre o processo de solicitação.

Em si, não chegava a ser uma prova concreta, o que significava que provavelmente havia outros documentos, ele imaginou. Outras coisas que ela havia guardado para si. Karen estava dando a ele a chance de se explicar ou de confessar. Dava para Whitlam perceber pela forma que ela o olhava, com aqueles olhos azuis implorando por uma explicação razoável.

Ele devia ter dito: "É, que esquisito, deixe que eu corro atrás disso. Pode ser que a gente tenha tido sorte." Droga, ele devia ter agradecido a ela. Era isso que devia ter feito. Em vez disso, tinha entrado em pânico. Não se dera ao trabalho de ler a carta antes de desconsiderá-la.

Ele nunca havia esperado que aquele seria um jogo fácil de ganhar, mas foi naquele momento que perdeu. Atirou os dados e... tirou o pior resultado. Acabou-se o que era doce.

— Não deve ser nada — Whitlam havia dito, decidindo o seu destino com essas palavras. — Deve ser algum engano. Ignore.

Só que o engano fora todo seu. Ele percebeu pela maneira que as costas de Karen enrijeceram e ela baixou os olhos. Distanciando-se dele. Se ela não tinha tido certeza quando entrara, teve certeza quando saiu.

O adeus de Karen Hadler ao sair foi tão seco quanto as terras de Kiewarra.

— Scott Whitlam — disse Raco. — Merda. *Merda.* E tem a ver?

— Tem, tem sim. Ele é viciado em jogo. Descobri isso ontem à noite. — Falk contou a ele o que McMurdo lhe dissera. — Foi isso que me deu a dica e fez com que eu me desse conta de que a gente esteve olhando na direção errada o tempo todo.

— Do que estamos falando, então? Que ele estava roubando da escola para quê? Cobrir dívidas?

— Pode ser. Whitlam aparece aqui ano passado vindo da cidade. Não tem nenhuma ligação com o lugar. Fica, embora claramente odeie o lugar. Ele me contou uma história qualquer sobre um assalto que terminou mal lá em Melbourne, no qual um desconhecido acabou sendo esfaqueado. Eu não ficaria surpreso se fosse mais do que isso.

Ficaram calados um instante.

— Meu Deus, coitada de Karen — disse Raco.

— Nós somos dois idiotas — comentou Falk. — Nós a descartamos cedo demais. Ela e Billy. Pensamos que os dois fossem danos colaterais. Luke sempre foi a peça-chave, quem sempre atraía todas as atenções. Desde que nós éramos pequenos. Ele foi o disfarce perfeito. Como que qualquer coisa poderia girar em torno da chata da mulher dele quando podia ter a ver com Luke?

— Nossa. — Raco fechou os olhos e foi percorrendo os detalhes do caso como eles o conheciam. À medida que as peças iam se encaixando, ele sacudia a cabeça. — Karen não estava sendo perseguida por Grant Dow. Não andava com medo do marido.

— Na verdade, é bem capaz que Luke estivesse preocupado com o que ela achava ter descoberto na escola.

— Você acha que ela contou a ele?

— Provavelmente — respondeu Falk. — Por qual outro motivo ela teria o meu número de telefone?

Karen saiu direto da sala de Whitlam para o banheiro feminino. Trancou-se em um dos cubículos e encostou a cabeça na porta antes de deixar as lágrimas de raiva caírem. Até aquela reunião, ela havia sentido uma centelha de esperança. Tinha torcido para que Whitlam olhasse para a carta e risse. "Ah, eu sei exatamente o que aconteceu", ele diria, antes de explicar aquilo de alguma maneira que fizesse sentido.

Ela torcera desesperadamente que ele dissesse isso, mas ele não disse. Karen secou os olhos com a mão trêmula. E agora? Uma parte dela ainda não conseguia acreditar que Scott tivesse roubado aquele dinheiro, mesmo sabendo que era verdade. Sendo sincera consigo mesma, ela já sabia. Ela própria havia analisado a movimentação da conta. Os erros que haviam aparecido eram dele, não dela. As migalhas de pão que guiavam à fraude cometida por ele. O roubo. Ela tentou pronunciar a palavra, mas a achou tão errada.

Karen acreditava que suspeitar não era o mesmo que ter certeza, mas a visão de mundo de seu marido sempre havia sido mais preta e branca.

— Amor, se você acha que o filho da mãe roubou o dinheiro, então ligue para a polícia e denuncie. Eu dou parte se você não quiser dar — dissera Luke há duas noites.

Karen estivera sentada na cama com um livro novo da biblioteca aberto no colo. Não estava conseguindo ler quase nada. Observou o marido tirar as roupas e atirá-las numa pilha sobre a cadeira. Ele ficou ali em pé e arqueou as costas largas enquanto bocejava. Abriu um sorriso sonolento para ela e Karen se pegou pensando em como ele estava bonito, naquela meia-luz. Cochicharam para que o som não chegasse até o quarto das crianças.

— Não, Luke — ela havia dito. — Não se meta. Por favor. Eu posso fazer isso sozinha, mas quero ter certeza. Aí, sim, eu dou parte.

Parte dela sabia que estava sendo prudente demais. Mas o diretor da escola fazia parte dos alicerces de uma comunidade. Karen podia até imaginar como os pais reagiriam. Os ânimos já andavam tão exaltados que parte dela até temia que fizessem algum mal a ele. Não podia trazer uma acusação séria dessas à tona sem provas concretas. Kiewarra já estava fragilizada demais sem isso. Aquilo precisava ser feito direito. E ainda havia o emprego dela para levar em consideração. Ela o perderia num piscar de olhos se estivesse enganada.

— Eu devia conversar com Scott primeiro — disse Karen, enquanto o marido se deitava ao seu lado e colocava a mão cálida na sua coxa. — Dar a ele uma chance de explicar.

— Ou de esconder o que fez, o que é mais provável. Karen, meu amor, deixe a polícia resolver isso.

Ela ficou calada, numa atitude rebelde. Luke suspirou.

— Está bem, se você não vai dar queixa, pelo menos se aconselhe com alguém sobre como conseguir essa prova que você acha que precisa. — Luke rolou na cama e estendeu a mão em busca do celular. Foi descendo pela lista de contatos até encontrar o que queria e passou o telefone para Karen. — Ligue para este cara. É aquele meu amigo da polícia. Ele trabalha com alguma coisa relacionada a dinheiro com a federal, lá em Melbourne. É um cara bacana. Inteligente à beça. E ele meio que me deve uma. Pode confiar nele. Ele vai te ajudar.

Karen Hadler não disse nada. Ela dissera a Luke que resolveria o assunto e assim o faria. Mas estava tarde e era mais fácil não discutir. Encontrou uma caneta no meio da bagunça de sua mesinha de cabeceira e pegou o primeiro pedaço de papel que encontrou pela frente: o recibo da biblioteca que vinha usando como marcador de página. Virou-o e escreveu apenas a sigla como lembrete antes de anotar o telefone de Aaron Falk. Então, como o marido ainda a observava, enfiou-o cuidadosamente dentro do livro que estava lendo e o colocou ao lado da cama.

— Só para não perder — disse ela, apagando o abajur e se recostando outra vez no travesseiro.

— Ligue para ele — repetiu Luke, estendendo os braços e os passando ao redor da mulher no silêncio da noite. — Aaron vai saber o que fazer.

Trinta e Seis

Noventa minutos depois, Falk e Raco, no banco da frente de um carro da delegacia à paisana, observavam a escola. Estavam parados no topo de um morro, numa rua lateral, seu ponto de observação oferecendo uma vista decente do prédio principal e do parquinho da frente.

A porta traseira do carro abriu e o guarda Barnes entrou. Ele subira o morro correndo e estava sem fôlego. Enfiou o corpo pelo espaço que separava os dois assentos dianteiros e mostrou a mão aberta, orgulhosamente exibindo dois cartuchos Remington novinhos em folha.

Raco pegou a munição e inspecionou a marca. Assentiu com a cabeça. Era a mesma encontrada nos corpos de Luke, Karen e Billy Hadler. A perícia provavelmente encontraria uma correspondência mais exata, mas por ora, era o suficiente.

— Estava trancada no depósito do zelador, como você suspeitou. — Barnes só faltou quicar na poltrona.

— Algum problema para entrar? — perguntou Falk.

Barnes tentou, inutilmente, demonstrar alguma humildade.

— Fui direto falar com o zelador. Usei a velha desculpa da "inspeção de rotina". Bobagens sobre licenças e segurança. Ele me deixou entrar na hora. Foi fácil até demais. Encontrei problemas o bastante para ele ficar quietinho, na dele. Disse que vou fazer vista grossa se tomar as devidas providências até a minha próxima visita. Não vai falar nada para ninguém.

— Ótimo trabalho — elogiou Raco. — Contanto que ele não conte a Whitlam nas próximas horas, nós estamos bem. Os reforços que Clyde mandou estão a mais ou menos quarenta minutos daqui.

— Não entendo por que a gente simplesmente não entra lá e prende logo o filho da mãe — resmungou Barnes do banco de trás. — Clyde não fez nada para merecer o crédito.

Raco olhou para ele.

— Nós vamos ter o nosso crédito merecido, rapaz, não se preocupe — disse. — Eles não vão receber muitos louros só por isolar a casa dele e levar embora extratos bancários.

— Então seria bom que eles chegassem logo — reclamou Barnes.

— Eu também — disse Falk.

Os três se viraram para olhar para o prédio, à distância. A campainha tocou e as portas da escola se abriram. As crianças foram saindo pouco a pouco, juntando-se em grupos, correndo de um lado para o outro, curtindo sua liberdade temporária. Por trás deles, Falk enxergou um vulto encostado no vão da porta principal. Chapéu na cabeça, caneca de café na mão e um vislumbre de gravata vermelha visível contra a camisa. Scott Whitlam. Às suas costas, Falk sentiu Barnes se remexer no assento.

— Cinquenta mil. É uma quantia meio ridícula para servir de desculpa para alguém matar três pessoas.

— Tem menos a ver com o dinheiro do que você imagina — disse Falk. — Quem é viciado em jogo, como ele é, vive perseguindo alguma coisa. Eu já vi o negócio ficar desesperador muito rápido várias vezes. Eles acham que sempre que jogam os dados estão recebendo uma segunda chance. Mas a pergunta é: o que será que Whitlam estava perseguindo?

— Não interessa o que era. Não existe forma de justificar uma coisa dessas — disse Barnes.

— Não, mas o dinheiro tem dessas — comentou Falk. — Às vezes consegue ser nojento.

* * *

Whitlam estava de pé no vão da porta principal da escola segurando a caneca entre as mãos. O vento havia começado a soprar forte outra vez. Ele sentiu a poeira grudar no suor que lhe cobria a pele. As crianças guinchavam e corriam pelo parquinho à sua frente e ele se perguntou se já podia soltar o ar. Mais dois dias e Falk iria embora – com alguma sorte, até mesmo antes. Aí, sim, ele respiraria tranquilo, decidiu. Não antes disso.

Só mais alguns meses. Ficaria na dele, confiaria na sorte e logo poderia desaparecer para aquele emprego lá no norte. Parte dele nem conseguia acreditar que tinha conseguido chegar até aqui. Quase tivera um infarto quando Raco mencionou que tinham um vídeo de segurança da fazenda dos Hadler. Não tinha a menor ideia de que a fazenda tinha uma câmera e suara frio sentado entre os dois policiais, pensando no quanto chegara perto de ser descoberto.

Precisava sair daquele lugar. Ia ter de convencer Sandra a lhe dar uma última chance. Só mais um recomeço e dessa vez ele pararia de jogar. Jurava que sim. Tinha dito isso a ela ontem à noite e, em meio a lágrimas, sentira pela primeira vez que estava sendo sincero. Ela o observara em silêncio. Já tinha ouvido essas palavras antes. Às vésperas de se mudarem para Kiewarra e pelo menos duas vezes antes disso. Mas, dessa vez, ele precisava fazê-la acreditar. Mais do que isso, disse para si mesmo, ele precisava cumprir o que prometia. Tinha de parar de apostar. Porque, dessa vez, havia muito mais em jogo do que aguentaria perder.

Só de pensar nisso, seu estômago se revirou. Sandra andava preocupada, sequer tinha ideia do peso da guilhotina acima das suas cabeças. Ela achava que uma conta corrente que vivia no vermelho era o maior de seus problemas. A vergonha secreta de ter de pagar as compras semanais com cartões de crédito. De precisar manter as aparências com casas de aluguel e cafeteiras compradas à prestação. Ela acreditava que os problemas deles estavam no dia a dia, e só. Não sabia do rastro de dívidas que se estendia daqui até Melbourne. Ou das barbaridades que esperavam ela e a filha no fim desse caminho caso ele não as pagasse.

Whitlam quase sorriu – um sorriso meio amalucado – diante da ideia de contar a verdade a ela. Só a promessa da furadeira já seria o bastante para fazer Sandra sair correndo em direção ao norte.

Tinham ido dar o recado em sua casa. Aqui, em Kiewarra. Dois brutamontes anabolizados brotaram direto de Melbourne na porta de sua casinha suburbana e arrumadinha para avisar que o patrão estava ficando nervoso. Era para pagar logo. Levaram a furadeira para mostrar a ele. Whitlam ficara paralisado de pavor. Sandra e Danielle estavam em casa. Podia ouvir a esposa e a filha tagarelando tranquilamente na cozinha enquanto os dois homens detalhavam baixinho o que iam fazer com as duas caso ele não arranjasse o dinheiro. Foi uma narrativa apavorante.

O aviso do Fundo Educativo David O. Wallace tinha chegado dois dias antes. A carta fora endereçada diretamente para Whitlam. Veio junto com o formulário de solicitação de pagamento no dia de folga de Karen e tinha ido parar na mesa dele sem ser aberta por mais ninguém.

Ele havia tomado a decisão num piscar de olhos. Eles doavam milhões. Cinquenta mil era uma gota no oceano para aquele bando de ricaços cretinos. Podia destinar a quantia para alguma coisa vaga e difícil de quantificar: cursos de treinamento ou programas de apoio, talvez. Isso se adequaria bem ao formulário. Por um tempo. Mas era tudo que ele precisava: de um tempo. Pegaria emprestado agora para pagar Melbourne e colocaria o dinheiro de volta, bem... alguma hora. De alguma maneira. A quantia não era suficiente para pagar a dívida toda, nem de perto, mas era o bastante para lhe dar algum fôlego.

Ele não tinha se permitido pensar demais quando desviou o dinheiro. Simplesmente substituiu os dados da conta da escola pelos de sua conta particular. A conta que Sandra sequer sabia existir. Manteve o nome da escola no formulário. Bancos só usavam números, não nomes. Sabia que nunca verificavam se as duas coisas batiam. Ele disse para si mesmo que era um plano razoável Não era ótimo e nem mesmo bom, mas funcionava. Então Karen Hadler batera à sua porta certa tarde trazendo o tal formulário do Fundo David O. Wallace.

Whitlam recordou a expressão em seus olhos e, fechando o punho, socou, leve e discretamente, a parede ao seu lado até os nós dos dedos ficarem esfolados e doloridos.

Whitlam observou Karen ir embora. Enquanto a porta de sua sala se fechava com um clique às costas dela, ele se virou na cadeira e vomitou silenciosamente na lata de lixo. Não podia ir preso. Da cadeia, não teria como pagar o que devia, e as pessoas para quem ele devia não eram do tipo que se importaria com o motivo. Ou pagava ou caía na conta da família dele. Esse era o trato. Celebrado e assinado. Ele havia visto a furadeira. Eles o haviam feito tocá-la. Sentir o seu peso nas mãos. Pague ou sua... não. Não havia alternativa. Ele ia pagar. É claro que ia.

Ficou sentado em sua sala e se forçou a pensar. Karen sabia. O que significava que provavelmente contaria ao marido – se é que já não tinha contado. Daqui a quanto tempo, então, faria a denúncia? Era uma mulher cautelosa. De muitas maneiras, até demais. O que a tornava mais lenta. Karen Hadler ia querer ter cem por cento de certeza antes de agir. Já Luke, era outra história.

Não tinha muito tempo. Não podia deixar que aquilo viesse à tona. Não podia. Não havia alternativa.

O final do dia escolar chegou sem trazer nenhuma solução real. Whitlam esperou o máximo que pôde, então fez o que sempre fazia em momentos de estresse. Pegou todo o dinheiro que tinha, e algum que não tinha, e foi para o salão de caça-níqueis do pub. Foi ali, pro-

tegido pelo fulgor das luzes e do tilintar otimista das máquinas, que os primeiros vislumbres de uma solução lhe ocorreram. Como era, frequentemente, o caso.

Sozinho e escondido entre os caça-níqueis, Whitlam escutou a voz de Luke Hadler vinda de uma mesa ao dobrar da esquina. Ficou imóvel, quase sem se atrever a respirar enquanto esperava Hadler contar a Jamie Sullivan sobre o dinheiro da escola. Estava certo de que ele o faria, mas o segredo permaneceu sem ser contado. Em vez disso, os dois reclamaram de coelhos e combinaram uma caçada na fazenda de Sullivan no dia seguinte. Combinaram o horário. Luke levaria a própria espingarda. Interessante, pensou Whitlam. Talvez o jogo ainda não tivesse terminado. Ainda não.

Depois de jogar cem dólares em moedas de ouro na máquina, ele tinha um plano esboçado. Repassou-o na cabeça várias vezes, até começar a tomar forma. Era plausível. Não era perfeito. Não era cem por cento seguro. Mas talvez tivesse cinquenta por cento de chance de dar certo. E Whitlam achava essa probabilidade bastante aceitável.

No parquinho, Whitlam ficou olhando um grupo de crianças bem pequenas passar correndo por ele, entre elas, a própria filha. Por um segundo, e não pela primeira vez, pensou ver Billy Hadler no grupo. Whitlam ergueu a cabeça de repente, numa espécie de espasmo involuntário do pescoço. Ainda se sentia mal quando pensava no menino, embora isso não mudasse absolutamente nada.

Não era para Billy ter estado lá. O punho esfolado de Whitlam se fechou com força ao redor da caneca de café enquanto ele voltava para o escritório. Era para o menino estar fora de casa. Tinha sido tudo combinado. Ele se certificara disso. Inventara aquele jogo de badminton de propósito. Depois disso, Sandra só precisara de uma sugestão sutil dele para pegar o telefone e organizar, de última hora, uma tarde de brincadeiras para a filha e Billy. Se a idiota da mãe do menino não tivesse cancelado e ferrado com o seu plano, ele não estaria no meio daquilo tudo. A culpa era exclusivamente dela.

O próprio Whitlam tentara salvar o garoto. Ninguém podia dizer que não. Tomou um gole de café e fez uma careta enquanto o líquido queimava sua boca. Sentiu-o escorrer lentamente pela goela, deixando um gosto azedo em suas entranhas.

Whitlam deixara o pub com um nó no estômago e passara a noite em claro procurando falhas em seu plano. No dia seguinte, ficou em sua sala num torpor de olhos ausentes esperando a inevitável batida em sua porta. Karen já teria dito alguma coisa. Certamente que tinha. Alguém viria, ele só não sabia quem. A polícia? O presidente do conselho diretor da escola? A própria Karen outra vez? Ele temia ao mesmo tempo que ansiava por aquela batida. Uma batida na porta significava que Karen contara a alguém. Significava que era tarde demais. E que ele não teria de fazer o que vinha planejando.

Não precisava se perguntar se era capaz de ir em frente com o que havia planejado. Sabia que sim. Já havia comprovado isso com o sujeito do beco em Footscray. Eis aí um cara que devia ter sido mais esperto. Que, em tese, era um profissional.

Whitlam já tinha esbarrado com ele em outra ocasião. O sujeito o abordara num estacionamento, batido a sua carteira e usado um soco nos rins para lhe passar o recado. Whitlam imaginava que era para ter sido igual em Footscray. Mas, aí, o homem ficara com raiva, puxara a faca e começara a exigir mais do que haviam combinado. E a coisa tinha ficado feia bem rápido.

O sujeito fora descuidado e era quase certo que estivera sob a influência de alguma substância. Tinha ouvido a palavra "professor" e subestimado a capacidade atlética de Whitlam. Um salto mal calculado foi combatido com uma manobra de rugby sortuda e os dois despencaram no concreto com um ruidoso baque.

A lâmina brilhara laranja sob o poste de luz e Whitlam sentiu a ponta atravessar sua barriga deixando uma linha vermelha e quente por onde passara. Adrenalina e medo percorreram seu corpo enquanto segurava a mão com a qual o homem empunhava a faca. Segurou-a e torceu, usando o próprio peso para forçá-la para trás, na direção do tronco de seu agressor. Mas o homem não soltara a faca por nada. Continuou a segurá-la mesmo enquanto a enterrava no próprio corpo. Soltou um grunhido úmido na cara de Whitlam, que ainda o mantinha imobilizado no chão, sentindo o ritmo cada vez mais lento do sangue jorrar na rua. Whitlam esperou o homem parar de respirar e, depois disso, esperou mais um minuto.

Whitlam ficara com lágrimas nos olhos. Seu corpo tremia e ele estava apavorado com a possibilidade de desmaiar. Mas, em algum lugar, oculto sob muitas camadas, havia um ponto de calma. Ele fizera o que foi preciso. Whitlam, que tinha enorme familiaridade com a sensação de queda livre a cada vez que puxava a carteira, tinha, uma vez na vida, tomado as rédeas da situação.

Com dedos trêmulos, ele examinara o próprio tronco. O corte era superficial. Parecia bem pior do que realmente era. Inclinou-se por cima de seu agressor e, como seria esperado, fez duas rodadas de massagem cardiopulmonar, certificando-se de que as impressões digitais ensanguentadas refletissem seu dever cívico. Numa rua próxima, encontrou uma casa ainda com as luzes acesas e liberou as emoções que vinha reprimindo até então ao pedir aos moradores que comunicassem à polícia um assalto. Os agressores haviam fugido, mas, por favor, rápido, havia outra pessoa gravemente ferida.

Hoje, sempre que Whitlam recordava o incidente, o que era mais frequente do que esperaria, sabia que tinha sido um ato de legítima defesa. Talvez a nova ameaça envolvesse um escritório em vez de um beco, documentos em vez de uma faca, mas em sua essência ele não achava que as situações fossem tão diferentes. O cara do beco. Karen, do outro lado da mesa. Os dois torcendo o seu braço. Forçando-o a agir. No final das contas, eram eles ou ele, e Whitlam escolhia se salvar.

O horário escolar chegou ao fim. As salas de aula e o parquinho ficaram vazios. Ninguém bateu à sua porta. Ela ainda não o havia denunciado. Ele ainda tinha como salvar a situação. Era agora ou nunca. Olhou para o relógio.

Era agora.

Trinta e Sete

— Como foi que Whitlam chegou à fazenda dos Hadler? — perguntou Barnes, enfiando o corpo entre as duas poltronas da frente. — A gente ficou vesgo de tanto rever as filmagens das câmeras de segurança e eu achei que o carro dele não tivesse deixado o estacionamento da escola a tarde toda.

Falk localizou as fotos do corpo de Luke esparramado na caçamba da picape. Puxou a imagem ampliada das quatro listras horizontais no interior da caçamba. Passou-a para Barnes, junto com o telefone mostrando as fotos que tirara do próprio carro na noite anterior. Havia duas longas listras no forro de feltro do porta-malas.

Barnes olhou de uma para a outra.

— As marcas são iguais — comentou. — O que são?

— As do porta-mala do meu carro são recentes — respondeu Falk. — São marcas de pneu. Ele foi até lá na merda da bicicleta.

Whitlam não disse a ninguém da secretaria que ia sair. Esgueirou-se pela saída de emergência sem ser visto, deixando o paletó no encosto da cadeira e o computador ligado – o símbolo universal de "estou na área, volto já".

Foi até o depósito, evitando o alcance limitado das duas câmeras. Graças a Deus que o financiamento andava curto, pegou-se pensando para, então, quase rir da ironia. Em poucos minutos, Whitlam havia destrancado o armário de munição e enfiado um punhado de cartuchos no bolso. Numa bolsa de ginástica que atirou por cima do ombro, enfiou a única espingarda que a escola possuía, para abater coelhos. Só a usaria em último caso. Luke Hadler tinha de estar com a própria arma, implorou Whitlam baixinho. Ele estivera caçando coelhos com Sullivan. Mas se teria munição? Não fazia ideia.

Whitlam correu até o bicicletário. Tinha chegado de carro bem cedo aquela manhã e estacionado numa rua silenciosa perto da escola. Tirando a bicicleta da mala do carro, pedalara o resto do pequeno percurso e acorrentara a bicicleta em um local onde sabia que logo estaria cercada por outras. Escondida bem debaixo do nariz de todo mundo. Então, caminhara de volta até o carro e entrara no estacionamento da escola, escolhendo uma excelente vaga bem ao alcance da câmera.

Então ele destrancou a bicicleta e, instantes depois, pedalou pela estrada rural deserta em direção à propriedade dos Hadler. Não ficava longe e ele chegou em pouco tempo. Parou a um quilômetro da fazenda e escolheu um trecho do acostamento onde a vegetação havia crescido sem controle. Foi abrindo caminho por entre os arbustos e esperou, sussurrando uma prece silenciosa e febril, para que tivesse cronometrado tudo direito.

Depois de vinte e cinco minutos, ele suava em bicas, convencido de que havia perdido a oportunidade. Nem um único veículo havia passado por ali. Mais oito minutos se passaram. Depois, nove. Então, quando Whitlam desviou os olhos para o lado, em direção à espingarda, perguntando-se se haveria outra saída para ele, escutou.

O motor de um utilitário rugiu na distância. Whitlam espiou para fora do arbusto. Era o carro que ele queria. Sentiu a cabeça dar voltas enquanto rezava uma prece silenciosa em agradecimento. Saindo para o acostamento, atirou a bicicleta aos seus pés. Postou-se ao lado dela e começou a agitar os braços com gestos amplos e desesperados – os gestos do náufrago que era.

Por um instante apavorante, pareceu que a picape não ia parar. Então, quando se aproximou um pouco mais, foi perdendo velocidade até encostar ao lado dele. A janela do motorista desceu.

— Pelo visto, você está encrencado.

E Luke Hadler debruçou o corpo para fora da janela.

Whitlam sentiu uma dor intensa no cotovelo quando golpeou a nuca de Luke com toda a força usando uma meia com pedras. O choque na parte superior do pescoço produziu um estalo agoniante e Luke despencou de cara no chão, onde ficou como um peso morto.

Whitlam calçou as luvas de látex que roubara do laboratório de ciências da escola e abriu a caçamba da picape. Com a rapidez de um atleta, enfiou as mãos sob as axilas de Luke e o carregou desajeitadamente até a caçamba.

Escutou. A respiração de Luke estava superficial, entrecortada. Whitlam ergueu a meia e a desceu mais duas vezes de encontro à cabeça do outro, ouvindo o crânio quebrar. Agora havia sangue. Whitlam o ignorou. Cobriu Luke com uma lona que encontrou na caçamba e atirou sua bicicleta por cima. Os pneus enlameados encostaram na lateral.

A espingarda de Luke estava no assento do carona. Whitlam ficou tonto de alívio e encostou a testa no volante durante um minuto inteiro esperando a sensação passar. Estava descarregada. Tudo bem. Whitlam tirou do bolso a munição Remington da escola e carregou a arma de Luke.

A sorte estava lançada.

Trinta e Oito

O intervalo da manhã já havia terminado há meia hora e tudo estava tranquilo. À distância, o parquinho estava deserto e Falk prendia um bocejo quando seu celular tocou. Raco e Barnes deram um pulo quando trinou alto no silêncio do carro.

— Agente federal Falk? — indagou uma voz quando ele atendeu. — Aqui é Peter Dunn, diretor do Fundo Educativo David O. Wallace. Nós nos falamos esta manhã.

— Sim — disse Falk, sentando-se com a coluna um pouco mais ereta. — O que foi?

— Olhe, isso é um pouco constrangedor, mas, com relação àquela solicitação sobre a qual o senhor me perguntou, da escola primária de Kiewarra, lembra-se?

— Sim. — Falk adoraria que o homem chegasse logo ao ponto.

— Eu sei que o senhor disse que precisávamos usar de toda a discrição, mas eu soube que minha assistente... ela é nova aqui, ainda está tentando se achar... Bem, parece que ela passou o assunto para outro membro da equipe, que não sabia da natureza confidencial do tema e...

— E o quê?

— E parece que ela entrou em contato com a escola em questão há vinte minutos para saber...

— Não. — Falk afivelou o cinto de segurança fazendo um gesto frenético para que Raco e Barnes fizessem o mesmo.

— É, eu sei. Eu sin...

— Com quem ela falou?

— Por se tratar de um montante significativo, ela foi direto ao responsável. Falou com o diretor, o sr. Whitlam.

Falk desligou o telefone.

— Escola. Já.

Raco pisou fundo no acelerador.

O corpo de Luke chacoalhava de leve por baixo da lona enquanto Whitlam percorria a curta distância até a fazenda dos Hadler. Whitlam desviou os olhos do retrovisor e segurou o volante com força, as mãos suando por dentro das luvas. Chegando na casa, parou a picape de Luke e saltou antes mesmo de ter tempo de pensar no que estava por vir. Só hesitou ao chegar à porta da frente.

Whitlam não conhecia bem a disposição da casa dos Hadler e nem o terreno. Certamente não bem o suficiente para sair em busca de Karen. Assomado pela súbita loucura daquilo tudo, ele se viu estender a mão e tocar a campainha. Ela viria a ele. A espingarda estava ao lado dele, encostada na coxa.

Karen Hadler abriu a porta e piscou os olhos, surpresa em vê-lo ali. Tomou ar e enrolou a língua por trás dos dentes para pronunciar o "s" sibilante. O "c" duro já se formava em sua garganta, mas ele ergueu a arma com um movimento rápido, puxou o gatilho e ela nunca chegou a completar o nome dele. Fechou os olhos ao fazê-lo e quando os abriu de novo, ela caía para trás com a barriga aberta e vermelha. Whitlam se encolheu quando o cotovelo de Karen bateu no chão frio com um ruidoso estalo e sua cabeça despencou para trás. Os olhos piscaram de forma sinistra e um gemido longo e grave escapou do fundo do peito dela.

Os ouvidos de Whitlam apitavam e ele não conseguia ouvir nada.

— Mamãe?

Não. Não. Ele não ouvia coisa alguma.

— Mamãe?

Nada além de sua respiração dentro do peito e os assobios em seu ouvido e definitivamente não ouvia Billy Hadler guinchando como um passarinho nas sombras do corredor com um brinquedo pendurado em uma das mãos e a boca escancarada numa expressão de horror.

— Mamãe?

Whitlam não conseguiu acreditar naquilo, não conseguiu acreditar. O moleque estava ali. O moleque estava bem ali. *Por que diabos não estava longe, em segurança, do outro lado da cidade, brincando no quintal do próprio Whitlam? Em vez disso, estava na casa. E tinha visto tudo e agora Whitlam ia ter de fazer a coisa toda parecer como se o garoto não tivesse visto nada e só conseguia pensar em uma forma de conseguir isso,* você está satisfeita agora, sua piranha enxerida?*, ele berrou para o corpo de Karen enquanto Billy se virava e saía correndo corredor abaixo, apavorado demais para chorar, dando suspiros fantasmagóricos e entrecortados no lugar.*

Whitlam teve a sensação de abandonar o próprio corpo. Seguiu-o e irrompeu em seu quarto enlouquecido, escancarando as portas do armário, arrancando a colcha da cama. Onde ele está? Onde ele está? Estava com raiva, furioso pelo que estava sendo forçado a fazer. Ouviu um barulho vindo do cesto de roupa e não se lembrou de tê-lo empurrado para o lado, embora o tenha feito, porque lá estava Billy. Billy, encostado na parede com o rosto escondido nas mãos. Mas Whitlam se lembrava de puxar o gatilho. Sim. Mais tarde ele se lembraria bem disso.

Ouviu aquele assobio pavoroso dentro da cabeça sem parar, sem parar – ah, meu Deus, não, por favor, isso não – além de outra coisa. Pensou, por um instante abominável, que os gritos fossem de Billy, que já não tinha metade da cabeça ou do peito. Perguntou-se se ele próprio estaria fazendo aquele barulho, mas quando levou a mão à boca, ela estava fechada.

Quase curioso, ele seguiu o som e atravessou o corredor. A criança estava no quartinho de bebê, em pé no berço, aos berros. Whitlam ficou em pé no vão da porta achando que ia vomitar.

Virou o cano da espingarda na direção do próprio queixo e manteve-o assim, sentindo o calor que irradiava do metal até a vontade passar. Lentamente, virou a arma ao contrário. Ela tremeu quando ele mirou o macacão amarelo do bebê. Ele respirou fundo. O caos em sua cabeça era ensurdecedor, mas em meio à barulheira toda ouviu uma nota de racionalidade, única e urgente, que lhe dizia: Olhe! Ele se fez parar. Piscou os olhos uma vez. Veja quantos anos ela tem. E ouça. Ela está chorando. Chorando, não falando. Zero palavras. Ela não poderia falar, não poderia contar nada.

Ficou assustado com o fato de, naquele instante, ter sentido a tentação.

— Bang! — sussurrou para si mesmo. Ouviu uma risada assustadora, mas quando olhou à sua volta, não havia ninguém.

Whitlam deu meia volta e saiu correndo. Por cima do corpo de Karen e até a picape de Luke, atrás do volante e logo rugindo estrada afora. Não passou por ninguém e foi dirigindo até os tremores ficarem fortes demais para ele ser capaz de segurar o volante. Pegou a primeira saída que viu: uma trilhazinha patética que conduzia a uma pequena clareira.

Whitlam saltou e arrastou a bicicleta para fora da picape, os dentes chacoalhando dentro do crânio. Com as mãos tremendo, atirou a lona para trás, escondendo as quatro listras horizontais deixadas na pintura da carroceria pelos pneus enquanto a bicicleta ia e vinha durante a jornada.

Whitlam se preparou psicologicamente e abaixou-se por cima do corpo. Estava imóvel. Olhou para o rosto de Luke, chegando tão perto que pôde ver o local onde o homem se cortara fazendo a barba. Não sentiu nenhum sopro de ar. Luke parara de respirar.

Whitlam calçou luvas novas e uma capa de chuva, então arrastou o corpo até a beirada da caçamba. Teve alguma dificuldade em colocá-lo numa posição meio sentada, meio caída. Posicionou a espingarda entre as pernas de Luke, os dedos no gatilho e o cano apontado para os dentes do cadáver.

Ficou aterrorizado com a possibilidade de o corpo escorregar e cair todo encolhido e lhe ocorreu a ideia bizarra de que devia ter pra-

ticado aquilo de alguma forma. Então, fechou os olhos e puxou o gatilho. O rosto de Luke desapareceu e o corpo caiu para trás. O golpe sofrido na nuca sumiu em meio àquele caos. Estava feito. Whitlam enfiou as luvas, a capa de chuva e a lona num saco plástico para queimar mais tarde. Então, respirou fundo três vezes e foi empurrando a bicicleta até a estrada deserta.

Enquanto pedalava para longe dali, as varejeiras já começavam a rondar.

Trinta e Nove

A sala de Whitlam estava vazia. Sua carteira tinha sumido, junto com as chaves e o telefone. O paletó continuava pendurado no encosto da cadeira.

— Talvez ele tenha dado uma saidinha — sugeriu uma secretária nervosa. — O carro dele ainda está aqui.

— Não, não foi uma saidinha — disse Falk. — Barnes, vá imediatamente para a casa dele. Se a esposa dele estiver lá, pode prendê-la. — Ele pensou um instante. E se virou para a secretária:

— A filha de Whitlam ainda está em sala de aula?

— Eu acredito que s...

— Me mostre quem é. Já.

A secretária se viu forçada a correr atrás de Falk e de Raco para conseguir acompanhá-los corredor abaixo.

— Aqui — disse ela, sem fôlego, diante da porta de uma das salas. — Ela está aqui dentro.

— Qual delas? — perguntou Falk, procurando pela pequena janela da porta a menina que vira na foto da família de Whitlam.

— Aquela ali. — Ela apontou. — A lourinha da segunda fileira.

Falk virou-se para Raco.

— Será que ele deixaria a cidade sem a filha?

— Difícil saber. Mas eu acho que não. Não se ele tivesse escolha.

— Concordo. Acho que ele está por perto. — Falk fez uma pausa. — Ligue para Clyde. Já devem estar quase aqui. Coloque barricadas nas estradas e junte todo mundo que você conseguir que tiver experiência em busca e resgate.

Raco seguiu o olhar de Falk pela janela. Por trás da escola, a mata se estendia densa e abundante. Parecia tremer no calor. Não revelava coisa alguma.

— Vai ser uma caçada e tanto — disse Raco, levando o telefone ao ouvido. — Isso aí fora é o melhor esconderijo do mundo.

A equipe de busca formou uma fileira, ombro com ombro, pontilhando a trilha que acompanhava o matagal com coletes laranja de alta visibilidade. Os eucaliptos sussurravam e chacoalhavam lá em cima enquanto o vento passava por eles, apressado. Rajadas levantavam poeira e cascalho, forçando o grupo a apertar os olhos para protegê-los. Atrás do grupo, Kiewarra se espalhava tremeluzente sob uma névoa de calor.

Falk ocupou o seu espaço na fila. Era meio-dia e ele já sentia o suor fazendo poças por baixo do colete refletor. Ao seu lado, o rosto de Raco estava sério.

— Rádios ligados, senhoras e senhores — avisou o líder da equipe de busca pelo megafone. — Isto daqui é território da serpente-tigre, então cuidado onde pisam.

Acima, um helicóptero jogava o ar quente para baixo. O líder deu o sinal e a fileira laranja deu um passo à frente quase como uma unidade. O matagal se fechou por trás deles, engolindo-os por inteiro. Os eucaliptos gigantes e o mato rasteiro, mas espesso, foram separando o grupo à medida que ia avançando pela mata e, com poucos passos, Falk só conseguia enxergar Raco à sua esquerda e um colete laranja, lá longe, à sua direita.

Varredura paralela, o líder lhes explicara visivelmente impaciente. Boa para matas densas. Em fila, cada um dos participantes seguia adiante verificando o espaço à sua volta até que algo os impedisse de avançar.

— A teoria é que, se você não conseguir passar, o seu flanqueador também não passa. Se você se vir bloqueado, dê meia-volta e retorne para a trilha — dissera o líder, atirando um colete para Falk. — É só manterem os olhos bem abertos. A coisa pode ficar feia lá dentro.

Falk foi em frente. Fazia um estranho silêncio a não ser pelos gravetos secos se quebrando sob seus pés e o vento chicoteando os galhos nas árvores. O sol estava alto e forte, abrindo caminho entre ocasionais brechas nos galhos como um holofote. Até mesmo o barulho do helicóptero parecia abafado enquanto subia e descia, lá no alto, rápido como uma ave de rapina.

Falk ia pisando com cuidado, a luz do sol pregando peças no solo. Não se sentia completamente seguro com relação aos sinais que devia estar buscando e a simples ideia de perder algum lhe revirava o estômago. Não fazia uma busca num ambiente de mata como aquele desde o seu treinamento de policial, mas passara tempo suficiente entre aquelas árvores quando mais novo para saber que elas puxavam as pessoas para dentro com muito mais facilidade do que as deixavam sair.

Uma pesada gota de suor escorreu para dentro de seu olho pelo canto e ele a secou com impaciência. Os minutos foram passando. À sua volta, as árvores pareciam se aproximar a cada passo dado e Falk se viu tendo de erguer os pés mais e mais para conseguir atravessar a grama alta. Mais adiante, avistou um extenso matagal. Até mesmo da distância em que se encontrava aquilo lhe pareceu ser um emaranhado impenetrável. Ele estava quase no final de sua linha. Nada de Whitlam.

Tirou o chapéu e passou a mão pela cabeça. Nenhum grito de comemoração havia irrompido em alguma parte da fila. O rádio pendurado em seu cinto continuava em silêncio. Será que passaram por ele sem vê-lo? A imagem de Luke deitado de barriga para cima na caçamba de sua picape passou como um relâmpago pela mente de Falk. Pôs o chapéu de volta na cabeça e continuou adiante, forçando caminho pela grama alta em direção ao matagal. Seu progresso era lento e ele só avançara alguns metros quando sentiu um graveto quicar em seu colete.

Ergueu os olhos surpreso. Alguns metros à sua esquerda e alguns passos adiante, Raco havia parado e estava virado para ele. Tinha um dos dedos colado aos lábios pedindo-lhe silêncio.

— Whitlam? — articulou Falk com a boca, em silêncio.

— Talvez — articulou Raco de volta, erguendo uma das mãos em sinal de dúvida. Levou o rádio aos lábios e murmurou alguma coisa.

Falk varreu as imediações com os olhos em busca de outro colete laranja. O integrante da equipe mais próximo era um ponto distante por trás de uma cortina de árvores. Falk caminhou lentamente em direção a Raco, encolhendo-se cada vez que seus pés esmagavam algum galho em meio à vegetação rasteira.

Olhou para o local apontado pelo amigo. Um tronco caído criara um espaço bem na entrada do matagal. Quase invisível, mas completamente incoerente com o cenário, algo cor-de-rosa e carnudo despontava. Dedos. Raco sacou a pistola.

— Eu não faria isso. — A voz de Whitlam chegou flutuando da direção do tronco. Ele soava estranhamente calmo.

— Scott, amigo, somos nós. — Falk se forçou a falar num tom correspondente. — Está na hora de você se entregar. Tem cinquenta pessoas aqui te procurando e uma única saída.

A gargalhada de Whitlam veio flutuando de dentro da mata.

— Sempre existe mais de uma saída — disse ele. — Meu Deus, que falta de imaginação a de vocês, tiras. Fale para o seu amigo guardar essa arma. Depois disso ele pode pegar o rádio outra vez e mandar os outros irem embora.

— Não vai rolar — Raco avisou. A pistola estava apontada para o tronco e firme em suas mãos.

— Vai, sim — Whitlam se levantou de repente. Estava imundo, suado, com uma série de pequenos arranhões se sobressaindo, arroxeados, em suas bochechas vermelhas. — Calminha aí — advertiu —, vocês estão sendo filmados.

Whitlam apontou um dedo para cima, para onde o helicóptero da polícia pairava contra o céu sem nuvens. Surgia e desaparecia entre as copas das árvores, circulando o local num amplo arco. Falk não sabia ao certo se podia vê-los. Esperava que sim.

Whitlam estendeu o braço para a frente, de repente, fazendo uma espécie de cumprimento nazista, e deu um passo para longe do tronco. Trazia algo na mão fechada.

— Fiquem para trás — disse ele, virando a mão para cima. Falk enxergou um primeiro brilho de metal e seu cérebro gritou *arma* enquanto outra parte mais profunda da consciência vasculhava freneticamente tentando processar o que estava vendo. Ao seu lado, Raco paralisou. Whitlam foi abrindo a mão dedo por dedo e Falk ficou sem ar. Ouviu Raco soltar um gemido grave e longo. Era mil vezes pior do que uma arma.

Era um isqueiro.

Quarenta

Whitlam acendeu o isqueiro com um gesto rápido e a chama dançou deslumbrantemente branca sobre o fundo apagado da mata sem vida. Era matéria de pesadelo. Aquilo era o paraquedas embolado, o freio que falha na autoestrada. Era uma premonição e Falk sentiu um medo saído do próprio centro inundá-lo e espalhar-se até formigar em sua pele.

— Scott... — começou Falk, mas Whitlam ergueu um único dedo em sinal de advertência. Era um isqueiro caro, do tipo que fica aceso até ser fechado manualmente. A chama tremulava e dançava ao vento.

Com um único movimento, Whitlam baixou a mão e sacou um pequeno frasco do bolso. Abriu a tampa e tomou um gole. Sem jamais desviar os olhos dos deles, inclinou o frasco e gotejou o líquido âmbar no chão à sua volta. Os vapores do uísque chegaram a Falk um instante depois.

— Vamos chamar isto de apólice de seguro — berrou Whitlam. A faísca bruxuleou enquanto seu braço estendido tremia.

— Scott — gritou Raco. — Seu filho da mãe idiota. Você vai matar todos nós desse jeito. Inclusive você.

— Então atire logo, se é o que quer. Só que vou derrubar o isqueiro.

Falk transferiu o peso para outro pé e as folhas e galhos sobre os quais estava estalaram e quebraram. Dois anos sem uma chuva decente e agora regados a álcool. Estavam sobre uma caixa de fósforos. Em algum lugar às suas costas, invisíveis, porém ligadas por uma corrente ininterrupta de eucaliptos e grama, estavam a escola e a cidade. O fogo desceria por essa corrente com a velocidade de um trem bala, ele sabia. Ele crescia, saltava e impregnava-se. Corria como um animal. Devastava com eficiência inumana.

Os braços de Raco tremiam enquanto ele apontava a arma para Whitlam. Virou a cabeça sutilmente na direção de Falk.

— Rita está em algum lugar lá embaixo. — Sua voz saía grave por entre dentes cerrados. — Eu atiro nesse cara antes de permitir que ele bote fogo neste lugar.

Falk pensou na esposa de Raco, tão cheia de vida, mas agora pesada demais devido à gravidez. Ergueu a voz.

— Scott, não existe a menor chance de você sair daqui se esse isqueiro cair no chão. Você sabe disso. Vai morrer queimado.

Whitlam mexeu a cabeça com um espasmo nervoso diante da imagem e o isqueiro pulou em sua mão. Falk respirou fundo e Raco deu meio passo para trás, soltando um palavrão.

— Porra, presta atenção nessa merda — berrou Raco.

— Para trás — disse Whitlam, recuperando o controle. — Abaixe a arma.

— Não.

— Você não tem escolha. Eu vou deixar o isqueiro cair.

— Feche o isqueiro.

— Você primeiro. Abaixe a arma.

Raco hesitou, o dedo branco sobre o gatilho. Olhou para Falk, então se abaixou relutantemente e colocou a arma no chão. Falk não o culpava. Ele já havia visto do que um incêndio florestal era capaz. Certo verão, um vizinho perdera a casa e quarenta ovelhas quando um incêndio intencional fugira ao seu controle. Falk e o pai tinham protegido o rosto com trapos e se armado com mangueiras e baldes enquanto o céu de meio-dia foi ficando vermelho e preto. As ovelhas tinham guinchado até não guincharem mais. O fogo gritou e rugiu como uma *banshee*. Foi apavorante. Um vislumbre do inferno. A terra estava mais seca do que nunca. Aquelas chamas não se espalhariam devagar.

Na frente deles, Whitlam abria e fechava o isqueiro como um brinquedo. Raco acompanhava o que ele fazia hipnotizado de horror, com os punhos cerrados. O helicóptero pairava diretamente acima de suas cabeças e, pelo canto do olho, Falk podia ver um punhado de coletes laranja por entre as árvores. Não tinha dúvida de que tinham sido avisados para manter distância.

— Então vocês descobriram tudo, foi? — Whitlam soava mais intrigado do que zangado. — Sobre o dinheiro?

Ele abriu o isqueiro e, dessa vez, deixou-o aceso. O coração de Falk despencou dentro do peito. Tentou não olhar para a chama.

— Sim — disse ele. — Eu devia ter notado antes. Mas você escondeu bem as apostas.

Whitlam deu uma risadinha, um barulho estranho e sinistro que foi logo varrido pelo vento.

— Muitos anos de prática. Sandra me avisou. Ela disse que eu ia pagar por isso um dia. Epa...

Whitlam apontou o isqueiro para os dois e Raco deixou escapar um som primitivo do fundo da garganta.

— Ouçam. Sandra não tem nada a ver com isso, está bem? Ela sabe de algumas apostas, mas não tem ideia do quanto a situação ficou séria. Também não sabe de mais nada. Me prometam que vocês entendem isso. *Ela não sabia.* Nem sobre a verba da escola. Nem sobre os Hadler.

Sua voz falhou quando mencionou a família e ele sorveu o ar com sofreguidão.

— E eu sinto muito pelo garotinho. Por Billy. — Whitlam se encolheu quando disse o nome da criança. Baixou os olhos e fechou a tampa do isqueiro. Falk sentiu um primeiro lampejo de esperança.

— Eu nunca imaginei que Billy sofreria algum mal. Nem era para ele ter estado em casa. Eu preciso que vocês acreditem em mim. Eu tentei me certificar de que ele estivesse seguro. Eu quero que Sandra saiba disso.

— Scott — começou Falk —, por que você não vem com a gente, amigo? Aí nós encontramos Sandra e contamos isso tudo para ela?

— Até parece que ela vai querer alguma coisa comigo agora. Depois do que eu fiz. — O rosto de Whitlam brilhava com lágrimas e suor. — Eu devia ter deixado que ela me largasse há anos, quando quis da primeira vez. Devia ter deixado que ela pegasse Danielle e fosse para bem longe de mim e ficasse em segurança. Mas eu não deixei e agora é tarde demais.

Ele passou a mão no rosto e Raco aproveitou a oportunidade para pegar a arma.

— Epa!

Antes que Raco conseguisse tocar na arma, Whitlam já havia colocado a chama para dançar outra vez.

— O nosso acordo estava funcionando tão bem.

— Está bem — disse Falk. — Calma, Scott. Ele está preocupado com a família dele, assim como você.

Raco, imóvel, com um dos braços esticados e o rosto uma máscara de medo e de fúria, foi endireitando o corpo lentamente.

— Scott, ela está grávida — disse, olhando nos olhos de Whitlam com a voz embargada. — Minha esposa vai dar à luz daqui a quatro semanas. Por favor. Por favor, apenas feche esse isqueiro.

A mão de Whitlam tremeu.

— Cale a boca.

— Você ainda pode dar a volta por cima, Scott — interveio Falk.

— Não posso, não. Não é tão simples assim. Vocês não entendem.

— Por favor — implorou Raco. — Pense em Sandra e em Danielle. Feche esse isqueiro e venha com a gente. Se não quiser fazer isso por você, faça pela sua esposa. E pela sua filha.

O rosto de Whitlam se contorceu e os arranhões ganharam um tom feio enquanto a pele escurecia. Ele tentou respirar fundo, mas o peito arfava.

— Mas *foi* por elas! — ele gritou. — Foi tudo por elas. Essa confusão toda foi *por elas*. Eu queria proteger as duas. O que queriam que eu fizesse? *Eu vi a furadeira*. Eles me fizeram pegar nela. Que escolha eu tinha?

Falk não sabia direito do que Whitlam estava falando, mas podia imaginar. Por baixo do pânico crescente, sentiu-se estranhamente indiferente. Whitlam podia tentar se justificar para si mesmo, mas seus atos monstruosos haviam sido criados por ele próprio.

— A gente cuida delas, Scott. Deixe que nós tomamos conta de Sandra e de Danielle. — Falk enunciou os nomes de maneira alta e clara. — Venha com a gente e nos conte o que você sabe. Nós podemos manter as duas em segurança.

— Não podem, *não!* Vocês não têm como proteger as duas para sempre. *Eu* não tenho como protegê-las. — Agora Whitlam estava aos prantos. A chama tremeu quando ele pegou o isqueiro com mais força ainda e a respiração de Falk ficou presa na garganta.

Tentou aquietar os pensamentos que zumbiam como um enxame em sua cabeça tentando mensurar o perigo com clareza. Por trás deles, Kiewarra se aninhava no vale, com seus segredos e sua escuridão. A escola, o gado, Barb e Gerry Hadler, Gretchen, Rita, Charlotte e McMurdo. Calculou freneticamente. Distâncias, números de casas, rotas de saída. Nada boas. O fogo era capaz de correr mais rápido que um carro, que dirá que uma pessoa.

— Scott — gritou. — Não faça isso, por favor. As crianças ainda estão na escola. A sua filha está lá embaixo. Nós mesmos a vimos. Este lugar todo é um barril de pólvora, você sabe.

Whitlam olhou em direção à cidade e Raco e Falk deram um passo rápido à frente.

— Ei! — rosnou Whitlam, agitando o isqueiro. — Não. Nada disso, fiquem para trás senão eu derrubo.

— Sua filha e as outras crianças vão morrer queimadas tentando correr para se salvar. — Falk tentou acalmar a voz. — Esta cidade... Scott, me escuta... esta cidade e todos os seus habitantes vão virar pó.

— Deviam me dar uma medalha por acabar com o sofrimento de Kiewarra. Esta cidade é uma bosta.

— Talvez seja, mas você não pode fazer as crianças pagarem.

— Eles salvam as crianças. Os bombeiros vão lá primeiro.

— Que bombeiros, seu imbecil? — berrou Raco. Ele apontou para os coletes laranja que pontilhavam os arbustos. — Está todo mundo aqui te procurando. Todos nós vamos ser mortos junto *com você*. Se você deixar esse isqueiro cair, todos nós estamos perdidos. Inclusive sua mulher e sua filha. Isso eu posso lhe prometer.

Whitlam tombou para a frente encolhido, como se tivesse levado um soco no estômago, e a chama balançou em sua mão. Seus olhos luziram com pânico puro ao cruzarem com os de Falk e ele soltou um lamento, dolorido e primitivo.

— *Eu já as perdi*! Não tenho como salvá-las. Nunca tive. É melhor isso do que o que nos aguarda.

— Não, Scott. Isso não é....

— E esta cidade. Este lugar podre e arruinado — gritava Whitlam enquanto erguia a mão que segurava o isqueiro. — Kiewarra pode queimar...

— Já! — berrou Falk e ele correu para a frente ao mesmo tempo que Raco, braços estendidos, puxando o tecido de suas jaquetas para abri-las bem, como se fossem mantas, atirando seus corpos em cima de Whitlam enquanto ele jogava o isqueiro no chão. Um clarão de calor branco lambeu o peito de Falk enquanto eles despencavam no chão, rolando, jaquetas abanando ao vento, botas se chocando contra a terra, ignorando a sensação abrasadora que subia pela panturrilha e pela coxa. Tinha Whitlam preso pelos cabelos e os segurou com toda a força até não aguentar mais de dor e os cabelos sumirem e a mão ficar cor-de-rosa, em carne viva, a pele encolhida, e não segurar mais nada.

Eles rolaram pela terra e queimaram por uma eternidade até um par de luvas grossas surgir e puxar Falk para trás, pelos ombros. Ele soltou um guincho animal enquanto sua pele queimada zunia e estalava.

Um cobertor espesso o envolveu e ele engasgou e engoliu enquanto jogavam água na sua cabeça e no seu rosto. Um segundo par de mãos o arrastou para longe. Ele desabou de barriga para cima e alguém enfiou uma garrafa d'água nos seus lábios, mas ele não conseguiu engolir. Tentou desviar daquela agonia até alguém o imobilizar com todo o cuidado e ele gritar à medida que a dor ia tomando conta de seus braços e pernas. O fedor de carne queimada se agarrava às suas narinas e ele piscava e resfolegava, seus olhos enchendo de lágrimas, o nariz escorrendo.

Ele virou a cabeça para o lado, apertando a bochecha molhada de encontro à terra. Raco estava cercado por uma muralha de coletes agachados à sua volta. Falk só conseguia enxergar as suas botas. Ele estava completamente imóvel. Um terceiro grupo cercava uma figura encolhida que não parava de gritar.

— Raco — Falk tentou dizer, mas alguém mais uma vez pressionou a garrafa de encontro aos seus lábios. Ele pelejou para virar a cabeça. — Raco, amigo. Você está bem? — Não obteve resposta. — Ajudem ele. — Por que não foram mais rápidos? — Caramba, ajudem.

— Shh — sussurrou uma mulher de colete enquanto o prendiam a uma maca. — Nós estamos fazendo o que podemos.

Quarenta e Um

Ele sobreviveria, lhe disseram os médicos quando ele acordou na unidade de queimaduras do hospital de Clyde. Mas seus dias como modelo de mão tinham chegado ao fim. Quando lhe permitiram ver o dano, ele ficara igualmente fascinado e revoltado com seu próprio corpo. A pele pálida e leitosa havia se transformado num tecido vermelho, reluzente, novo e supurante. Cobriram sua mão, seu braço e sua perna com curativos e ele não quis voltar a olhar.

Acamado, recebeu várias visitas. Gerry e Barb levaram Charlotte; McMurdo levou uma cerveja escondida e Barnes sentou-se ao seu lado durante longos períodos sem dizer muita coisa. Gretchen não o visitou, mas Falk não podia culpá-la. Quando permitiram que ele se levantasse, Falk começou a passar a maior parte do tempo ao lado da cama de Raco enquanto ele dormia – sedado enquanto tratavam as graves queimaduras em seu tronco e costas.

Ele também sobreviveria, disseram os médicos. Mas não fizeram nenhuma piada como haviam feito no caso de Falk.

Rita Raco mantinha a palma de uma das mãos sobre a barriga e segurava a mão boa de Falk com a outra enquanto ficavam, os dois, sentados em silêncio ao lado do marido dela. Falk lhe contou o quanto Raco havia sido corajoso. Rita apenas assentiu com a cabeça e perguntou ao médico mais uma vez quando ele acordaria. Os irmãos de Raco foram chegando um por um. Pareciam variações de uma mesma pessoa. Apertavam a mão de Falk e, mesmo enquanto davam ordens para o irmão adormecido se levantar logo da cama, dava para perceber que estavam apavorados.

Raco acabou por abrir os olhos e os médicos mantiveram Falk longe do quarto por um dia inteiro. Só família. Quando o deixaram entrar outra vez, ele encontrou Raco esboçando um sorriso débil, porém familiar, por baixo dos curativos.

— Isso é que é batismo de fogo, hein?

Falk forçou uma risada.

— Por aí. Você se saiu bem.

— Eu precisava proteger Rita. Mas me diga a verdade. — Raco o chamou para mais perto. — Você não ficou nem um pouco tentado a deixar Kiewarra queimar até não sobrar mais nada, depois de tudo o que ela fez com você?

Falk sorriu, dessa vez, de verdade.

— Eu não podia fazer uma coisa dessas, cara. As chaves da minha casa tinham ficado no pub.

Whitlam havia sido transferido para o Alfred Hospital, em Melbourne, onde estava sob custódia da polícia acusado de uma série de crimes, incluindo os assassinatos de Luke, Karen e Billy Hadler.

Ele estava quase irreconhecível, disseram a Falk. O fogo o queimara até o cabelo. Tinha sorte de estar vivo. Não tanta sorte assim, pensou Falk com seus botões. A cadeia não seria fácil para ele.

Quando Falk teve alta, foi enviado para se recuperar sob o olhar de gratidão dos Hadler. Barb o paparicava e Gerry não conseguia passar por ele sem lhe dar um aperto de mão. Insistiam que Falk passasse o máximo de tempo possível com Charlotte. Diziam para ela o quanto ele havia ajudado seu pai. Que ele tinha trazido seu pai de verdade – o homem bom, o marido carinhoso – de volta dos mortos.

Gerry e Barb não tinham seu filho de volta, mas estavam mais leves. Falk notou que podiam olhar as pessoas nos olhos outra vez. Falk foi com eles ao cemitério. Agora, a sepultura de Luke, em especial, mal podia ser vista por baixo de tantas flores frescas.

Enquanto Barb mostrava os cartões e os buquês para Charlotte, Gerry se afastou com Falk.

— Graças a Deus que não teve nada a ver com a filha de Deacon — disse Gerry. — Eu quero que você saiba que eu nunca acreditei de verdade... quer dizer, Luke nunca teria...

— Eu sei, Gerry. Não se preocupe.

— Alguma ideia do que foi que aconteceu com ela?

Enquanto Barb vinha se aproximando, Falk fez um barulhinho de quem não queria se comprometer com uma resposta definitiva.

Assim que Falk se sentiu forte o bastante, foi caminhando até a casa de Gretchen. Ela estava, mais uma vez, caçando coelhos nos fundos. Ao se aproximar, ela lhe apontou a espingarda e a segurou alguns segundos mais que o necessário.

— Gretchen, eu sinto muito — gritou Falk do outro extremo do campo, erguendo as mãos. — Era só isso que eu queria dizer.

Ela olhou para os curativos dele e baixou a arma. Deixou escapar um suspiro e se aproximou.

— Eu não te visitei no hospital.

— Eu sei.

— Eu quis, mas...

— Tudo bem. Você está bem?

Ela deu de ombros e eles ficaram ali em silêncio, escutando as cacatuas nas árvores. Ela não olhou para ele.

— Luke amava Karen — ela acabou dizendo. — Amava de verdade. E, antes disso, Ellie. — Quando ela olhou para os campos, à sua volta, seus olhos estavam úmidos. — Acho que eu nunca fui a primeira escolha dele.

Falk quis lhe dizer que estava enganada, mas sabia que ela era esperta demais para isso.

— E no dia que Ellie morreu? — perguntou.

Gretchen retorceu o rosto.

— Eu sempre soube que Luke tinha mentido por você. — A voz dela saiu estrangulada enquanto as lágrimas jorravam. — Porque ele estava comigo.

— Você ouviu isso? — Gretchen abriu os olhos e os apertou para protegê-los da luz do sol que penetrava pelas árvores. A grama rasteira fazia cócegas nas suas costas.

— Ouvi o quê?

Ela sentiu o hálito de Luke em seu pescoço enquanto ele falava. Ele não se mexeu. Seu cabelo ainda estava molhado e a voz, sonolenta e abafada. Gretchen tentou se sentar, mas foi impedida pelo peito nu de Luke pesando sobre ela. A roupa dos dois estava empilhada de qualquer maneira na base de uma árvore.

Eles haviam se despido para ficar de roupas íntimas antes de mergulhar na água refrescante do rio. Gretchen sentira o calor do corpo de Luke através da água enquanto ele a beijava com ardor e a empurrava de encontro à margem. As roupas de baixo agora já estavam secando em uma rocha plana.

O nível do rio estava alto e a água murmurejava e borrifava enquanto corria por cima das pedras. Ainda assim, Gretchen ouviu o barulho outra vez. Um estalo seco no meio das árvores. Seu corpo enrijeceu. Então, ouviu mais uma vez.

— Ih, merda — sussurrou. — Acho que alguém está vindo.

Ela empurrou Luke de cima dela e se sentou franzindo a testa e piscando.

— Rápido. — Gretchen atirou os jeans para ele e tentou fechar o sutiã, abotoando-o errado na pressa. — Vista a roupa.

Luke deu um enorme bocejo, que acabou se transformando numa gargalhada quando ele viu a expressão no rosto dela.

— Está bem, já vou.

Ele se certificou de que as cuecas estavam viradas para o lado certo antes de vesti-las. A trilha ficava a certa distância de onde estavam e oculta por uma cortina de árvores, mas agora conseguiam ouvir os passos com mais nitidez.

— Por favor, será que você podia vestir logo as calças? — disse Gretchen. Ela enfiou a blusa pelos cabelos molhados. — É melhor irmos andando. Pode ser qualquer um. Pode ser o meu pai.

— Acho bem difícil ser o seu pai — disse Luke, vestindo as calças ainda assim. Ele vestiu a camisa e calçou os sapatos e eles ficaram lado a lado, em silêncio, espiando pelas densas folhagens em direção ao começo da trilha.

Gretchen quase riu quando a figura franzina surgiu de dentro das árvores.

— Ah, caramba, é só a Ellie. Quase infartei. — Ela se deu conta de que ainda estava sussurrando.

A menina caminhava rápido e de cabeça baixa. No rio, ela se deteve. Fitou as águas abundantes por alguns instantes com umas das mãos pressionada contra a boca, depois se virou.

— Ela está lá embaixo sozinha? — perguntou Gretchen, sua voz tragada pelo barulho do rio. Achou, por um instante, ter ouvido outro estalo, mas a trilha para além de onde estava Ellie permaneceu vazia.

— Não interessa — sussurrava Luke. — Você tem razão. A gente devia ir. — Ele colocou a mão no ombro dela.

— Por quê? Vamos dizer oi para ela.

— Eu não estou a fim. Ela anda tão esquisita ultimamente. Além do mais, eu estou todo molhado.

Gretchen baixou os olhos. Seu sutiã molhado havia encharcado a camiseta.

— E daí? Eu também estou.

— Vamos embora.

Gretchen o fitou. A água podia ter apagado o cheiro de sexo, mas o ato estava escrito no rosto dele.

— Por que, exatamente, você não quer que ela nos veja? — perguntou.

— Eu não me importo que ela veja a gente, Gretch. — Mas ele continuava a sussurrar. — Ela é uma vaca metida à besta. Eu só não estou a fim hoje.

Ele se virou e abriu caminho silenciosamente por entre as árvores e para longe de Ellie. Ignorou a direção que ela havia tomado e seguiu no sentido oposto, pegando o pequeno caminho de terra que conduzia de volta para a fazenda dos pais dela. Gretchen deu um passo tomando a mesma direção que ele, então se virou, olhando para Ellie. Ao lado de uma árvore de aparência esquisita, ela se abaixava com a mão em uma pedra.

— O que ela tá fazendo? — perguntou Gretchen. Mas Luke já havia seguido em frente.

— Quando eu ouvi dizer que Ellie juntou pedras para colocar nos bolsos, passei três noites sem dormir. — Gretchen assoou o nariz num lenço de papel. — Eu vi Ellie. Se eu tivesse ido até ela, poderia ter impedido. Mas eu não fui. — Suas palavras quase se perderam em meio às lágrimas. — Eu fui embora. É claro. Atrás de Luke.

Gretchen o alcançou um pouco mais adiante na trilha.

— Ei. — Ela puxou seu braço. — O que está acontecendo?

— Nada, gata. — Ele pegou a mão dela, mas não parou de caminhar. — É só que já está na hora de voltar para casa.

Gretchen puxou a mão de dentro da dele.

— Ela sabe que você e eu estamos juntos, sabia? Ellie, eu quero dizer. Não é nenhum segredo.

— É, gata, é claro que eu sei.

— Então, por que você não quis que ela nos visse juntos? Qual o problema dos outros saberem que o nosso namoro agora é sério?

— Problema nenhum. Vamos deixar isso para lá — disse Luke, mas ele parou e virou-se para encará-la e inclinou o corpo para beijá-la. — Olhe, não importa. Mas o que a gente tem é tão fantástico. Eu só quero que continue especial. Entre nós.

Ela se afastou.

— Sei, claro. E qual é o verdadeiro motivo? Você acha que pode ter alguém melhor disponível?

— Gretch, pare com isso.

— É isso? Porque, se for, Ellie está ali atrás, esperando...

Luke fez um barulho com a garganta e começou a caminhar outra vez.

— E tem um monte de caras daqui que...

— Não faz assim. — A voz dele chegou flutuando até ela por cima do ombro. Ela ficou olhando Luke se afastar. Ela adorava aqueles ombros.

— O que é, então?

Ele não respondeu.

Saíram da trilha para um pasto nos fundos da fazenda dos pais dela e caminharam em silêncio até a casa. Gretchen sabia que a mãe e a irmã ainda estavam fora. Podia ouvir o pai no celeiro dos fundos.

Luke pegou a bicicleta de onde a deixara, encostada numa árvore, e montou nela. Estendeu uma das mãos e, depois de um tempo, ela a tomou.

— Eu quero manter algumas coisas entre nós — disse, olhando nos olhos dela. — Mas não se você vai agir como uma princesa toda hora.

Ele se inclinou, mas Gretchen virou o rosto recusando o beijo. Ele a observou por um momento, então deu de ombros. Ela caiu em prantos quando ele se afastou.

Gretchen deixou as lágrimas deslizarem pelo seu lindo rosto pelo tempo exato de perceber que ele não voltaria. Sentiu-se tomada por uma onda de raiva e, secando o rosto, entrou correndo na casa vazia. Pegou as chaves da caminhonete da fazenda. Ainda não tinha passado a prova de direção, mas dirigia pelos campos da fazenda há anos.

Gretchen se enfiou atrás do volante e partiu na mesma direção em que Luke tinha saído. Como ele ousava tratá-la daquele jeito? Viu sua bicicleta além da encruzilhada. Diminuiu um pouco a velocidade, mantendo distância, ainda sem saber direito o que diria se ele a pegasse. Mais adiante, um carro atravessou o cruzamento bem na sua frente e ela pisou levemente no freio. Um instante depois, passou pela encruzilhada como um raio em sua caminhonete branca.

Luke Hadler não ia falar com ela daquele jeito, disse para si mesma. Ela merecia coisa melhor. Luke dobrou subitamente à esquerda e, por um instante de parar o coração, ela achou que ele estivesse voltando para o rio e para Ellie. Caramba, se fizesse isso, ela com certeza o mataria. Seguiu-o a distância, prendendo a respiração. No último instante, ele diminuiu a velocidade e embicou na pista de acesso para a casa dele.

Gretchen parou a certa distância e ficou olhando da estrada enquanto ele abria a porta da frente e entrava. Viu o vulto da mãe dele pendurando a roupa lavada no varal dos fundos.

Deu meia volta com a caminhonete e chorou o caminho todo para casa.

— Quando eu soube que Ellie não tinha voltado para casa, fui até o rio atrás dela. Achei que ia dar de cara com ela enfiada num saco de dormir se escondendo do pai. Mas não vi nem sinal. — Gretchen roeu a unha do polegar. — Luke e eu discutimos sobre dizer ou não alguma coisa, mas a gente ainda não estava preocupado de verdade àquela altura, sabe? Ela andava tão na dela naquela época que eu sinceramente achei que ia aparecer quando estivesse pronta. — Ela não disse nada por um bom tempo. — Não imaginei em nenhumo momento que ela estaria dentro do rio.

Ela se virou para olhar para Falk.

— Eu não conseguia me perdoar quando disseram que Ellie tinha se afogado. E se a gente tivesse ficado e conversado com ela? Eu tinha achado que alguma coisa estava errada e dei as costas para ela. Senti tanta vergonha. Eu simplesmente me fechei. Fiz Luke prometer que não contaria a ninguém que nós a vimos. Eu não queria que ninguém soubesse que a gente tinha abandonado ela.

Gretchen secou os olhos.

— Aí, quando eu achei que as coisas não podiam piorar, todo mundo começou a acusar você. Até Luke ficou com medo. Se achavam que você estava envolvido, o que iam dizer se soubessem que a gente tinha estado lá? Então Luke bolou um plano. Ia dizer que estava com você. Isso ia ajudar nós três. E eu podia fingir pelo resto da vida que não tinha estado lá. Que não tinha ido atrás de Luke quando devia ter ido atrás dela.

Falk entregou para Gretchen um lenço limpo de seu bolso. Ela o aceitou com um sorriso.

— Você não é responsável pelo que aconteceu com Ellie Deacon — ele disse.

— Pode ser. Mas eu podia ter feito mais. — Ela deu de ombros e assoou o nariz. — Não sei o que Luke tinha. Ele não era uma pessoa ruim, mas era ruim para mim.

Eles ficaram lado a lado por algum tempo olhando para os campos, os dois enxergando coisas que há muito haviam desaparecido. Falk respirou fundo.

— Ouça, Gretchen, não é da minha conta, mas Gerry, Barb e Charlotte, eles...

— Luke não é pai de Lachie.

— Mas, se...

— Aaron. Por favor. Pare com isso. — Os olhos azuis de Gretchen cruzaram com os dele, mas só por um momento.

— Está bem. — Ele assentiu com a cabeça. Tinha tentado. Já chegava para ele. — Está certo, Gretch. Mas eles são pessoas boas. E perderam muita coisa recentemente. Você também. Se existe alguma chance de tirar algo positivo de toda essa tristeza, você devia aproveitá-la.

Ela não disse nada, simplesmente o encarou de volta sem que sua expressão revelasse qualquer coisa. Por fim, ele estendeu a mão que não estava queimada. Ela olhou para a mão e, para a surpresa de Falk, abriu os braços e o puxou para um abraço rápido. Não foi sedutor, nem mesmo amigável, mas talvez pacífico.

— Nos vemos daqui a outros vinte anos — disse ela.

Dessa vez, ele achou que ela provavelmente tivesse razão.

Quarenta e Dois

A casa de sua família lhe pareceu ainda menor do que Falk se lembrava. Tanto com relação à sua infância quanto a algumas semanas antes. Passou por ela a caminho do rio, contornando os limites do terreno. Só que, dessa vez, não estava muito preocupado se desse de cara com o proprietário.

No hospital, McMurdo revirara os olhos contando a Falk a rapidez com a qual um monte de gente mudara de opinião. Como, de repente, começaram a desaprovar os folhetos. Afinal, já fazia vinte anos, meu Deus. Águas passadas e tudo o mais.

Falk foi atravessando os campos, já com a mente mais clara. Já fazia vinte anos, mas algumas coisas não deviam ser varridas do mapa. Ellie Deacon. Ela, mais do que qualquer pessoa, tinha sido vítima daquela cidade. De seus segredos, mentiras e medos. Ela precisava de alguém. Quem sabe dele, e havia falhado com ela. Era Ellie que corria o risco de ser esquecida em meio àquele caos todo. Como Karen quase tinha sido. E Billy.

Mas não hoje, pensou Falk. Hoje ele honraria a memória de Ellie num lugar do qual sabia que ela havia gostado muito. Chegou à árvore da pedra quando o sol começava a se pôr. Já era início de abril e a agressividade do verão começava a se abrandar. Diziam que a seca talvez cedesse no inverno. Pelo bem de todo mundo, ele torcia para que estivessem certos dessa vez. O rio continuava sem água; ele esperava que voltasse algum dia.

Falk sentou-se na pedra e sacou o canivete que havia trazido. Encontrou o local onde a fenda se abria e começou a entalhar ali com letras pequenas: E. L. L. A lâmina estava cega e o processo foi lento, mas ele perseverou até terminar. Por fim, recostou-se na pedra e secou a testa. Passou o polegar pelas letras, admirando sua obra. A perna queimada parecia queimar com o esforço de ficar ajoelhado.

A dor trouxe uma lembrança à tona. Com um grunhido, se virou e enfiou a mão dentro da fenda, procurando o velho isqueiro que deixara ali da última vez. Nostalgia era uma coisa, mas depois dos acontecimentos recentes, não quis deixar uma tentação daquelas disponível para ninguém mais.

Falk sabia que o colocara bem lá no fundo e, de início, a mão boa não encontrou nada além de terra e folhas. Ele a enfiou ainda mais fundo, esticando bem os dedos. Sentiu o metal do isqueiro ao mesmo tempo que o polegar roçou algo macio, porém sólido. Ele se sobressaltou, deixando o isqueiro cair. Irritado, enfiou a mão mais uma vez e parou quando tocou o mesmo objeto. Era áspero, mas flexível e razoavelmente grande. Artificial.

Falk espiou para dentro da fenda. Não conseguiu enxergar nada, então hesitou. Aí, pensou em Luke, em Whitlam, em Ellie, e em todas as pessoas que haviam sido prejudicadas por segredos enterrados. Já bastava daquilo tudo.

Falk enfiou a mão e foi remexendo até conseguir segurar o objeto com firmeza. Deu um puxão e ele se soltou de repente. Falk caiu para trás sentindo uma dor lancinante no peito quando o que puxara aterrissou em cima dele. Olhou para baixo e perdeu o ar quando viu o que segurava: uma mochila roxa.

Estava coberta de teias de aranha e terra, mas ele a reconheceu imediatamente. Mas, mesmo que não tivesse, saberia imediatamente de quem havia sido. Só uma outra pessoa conhecia a fenda da árvore da pedra e ela levara o segredo com ela para dentro do rio.

Falk abriu a mochila. Colocando o conteúdo no chão, tirou um par de jeans, duas camisas, um suéter, um chapéu, calcinhas, uma bolsinha de maquiagem. Havia uma carteira de plástico com a identidade de uma garota que se parecia mais ou menos com Ellie Deacon. Dizia que seu nome era Sharna McDonald e que tinha dezenove anos. Um rolo de notas: de dez, vinte e até mesmo uma ou outra de cinquenta. Dinheiro poupado, juntado com muito suor.

Bem no fundo da mochila havia outro objeto, embrulhado há vinte anos em uma capa de chuva com o intuito de protegê-lo. Ele o desembrulhou e o segurou por um bom tempo. Estava surrado, os cantos enrolados, mas a letra sob a capa dura era inconfundível. Era o diário de Ellie Deacon.

Na primeira vez que bateu nela, ele a chamou pelo nome da mãe. Ela viu nos olhos embaçados do pai que a palavra tinha escapulido, escorregadia como óleo, enquanto seu punho esmurrava seu ombro. Ele estava bêbado e Ellie tinha quatorze anos, com a aparência começando a se transformar de menina a mulher. A foto da mãe há muito fora tirada de cima da lareira, mas seus traços inconfundíveis retornavam à casa todos os dias à medida que Ellie Deacon crescia.

Ele bateu nela uma vez e, depois de um bom tempo, bateu de novo. E de novo. E outra vez ainda. Ela tentou aguar a bebida dele. O pai percebeu no primeiro gole e ela nunca mais cometeu esse erro. Em casa, ela usava blusas que deixavam as manchas roxas à mostra, mas Grant, seu primo, se limitava a ligar a TV e a lhe dizer que parasse de provocar o pai. Seu rendimento escolar piorou. Se os professores notaram alguma coisa, reagiram apenas com um comentário mais brusco sobre sua falta de atenção em sala. Mas nunca lhe perguntaram o motivo.

Ellie passou a falar menos e descobriu por que seus pais gostavam tanto de beber. As meninas que ela achava serem suas amigas a olhavam de maneira esquisita e sussurravam entre si quando achavam que Ellie não estava escutando. Já tinham preocupações suficientes com seus problemas de pele, peso e garotos sem precisar que

Ellie as deixasse se sentindo ainda mais deslocadas. Bastaram mais algumas táticas adolescentes e Ellie se viu sozinha no mundo.

Estivera sozinha no parque Centenary numa noite de sábado com uma garrafa dentro da bolsa e nenhum lugar para ir quando ouvira dois vultos conhecidos rindo baixinho no banco. Aaron e Luke. Ellie Deacon sentiu uma palpitação, como alguém que dá de cara com algo esquecido, mas que um dia fora importante.

Demorou um pouco para se acostumarem. Os meninos olhavam para ela como se nunca a tivessem visto. Mas ela gostou daquilo – era ótimo ter duas pessoas em sua vida que faziam o que ela dizia em vez de dizerem o que tinha de fazer.

Quando eram mais novos, ela havia preferido a euforia e as bravatas de Luke, mas hoje se sentia mais atraída pela sutil amabilidade de Aaron. Ela sabia que Luke não era nada parecido com seu pai e seu primo, mas também não conseguia se livrar da sensação de que, no que havia de mais profundo em sua essência, uma pequena parte dele tampouco era completamente diferente. Foi quase um alívio quando Gretchen virou a cabeça dele, pelo menos em parte, com seu radiante canto de sereia.

Por um tempo tudo correu bem. Mais tempo com os amigos significava menos tempo em casa. Arranjou um emprego de meio expediente e aprendeu a duras penas a esconder seu dinheiro do pai e do primo, que viviam lisos.

Ela estava mais feliz, mas isso a tornou descuidada e arrogante com relação ao pai. Não demorou muito para seu rosto de dezesseis anos, com uma boca atrevida tão parecida com a da mãe, ser esmagado com tanta força contra o assento do sofá que ela achou que fosse desmaiar.

Um mês depois, um pano de prato imundo foi preso por cima de seu nariz e boca enquanto ela arranhava as mãos do pai. Quando ele finalmente a soltou, a primeira lufada de ar desesperada que respirou tinha o cheiro do álcool que ele trazia no hálito. Foi nesse dia que Ellie Deacon parou de beber. Porque esse foi o dia em que decidiu fugir.

Não de imediato e não de uma situação ruim para outra ainda pior. Mas logo. E, para isso, precisava estar com as ideias claras. Antes que fosse tarde demais.

O catalisador chegou no meio de uma noite escura, quando ela acordou no próprio quarto com o corpo dele pesando sobre o dela e seus dedos cutucando cada canto seu. Uma punhalada de dor e a voz dele, bêbada, sussurrou o nome da mãe em seu ouvido. Finalmente, por sorte, conseguiu empurrá-lo e, enquanto ia embora, ele a empurrou com força, atirando sua cabeça para trás e fazendo-a bater com um estrondo no poste da cama. À luz do dia, ela passou o dedo no amassado que ficou na madeira e, grogue, esfregou a mancha de sangue do tapete rosa. Sua cabeça doía. As lágrimas ardiam em seus olhos. Não sabia dizer qual parte do corpo doía mais.

Quando Aaron descobriu a fenda na árvore da pedra na tarde seguinte, foi como um sinal divino. Fuja. Era escondida, secreta e grande o bastante para ocultar uma mochila. Era perfeita. Com uma centelha de esperança, ela olhara para o rosto de Aaron e se permitira notar pela primeira vez o quanto sentiria saudade dele.

Quando se beijaram, ela havia se sentido melhor do que achara possível, até ele erguer a mão e tocar sua cabeça machucada. Ela dera um pulo para trás – de dor. Erguera os olhos e vira a expressão consternada no rosto de Aaron e, naquele momento, odiou o pai mais do que nunca.

Quis tanto contar a Aaron. Mais de uma vez. Mas de todas as emoções que percorriam o corpo de Ellie Deacon, a mais forte era o medo.

Ela sabia que não era a única pessoa a temer o seu pai. A vingança de Mal Deacon por qualquer ofensa, real ou imaginada, era rápida e brutal. Ela o assistira bradar as suas ameaças e cumpri-las. Acumular favores, envenenar campos e atropelar cachorros. Numa comunidade que se esforçava tanto para sobreviver, as pessoas tinham de escolher bem suas batalhas. Na hora H, Ellie Deacon sabia que não havia uma única pessoa em Kiewarra com quem contar para enfrentá-lo.

Então, ela bolou um plano. Pegou o dinheiro que guardou e fez a mala, silenciosamente. Escondeu-a perto do rio, no lugar onde sabia que não seria encontrada. Esperando por ela quando estivesse pronta. Reservou um quarto num hotel anônimo três cidadezinhas adiante. Pediram um nome para a reserva e, automaticamente, ela deu o único que lhe transmitia segurança: Falk.

Numa folha de caderno, escreveu o nome dele e a data escolhida e enfiou no bolso dos jeans. Era um talismã. Um lembrete para não dar para trás. Ela precisava fugir, mas tinha uma única chance. Se meu pai descobrir, me mata. *E essas foram as últimas palavras que escreveu em seu diário.*

Não havia cheiro de comida no ar quando Mal Deacon entrou em casa e ele foi tomado por uma enorme irritação. Chutou as botas de Grant de cima do sofá e o sobrinho abriu um dos olhos.

— A droga do chá não está pronto?

— Ellie ainda não voltou da escola.

Deacon tirou uma cerveja do fardo de seis que se encontrava ao lado de Grant e seguiu até os fundos da casa. Postou-se no vão da porta do quarto da filha e tomou um gole. Não era a sua primeira do dia. Tampouco a segunda.

Os olhos passaram para o poste branco da cama onde havia um amassado na madeira, para a mancha no tapete cor-de-rosa logo abaixo, e ele franziu a testa. Deacon sentiu um nó gelado se formar em seu estômago como se fosse uma pedrinha. Alguma coisa de ruim havia acontecido aqui. Fitou o amassado e uma lembrança grotesca ameaçou vir à tona. Ele tomou um longo gole e esperou que ela retornasse lentamente para seu lugar, abaixo da superfície de sombras. Em seu lugar, permitiu que o álcool carregasse os primeiros sinais de fúria pelas suas veias.

Era para a filha estar em casa, mas ela não estava. Era para estar aqui, com ele. Talvez só esteja atrasada, sussurrou uma voz racio-

nal que mal conseguia se fazer ouvir. Mas ele percebia como Ellie o olhava recentemente. Era um olhar que ele conhecia bem. O mesmo que vira cinco anos antes. Um olhar que dizia: já chega. Adeus.

Sentiu uma onda ácida invadi-lo e logo escancarava a porta do armário da filha. A mochila não estava em seu lugar de sempre. As prateleiras mostravam um ou dois espaços vazios entre as roupas bem dobradas. Deacon conhecia os sinais. Ela saindo às escondidas. Guardando segredos. Ele havia ignorado esses mesmos sinais uma vez. Mas isso não ia se repetir. Foi arrancando as gavetas da cômoda, virando o conteúdo no chão, a cerveja derramando no tapete enquanto vasculhava tudo atrás de pistas. De repente, ficou parado. Soube com absoluta certeza onde ela estaria. O mesmo lugar para onde sua maldita mãe costumava fugir.

Vagabunda. Vagabunda.

Cambaleou de volta para a sala, obrigou um Grant muito relutante a ficar de pé e enfiou as chaves da caminhonete em suas mãos.

— Vamos buscar Ellie. Você dirige.

Vagabunda. Vagabunda.

Levaram duas latinhas para a viagem. O sol ardia no céu com um fulgor laranja enquanto eles percorriam, a toda velocidade, as estradas de terra que levavam à propriedade dos Falk. Ela não ia fugir. Dessa vez não.

Ele já se perguntava o que ia fazer se já fosse tarde demais quando vislumbrou alguma coisa e seu coração saltou para a garganta. Um movimento repentino, uma camiseta clara e a imagem conhecida e fugaz de cabelos longos desapareceram em meio às árvores para além da casa dos Falk.

— Olhe ela ali. — Deacon apontou. — Está indo em direção ao rio.

— Eu não vi nada. — Grant franziu as sobrancelhas, mas parou a caminhonete mesmo assim.

Deacon saltou apressado, deixando o sobrinho para trás para atravessar o campo correndo e mergulhar em meio às sombras das árvores. Sua visão estava tingida de vermelho enquanto tropeçava pelo caminho atrás de Ellie.

Ela se abaixava ao lado de uma árvore de formato estranho quando ele a alcançou. Ellie ouviu o barulho tarde demais e ergueu os olhos, sua boca se abrindo num círculo perfeito para deixar escapar um grito quando ele a agarrou pelos cabelos.

Vagabunda. Vagabunda.

Ela não ia embora. Dessa vez não ia embora porra nenhuma. Mas ele notou, através da visão nublada, que ela se contorcia e que tinha dificuldade em segurá-la. Então ele lhe acertou a cabeça com a mão espalmada. Ela cambaleou e caiu para trás aterrissando na margem do rio com um gemido suave, cabelos e ombros mergulhados nas águas escuras do rio. Olhava para ele com uma expressão que ele reconhecia e ele enfiou a mão por baixo de seu queixo e foi empurrando até a água turva cobrir seu rosto.

Ela lutou quando se deu conta do que estava acontecendo. Ele fitou seus próprios olhos refletidos na superfície do rio escuro e a segurou com ainda mais força.

Teve de prometer a fazenda para Grant enquanto vasculhavam a margem do rio sob a luz poente atrás de pedras para afundar o corpo. Não tinha escolha. Especialmente depois que o sobrinho encontrou o bilhete com o nome de Falk no bolso dela e sugeriu que seria um artigo interessante para se deixar no quarto de Ellie. Procuraram até a luz desaparecer por completo, mas não encontraram a mochila.

Foi só muito mais tarde, quando se viu sozinho naquela primeira noite, e por muitas noites depois, que Mal Deacon se perguntou se tivera a intenção de segurar a filha com tanta força.

Se meu pai descobrir, ele me mata.

Depois de ler as palavras de Ellie, Falk passou um bom tempo sentado olhando para o rio vazio. Por fim, fechou o diário e o colocou de volta na mochila com os outros pertences. Levantou-se e pendurou a mochila no ombro.

O sol já partira e ele se deu conta de que a noite caíra à sua volta. Acima dos eucaliptos, as estrelas brilhavam. Não estava preocupado. Conhecia o caminho. Enquanto andava de volta para Kiewarra, uma brisa fresca começou a soprar.

Agradecimentos

Eu nunca tinha me dado conta de quanta gente é preciso para dar vida a um romance e sou muito grata às muitas pessoas que me ajudaram ao longo do caminho.

Um imenso obrigada para as minhas editoras: Cate Paterson, da Pan Macmillan; Christine Kopprasch e Amy Einhorn, da Flatiron Books, e Clare Smith, da Little, Brown, que melhoraram o livro com suas observações inteligentes, *insights* e conselhos. Obrigada por me oferecerem uma oportunidade tão maravilhosa como autora estreante.

Sou igualmente grata a todos que trabalharam tanto para conseguir que este livro ficasse pronto e chegasse às livrarias, incluindo os muitos preparadores de texto, designers, equipes de marketing e de vendas.

Eu me sinto muito sortuda, todos os dias, por poder contar com o apoio constante e o trabalho incansável de meus agentes Clare Forster, da Curtis Brown Australia; Alice Lutyens e Eva Papastratis, da Curtis Brown UK; Daniel Lazar, da Writers House e Jerry Kalajian, da Intellectual Property Group. Em cada etapa do caminho, eles superaram tudo o que era esperado deles.

Obrigada ao Wheeler Centre de Melbourne e aos juízes, organizadores e apoiadores do Prêmio Literário Victorian Premier para Manuscritos Inéditos. O prêmio é uma oportunidade valiosíssima para escritores emergentes e vencê-lo, em 2015, me abriu mil portas.

Para conseguir que o livro fosse publicado, primeiro precisei escrevê-lo, e para que isso acontecesse contraí uma dívida eterna com meus colegas escritores do curso on-line Brown Creative de 2014. Obrigada pela sabedoria de seu talento coletivo; sem vocês, estou quase certa de que este livro não existiria desta forma. Um agradecimento especial para a professora Lisa O'Donnell, para meu amigo Edward Hamlin e para a diretora do curso, Anna Davis.

E muito obrigada e muito amor para minha família, Mike, Hellen, Michael e Ellie Harper por fazerem com que livros façam uma parte tão importante das nossas vidas. E para meu marido maravilhoso, Peter Strachan, que sempre acreditou neste romance.

Este livro foi elaborado pela TAG –
Experiências Literárias em parceria com
a Editora Morro Branco e composto pela
Desenho Editorial em Gandhi Serif e
impressa em papel Pólen Bold 70g com
capa em Ningbo Fold 250g pela Gráfica
Santa Marta em junho de 2019